鲁迅作品单行本

集外集拾遗补编

鲁迅 著

人民文学出版社

图书在版编目（CIP）数据

集外集拾遗补编/鲁迅著.—2版.—北京：人民文学出版社，2022
ISBN 978-7-02-015282-7

Ⅰ.①集… Ⅱ.①鲁… Ⅲ.①鲁迅杂文—杂文集 Ⅳ.①I210.4

中国版本图书馆 CIP 数据核字（2019）第 096596 号

责任编辑　陈彦瑾
装帧设计　陶　雷
责任印制　任　祎

出版发行　人民文学出版社
社　　址　北京市朝内大街 166 号
邮政编码　100705

印　　刷　三河市宏盛印务有限公司
经　　销　全国新华书店等

字　　数　341 千字
开　　本　880 毫米×1230 毫米　1/32
印　　张　17.125　插页 2
版　　次　1993 年 12 月北京第 1 版
　　　　　2006 年 12 月北京第 2 版
印　　次　2022 年 1 月第 1 次印刷

书　　号　978-7-02-015282-7
定　　价　38.00 元

如有印装质量问题，请与本社图书销售中心调换。电话：010-65233595

本书收入1938年5月许广平编定的《集外集拾遗》出版后陆续发现的佚文,其中广告、启事、更正等编为附录一;从他人著作中录出的编为附录二。

目　　录

一九〇一年

重订《徐霞客游记》目录及跋 …………………………… 1

一九〇三年

中国地质略论 …………………………………………… 3

一九〇八年

破恶声论 ………………………………………………… 24

一九一二年

《越铎》出世辞 …………………………………………… 40
军界痛言 ………………………………………………… 43
辛亥游录 ………………………………………………… 44

一九一三年

致国务院国徽拟图说明书 ……………………………… 46
儗播布美术意见书 ……………………………………… 49

集外集拾遗补编

自绘明器略图题识 …………………………………… 55

一九一五年

《大云寺弥勒重阁碑》校记 ………………………… 59

一九一六年

关于废止《教育纲要》的签注 ……………………… 61

一九一七年

会稽禹庙窆石考 ……………………………………… 63
《欧美名家短篇小说丛刊》评语 …………………… 67
《□肱墓志》考 ……………………………………… 69
　　[附]讳肱墓志 …………………………………… 70
《徐法智墓志》考 …………………………………… 74
《郑季宣残碑》考 …………………………………… 77

一九一八年

《吕超墓志铭》跋 …………………………………… 79
吕超墓出土吴郡郑蔓镜考 …………………………… 85
《墨经正文》重阅后记 ……………………………… 90
《鲍明远集》校记 …………………………………… 91
随感录 ………………………………………………… 93
《美术》杂志第一期 ………………………………… 96

2

一九一九年

关于《拳术与拳匪》 …………………………………… 98
 【备考】：拳术与拳匪——驳《新青年》五卷五号
 《随感录》第三十七条（陈铁生）…………………… 100
随感录三则 ……………………………………………… 105
他 ………………………………………………………… 108
寸铁 ……………………………………………………… 110
自言自语 ………………………………………………… 113

一九二一年

"生降死不降" …………………………………………… 120
名字 ……………………………………………………… 122
无题 ……………………………………………………… 124

一九二二年

《遂初堂书目》抄校说明 ……………………………… 127
破《唐人说荟》 ………………………………………… 129

一九二三年

关于《小说世界》 ……………………………………… 135
看了魏建功君的《不敢盲从》以后的几句声明 ……… 139
 【备考】：不敢盲从！（魏建功）…………………… 141
新镌李氏藏本《忠义水浒全书》提要 ………………… 149

题《中国小说史略》赠川岛 …………………… 151
题寄清水安三 …………………………………… 152

一九二四年

答广东新会吕蓬尊君 …………………………… 153
对于"笑话"的笑话 ……………………………… 155
奇怪的日历 ……………………………………… 157
大涤馀人百回本《忠义水浒传》回目校记 …… 159
答二百系答一百之误 …………………………… 160
文学救国法 ……………………………………… 161

一九二五年

通讯(复孙伏园) ………………………………… 164
　【备考】:鲁迅先生的笑话(Z. M.) …………… 164
为北京女师大学生拟呈教育部文二件 ………… 166
《中国小说史略》再版附识 ……………………… 170

一九二七年

《走到出版界》的"战略" ………………………… 172
《绛洞花主》小引 ………………………………… 177
新的世故 ………………………………………… 179
中山大学开学致语 ……………………………… 192
庆祝沪宁克复的那一边 ………………………… 194
关于小说目录两件 ……………………………… 199

书苑折枝 …………………………………… 213
书苑折枝(二) ……………………………… 216
书苑折枝(三) ……………………………… 219
关于知识阶级 ……………………………… 221
补救世道文件四种 ………………………… 230
《丙和甲》按语 …………………………… 236
　　【备考】：丙和甲(季廉) ……………… 236

一九二八年

《某报剪注》按语 ………………………… 238
　　【备考】：某报剪注(瘦莲) …………… 239
《"行路难"》按语 ………………………… 242
　　【备考】："行路难"(陈仙泉) ………… 242
《禁止标点符号》按语 …………………… 246
　　【备考】：禁止标点符号(钱泽民) …… 246
季廉来信按语 ……………………………… 248
　　【备考】：通信(季廉) ………………… 248
《示众》编者注 …………………………… 253
　　【备考】：示众(育熙) ………………… 253
通信(复张孟闻) …………………………… 259
　　【备考】：偶像与奴才(西屏) ………… 260
　　　　　　 来信(张孟闻) ……………… 265
《这回是第三次》按语 …………………… 269
　　【备考】：这回是第三次(文辉) ……… 269

复晓真、康嗣群 …………………………………… 272
　　【备考】:信件摘要(晓真、康嗣群) …………… 272
《剪报一斑》拾遗 ………………………………… 274
　　【备考】:剪报一斑(盈昂) …………………… 275
《我也来谈谈复旦大学》文后附白 ……………… 283
　　【备考】:我也来谈谈复旦大学(潘楚基) …… 283
通信(复章达生) …………………………………… 292
　　【备考】:来信(章达生) ……………………… 293
关于"粗人" ………………………………………… 296
《东京通信》按语 ………………………………… 299
　　【备考】:东京通信(噩君) …………………… 300
敬贺新禧 …………………………………………… 307

一九二九年

致《近代美术史潮论》的读者诸君 ……………… 308
关于《子见南子》 ………………………………… 315

一九三〇年

柳无忌来信按语 …………………………………… 336
　　【备考】:来信(柳无忌) ……………………… 337
《文艺研究》例言 ………………………………… 339
鲁迅自传 …………………………………………… 341
题赠冯蕙熹 ………………………………………… 344
《铁甲列车 Nr.14—69》译本后记 ……………… 345

一九三一年

题《陶元庆的出品》…………………………………… 347
凯绥·珂勒惠支木刻《牺牲》说明 …………………… 348
《勇敢的约翰》校后记 ………………………………… 350
理惠拉壁画《贫人之夜》说明 ………………………… 354
"日本研究"之外 ……………………………………… 356
介绍德国作家版画展 …………………………………… 359
德国作家版画展延期举行真像 ………………………… 362

一九三二年

水灾即"建国" ………………………………………… 364
题《外套》……………………………………………… 366
我对于《文新》的意见 ………………………………… 367
题记一篇 ………………………………………………… 369

一九三三年

文摊秘诀十条 …………………………………………… 371
闻小林同志之死 ………………………………………… 373
通信（复魏猛克）……………………………………… 375
　【备考】：来信（魏猛克）………………………… 377
我的种痘 ………………………………………………… 381
辩"文人无行" ………………………………………… 391
娘儿们也不行 …………………………………………… 394

7

一九三四年

自传 ····· 398
关于《鹭华》 ····· 402
《无名木刻集》序 ····· 403
《玄武湖怪人》按语 ····· 404
  【备考】:玄武湖怪人 ····· 404
《〈母亲〉木刻十四幅》序 ····· 406
题《淞隐漫录》 ····· 408
题《淞隐续录》残本 ····· 409
题《漫游随录图记》残本 ····· 410
题《风筝误》 ····· 411
《译文》创刊号前记 ····· 412
做"杂文"也不易 ····· 414
题《芥子园画谱三集》赠许广平 ····· 419

一九三五年

势所必至,理有固然 ····· 421
《中国新文学大系》小说二集编选感想 ····· 423
"骗月亮" ····· 424
"某"字的第四义 ····· 426
"天生蛮性" ····· 428
死所 ····· 430
中国的科学资料 ····· 432

"有不为斋" …………………………………… 433
两种"黄帝子孙" ………………………………… 434
聚"珍" …………………………………………… 436

一九三六年

《远方》按语 …………………………………… 438
题曹白所刻像 …………………………………… 440
"中国杰作小说"小引 …………………………… 441
题《凯绥·珂勒惠支版画选集》赠季市 ……… 444
答世界社信 ……………………………………… 445
关于许绍棣叶溯中黄萍荪 ……………………… 447

附录一

一九〇七年

《中国矿产志》征求资料广告 ………………… 449

一九〇九年

《域外小说集》第一册 ………………………… 451
《劲草》译本序(残稿) ………………………… 453

一九一二年

周豫才告白 ……………………………………… 455

9

一九一九年

什么话？ ………………………………………… 456

一九二一年

《坏孩子》附记 …………………………………… 459

一九二五年

《苦闷的象征》广告 ……………………………… 460
《未名丛刊》是什么，要怎样？（一）………… 461
白事 ………………………………………………… 463
鲁迅启事 …………………………………………… 464
《莽原》出版预告 ………………………………… 465
对于北京女子师范大学风潮宣言 ……………… 466
编者附白 …………………………………………… 468
《敏捷的译者》附记 ……………………………… 470
正误 ………………………………………………… 471
《未名丛刊》是什么，要怎样？（二）………… 474

一九二六年

《未名丛刊》与《乌合丛书》印行书籍 ……… 477

一九二八年

本刊小信 …………………………………………… 481

关于《近代美术史潮论》插图……………………483
 【备考】:来信(陈德明)…………………………483
编者附白……………………………………………485

一九二九年

谨启…………………………………………………486

一九三〇年

开给许世瑛的书单…………………………………487

一九三一年

鲁迅启事……………………………………………489
《毁灭》和《铁流》的出版预告 ……………………491
三闲书屋校印书籍…………………………………493
三闲书屋印行文艺书籍……………………………495
《〈铁流〉图》特价告白 ………………………………497

一九三四年

更正…………………………………………………498
《萧伯纳在上海》……………………………………499
《引玉集》广告………………………………………500
《木刻纪程》告白……………………………………501
给《戏》周刊编者的订正信…………………………502
《十竹斋笺谱》牌记…………………………………503

一九三五年

《俄罗斯的童话》············504
给《译文》编者订正的信············506

一九三六年

"三十年集"编目二种············507
《死魂灵百图》············510
《凯绥·珂勒惠支版画选集》牌记············512
《海上述林》上卷插图正误············513

附录二

一八九八年

戛剑生杂记············514
莳花杂志············516

一九〇〇年

别诸弟············517
莲蓬人············518

一九〇一年

庚子送灶即事············519
祭书神文············520

和仲弟送别元韵并跋 …………………………………… 522
惜花四律步湘州藏春园主人元韵 …………………… 524

一九〇二年

挽丁耀卿 …………………………………………………… 527
题照赠仲弟 ………………………………………………… 529

一九〇一年

重订《徐霞客游记》目录及跋[1]

一 独
序 四库提要 例言 目次
天台 雁宕 白岳 黄山 武夷 庐山
九鲤湖 黄山后 嵩山 太华 太和 闽前
闽后 天台后 雁宕后 五台
恒山 浙 江右 楚 粤西一之二
二 鹤
粤西三之四 黔一之二 滇一之四
三 与
滇五之九
四 飞
滇十之十三
书牍 墓志 传 考异 辩伪 补编

戊戌正月二十九日晨购于武林申昌书画室[2]。原八册，重订为四。庚子冬抄[3]重阅一过，拟以"独鹤与飞"[4]四字

为次。　　稽山戞剑生挑灯志

*　　　*　　　*

〔1〕 本篇据手稿编入。写于1901年1、2月间。原题《〈徐霞客游记〉四册》，无标点。

徐霞客(1587—1641)　名弘祖，字振之，号霞客，南直隶江阴(今属江苏)人。明代地理学家、散文家。他从二十二岁起遍游国内十六省，实地考察山川地貌、水文矿产、民风民俗等，历时三十余年，并将观察所得，按日记述，死后经友人整理成为《徐霞客游记》。该书版本较多，鲁迅于1898年2月19日(夏历戊戌正月二十九日)在杭州购得清图书集成局铜活字印本八册。两年后趁回乡度假的机会整理、重装为四册，并写了这份目录和跋语。

〔2〕 武林　旧时杭州的别称。申昌书画室，上海申报馆在杭州的派报售书处。

〔3〕 庚子冬杪　指鲁迅从南京回乡度假的庚子十二月。按夏历庚子十二月初一为1901年1月20日；庚子除夕为1901年2月18日。

〔4〕 独鹤与飞　语出晚唐司空图《诗品》之"冲淡"一品："素处以默，妙机其微。饮之太和，独鹤与飞。"旧时人们常用熟悉的成语、成句来标明书籍卷册的顺序。

一九〇三年

中国地质略论[1]

第一　绪　言

觇国非难。入其境,搜其市,无一幅自制之精密地形图,非文明国。无一幅自制之精密地质图(并地文土性等图),非文明国。不宁惟是;必殆将化为僵石,供后人摩挲叹息,谥曰绝种 Extract species 之祥也。

吾广漠美丽最可爱之中国兮！而实世界之天府,文明之鼻祖也。凡诸科学,发达已昔,况测地造图之末技哉。而胡为图绘地形者,分图虽多,集之则界线不合;河流俯视,山岳则恒作旁形。乖谬昏蒙,茫不思起,更何论夫地质,更何论夫地质之图。呜呼,此一细事,而令吾惧,令吾悲,吾盖见五印[2]详图,曾招飐于伦敦之肆矣。况吾中国,亦为孤儿,人得而挞楚鱼肉之;而此孤儿,复昏昧乏识,不知其家之田宅货赆[3],凡得几许。盗据其室,持以赠盗,为主人者,漠不加察,得残羹冷炙,辄大感叹曰:"若衣食我,若衣食我。"而独于兄弟行,则争锱铢,较毫末,刀杖寻仇,以自相杀。呜呼,现象如是,虽弱水[4]四环,锁户孤立,犹将汰于天行,以日退化,为猿鸟虌藻,以至非生物。况当强种鳞鳞,蔓我四周,伸手如箕,垂涎成雨,造图列说,奔走相议,非左操刃右握算,吾不知将何以生活也。而何图风水宅相之说,犹深刻人心,力杜富源,自就阿鼻[5]。不知宅相大佳,公等亦死;风水不破,公等亦亡,谥曰至愚,孰云不洽。复有冀获微资,引盗入室,巨资既房,还焚其家,是诚我汉族之大敌也。凡是因迷信以弱国,利身家而害群者;虽曰历代民贼所经营养成者矣,而亦惟地质学不发达故。

地质学者,地球之进化史也;凡岩石之成因,地壳之构造,皆所深究。取以贡中国,则可知棻然尘球,无非经历劫变化以来,造成此相;虽涵无量宝压,足以缮吾生,初无大神秘不可思议之物,存乎其间,以支配吾人之运命。斩绝妄念,文明乃兴。然欲历举其说,则又非一小册子所能尽也。故先掇学者所发表关于中国地质之说,著为短篇,报告吾族。虽空谭几溢于本论,然读此则吾中国大陆里面之情状,似亦略得其概矣。

第二　外人之地质调查者

中国者,中国人之中国。可容外族之研究,不容外族之探捡;可容外族之赞叹,不容外族之觊觎者也。然彼不惮重茧,入吾内地,狼顾而鹰睨,将胡为者?诗曰:"子有钟鼓,弗鼓弗考。宛其死矣,他人是保。"[6]则未来之圣主人,以将惠临,先稽帐目,夫何怪焉。左举诸子,皆最著名。其他幻形旅人,变相侦探,更不知其几许。虽曰跋涉山川,探索秘密,世界学人,皆尔尔矣;然吾知之,恒为毛戴血涌,吾不知何祥也。

千八百七十一年,德人利忒何芬 Richthofen[7]者,受上海商业会议所之嘱托,由香港入广东,湖南(衡州,岳州),湖北(襄阳)遂达四川(重庆,叙州,雅州,成都,昭化);入陕西(凤翔,西安,潼关),山西(平阳,太原)而之直隶(正定,保定,北京)。复下湖北(汉口,襄阳),往来山西间(泽州,南阳,平阳,太原),经河南之怀庆,以至上海,入杭州,登宁波之舟山岛,遍勘全浙。复溯江至芜湖,捡江西北部,折而之江苏(镇江,扬州,淮安),遂入山东(沂州,泰安,济南,莱州,芝罘)。碧眼炯炯,击节大诧若所悟。然其志未熄也;三涉山西(太原,大同),再至直隶(宣化,北京,三河,丰润),徘徊于开平炭山,入盛京(奉天,锦州),始由凤皇城而出营口。历时三年,其旅行线强于二万里,作报告书三册,于是世界第一石炭[8]国之名,乃大噪于世界。其意曰:支那大陆均蓄石炭,而山西尤盛;然矿业盛衰,首关输运,惟扼胶州,则足制山西之矿业,故分割支那,以先得胶州为第一着。呜呼,今竟何如?毋曰一文弱之地质家,而眼光足迹间,实涵有无量刚劲善战之军队。盖自利氏游历以来,胶州早非我有矣。今也森林民族[9],复往来山西间,是皆利忒何芬之化身,而中国大陆沦陷之天使也,吾同胞其奈何。

千八百八十年,匈牙利伯爵式奚尼[10]初丧爱妻,欲借旅行以瀹其恨。乃偕地理学者三人,由上海溯江以达湖北(汉口,襄阳),经陕(西安)甘(静宁,安定,兰州,凉州,甘州)而出国境;复入甘肃(安定,巩昌),捡四川(成都,雅州)云南(大理)由缅甸以去。历时三年,挥金十万,著纪行三册行于世。盖于利忒何芬氏探捡未详之地,尤加意焉。

越四年,俄人阿布伐夫[11]探捡北部之满洲,直隶(北京,保定,正定),山西(太原),甘肃(宁夏,兰州,凉州,甘州),蒙古等。其后三年,复有法国里昂商业会议所[12]之探捡队十人,探捡南部之广西,河南(河内),云南,四川(雅州,松潘)等。调查精密,于广西,四川尤详。是诸地者,非连接于俄法之殖民地者欤?其能勿惧!

先年,日本理学博士神保,巨智部,铃木之辽东,[13]理学士西和田之热河,学士平林,井上,斋藤之南部诸地,均以调查地质为目的。递和田,小川,细井,岩浦,山田五专门家,复勘诸处,一订前探捡者报告之谬,则去岁事也。

第三　地质之分布

昔德儒康德 Kant[14] 唱星云说,法儒拉布拉 Laplace[15] 和之。以地球为宇宙间大气体中析出之一份,回旋空间,不知历几亿万劫,凝为流质;尔后日就冷缩,外皮遂坚,是曰地壳。至其中心,议者蓁众:有内部融体说,有内部非融体说,有内外固体中挟融体说。各据学理,以文其议。然地球中心,奥不可测,欲辨孰长,盖甚难矣。惟以理想名地面之始曰基础统系 Fundamental formation[16],其上地层,则据当时气候状态,及蕴藏僵石 Fossil 之种类,分四大代 Era,细析之曰纪 Period,析纪曰世 Epoch。然此诸地层则又非掘吾人立足地,即能灿然毕备也。大都错综残缺，散布诸方。如吾中国，常于此见新，而于彼则获古。盖以荒古气候水陆之不齐，而地层遂难一致。犹谭人类史者，昌言专制立宪共和，为政体进化之公例；然专制方严，一血刃而骤列于共和者，宁不能得之历史间哉。地层变例，亦如是耳。今言中国，则以地质年代 Geological Chronology 为次。

（一）原始代或太古代 Archean Era

地球初成，汽凝为水，是即当时之遗迹，居基础统系之上，而始为地质学家所目击者也。故吾侪目所能见之地层，以是为极古。其岩石以片麻，云母，绿泥为至多，然大都经火力而变质。捡畔石层，略无生物，惟据石类析之为：

（12）老连志亚纪 Laurentian Period

（11）比宇鲁亚纪 Huronian Period

二纪。后虽有发见阿屯（意即初生生物）[17]之说，而经德人眉彪[18]研究以来，已知其谬；盖尔时实惟荒天赤地，绝无微生命存其间也。所难解者，岩石中时含石灰石墨之属。夫石灰为动物之遗蜕，石墨为植物之槁株，设无生物存，何得有是？而或有谓是等全非由生物之力而来者，迄于今尚存疑焉。索之吾中国，则两纪均于黄海沿岸遇之。虽未能知其蕴藏何如，然太古代地层中，则恒产金银铜铂电石红宝石之属，意吾国黄海沿岸地方，亦当如是耳。

（二）古生代 Palaeozoic Era

以始有生物，故以生命名者也，分六纪[19]：

(10)寒武利亚纪 Cambrian Period

(9)志留利亚纪 Silurian Period

(8)泥盆纪 Devonian Period

(7)石炭纪 Carboniferous Period

(6)二叠纪 Permian Period

岩石繁多，以水成者，若砂，硅，粘板，石炭[20]等；以火成者，若花刚，闪丝，辉丝等。石类既自少而至多，生物亦由简以进复，然当(10)纪时，尚鲜见也。递及(9)纪，则藻类，三叶虫，珊瑚虫之族日盛，然惟水产物而止耳。入(8)纪，而鱼，而苇[21]，而鳞木，而印木，渐由水产以超陆产。然亦惟隐花植物而已，高贵生物，未获见也。降及(6)纪，而两栖动物及爬虫出，盖已随时日之变迁，以日趋于高等矣。是即造化自著之进化论，而达尔文[22]剽窃之以成十九世纪之伟著者也。

蕴藏矿物以是代为最富。(10)纪之见于中国者，自辽东半岛直亘朝鲜北部；虽土质确莩[23]，不宜稼穑，而所产金银铜锡之属，实远胜于他纪诸岩石，土人仅耕石田，于生计可绰有余裕焉。其(9)纪岩石，则分布于陕西至四川之山间，以产金著。其(8)纪岩石，则在云南北境及四川之东北。变质岩中，常含玉类，而岩石脉络间，亦少产银铁铜铅，搜全世界，以此纪岩石为至多，而石类亦均适于用。其上则(7)纪矣，产煤铁綦多，故以石炭名其纪。而吾中国本部，实蔓延分布，无地无之,合计石炭之量,远驾欧土(详见第五);是实榜陀罗 Pandora[24]之万祸箧底之希望,得之则日近于光明璀灿之前途,失之则惟愁苦终穷以死者也,吾国人其善所择哉。

(三) 中生代 Mesozoic Era

组成是代之岩石为粘板,角,硅,及粘土等,或遇如含有岩盐石炭石膏之地层,分三纪,即:

(5)三叠纪 Triassic Period

(4)侏罗纪 Jurassic Period

(3)白垩纪 Cretaceous Period

是也。前纪生物已日归于消灭,故(5)纪时,鳞印诸木,衰落既久,而松柏,苏铁,羊齿诸科,乃代之握植界之主权。至(3)纪则无花果,白杨,柳,楮等诸被子植物出,与现世界几无大异矣。动物则前代已生之爬虫,日益发达,有袋类亦生,为乳哺类之先导。至(4)纪而诡形之龙类[25](旧译作鼍),跋扈于陆地,有齿之大鸟[26],飞翔于太空,盖自有生物以来,未有若斯之瑰奇繁盛者也。且菊石,箭石之属,亦大繁殖,其遗蜕遂造成(3)纪之地层,即学校日用之垩笔[27],亦此微虫之余惠耳。至(3)纪时,生物界乃大变革,旧生动植,或衰或灭,而真阔叶树及硬骨鱼兴。

(5)纪之在中国者,为西藏,有用卄[28]物则有岩盐石膏铜铁铅等。(4)纪则自西伯利亚东方,以至中国之本部,虽时有卄物,而极鲜石炭。(3)纪则并有用卄物亦鲜见矣,中国之极西方是也。

（四）新生代 Cenozoic Era

新生代者,地质时代中最终之地层,而其末叶,即吾人生息之历史也,别为二纪,曰：

(2)第三纪 Tertiary Period

(1)第四纪 Quaternary Period

其岩石为粗面,流纹,玄武,及粘土,砂砾,柔石炭等。其生物虽与今几无大异,然细察之,则不同之点綦多,如象,貘,张角兽,恐鸟[29]是也。如是盛衰递嬗,益衍益进,至洪积世 Diluvium 而人类生。

(2)纪分布于中国全部,其卝物有金属,且产石炭,然以新成,故远逊于石炭纪者。(1)纪则全世界无不见之,如中国扬子江北部之累斯 Loess（黄色无层之灰质岩石）,即为是时积聚之砂土；黄河附近之黄土,亦是时发育之垆坶之一种也。

第四　地质上之发育

地球未成以先,吾中国亦气体中之一份耳,无可言者,故以地球成后始。

（一）太古代之中国　太古代之地球,洪水澎湃,烈火郁盘,地鲜出水,奚言生物,瞑想其状,当惟见洪流激浪而已。然火力所激,而地壳变形,昆仑山脉,忽然隆出；蒙古之一部分,及今之山东,亦离水成陆,崛起海中,其他则惟巨浸无际,怒浪拂天已耳。

(二)古生代之中国　地壳地心,鏖战既久,其后地心花刚岩之溶液,挟火力以泉涌,流溢海陆,地壳随之隆出水面,乃构成东方亚细亚之大陆。秦岭以北断层分走于诸方,即为台地,大苇鳞木印木等巨大植物,于焉繁殖。以北,则地层恒作波折形,似曾为山脉者。厥后经风雨之剥蚀,海浪之冲激,秦岭以北,渐成海底,无量植物,受水石之迫压,及地心热力,相率僵死。然地心火力,则犹冲突而未有已也,故复隆出水中,成阶级状之台地,所谓支那炭田者,实形成于此时焉。然其南部,尚潜海底,迨因受西北方之横压力,而秦岭以南之地层,遂成波状之崛起,即所谓支那山系(南岭)者是也。

(三)中生代之中国　火山之活动,至是稍衰,惟南方之一部,渐至沦陷,成新地中海,是实今日四川省之洼地(四川之赤盆砂地),而南支那之炭田也。迨喜马拉牙山崭然显头角,而南部中国始全为陆地。厥后南京与汉江之北,生分走北东之两断层,陷落而成中原,即为历代枭雄逐鹿地,以造成我中国旧史之骨子者也。

(四)新生代之中国　入新生代之初,水火之威日杀,甘肃及蒙古地方,昔为内海,至是亦渐就干涸,砂漠成焉。然以暴风所经营,故土砂埃尘,均随风飞动,运入黄河流域地方,积为黄土。扬子江北部,亦广大之砂漠耳,后以风之吹拂,雨之浸润,遂成累斯,故累斯大发育于中国。其他则与今日地形,几无大异矣。

第五　世界第一石炭国

　　世界第一石炭国！石炭者,与国家经济消长有密接之关系,而足以决盛衰生死之大问题者也。盖以汽生力之世界,无不以石炭为原动力者,失之则能令机械悉死,铁舰不神。虽曰将以电生力矣,然石炭亦能分握一方霸权,操一国之生死,则吾所敢断言也。故若英若美,均假僵死植物之灵,以横绝一世;今且垂尽矣,此彼都人士,所为抚心愁叹,皇皇大索者也。列邦如是,我国如何？利忒何芬曰:"世界第一石炭国！……"今据日本之地质调查者所报告,石炭田之大小位置,图际于左,即:

●满洲七处

芜　河　水　　　⎫
赛　马　集　　　⎪
太子河沿岸(上流) ⎬ 辽　东
本　溪　湖　　　⎭

锦　州　府(大小凌河上流) ⎫
宁　远　县　　　　　　　 ⎬ 辽　西
中　后　所　　　　　　　 ⎭

●直隶省六处

石　门　塞(临榆县)
开　　平
北京之西方(房山县附近)

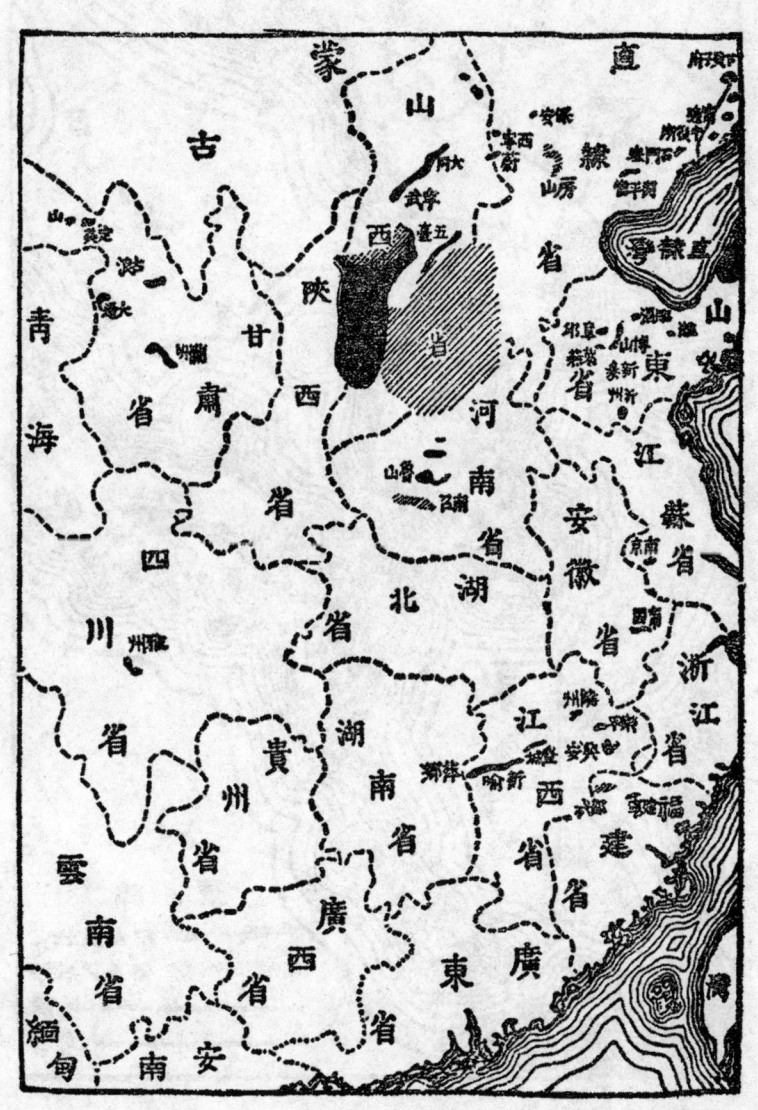

蔚　　　州　　　　　西　宁　州
● 山西省六处
　　东南部炭田　　　　西南部炭田
　　五　台　县　　　　大同宁民府间炭田
　　中　　路（译音）　西印子（译音）
● 四川省一处
　　雅　州　府
● 河南省两处
　　南　召　县　　　　鲁山县附近
● 江西省六处
　　丰　　　城　　　　新　　　喻
　　萍　　　乡　　　　兴　　　安
　　乐　　　平　　　　饶　　　州
● 福建省两处
　　邵　武　县　　　　建　宁　府
● 安徽省一处
　　宣　　　城
● 山东省七处
　　沂　州　府　　　　新　泰　县
　　莱　芜　县　　　　章　丘　县
　　临　榆　县　　　　通　　　县[30]
　　博山县及淄川县
● 甘肃省五处
　　兰　州　府　　　　大　通　县

古浪县　　　　定羌县
山丹州

等四十三处是也。或谓此外有湖南东南部有烟无烟炭田,无虑二万一千方迈尔[31],虽未得其的据,然吾中国炭田之未发见者,固不知其几许,宁止湖南？今仅就图中(见15页)山西省有烟无烟大炭田计之,约各一万三千五百方迈尔,合计七百万步[32]。加以他处炭田,拟一极少数,为一千万步。设平均厚率为三十尺,一立方坪之重量为八吨,则其总量凡一万二千亿吨,即每年采掘一亿二千万吨,亦可保持至一万年之久而未有尽也。况加以湖南传说之炭田,五百六十六万步即约六千八百亿吨乎。吾以之自熹,吾以之自慰。然有一奇现象焉,即与吾前言反对者,曰中国将以石炭亡是也。列强领土之中,既将告罄,而中国乃直当其解决盛衰问题之冲,列国将来工业之盛衰,几一系于占领支那之得失,遂攘臂而起,惧为人先。复以不能越势力平均之范围,乃相率而谈分割,血眼欲裂,直睨炭田。而我复麻木罔觉,挟无量巨资,不知所用,惟沾沾于微利以自贼,于是今日山西某炭田夺于英,明日山东各炭田夺于德[33],而诸国犹群相要曰:"采掘权！采掘权！！"呜呼,不待十年,将见此肮肮[34]中原,已非复吾曹之故国,握炭田之旧主,乃为采炭之奴,弃宝藏之荡子,反获鄙夫之谧。虽曰炭田有以海盗,而慢藏[35]不用,则谁之罪哉。

第六　结　论

　　吾既述地质之分布,地形之发育,连类而之矿藏,不觉生敬爱忧惧种种心,掷笔大叹,思吾故国,如何如何。乃见黄神啸吟,白皙舞蹈,[36]足迹所至,要索随之,既得矿权,遂伏潜力,曰某曰某,均非我有。今者俄复索我金州复州海龙盖平诸矿地矣。初有清商某以自行采掘请,奉天将军诺之,既而闻其阴市于俄也,欲毁其约,俄人剧怒,大肆要求。[37]呜呼,此垂亡之国,翼翼爱护之,犹恐不至,独奈何引盗入室,助之折榱挠栋,以速大厦之倾哉。今复见于吾浙矣。以吾所闻,浙绅某者[38],窃某商之故智,而实为外人伥,约将定矣。设我浙人若政府,起而沮尼之,度其结果,亦若俄之于金州诸地耳。试问我畏葸文弱之浙人,老病昏瞆之政府,有何权力,敢遏其锋;阖口自戕,犹将罹祸,而此獠偏提外人耳而促之曰:"若盍索吾浙矿。"呜呼,鬼蜮为谋,猛鸷张口,其亡其亡,复何疑焉。吾尝豫测将来,窃为吾浙惧,若在北方,则无曹耳。彼等既饱尝外人枪刃之风味,淫掠之德政,不敢不慴伏诒媚,以博未来之圣主欢,夺最爱之妻女,犹不敢怨,更何有于毫无爱想之片土哉! 若吾浙则不然,台处衢严诸府,教士说法,犹酿巨蠹[39]。况忽见碧瞳皙面之异种人,指挥经营,丁丁然日凿吾土,必有一种不能思议之感想,浮游于脑,而惊,而惧,而愤,挥梃而起,莳刈之以为快。而外人乃复得口实,以要索,以示威,枭颅成束,流血碧地之惨象,将复演于南方,未可知也。即不然,他国执势力平均之说,群起夺地,倏忽瓜分,灭国之祸,惟我自速。即幸而数十年后,竟得独立,荣光纠纷,符吾梦想;而吾浙矿产,本逊他省,复以外族入室,罗掘一空,工商诸业,遂难优胜,于是失败迭来,日趋贫病。呜呼,浙人而不甘分致戎之谤也,其可不谋所以挽救之者乎。

救之奈何?曰小儿见群儿之将夺其食也,则攫而自吞之,师是可耳。夫中国虽以弱著,吾侪固犹是中国之主人,结合大群起而兴业,群儿虽狡,孰敢沮者,则要索之机绝。乡人相见,可以理喻,非若异族,横目为仇,则民变之祸弭。况工业繁兴,机械为用,文明之影,日印于脑,尘尘相续,遂孕良果,吾知豪侠之士,必有恨恨以思,奋袂而起者矣。不然,则吾将忧服箱[40]受策之不暇,宁有如许闲情,喋喋以言地质哉。

* * *

〔1〕 本篇最初发表于1903年10月在日本东京出版的《浙江潮》月刊第八期,署名索子。原为句读。

〔2〕 五印 指印度。古代印度分为东西南北中五部分,故称。

〔3〕 匨 藏的古字。

〔4〕 弱水 我国古书中关于弱水的神话传说很多,如《山海经·大荒西经》:昆仑之丘"其下有弱水之渊"。晋代郭璞注:"其水不胜鸿毛。"

〔5〕 阿鼻 梵文 Avīci 的音译,意为"无间",指痛苦无有间断。佛教传说中有所谓阿鼻地狱。

〔6〕 "子有钟鼓,弗鼓弗考"等语,见《诗经·唐风·山有枢》。

考,敲。东汉郑玄笺:"考,击也。"

〔7〕 利忒何芬(F. von Richthofen,1833—1905) 通译李希霍芬,德国地质地貌学家。1868年至1872年,他在上海西商会的指使和资助下,七次旅行我国内地,搜集地质、矿产等资料。回国后撰有《中国——亲身经历及其研究报告》三册和地图一本。他在此书和一些文章中,极力主张德国霸占我国胶州湾。

〔8〕 石炭 这里指煤。

〔9〕 森林民族 指日耳曼人。他们在公元一世纪之前,一直居住在北欧森林地带,过着游牧打猎的生活。

〔10〕 式奘尼(B. von Széchenyi,1837—1918) 匈牙利人。他于1879年来中国,与克雷德纳(G. Kreitner)、洛奇(L. Lóczy)一同探察我国西部和西南地区,回国后著有《一八七七年——一八八〇年东亚旅行的学术成果》一书。

〔11〕 阿布伩夫(Б. А. Обручев,1863—1956) 通译奥勃鲁契夫,俄国地质地理学家。1892年至1894年间参加波丹宁为首的考察队来中国进行地质考察,回国后著有《亚洲中部、华北和南山》二卷。

〔12〕 里昂商业会议所 通译里昂商会,法国的商人团体之一。成立于1702年。它的主要职责是讨论所在城市或地区的事宜,向政府提出工商方面的建议等。1791年因立宪会议下令取消各地商会而解散,1802年恢复。1895年至1897年,法国矿业工程师杜克洛(Duclos)考察我国云南、贵州、四川地区,提出了关于当地矿物资源的报告书;随后,里昂商会为进一步考察对华进行贸易渗透的前景,向上述地区派出了以法国外交部委任的领事艾米尔·罗歇(Emil Rocher)率领的考察团。

〔13〕 神保 即神保小虎(1867—1924);巨智部,即巨智部忠承

19

(1854—1927);铃木,即铃木敏。三人均为日本地质矿产学者,曾在1895年7月至10月到我国辽东半岛勘察地质矿产情况。下文的西和田,即西和田久学(1873—1936),地质矿产学者,1897年曾到我国热河进行金矿勘察。平林,即平林武(？—1935),地质矿产学者,1900年11月至翌年5月到我国江西、福建两省勘探地质矿产。井上,即井上禧之助,曾任日本地质调查所所长,1898年4月至6月曾到我国福建省建宁、古田等地进行地质矿产调查。和田,即和田维四郎(1856—1920),日本地质学的创始人之一。1899年曾到我国探察大冶铁矿,后又于1900年、1902年两度到我国探矿。小川,即小川琢治(1870—1941),地质矿产学者,1902年受日本外务省派遣到我国北方探矿。细井,即细井岩弥,曾任东京矿山监督署监督科长,他到我国探矿情况不详。山田,即山田邦彦,地质矿产学者,1903年6月曾到我国四川、贵州、云南等地勘探矿产资源。

〔14〕 康德(I. Kant, 1724—1804) 德国哲学家。1755年发表《自然通史和天体论》,提出关于太阳系起源的星云假说,认为宇宙中无限混沌的原始物质彼此吸引、相撞、发热、旋转而成星云;旋转着的星云在其赤道面上甩出物质,依次形成太阳系诸行星。

〔15〕 拉布拉(P. Laplace, 1749—1827) 通译拉普拉斯,法国科学家。他于1796年根据角动量守恒原则解释星云冷凝体的加速自转,独立地提出了与康德相似的论点。

〔16〕 基础统系 也称基础建造,指原始地壳。

〔17〕 阿屯(Eozone) 美国科学家达逊曾在隐生宙(即文中的原始代)形成的加拿大石灰岩中,发现类似原生动物有孔虫的遗迹,取名为 Eozone。

〔18〕 眉彪(1825—1908) 又译梅标士,德国科学家。他经过研

究,否定了隐生宙存在过有孔类原生动物的说法。

〔19〕 按寒武利亚纪后,当有奥陶纪(Ordovician Period)。

〔20〕 按石炭当系石灰之误。

〔21〕 苇 又作大苇(calamits),通译芦木,一种木贼纲的古植物。

〔22〕 达尔文(C. R. Darwin,1809—1882) 英国生物学家,进化论的奠基者。著有《物种起源》等。他提出以自然选择为基础的进化学说,阐明了在自然条件的作用下,生物从低级向高级发展、进化的客观规律,摧毁了各种唯心主义的神造论、目的论和生物不变论。

〔23〕 确荦 土地瘠薄,多石不平。唐刘禹锡《吊马文》:"结为确荦,融为坳堂。"

〔24〕 榜陀罗 通译潘多拉,希腊神话中的一个美女。主神宙斯把她送给厄匹米修斯为妻,并交给她一只箱子,内装疾病、灾害、罪恶等祸患,"希望"则藏在底层。她和厄匹米修斯见面时,打开箱盖,向人间放出各种祸患,却把"希望"关在箱里。

〔25〕 诡形之龙类 指恐龙。

〔26〕 有齿之大鸟 指始祖鸟。

〔27〕 垩笔 即粉笔,我国多用石膏制作;其他国家则多用白垩土制作。白垩土是一种主要由微体动物遗壳堆积而成的白色土质岩石。

〔28〕 卝 矿的古字。

〔29〕 貘 指巨貘(Megatapirus),真貘科的古代哺乳动物。张角兽,当指恐角类(Dinocrata)动物,头上常有角状的骨质突起。恐鸟,又称莫滑(MOA)鸟,一种类似鸵鸟的走禽。

〔30〕 按这里的临榆县、通县,据本文所附地图,当为临淄县、潍县。

〔31〕 迈尔　英语 mile 的音译，即英里。

〔32〕 步　日本的面积单位，同坪，一坪合三点三〇五七平方米。

〔33〕 山西某炭田夺于英　指1894年（光绪二十年）英国福公司攫取山西盂县平定矿权。山东各炭田夺于德，指1898年（光绪二十四年）德国政府攫取山东胶济铁路沿线三十里内矿权，次年德商瑞记洋行攫取山东境内五处矿权。

〔34〕 朊朊　肥沃。《诗经·大雅·绵》："周原朊朊，堇荼如饴。"

〔35〕 慢藏　意思是财物保管不严。《易·系辞上》："慢藏诲盗。"

〔36〕 黄神啸吟　《淮南子·览冥训》："西老折胜，黄神啸吟。"东汉高诱注："为时（按指夏桀之时）无法度，黄帝之神伤道之衰，故啸吟而长叹也。"白眚，指西方帝国主义者。眚，灾害。

〔37〕 关于俄索金州诸矿，见1903年10月1日日本大阪《朝日新闻》："九月三十日天津特电：奉天将军以金州厅、复州、盖平、海龙厅等矿山许请清商出资开采，该清商联络俄国人，自俄国人出资，其权利尽落俄国人之手，故奉天将军近令禁止，俄国领事盛气诘问，奉天将军乃电请外务部，乞与俄国公使开议，以保护矿山权云。"奉天将军，指当时的盛京将军增祺。清商，指买办商人梁显诚。

〔38〕 浙绅某者　指高尔伊，字子衡，浙江杭州人。1903年，他借开设宝昌公司承办浙东衢、严、温、处四府矿产之名，暗中以二百五十万两银价将四府矿产全部出卖给意大利惠工公司。同年10月3日，浙江留日学生曾在东京上野三宜亭集会抗议，并发布公开信声讨高尔伊的卖国行径。

〔39〕 教士说法，犹酿巨蠹　1898年到1903年间，浙江的台州、

处州、衢州、严州等地区,爆发过多次以反对教会为口号的群众反帝斗争,都遭到清政府的残酷镇压。计有1898年2月的海门起义,1900年7月的诸暨起义、8月的衢州起义、9月的宁海起义,1903年6月的宁海、桐庐起义等。菑,同灾。

〔40〕 服箱　驾车。《诗经·小雅·大东》:"皖彼牵牛,不可以服箱。"箱,车箱。

一九〇八年

破恶声论[1]

本根剥丧,神气旁皇,华国将自槁于子孙之攻伐,而举天下无违言,寂漠为政,天地闭矣。狂蛊中于人心,妄行者日昌炽,进毒操刀,若惟恐宗邦之不蚤崩裂,而举天下无违言,寂漠为政,天地闭矣。吾未绝大冀于方来,则思聆知者之心声而相观其内曜。内曜者,破黮暗者也;心声者,离伪诈者也。人群有是,乃如雷霆发于孟春,而百卉为之萌动,曙色东作,深夜逝矣。惟此亦不大众之祈,而属望止一二士,立之为极,俾众瞻观,则人亦庶乎免沦没;望虽小陋,顾亦留独弦于槁梧[2],仰孤星于秋昊也。使其无是,斯增欷尔。夫外缘来会,惟须弥[3]泰岳或不为之摇,此他有情,不能无应。然而厉风过窍,骄阳薄河,受其力者,则咸起损益变易,物性然也。至于有生,应乃愈著,阳气方动,元驹贲焉[4],杪秋之至,鸣虫默焉,蠛飞蠕动[5],无不以外缘而异其情状者,则以生理然也。若夫人类,首出群伦,其遇外缘而生感动拒受者,虽如他生,然又有其特异;神畅于春,心凝于夏,志沉于萧索,虑肃于伏藏[6]。情若迁于时矣,顾时则有所连拒,天时人事,胥无足易其心,诚于

24

中而有言;反其心者,虽天下皆唱而不与之和。其言也,以充实而不可自已故也,以光曜之发于心故也,以波涛之作于脑故也。是故其声出而天下昭苏,力或伟于天物,震人间世,使之瞿然。瞿然者,向上之权舆[7]已。盖惟声发自心,朕归于我,而人始自有己;人各有己,而群之大觉近矣。若其靡然合趣,万喙同鸣,鸣又不揆诸心,仅从人而发若机栝;林籁也,鸟声也,恶浊扰攘,不若此也,此其增悲,盖视寂漠且愈甚矣。而今之中国,则正一寂漠境哉。乃者诸夏丧乱,外寇乘之,兵燹之下,民救死不给,美人墨面,硕士则赴清泠之渊;旧念犹存否于后人之胸,虽不可度,顾相观外象,则疲苶卷挛,蛰伏而无动者,固已久矣。洎夫今兹,大势复变,殊异之思,诚诡之物,渐渐入中国,志士多危心[8],亦相率赴欧墨,欲采掇其文化,而纳之宗邦。凡所浴颢气则新绝,凡所遇思潮则新绝,顾环流其营卫[9]者,则依然炎黄之血也。荣华在中,厄于肃杀,婴以外物,勃焉怒生。于是苏古掇新,精神阊彻,自既大自我于无竟,又复时返顾其旧乡,披厥心而成声,殷若雷霆之起物。梦者自梦,觉者是之,则中国之人,庶赖此数硕士而不殄灭,国人之存者一,中国斯侂[10]生于是已。虽然,日月逝矣,而寂漠犹未央也。上下求索,阒其无人,不自发中,不见应外,颛蒙[11]默止,若存若亡,意者往之见戕贼者深,因将长槁枯而不复菀与,此则可为坠心陨涕者也。顾吾亦知难者则有辞矣。殆谓十余年来,受侮既甚,人士因之渐渐出梦寐,知云何为国,云何为人,急公好义之心萌,独立自存之志固,言议波涌,为作日多。外人之来游者,莫不愕然惊中国维新之捷,内地士夫,则出接异域之文物,效其好尚语言,峨冠短服而步乎大衢,与西人一握为笑,无逊色也。其居内而沐新思潮者,亦胥争提国人之耳,厉声而呼,示以生存二十世纪之国民,当作何状;而聆之者则蔑弗首肯,尽力任事惟恐后,且又日鼓舞之以报章,间协助之以书籍,中之文词,虽诘诎聱牙,难于尽晓,顾究亦输入文明之利器也。倘其革新武备,振起工商,则国之富强,计日可待。豫备时代者今之世,事物胥变易矣,苟起陈死人于垅中而示以状,且将唇惊乎今之论议经营,无不胜于前古,而自憾其身之蚤殒矣,胡寂漠之云云也。若如是,则今之中国,其正一扰攘世哉!世之言何言,人之事何事乎。心声也,内曜也,不可见也。时势既迁,活身之术随变,人虑冻馁,则竞趋于异途,掣维新之衣,用蔽其自私之体,为匠者乃颂斧斤,而谓国弱于农人之有耒耜,事猎者则扬剑铳,而曰民困于渔父之宝网罟;倘其游行欧土,偏学制女子束腰道具之术以归,则再拜贞虫[12]而谓之文明,且昌言不纤腰者为野蛮矣。顾使诚匠人诚猎师诚制束腰道具者,斯犹善也,试按其实,乃并方术且非所喻,灵府荒秽,徒炫耀耳食以罔当时。故纵唱者万千,和者亿兆,亦绝不足破人界之荒凉;而鸩毒日投,适益以速中国之隳败,则其增悲,不较寂漠且愈甚与。故今之所贵所望,在有不和众嚣,独具我见之士,洞瞩幽隐,评骘文明,弗与妄惑者同其是非,惟向所信是诣,举世誉之而不加劝,举世毁之而不加沮,有从者则任其来,假其投以笑侮[13],使之孤立于世,亦无慭也。则庶几烛幽暗以天光,发国人之内曜,人各有己,不随风波,而中国亦以立。今者古国胜民[14],素为吾志士所鄙夷不屑道者,则咸入自觉之境矣。披心而嗷,其声昭明,精神发扬,渐不为强暴之力谲诈之术之所克制,而中国独何依然寂漠而无声也?岂其道莽不可行,故硕士艰于出世;抑以众謷盈于人耳,莫能闻渊深之心声,则宁缄口而无言耶。嗟夫,观史实之所垂,吾则知先路前驱,而为之辟启廓清者,固必先有其健者矣。顾浊流茫洋,并健者亦以沦没,肮肮华土,凄如荒原,黄神啸吟,种性放失,心声内曀,两不可期已。虽然,事多失于自臧,而一苇之投,望则大于俟他士之造巨筏,吾未绝大冀于方来,则斯论之所由作也。

聚今人之所张主,理而察之,假名之曰类,则其为类之大较二:一曰汝其为国民,一曰汝其为世界人。前者慑以不如是则亡中国,后者慑以不如是则畔文明。寻其立意,虽都无条贯主的,而皆灭人之自我,使之混然不敢自别异,泯于大群,如掩诸色以晦黑,假不随驸,乃即以大群为鞭筴,攻击迫拶,俾之靡骋。往者迫于仇则呼群为之援助,苦于暴主则呼群为之拨除,今之见制于大群,孰有寄之同情与?故民中之有独夫,昉于今日,以独制众者古,而众或反离,以众虐独者今,而不许其抵拒,众昌言自由,而自由之蕉萃孤虚实莫甚焉。人丧其我矣,谁则呼之兴起?顾謷嚣乃方昌狂而未有既也。二类所言,虽或若反,特其灭裂个性也大同。总计言议而举其大端,则甲之说曰,破迷信也,崇侵略也,尽义务也;乙之说曰,同文字也,弃祖国也,尚齐一也,非然者将不足生存于二十世纪。至所持为坚盾以自卫者,则有科学,有适用之事,有进化,有文明,其言尚矣,若不可以易。特于科学何物,适用何事,进化之状奈何,文明之谊何解,乃独函胡而不与之明言,甚或操利矛以自陷。嗟夫,根本且动摇矣,其柯叶又何侙焉。岂诚其随波弟靡,莫能自主,则姑从于唱喁[15]以荧惑人;抑亦自知其小陋,时为饮啖计,不得不假此面具以钓名声于天下耶。名声得而腹腴矣,奈他人之见戕贼何!故病中国今日之扰攘者,则患志士英雄之多而患人之少。志士英雄,非不祥也,顾蒙幪面而不能白心,则神气恶浊,每感人而令之病。奥古斯丁也,托尔斯泰也,约翰卢骚[16]也,伟哉其自忏之书,心声之洋溢者也。若其本无有物,徒附丽是宗,辄岸然曰善国善天下,则吾愿先闻其白心。使其羞白心于人前,则不若伏藏其论议,荡涤秽恶,俾众清明,容性解之竺生[17],以起人之内曜。如是而后,人生之意义庶几明,而个性亦不至沉沦于浊水乎。顾志士英雄不肯也,则惟解析其言,用晓其张主之非是而已矣。

破迷信者,于今为烈,不特时腾沸于士人之口,且哀然成巨帙矣。顾胥不先语人以正信;正信不立,又乌从比校而知其迷妄也。夫人在两间,若知识混沌,思虑简陋,斯无论已;倘其不安物质之生活,则自必有形上[18]之需求。故吠陁[19]之民,见夫凄风烈雨,黑云如盘,奔电时作,则以为因陁罗[20]与敌斗,为之栗然生虔敬念。希伯来[21]之民,大观天然,怀不思议,则神来之事与接神之术兴,后之宗教,即以萌蘖。虽中国志士谓之迷,而吾则谓此乃向上之民,欲离是有限相对之现世,以趣无限绝对之至上者也。人心必有所冯依,非信无以立,宗教之作,不可已矣。顾吾中国,则夙以普崇万物为文化本根,敬天礼地,实与法式,发育张大,整然不紊。覆载[22]为之首,而次及于万汇,凡一切睿知义理与邦国家族之制,无不据是为始基焉。效果所著,大莫可名,以是而不轻旧乡,以是而不生阶级;他若虽一卉木竹石,视之均函有神閟性灵,玄义在中,不同凡品,其所崇爱之溥博,世未见有其匹也。顾民生多艰,是性日薄,洎夫今,乃仅能见诸古人之记录,与气禀未失之农人;求之于士大夫,戛戛乎难得矣。设有人,谓中国人之所崇拜者,不在无形而在实体,不在一宰而在百昌[23],斯其信崇,即为迷妄,则敢问无形一主,何以独为正神?宗教由来,本向上之民所自建,纵对象有多一虚实之别,而足充人心向上之需要则同然。顾瞻百昌,审谛万物,若无不有灵觉妙义焉,此即诗歌也,即美妙也,今世冥通神閟之士之所归也,而中国已于四千载前有之矣;斥此谓之迷,则正信为物将奈何矣。盖浇季士夫,精神窒塞,惟肤薄之功利是尚,躯壳虽存,灵觉且失。于是昧人生有趣神閟之事,天物罗列,不关其心,自惟为稻粱折腰;则执己律人,以他人有信仰为大怪,举丧师辱国之罪,悉以归之,造作囈言,必尽颠其隐依乃快。不悟墟社稷毁家庙者,征之历史,正多无信仰之士人,而乡曲小民无与。伪士当去,迷信可存,今日之急也。若夫自谓其言之尤光大者,则有奉科学为圭臬之辈,稍耳物质之说,即曰:"磷,元素之一也;不为鬼火。"略翻生理之书,即曰:"人体,细胞所合成也;安有灵魂?"知识未能周,而辄欲以所拾质力[24]杂说之至浅而多谬者,解释万事。不思事理神閟变化,决不为理科入门一册之所范围,依此攻彼,不亦慎[25]乎。夫欲以科学为宗教者,欧西则固有人矣,德之学者黑格尔[26],研究官品[27],终立一元之说,其于宗教,则谓当别立理性之神祠,以奉十九世纪三位一体之真者。三位云何？诚善美也。顾仍奉行仪式,俾人易知执着现世,而求精进。至尼佉[28]氏,则刺取达尔文进化之说,掊击景教[29],别说超人。虽云据科学为根,而宗教与幻想之臭味不脱,则其张主,特为易信仰,而非灭信仰昭然矣。顾迄今兹,犹不昌大。盖以科学所底,不极精深,揭是以招众生,聆之者则未能满志；惟首唱之士,其思虑学术志行,大都博大渊邃,勇猛坚贞,纵迕时人不惧,才士也夫！观于此,则惟酒食是仪,他无执持,而妄欲夺人之崇信者,虽有元素细胞,为之甲胄,顾其违妄而无当于事理,已可弗繁言而解矣。吾不知耳其论者,何尚顶礼而赞颂之也。虽然,前此所陈,则犹其上尔；更数污下,乃有以毁伽兰为专务者。国民既觉,学事当兴,而志士多贫穷,富人则往往吝啬,救国不可缓,计惟有占祠庙以教子弟；于是先破迷信,次乃毁击像偶,自为其酋,聘一教师,使总一切,而学校立。夫佛教崇高,凡有识者所同可,何怨于震旦[30],而汲汲灭其法。若谓无功于民,则当先自省民德之堕落；欲与挽救,方昌大之不暇,胡毁裂也。况学校之在中国,乃何状乎？教师常寡学,虽西学之肤浅者不憭,徒作新态,用惑乱人。讲古史则有黄帝之伐某尤[31],国字且不周识矣；言地理则云地球常破,顾亦可以修复,大地实体与地球模型且不能判矣。学生得此,则以增骄,自命中国桢干,未治一事,而兀傲过于开国元老；顾志操特卑下,所希仅在科名,赖以立将来之中国,岌岌哉！迩来桑门[32]虽衰退,然校诸学生,其清净远矣。若在南方,乃更有一意于禁止赛会之志士。

农人耕稼,岁几无休时,递得余闲,则有报赛,举酒自劳,洁牲酬神,精神体质,两愉悦也。号志士者起,乃谓乡人事此,足以丧财费时,奔走号呼,力施遏止,而钩其财帛为公用。嗟夫,自未破迷信以来,生财之道,固未有捷于此者矣。夫使人元气黮浊,性如沉埋,或灵明已亏,沦溺嗜欲,斯已耳;倘其朴素之民,厥心纯白,则劳作终岁,必求一扬其精神。故农则年答大戳于天,自亦蒙庥而大酺,稍息心体,备更服劳。今并此而止之,是使学轭下之牛马也,人不能堪,必别有所以发泄者矣。况乎自慰之事,他人不当犯干,诗人朗咏以写心,虽暴主不相犯也;舞人屈申以舒体,虽暴主不相犯也;农人之慰,而志士犯之,则志士之祸,烈于暴主远矣。乱之上也,治之下也,[33]至于细流,乃尚万别。举其大略,首有嘲神话者,总希腊埃及印度,咸与诽笑,谓足作解颐之具。夫神话之作,本于古民,睹天物之奇觚[34],则逞神思而施以人化,想出古异,谲诡可观,虽信之失当,而嘲之则大惑也。太古之民,神思如是,为后人者,当若何惊异瑰大之;矧欧西艺文,多蒙其泽,思想文术,赖是而庄严美妙者,不知几何。倘欲究西国人文,治此则其首事,盖不知神话,即莫由解其艺文,暗艺文者,于内部文明何获焉。若谓埃及以迷信亡,举彼上古文明,胥加呵斥,则竖子之见,古今之别,且不能知者,虽一哂可靳之矣。复次乃有借口科学,怀疑于中国古然之神龙者,按其由来,实在拾外人之余唾。彼徒除利力而外,无蕴于中,见中国式微,则虽一石一华,亦加轻薄,于是吹索抉剔,以动物学之定理,断神龙为必无。夫龙之为物,本吾古民神思所创造,例以动物学,则既自白其愚矣,而华

31

土同人,贩此又何为者?抑国民有是,非特无足愧恶已也,神思美富,益可自扬。古则有印度希腊,近之则东欧与北欧诸邦,神话古传以至神物重言[35]之丰,他国莫与并,而民性亦瑰奇渊雅,甲天下焉,吾未见其为世诟病也。惟不能自造神话神物,而贩诸殊方,则念古民神思之穷,有足愧尔。嗟乎,龙为国徽,而加之谤,旧物将不存于世矣!顾俄罗斯枳首之鹰,英吉利人立之兽[36],独不蒙垢者,则以国势异也。科学为之被,利力实其心,若尔人者,其可与庄语乎,直唾之耳。且今者更将创天下古今未闻之事,定宗教以强中国人之信奉矣,心夺于人,信不繇己,然此破迷信之志士,则正敕定正信教宗之健仆哉。

崇侵略者类有机,兽性其上也,最有奴子性,中国志士何隶乎?夫古民惟群,后乃成国,分画疆界,生长于斯,使其用天之宜,食地之利,借自力以善生事,辑睦而不相攻,此盖至善,亦非不能也。人类顾由昉,乃在微生,自虫蛆虎豹猿狄以至今日,古性伏中,时复显露,于是有嗜杀戮侵略之事,夺土地子女玉帛以厌野心;而间恤人言,则造作诸美名以自盖,历时既久,入人者深,众遂渐不知所由来,性偕习而俱变,虽哲人硕士,染秽恶焉。如俄罗斯什赫[37]诸邦,夙有一切斯拉夫主义[38],居高位者,抱而动定,惟不溥及农人间,顾思士诗人,则熏染于心,虽瑰意鸿思不能涤。其所谓爱国,大都不以艺文思理,足为人类荣华者是尚,惟援甲兵剑戟之精锐,获地杀人之众多,喋喋为宗国晖光。至于近世,则知别有天识在人,虎狼之行,非其首事,而此风为稍杀。特在下士,未能脱也,识者有忧之,于是恶兵如蛇蝎,而大呼平和于人间,其声亦震心曲,豫言者托尔斯泰其一也。其言谓人生之至可贵者,莫如自食力而生活,侵掠攻夺,足为大禁,下民无不乐平和,而在上者乃爱喋血,驱之出战,丧人民元[39],于是家室不完,无庇者遍全国,民失其所,政家之罪也。何以药之？莫如不奉命。令出征而士不集,仍秉耒耜而耕,熙熙也;令捕治而吏不集,亦仍秉耒耜而耕,熙熙也,独夫孤立于上,而臣仆不听命于下,则天下治矣。然平议以为非是,载使全俄朝如是,敌军则可以夕至,民朝弃戈矛于足次,追夕则失其土田,流离散亡,烈于前此。故其所言,为理想诚善,而见诸事实,乃佛戾初志远矣。第此犹曰仅揅之利害之言也,察人类之不齐,亦当悟斯言之非至。夫人历进化之道途,其度则大有差等,或留蛆虫性,或猿狙性,纵越万祀,不能大同。即同矣,见一异者,而全群之治立败,民性柔和,既如乳羔,则一狼入其牧场,能杀之使无遗子,及是时而求保障,悔迟莫矣。是故嗜杀戮攻夺,思廓其国威于天下者,兽性之爱国也,人欲超禽虫,则不当慕其思。顾战争绝迹,平和永存,乃又须迟之人类灭尽,大地崩离以后;则甲兵之寿,盖又与人类同终始者已。然此特所以自捍卫,辟虎狼也,不假之为爪牙,以残食世之小弱,令兵为人用,而不强人为兵奴,人知此义,乃庶可与语武事,而不至为两间大厉也与。虽然,察我中国,则世之论者,殆皆非也,云爱国者有人,崇武士者有人,而其志特甚犷野,托体文化,口则作肉攫之鸣,假使傅以爪牙,若余勇犹可以蹂躏大地,此其为性,狞暴甚矣,顾亦不可谥之兽性。何以言之？曰诚于中而外见者,得二事焉,兽性爱国者之所无也。二事云何？则一曰崇强国，次曰侮胜民。盖兽性爱国之士，必生于强大之邦，势力盛强，威足以凌天下，则孤尊自国，蔑视异方，执进化留良之言，攻小弱以逞欲，非混一寰宇，异种悉为其臣仆不慊也。然中国则何如国矣，民乐耕稼，轻去其乡，上而好远功，在野者辄怨怼，凡所自诩，乃在文明之光华美大，而不借暴力以凌四夷，宝爱平和，天下鲜有。惟晏安长久，防卫日弛，虎狼突来，民乃涂炭。第此非吾民罪也，恶喋血，恶杀人，不忍别离，安于劳作，人之性则如是。倘使举天下之习同中国，犹托尔斯泰之所言，则大地之上，虽种族繁多，邦国殊别，而此疆尔界，执守不相侵，历万世无乱离焉可也。兽性者起，而平和之民始大骇，日夕岌岌，若不能存，苟不斥去之，固无以自生活；然此亦惟驱之适旧乡，而不自反于兽性，况其戴牙角以戕贼小弱孤露者乎。而吾志士弗念也，举世滔滔，颂美侵略，暴俄强德，向往之如慕乐园，至受厄无告如印度波兰之民，则以冰寒之言嘲其陨落。夫吾华土之苦于强暴，亦已久矣，未至陈尸，鸷鸟先集，丧地不足，益以金资，而人亦为之寒饿野死。而今而后，所当有利兵坚盾，环卫其身，毋俾封豕长蛇，荐食上国[40]；然此则所以自卫而已，非效侵略者之行，非将以侵略人也。不尚侵略者何？曰反诸己也，兽性者之敌也。至于波兰印度，乃华土同病之邦矣，波兰虽素不相往来，顾其民多情愫，爱自繇，凡人之有情愫宝自繇者，胥爱其国为二事征象，盖人不乐为皂隶，则孰能不眷慕悲悼之。印度则交通自古，贻我大祥，思想信仰道德艺文，无不蒙贶，虽兄弟眷属，何以加之。使二国而危者，吾当为之抑郁，二国而陨，吾当为之号咷，无祸则上祷于天，俾与吾华土同其无极。今志士奈何独不念之，谓自取其殃而加之谤，岂其屡蒙兵火，久匍伏于强暴者之足下，则旧性失，同情漓，灵台[41]之中，满以势利，因迷谬亡识而为此与！故总度今日佳兵之士，自屈于强暴久，因渐成奴子之性，忘本来而崇侵略者最下；人云亦云，不持自见者上也。间亦有不隶二类，而偶反其未为人类前之性者，吾尝一二见于诗歌，其大旨在援德皇威廉二世黄祸之说[42]以自豪，厉声而嗥，欲毁伦敦而覆罗马；巴黎一地，则以供淫游焉。倡黄祸者，虽拟黄人以兽，顾其烈则未至于此矣。今兹敢告华土壮者曰，勇健有力，果毅不怯斗，固人生宜有事，特此则以自臧，而非用以搏噬无辜之国。使其自树既固，有余勇焉，则当如波兰武士贝谟[43]之辅匈加利，英吉利诗人裴伦[44]之助希腊，为自繇张其元气，颠仆压制，去诸两间，凡有危邦，咸与扶掖，先起友国，次及其他，令人间世，自繇具足，眈眈皙种，失其臣奴，则黄祸始以实现。若夫今日，其可收艳羡强暴之心，而说自卫之要矣。乌乎，吾华土亦一受侵略之国也，而不自省也乎。（未完）

* * *

〔1〕 本篇最初发表于1908年12月5日在日本东京出版的《河南》月刊第八期，署名迅行。原为句读。

〔2〕 槁梧 古琴。《庄子·德充符》："据槁梧而瞑。"原指用梧桐木制作的琴。

〔3〕 须弥 梵文Sumeru音译的略称，即须弥山，古印度神话和

佛教传说中的大山名。佛家相传山顶上为帝释天。

〔4〕 元驹贲焉 《大戴礼·夏小正》:"十二月,元驹贲。"北周卢辩注:元驹"蚁也。贲者走于地中也。"

〔5〕 蠉飞蠕动 昆虫的飞行爬动。《淮南子·原道训》:"跂行喙息,蠉飞蠕动,待而后生,莫之知德,待之后死,莫之能怨。"

〔6〕 萧索 指秋季。宋代范仲淹《恨赋》:"秋日萧索,浮云无光。"伏藏,指冬季。汉代伏胜《尚书大传》:"北方者何也?伏方也。伏方也者,万物之方伏。物之方伏,则何以为之冬?冬者中也,中也者,物方藏于中也。"

〔7〕 权舆 《诗经·秦风·权舆》:"于嗟乎,不承权舆。"毛传:"权舆,始也。"

〔8〕 危心 心怀畏惧的意思。《孟子·尽心(上)》:"独孤臣孽子,其操心也危。"

〔9〕 营卫 即荣卫。沈曾植《海日楼札丛》卷四:"荣,大血管也。卫,微丝管也。"

〔10〕 侂 同托。

〔11〕 颛蒙 愚昧。汉代扬雄《法言·序》:"天降生民,倥侗颛蒙。"

〔12〕 贞虫 《淮南子·原道训》:"夫举天下万物,蚑蛲贞虫,蠕动跂作,皆知其所喜憎利害者何也?以其性之在焉而不离也。"汉代高诱注:"贞虫,细腰之属。"

〔13〕 伪 同骂。

〔14〕 胜民 被征服国家的人民。

〔15〕 从于唱喁 随声附和的意思。《庄子·齐物论》:"前者唱于,而随者唱喁。"于,同吁。

〔16〕 奥古斯丁(A. Augustinus,354—430) 古迦太基国(今突尼斯)的神学者,基督教主教,著有《天主之城》等。托尔斯泰(Л. Н. Толстой,1828—1910),俄国作家。著有《战争与和平》、《安娜·卡列尼娜》、《复活》等。约翰卢骚(J. J. Rousseau, 1712—1778),通译让·雅克·卢梭,法国启蒙思想家,著有《社会契约论》、《爱弥儿》等。他们都著有自传性的《忏悔录》。

〔17〕 性解 作者在《坟·摩罗诗力说》中曾用英语 Genius 注释此词,即天才。竺生,同笃生,涌现的意思。

〔18〕 形上 指精神。《易·系辞上》:"形而上者谓之道,形而下者谓之器。"

〔19〕 吠陁 或译韦陀,印度最古的宗教、哲学、文学经典名,这里借指印度。

〔20〕 因陁罗 印度神话中的雷神,又是佛教传说中最高的神"帝释天"。

〔21〕 希伯来 犹太民族的又一名称,相传公元前一千多年,在民族领袖摩西的领率下,从埃及归巴勒斯坦建国。希伯来人的典籍《旧约全书》,包括文学作品、历史传说以及有关宗教的传说等,后来成为基督教《圣经》的一部分。

〔22〕 覆载 指天地。

〔23〕 百昌 万物。《庄子·在宥》:"今夫百昌,皆生于土而反于土。"

〔24〕 质力 指化学、物理。

〔25〕 傎 通颠。

〔26〕 黑格尔(E. H. Haeckel,1834—1919) 通译海克尔,德国生物学家。著有《宇宙之谜》、《人类发展史》、《作为宗教和科学之间的钮

带的一元论》等。他主张科学与宗教结成联盟,建立"一元论的宗教",在"理性的宫殿"里供奉真、善、美三位一体的女神。

〔27〕 官品 指生物。严复在《天演论·能实》的按语中说:"有生者如人禽虫鱼鸟木之属,为有官之物,是名官品。"

〔28〕 尼佉(F. Nietzsche,1844—1900) 通译尼采,德国哲学家,唯意志论者,鼓吹超人哲学。著有《悲剧的诞生》、《札拉图斯特拉如是说》等。

〔29〕 景教 基督教的一支,又称聂斯托利派,唐太宗贞观九年(635)传入我国,称为景教。这里泛指基督教。

〔30〕 震旦 古代印度对中国的称呼。

〔31〕 黄帝之伐蚩尤 据《山海经·大荒北经》:"蚩尤作兵伐黄帝,黄帝乃令应龙攻之冀州之野。……遂杀蚩尤。"

〔32〕 桑门 佛家语,梵语 śramna 的略称,通译沙门,即出家修道的佛教徒。

〔33〕 乱之上也,治之下也 《庄子·天下》:"墨翟禽滑釐之意则是,其行则非也。将使后世之墨者,必自苦以腓无胈胫无毛相进而已矣。乱之上也,治之下也。"清代郭庆藩《集释》引郭象注云:"乱莫大于逆物而伤性也。""任众适性为上,今墨反之,故为下。"又引唐代成玄英疏:"墨子之道,逆物伤性,故是治化之下术,荒乱之上首也。"

〔34〕 奇觚 《急就篇》卷一:"急就奇觚与众异。"原指奇书,这里是奇异的意思。

〔35〕 重言 指传说。《庄子·寓言》:"寓言十九,重言十七。"

〔36〕 枳首之鹰 双头鹰,沙皇俄国的国徽。人立之兽,两只相对直立的狮子,英国国徽。

〔37〕 什赫 即波希米亚,捷克地名。

〔38〕 一切斯拉夫主义　即泛斯拉夫主义,形成于十九世纪三十年代,是俄国沙皇政府提出的要求各斯拉夫民族统一于沙皇制度之下的主张。

〔39〕 丧人民元　丧害人民的生命。《孟子·滕文公(下)》:"勇士不忘丧其元。"汉代赵岐注:"元,首也。"

〔40〕 封豕长蛇,荐食上国　《左传》定公四年:"吴为封豕长蛇,以荐食上国。"封豕,大野猪。荐,屡次。

〔41〕 灵台　心。《庄子·庚桑楚》:"不可内于灵台。"

〔42〕 威廉二世(Wilhelm Ⅱ,1859—1941)　德意志帝国皇帝,第一次世界大战的祸首。他曾于1895年绘制一幅"黄祸的素描",题词为"欧洲各国人民,保卫你们最神圣的财富!"向王公、贵族和外国的国家首脑散发;1907年又说:"'黄祸'——这是我早就认识到的一种危险。实际上创造'黄祸'这个名词的人就是我"(见戴维斯:《我所认识的德皇》,1918年伦敦出版)。他所说的"黄祸",指中国、日本等黄种民族,为西方列强对东方的侵略制造舆论。辛亥革命前,中国一些民主革命者常援引黄祸之说来鼓动"民气"。

〔43〕 贝谟(J. Bem,1795—1850)　通译贝姆,波兰将军。1830年11月波兰反抗沙俄、争取民族独立的起义领导人之一。失败后逃亡国外,参加了1848年维也纳武装起义和1849年匈牙利民族解放战争。

〔44〕 裴伦(G. G. Byron,1788—1824)　通译拜伦,英国诗人。1823年参加希腊的民族独立战争。著有长诗《恰尔德·哈罗德游记》、《唐璜》等。

一九一二年

《越铎》出世辞[1]

于越[2]故称无敌于天下,海岳精液,善生俊异,[3]后先络驿,展其殊才;其民复存大禹[4]卓苦勤劳之风,同勾践[5]坚确慷慨之志,力作治生,绰然足以自理。世俗递降,精气播迁,则渐专实利而轻思理,乐安谧而远武术,鸷夷乘之,爰忽颠陨,全发之士,系踵蹈渊,而黄神啸吟,民不再振。辫发胡服之虏,旄裘引弓之民,翔步于无余[6]之旧疆者盖二百余年矣。已而思士笃生,上通帝旨,转轮[7]之说,弥沦大区,国士桓桓[8],则首举义旗于鄂。诸出响应,涛起风从,华夏故物,光复太半,东南大府,亦赫然归其主人。越人于是得三大自由[9],以更生于越,索虏[10]则负无量罪恶,以底于亡。民气彭张,天日腾笑,孰善赞颂,庶猗伟之声,将充宙合矣。顾专制久长,鼎镬为政,以聚敛穷其膏髓,以禁令制其讥平,瘠弱槁枯,为日滋永,桎梏顿解,卷挛尚多,民声寂寥,群志幽闷,岂以为匹夫无与于天下,尚如戴朔北之虏也。共和之治,人仔于肩,同为主人,有殊台隶[11]。前此罪恶,既咸以归索虏,索虏不克负荷,俱以陨落矣。继自今而天下兴亡,庶人有责,使更不同力合作,为华土谋,复见瘠弱槁枯,一如往日,则番番良士[12],其又将谁咎耶？是故侪伦则念之矣,独立战始,且垂七旬,智者竭虑,勇士效命,而吾侪庶士,坐观其成,傥不尽一得之愚,殆自放于国民之外。爰立斯报,就商同胞,举文宣意,希翼治化。纾自由之言议,尽个人之天权,促共和之进行,尺政治之得失,发社会之蒙覆,振勇毅之精神。灌输真知,扬表方物,凡有知是,贡其颛愚,力小愿宏,企于改进。不欲守口,任华土更归寂寞,复自负无量罪恶,以续前尘；庶几闻者戒勉,收效毫厘,而吾人公民之责,亦借以尽其什一。猗此于越,故称无敌于天下,鸷夷纵虐,民生槁枯,今者解除,义当兴作,用报古先哲人征营治理之业。唯专制永长,昭苏非易,况复神驰白水,孰眷旧乡,返顾高丘,正哀无女。[13]呜呼,此《越铎》之所由作也！

* * *

〔1〕 本篇最初发表于1912年1月3日绍兴《越铎日报》创刊号,署名黄棘。原无标点。

《越铎》,即《越铎日报》,1912年1月3日由越社创办于绍兴。1927年3月停刊。早期曾得到鲁迅的支持。

〔2〕 于越 晋代贺循《会稽记》:"少康封其少子,号曰'于越'。越国之称始于此。"

〔3〕 海岳精液,善生俊异 晋代虞预《会稽典录·朱育》:"(虞)翻对曰:'夫会稽上应牵牛之宿,下当少阳之位；……山有金木鸟兽之殷,水有鱼盐珠蚌之饶。海岳精液,善生俊异。'"

〔4〕 大禹　亦称夏禹，我国古代夏后氏部落的领袖，夏朝的建立者，以治平洪水为后人传颂。《史记·夏本纪》：禹东巡"至于会稽而崩"，葬会稽山。

〔5〕 勾践　春秋末年越国国君。他被吴国打败后，"十年生聚，十年教训"，卧薪尝胆，发愤图强，终于战胜了吴国。

〔6〕 无余　传说是越国的始祖。汉代赵煜《吴越春秋》卷六："禹以下六世而得帝少康。少康恐禹祭之绝祀，乃封其庶子于越，号曰无余。"

〔7〕 转轮　意即变革。原为佛家语，即转法轮，《法华文句》："转佛心中化他之法，度入他心，名转法轮。"

〔8〕 桓桓　威武的样子。《诗经·周颂·桓》："桓桓武王，保有厥士。"

〔9〕 三大自由　指孙中山所说的"人民之集会自由、出版自由、思想自由"（见《民权初步·自序》）。

〔10〕 索虏　原是南北朝时南朝对北朝的蔑称，《资治通鉴·魏纪》文帝黄初二年："宋魏以降，南北分治，各有国史，互相排黜。南谓北为索虏，北谓南为岛夷。"元代胡三省注："索虏者，以北人辫发，谓之索头也。"

〔11〕 台隶　原为古代社会等级中属于奴隶的两个等级（见《左传》昭公七年），这里泛指被奴役的人。

〔12〕 番番良士　《尚书·秦誓》："番番良士，旅力既愆，我尚有之。"番番，白发苍苍。番同皤。

〔13〕 白水等语，出于屈原《离骚》："朝吾将济于白水兮，登阆风而绁马。忽反顾以流涕兮，哀高丘之无女。""陟陞皇之赫戏兮，忽临睨夫旧乡。"白水，神话中的水名，据说源出昆仑山，人饮其水不死。

军界痛言[1]

军人之资格所以最高尚者,以其有破敌保国之责任也。是故尝胆卧薪,枕戈待旦,军人之自诫当何如!马革裹尸,斩将搴旗,军人之自期当何如!

今也吾绍之军人,其自待为何如乎?成群闲游者有之,互相斗殴者有之,宿娼寻欢者有之,捉赌私罚者有之。身膺军国民之重任,而演无聊赖之恶剧,其因纪律不肃训练不善之故乎?抑以莽奴根性教诲难施之故乎?以此资格而充北伐,吾为中华民国前途危!

树曰:稂莠不除,则嘉苗不兴,司教练之责者,何不去此害群之马,而求诚挚沌洁之兵士,以成完全义勇之军队。

且也同以此北伐为宗旨,而一设社于东关镇,一设社于斗鸡场,一设社于第五中校,各自筹费,各自招兵,同居绍兴,而势同散沙,不能联络一气,此又树所不解者也。

* * *

〔1〕 本篇最初发表于1912年1月16日绍兴《越铎日报》第十四号"自由言论"栏,署名树。原无标点。

辛亥游录[1]

一

三月十八日,晴。出稽山门可六七里,至于禹祠[2]。老薜缘墙,败槁布地,二三农人坐阶石上。折而右,为会稽山足。行里许,转左,达一小山。山不甚高,松杉骈立,束[3]木棘衣。更上则束木亦渐少,仅见卉草,皆常品,获得二种。及巅,乃见绝壁起于足下,不可以进,伏瞰之,满被古苔,蒙茸如裘,中杂小华,五六成簇者可数十,积广约一丈。掇其近者,皆一叶一华,叶碧而华紫,世称一叶兰;名叶以数,名华以类也。微雨忽集,有樵人来,切问何作,庄语不能解,乃绐之曰:"求药。"更问:"何用?"曰:"可以长生。""长生乌可以药得?"曰:"此吾之所以求耳。"遂同循山腰横径以降,凡山之纵径,升易而降难,则其腰必生横径,人不期而用之,介然成路,不荒秽焉。

二

八月十七日晨,以舟趣新步[4],曇而雨,亭午乃至,距东门可四十里也。泊沥海关前,关与沥海所隔江相对,离堤不一二十武[5]，海在望中。沿堤有木，其叶如桑，其华五出，筒状而薄赤，有微香，碎之则臭，殆海州常山[6]类欤？水滨有小蟹，大如榆荚。有小鱼，前鳍如足，恃以跃，海人谓之跳鱼。过午一时，潮乃自远海来，白作一线。已而益近，群舟动荡。倏及目前，高可四尺，中央如雪，近岸者挟泥而黄。有翁喟然曰："黑哉潮头！"言已四顾。盖越俗以为观涛而见黑者有咎。然涛必挟泥，泥必不白，翁盖诅观者耳。观者得咎，于翁无利，而翁竟诅之矣。潮过雨霁，游步近郊，爰见芦荡中杂野菰，方作紫色华，劚得数本，芦叶伤肤，颇不易致。又得其大者一，欲移植之，然野菰托生芦根，一旦返土壤，不能自为养，必弗活矣。

*　　　*　　　*

〔１〕　本篇最初发表于1912年2月绍兴《越社丛刊》第一辑，借署"会稽周建人乔峰"。原无标点。

辛亥，1911年。当时鲁迅在绍兴府中学堂任教，经常利用课余时间采集植物标本。

〔２〕　禹祠　夏禹的祠庙，在绍兴东南会稽山下。

〔３〕　朿　同刺。汉许慎《说文解字》："朿，木芒也，……读若刺。"

〔４〕　新步　地名，在绍兴东北镇塘殿附近。

〔５〕　武　我国古代一种计算距离的单位，一般以六尺为步，半步为武。

〔６〕　海州常山　马鞭草科的一种药用植物，通称"臭梧桐"。海州，即今江苏连云港一带。

一九一三年

致国务院国徽拟图说明书[1]

谨按西国国徽,由来甚久,其勾萌在个人,而曼衍以赅一国。昔者希腊武人,蒙盾赴战,自择所好,作绘于盾,以示区别。降至罗马,相承不绝。迨十字军[2]兴,聚列国之士而成师,惧其杂糅不可辨析,则各以一队长官之盾徽为识,由此张大,用于一家,更进而用于一族,更进而用于一国。故权舆之象,率为名氏,表个人也;或为十字,重宗教也。及为国徽,亦依史实,因是仍多十字,或摹盾形,复作衮冕旗帜之属,以为藻饰。虽有新造之国,初制徽识,每不能出其环中,盖文献限之矣。今中华民国,已定嘉禾为国徽,而图象简质,宜求辅佐,俾足以方驾他徽,无虑朴素。惟历史殊特,异乎欧西,彼所尚者,此不能用。自应远据前史,更立新图,确有本柢,庶几有当。考诸载籍,源之古者,莫如龙。然已横受抵排,不容作绘。更思其次,则有十二章[3]。上见于《书》,其源亦远。汉唐以来,说经者曰:日月星辰,取其照临也;山,取其镇也;龙,取其变也;华虫,取其文也;宗彝,取其孝也;藻,取其洁也;火,取其明也;粉米,取其养也;黼,取其断也;黻,取其辨也[4]。美德之最,莫不赅备。今即从其说,相度其宜,会合错综,拟为中华民国徽识。作绘之法,为嘉禾在于中,是为中心。嘉禾之状,取诸汉"五瑞图"石刻[5]。干者,所以拟盾也。干后为黼,上缀粉米。黼上为日,其下为山。然因山作真形,虑无所置,则结缕成篆文,而以黻充其隙际。黼之左右,为龙与华虫,各持宗彝。龙复有火丽其身,月属于角。华虫则其咮衔藻,其首戴星。凡此造作改为,皆所以求合度而图调和。国徽大体,似已略具。(如下图)复作五穗嘉禾简徽一枚,(图略)于不求繁缛时用之。又曲线式双穗嘉禾简徽一枚,(图略)于笺纸之属用之。倘更得深于绘事者,别施采色,令其象更美且优,则庶几可以表华国之令德,而弘施于天下已。

拟 国 徽 图

案元图龙及华虫尾皆内向,作曲裹式,后经国务院会议,外交部主改为尾向外张如今图。

* * *

〔1〕 本篇连同国徽图最初发表于1913年2月《教育部编纂处

月刊》第一卷第一册"文牍录要"栏。未署名。原为句读。

鲁迅1912年8月28日日记载:"与稻孙、季市同拟国徽告成,以交范总长。"这篇说明文字当写于此时或稍前。据当事人钱稻孙说,国徽图系他所绘,说明书为鲁迅所写(1961年5月17日至19日在鲁迅博物馆谈话)。按范总长,指范源濂(1877—1928),字静生,湖南湘阴人,教育家。时任教育总长。

〔2〕 十字军 公元十一至十三世纪英、法、德等国封建君主联合各国天主教势力以收复耶路撒冷圣地的名义,对东部地中海沿岸伊斯兰国家和地区发动了八次大规模远征,因从征者皆以红十字缝于衣服右肩为标记,故名。

〔3〕 十二章 古天子的冕服制度。见《尚书·益稷》:"日、月、星辰、山、龙、华虫,作会(绘);宗彝、藻、火、粉米、黼、黻,绨绣。"唐孔颖达疏:"此经所云凡十二章。日也,月也,星也,山也,龙也,华虫也,六者画以作绘,施于衣也;宗彝也,藻也,火也,粉米也,黼也,黻也,此六者绨以为绣,施之于裳也。……《周礼·司服》之注具引此文,乃云:'此古天子冕服十二章也。'"按:华虫,即雉;宗彝,宗庙供奉用的酒器;藻,水草有文者;粉米,白米,指白色米形绣文。黼、黻均为古代礼服上的绣文,黼为黑白相次,作斧形,刃白身黑;黻为黑青相次,作亞形。

〔4〕 汉唐以来说经者的这段话,见宋代蔡沈撰《书经集传》卷一"益稷"篇:"日月星辰,取其照临也;山,取其镇也;龙,取其变也;华虫,雉,取其文也;……宗彝,虎蜼,取其孝也;藻,水草,取其洁也;火,取其明也;粉米,白米,取其养也;黼若斧形,取其断也;黻为两己相背,取其辨也。"

〔5〕 汉"五瑞图"石刻 即"李翕黾池五瑞图",东汉摩崖刻石,灵帝建宁四年(171)刻,在今甘肃成县。刻有黄龙、白鹿、木连理、嘉禾、甘露五种图像,以颂扬武都太守李翕修道利民致呈祥瑞事。

儗播布美术意见书[1]

一 何为美术

美术为词,中国古所不道,此之所用,译自英之爱忒(art or fine art)。爱忒云者,原出希腊,其谊为艺,是有九神[2],先民所祈,以冀工巧之具足,亦犹华土工师,无不有崇祀拜祷矣。顾在今兹,则词中函有美丽之意,凡是者不当以美术称。

希腊之民,以美术著于世,然其造作,初无研肄,仅凭直觉之力,以判别天物美恶,惟其为觉敏,故所成就者神。盖凡有人类,能具二性:一曰受,二曰作。受者譬如曙日出海,瑶草作华,若非白痴,莫不领会感动;既有领会感动,则一二才士,能使再现,以成新品,是谓之作。故作者出于思,倘其无思,即无美术。然所见天物,非必圆满,华或槁谢,林或荒秽,再现之际,当加改造,俾其得宜,是曰美化,倘其无是,亦非美术。故美术者,有三要素:一曰天物,二曰思理,三曰美化。缘美术必有此三要素,故与他物之界域极严。刻玉之状为叶,髹漆之色乱金,似矣,而不得谓之美术。象齿方寸,文字千万,核桃一丸,台榭数重,精矣,而不得谓之美术。几案可以弛张,什器轻于携取,便于用矣,而不得谓之美术。太古之遗物,绝域之奇器,罕矣,而非必为美术。重碧大赤,陆离斑驳,以其戟刺,夺人目精,艳矣,而非必为美术,此尤不可不辨者也。

二 美术之类别

由前之言,可知美术云者,即用思理以美化天物之谓。苟合于此,则无间外状若何,咸得谓之美术;如雕塑,绘画,文章,建筑,音乐皆是也。区分之法,始于希腊柏拉图[3],其类凡二:

(甲)静美术 　(乙)动美术

柏氏以雕塑,绘画为静,音乐,文章为动,事属草创,为说不完。后有法人跋多[4]区分为三,德人黑智尔[5]承之。

(甲)目之美术 　(乙)耳之美术

(丙)心之美术

属于目者为绘画雕塑,属于耳者为音乐,属于心者为文章,其说之不能具是,无异前古。近时英人珂尔文[6]以为区别之术,可得三种,今具述于次;凡有美术,均可取其一以分隶之。

(一)(甲)形之美术 　(乙)声之美术

美术有可见可触者,如绘画,雕塑,建筑,是为形美;有不可见不可触者,如音乐,文章,是为音美。顾中国文章之美,乃为形声二者,是又非此例所能赅括也。

(二)(甲)摹拟美术 　(乙)独造美术

美术有拟象天物者,为雕刻,绘画,诗歌;有独造者,为建筑,音乐。此二者虽间亦微涉天物,而繁复腾会,几于脱离。

（三）（甲）致用美术　　（乙）非致用美术

美术之中，涉于实用者，厥惟建筑。他如雕刻，绘画，文章，音乐，皆与实用无所系属者也。

三　美术之目的与致用

言美术之目的者，为说至繁，而要以与人享乐为臬极，惟于利用有无，有所牴午。主美者以为美术目的，即在美术，其于他事，更无关系。诚言目的，此其正解。然主用者则以为美术必有利于世，傥其不尔，即不足存。顾实则美术诚谛，固在发扬真美，以娱人情，比其见利致用，乃不期之成果。沾沾于用，甚嫌执持，惟以颇合于今日国人之公意，故从而略述之如次：

一　美术可以表见文化　凡有美术，皆足以征表一时及一族之思惟，故亦即国魂之现象；若精神递变，美术辄从之以转移。此诸品物，长留人世，故虽武功文教，与时间同其灰灭，而赖有美术为之保存，俾在方来，有所考见。他若盛典侅事[7]，胜地名人，亦往往以美术之力，得以永住。

一　美术可以辅翼道德　美术之目的，虽与道德不尽符，然其力足以渊邃人之性情，崇高人之好尚，亦可辅道德以为治。物质文明，日益曼衍，人情因亦日趣于肤浅；今以此优美而崇大之，则高洁之情独存，邪秽之念不作，不待惩劝而国义安。

一　美术可以救援经济　方物见斥，外品流行，中国经济,遂以困匮。然品物材质,诸国所同,其差异者,独在造作。美术弘布,作品自胜,陈诸市肆,足越殊方,尔后金资,不虞外溢。故徒言崇尚国货者末,而发挥美术,实其本根。

四　播布美术之方

美术之用,大者既得三事,而本有之目的,又在与人以享乐,则实践此目的之方术,自必在于播布。播布云者,谓不更幽秘,而传诸人间,使与国人耳目接,以发美术之真谛,起国人之美感,更以冀美术家之出世也。兹拟应行之事如次:

一　建设事业

美术馆　当就政府所在地,立中央美术馆,为光复记念,次更及诸地方。建筑之法,宜广征专家意见,会集图案,择其善者,或即以旧有著名之建筑充之。所列物品,为中国旧时国有之美术品。

美术展览会　建筑之法如上。以陈列私人所藏,或美术家新造之品。

剧场　建筑之法如上。其所演宜用中国新剧,或翻译外国著名新剧,更不参用古法;复以图书陈说大略,使观者咸喻其意。若中国旧剧,宜别有剧场,不与新剧混淆。

奏乐堂　当就公园或公地,设立奏乐之处,定日演奏新乐,不更参以旧乐;惟必先以小书说明,俾听者咸能领会。

文艺会　当招致文人学士,设立集会,审国人所为文艺,择其优者加以奖励,并助之流布。且决定域外著名图籍若干,译为华文,布之国内。

一　保存事业

著名之建筑　伽蓝宫殿,古者多以宗教或帝王之威力,令国人成之;故时世既迁,不能更见,所当保存,无令毁坏。其他若史上著名之地,或名人故居,祠宇,坟墓等,亦当令地方议定,施以爱护,或加修饰,为国人观瞻游步之所。

碑碣　椎拓既多,日就漫漶,当申禁令,俾得长存。

壁画及造像　梵刹及神祠中有之,间或出于名手。近时假破除迷信为名,任意毁坏,当考核作手,指定保存。

林野　当审察各地优美林野,加以保护,禁绝剪伐;或相度地势,辟为公园。其美丽之动植物亦然。

一　研究事业

古乐　当立中国古乐研究会,令勿中绝,并择其善者,布之国中。

国民文术　当立国民文术研究会,以理各地歌谣,俚谚,传说,童话等;详其意谊,辨其特性,又发挥而光大之,并以辅翼教育。

* * *

〔1〕　本篇最初发表于1913年2月北京《教育部编纂处月刊》第一卷第一册,署名周树人。原为句读。

〔2〕　九神　古希腊人所崇奉的九位女神,她们分别主管历史、音乐和诗歌、喜剧、悲剧、舞蹈、抒情诗、颂歌、天文、史诗。

〔3〕　柏拉图(Platon,前427—前347)　古希腊哲学家。著有

《对话集》。

〔4〕 跋多(C. Batteux,1713—1780) 法国教士、学者。著有《各种美术归结到一个原则》、《文学教程》等。

〔5〕 黑智尔(G. Hegel,1770—1831) 通译黑格尔,德国哲学家。著有《逻辑学》、《精神现象学》、《美学》等。

〔6〕 珂尔文(S. Colvin,1845—1927) 通译科尔温,英国文艺评论家。剑桥艺术大学教授,大英博物馆印刻画和素描部负责人。著有《回忆录》等。

〔7〕 佽事 重大事件。

自绘明器略图题识[1]

一

二月二日所得北邙[2]土偶略图

鸭一,黄土制,高一寸。

猪啰一,亦土制,外搽青色,长二寸。叫三声而有威仪,妙极,妙极。

羊一,白土制,高二寸。

人一,黄土制,高二寸,其帽之后面为୧,不知何等样人。

莫名其妙之物一,亦土制,曾搽过红色,今已剥落。独角有翼,高约一尺,疑所以辟邪者,如现在之泰山石敢当及瓦将军[3]也。与此相类者尚甚多,有首如龙者,有羊身一角(无须)者,均不知何用。

此须翘起如洋鬼子,亦奇。今已与我对面而坐于桌上矣。

此公样子讨厌,不必示别人也。

二

偶人象一,圆领披风而小袖,其裙之襞积系红色颜料所

集外集拾遗补编

绘,尚可辨,高约八寸,其眉目经我描而略增美。

陶制什器一,上加黄色釉,据云碓[4]也。然仅作俯视图之形,而不能动。与此仿佛者,傅阿三店中尚有之,长约二寸。此一突起,似即以丁住捣杵之物,用以表其下尚有捣杵者也。

此处以足踏之。

以上二种,二月三日在琉璃厂[5]购之,价共一圆半。

偶人像一圖皆披風宽袖 其裙之襞襀似紅色處剝可惜尚可辨
高約八寸其眉目緇裁
描寫唯妙

側視
俯視

陶製什器一正瓜黄色釉據云雄色盡僅存俯視圖之形寫不對勒海岸傍佛去
傳行三處中尚有之長約二寸

此第非仙物以厚生或料之
丁佳海仙物也
用的差其面高方板形

端以此處
之

以上二種有三日
在滄浪風蹟之
便共一圖中

※　　※　　※

〔1〕 本篇据手迹编入。约写于1913年2月初。原无标题、标点。

鲁迅1913年2月2日日记载:"午后许季上来,同往留黎厂阅书,……又购北邙所出明器五具,银六元,凡人一、豕一、羊一、鹜一,又独角人面兽身物一,有翼,不知何名。"又2月3日载:"下午同季市、季上往留黎厂,又购明器二事:女子立象一,碓一,共一元半。"鲁迅购得这些明器后,按实物绘图两幅并作此说明。按明器,即随葬物品。鹜,即说明文字中的"鸭"。

〔2〕 北邙　山名,又称邙山、芒山,在河南洛阳市北。东汉及魏的王侯大臣多葬于此。

〔3〕 泰山石敢当　西汉史游《急就篇》中已有"石敢当"一语,据唐代颜师古注:"敢当,言所当无敌也。"旧时人家正门或村口,如正对桥梁、通道,常树立一个石人或石片,上刻"泰山石敢当"字样,以作"镇邪"之用。前加"泰山",盖因旧时流传泰山府君能"制鬼驱邪"故。瓦将军,旧时房屋的檐瓦、脊瓦上刻塑的各种神像,用来"辟邪"。

〔4〕 碓　舂谷的器具。在石臼上架木杠,杠对石臼一端装杵或缚石,用脚踏动杠的另一端,使杵或石起落,以脱去谷皮或将米舂成粉。

〔5〕 琉璃厂　日记亦作留黎厂,北京街市名。自清代乾隆以来,这一带遍布书籍、古玩、字画、碑拓、文具等店铺。

一九一五年

《大云寺弥勒重阁碑》校记[1]

大云寺弥勒重阁碑,唐天授三年立,在山西猗氏县仁寿寺。全文见胡聘之《山右石刻丛编》[2]。胡氏言,今拓本多磨泐,故所录全文颇有阙误,首一行书撰人尤甚。余于乙卯春从长安买得新拓本,殊不然,以校《丛编》,为补正二十余所,疑碑本未泐,胡氏所得拓本恶耳。其末三行泐失甚多,今亦不复写出。

* * *

〔1〕 本篇据手稿编入,原无标题、标点。鲁迅手写的《大云寺弥勒重阁碑》释文前署:"乙卯(按即1915年)十一月十八日以精拓本校"。

《大云寺弥勒重阁碑》,碑高三尺七寸,宽二尺三寸五分,碑文共三十四行,行六十五字至六十八字不等,正书。题"前校书郎杜登撰","前□□□县荆师善书"。碑文称:"天授二年(按即公元691年)二月二十四日准 制置为'大云寺';至三年正月十八日,准 制勅换额为'仁寿寺'。"

〔2〕 胡聘之　字蕲生,清代湖北天门人。《山右石刻丛编》,四十卷,共收后魏正光四年(523)至元代至正二十七年(1367)间山右(今山西)石刻七百余通。前有胡氏光绪戊戌(1898)、辛丑(1901)序及缪荃荪光绪戊戌序。《大云寺弥勒重阁碑》全文,见于该书卷五。胡聘之对此碑的按语说:"碑文闳丽严整,四杰之遗,而专颂武周革命,竟无思唐之语"。

一九一六年

关于废止《教育纲要》的签注[1]

案《教育纲要》虽不过行政首领对于教育之政见,然所列三项[2],均已现为事实,见于明令,此后分别修改,其余另定办法;[3]在理论上言之,固已无形废弃,然此惟在通都大邑,明达者多,始能有此结果。而乡曲教师,于此种手续关系,多不能十分明瞭。《纲要》所列,又多与旧式思想相合,世人乐于保持,其他无业游民亦可藉此结合团体(如托名研究经学,聚众立社之类),妨害教育。是《纲要》虽若消灭,而在一部份人之心目中,隐然实尚存留。倘非根本取消,恐难杜绝歧见。故窃谓此种《纲要》,应以明文废止,使无论何人均不能发生依垪之见,始于学制上行政上无所妨害。至于法令随政局而屡更,虽易失遵守之信仰,[4]然为正本清源计,此次不得不尔。凡明白之国民,当无不共喻此意。一俟宗旨礭定,发号施令均出一辙,则一二年中信仰自然恢复,所失者小,而所得则甚大也。

周树人注。

61

＊　　＊　　＊

〔1〕 本篇据手稿编入。约写于1916年8月。原无标题、标点。
《教育纲要》，1915年初袁世凯任大总统时制订，分"总纲"、"教育要言"、"教科书"、"建设"、"学位奖励"等五项，凡二十五款。它以"尊孔尚孟"为宗旨，规定"中小学校均加读经一科"，提倡"各省各处设立经学会"。（载1915年2月《教育公报》第九册，原题《整理教育要目》）袁世凯复辟帝制失败后，教育部参事室为"厘定学制，确定方针起见"，对《纲要》的存废问题进行讨论，1916年8月3日将《纲要》制订以来实际存在的问题和讨论中的分歧意见整理成"说帖"，发给各司和各视学征询意见。鲁迅为此在"说帖"上签注了这个意见。

〔2〕 指"说帖"列举的《教育纲要》中业经施行而事实上发现的三项困难："一、中小学学制问题（总纲第四条）。二、各校读经问题（教科书第二款）。三、经学会问题（建设第七款）。以上三款，均明令公布（一二两款见之于国民学校令及施行细则、预备学校令，第三款见之于批令）"。

〔3〕 指"说帖"列举的讨论中三种不同意见之一："取消已经施行各款。（理由）政事堂片交之件（按即《教育纲要》），虽有奉行之责任，然与明令公布之件不同。《纲要》所载多理论而少事实，此时但须就前述各款已明令者为之分别修改或废止，于理论上及计划上并未施行之款，此后另定办法，不再依照原议，即已无形废弃。准此而论，似无明文取消《纲要》之必要。"

〔4〕 指"说帖"列举的"主缓议者"所持的"理由"："法令随政局变更，易失遵守信仰之力。"

一九一七年

会稽禹庙窆石考[1]

此石碣世称窆石,在会稽禹庙中,高虑俛尺[2]八尺九寸,上端有穿[3],径八寸五分,篆书三行在穿右下。平氏《绍兴志》[4]云:康熙初张希良以意属读,得二十九字,寻其隅角,当为五行,行二十六字。王氏昶《金石萃编》[5]云:"惟'日年王一并天文晦真'九字可辨"。此拓可见者第一行"甘□□□□□王石",第二行"□乾久并□天文晦彳",第三行"□□言真□□黄□□",十一字又二半字。其所刻时或谓永建,或又以为永康,俱无其证。《太平寰宇记》引《舆地记》[6]云:"禹庙侧有石船,长一丈,云禹所乘也。孙皓刻其背以述功焉,后人以皓无功可记,乃覆船刻它字,其船中折"。阮氏元《金石志》因定为三国孙氏刻。[7]字体亦与天玺刻石极类,盖为得其真矣。所刻它字,今亦不见。第有宋元人题字数段,右方有赵与陛题名[8],距九寸有员峤真逸题字[9],左上方有龙朝夫诗[10],颇漫患。王氏辨五十八字。[11]俞氏樾又审彻其诗,止阙四字,载《春在堂随笔》中。[12]今审拓本,复得数字,具录如下:"□□□□□九月□一日从事郎□□

□□□□□□□□□龙朝夫因被命□□□□瞻拜禹陵□此诗以纪盛□云　沐雨栉风无暇日　胼胝还见圣功劳　古柏参天□元气　梅梁赴海作波涛　至今遗迹衣冠在　长□空山魑魅号　欲觅□陵寻窆石　山僧为我剪蓬蒿"。上截旧刻灭尽,有清人题字十余段,旧志所称杨龟山题名[13],亦不可见矣。

碣中折,篆文在下半。《绍兴志》云:"下截为元季兵毁",殊未审谛。《舆地志》言长一丈,今出地者几九尺,则故未损阙矣。《嘉泰会稽志》引《孔灵符记》[14]云:"始皇崩,邑人刻木为像祀之,配食夏禹庙。"又云:"东海圣姑从海中乘石船张石帆至,二物见在庙中。"盖碣自秦以来有之,孙皓记功其上,皓好刻图,禅国山,天玺纪功诸刻皆然。岂以无有圭角,似出天然,故以为瑞石与？晋宋时不测所从来,乃以为石船,宋元又谓之窆石,至于今不改矣。

*　　*　　*

〔1〕　本篇据手稿编入,原无标题、标点。当写于1917年上半年。

会稽,旧县名,隋代分山阴县置,治所在今浙江绍兴。1912年与山阴合并为绍兴县。城东南有禹庙,为梁代所建,窆石在庙之东南。

〔2〕　虑俿尺　又称建初尺,系东汉章帝建初六年(81)所造铜尺,一尺约等于二三点五八厘米。

〔3〕　穿　指石碑、石碣上端的洞孔。

〔4〕　平氏　即平恕,清代山阴人,乾隆时官日讲起居注官、詹

事府少詹。《绍兴志》,即《绍兴府志》,乾隆五十七年(1792)由平恕总修,共八十卷。该书卷七十五《金石志》"汉刻禹庙窆石题字"条:"国朝康熙初,浙江督学张希良曾搨之,以意属读,得二十九字,盖汉代展祭之文。寻其隅角,当为五行,行十六字。其下截为元季兵毁。依韵求之,则其下当阙六字也。"按张希良撰有《窆石汉隶考》,见引于清代杜春生《越中金石记》。

〔5〕 王昶(1724—1806) 字德甫,号兰泉,青浦(今属上海)人,清代金石学家。《金石萃编》,金石目录,共一六〇卷。窆石残字释文见该书卷十一。

〔6〕《太平寰宇记》 地理总志,宋代乐史撰,原二百卷,现存一九三卷。所引《舆地记》语,见该书卷九十六"江南东道八·越州·会稽",鲁迅引文中的"它",原作"之"。《舆地记》,疑即《舆地志》,南朝梁顾野王撰,原本三十卷,已佚。现有清人辑本一卷。

〔7〕 阮元(1764—1849) 字伯元,江苏仪征人,清学者。官至体仁阁大学士。《金石志》,即《两浙金石志》,金石目录,共十九卷。该书卷一转述《太平寰宇记》所引《舆地记》语后说:"据此,为三国孙氏刻审矣,《嘉泰志》称直宝文阁王顺伯复斋定为汉刻,未之得也。"孙氏,指孙皓(242—283),三国吴最后一个皇帝。下文的天玺刻石,指孙皓于天玺年间(276)所立的"禅国山碑"(在江苏宜兴)和"天玺纪功碑"(原在江苏江宁,已亡失)。

〔8〕 赵与陞 宋代嘉兴(今属浙江)人,宝庆二年(1226)进士。他在窆石上的题名为隶书,一行十二字:"会稽令赵与陞来游男孟握侍"。

〔9〕 员峤真逸 即李侗,字士宏,号员峤真逸,元代河东太原(今属山西)人。官至集贤侍读学士。他在窆石上的题字为正书,二行

十四字:"员峤贞逸来游皇庆元年八月八日"。

〔10〕 龙朝夫诗　此诗刻共九行,行十四字,正书。杜春生《越中金石记》:"此刻年代无考,然从事郎阶惟宋元有之,明改为从仕郎矣。今姑置元末。"

〔11〕 王氏　指王昶,他对龙朝夫诗的释文,亦见所著《金石萃编》卷十一。

〔12〕 俞樾(1821—1907)　字荫甫,晚号曲园老人,浙江德清人,清末学者、文学家。道光进士,曾任河南学政,不久罢归,在苏州、上海、杭州的书院讲学。著有《春在堂全书》。《春在堂随笔》,笔记集,十卷。俞樾对龙朝夫诗的释文见该书卷二。

〔13〕 杨龟山(1053—1135)　名时,字中立,号龟山先生,宋代南剑将乐(今属福建)人。官至龙图阁直学士。著有《龟山集》。《嘉泰会稽志》卷十一:"禹葬于会稽山,取此石为窆。……宣和中杨时有题名。"

〔14〕 《嘉泰会稽志》　地方志,宋代施宿撰,陆游序,南宋嘉泰元年(1201)成书,二十卷。所引《孔灵符记》语,前一条见该志卷六,后一条见卷十三。《孔灵符记》,即孔灵符《会稽记》,原书已佚,鲁迅有辑本一卷,收入《会稽郡故书杂集》。孔灵符(?—465),名晔,南朝宋山阴人。官至辅国将军,出为会稽太守。

《欧美名家短篇小说丛刊》评语[1]

　　凡欧美四十七家著作,国别计十有四,其中意、西、瑞典、荷兰、塞尔维亚,在中国皆属创见,所选亦多佳作。又每一篇署著者名氏,并附小像略传,用心颇为恳挚,不仅志在娱悦俗人之耳目,足为近来译事之光。惟诸篇似因陆续登载杂志,故体例未能统一。命题造语,又系用本国成语,原本固未尝有此,未免不诚。书中所收,以英国小说为最多;唯短篇小说,在英文学中,原少佳制,古尔斯密及兰姆[2]之文,系杂著性质,于小说为不类。欧陆著作,则大抵以不易入手,故尚未能为相当之绍介;又况以国分类,而诸国不以种族次第,亦为小失。然当此淫佚文字充塞坊肆时,得此一书,俾读者知所谓哀情惨情之外,尚有更纯洁之作,则固亦昏夜之微光,鸡群之鸣鹤矣。

* * *

　　〔1〕　本篇最初发表于1917年11月30日《教育公报》第四年第十五期"报告"门。原为通俗教育研究会审核小说报告,题为《欧美名家短篇小说丛刊》,未署名。原无标点,有句读。

　　《欧美名家短篇小说丛刊》,周瘦鹃选译,1917年3月由上海中华书局初版。共三卷:上卷收英国小说十八篇;中卷收法、美小说十七篇;下卷收俄、德、意、匈、西班牙、瑞士、丹麦、瑞典、荷兰、塞尔维亚、芬兰等国小说十五篇。该书出版后,中华书局送呈教育部审查注册。当时鲁迅在教育部供职,并任该部下属的通俗教育研究会小说股审核干事。据周作人《鲁迅的故家》说,这个评语是鲁迅拟稿的。

〔2〕 古尔斯密(Oliver. Goldsmith,1730—1774) 通译哥尔德斯密斯,英国散文家、诗人和戏剧家。以散文集《世界公民》(1762年)著称。周瘦鹃选译了他的作品《贪》。兰姆(Charles Lamb,1775—1834),英国随笔作家。著有《伊里亚随笔集》(1823年)、《后期随笔集》(1833年)等。周选译了他的作品《故乡》。

《□肱墓志》考[1]

右盖云"齐故仪同□公孙墓志"。志云：君讳肱，勃海条人。祖，仪同三司，青州使君。父，骠骑大将军，开府仪同三司，中领军。君以皇建二年终于晋阳第里，时年九岁。天统二年葬于邺北紫陌之阳。众家跋文，多以"公孙"为氏，因疑肱是略孙。[2]然略，　　人[3]，与志言"勃海条人"者不合。志盖"公"字上有空格，似失刻其姓。原文当云"齐故仪同某公孙墓志"也。按北齐天统以前，勃海条人为领军者，天保间有平秦王归彦[4]，天统初有东平王俨[5]。《魏书·高湖传》云：归彦，武定末，骠骑大将军，开府仪同三司，徐州刺史，安喜县开国男。又云：父徽，永熙中赠冀州刺史，则与志之"青州使君"不合。又《北齐书·归彦传》云：以讨侯景功，封长乐郡公，除领军大将军，领军加大，自归彦始。而志云"中领军"。《北齐书·武成帝纪》云：河清元年秋七月，冀州刺史，平秦王归彦据土反，诏大司马段韶，司空娄叡计擒之。乙未，斩归彦并其三子。而志云"威名方盛"，皆不合。俨，亦领军大将军，又武成帝子，更非其人。《魏书·高湖传》又有仁，吞[6]，皆赠仪同三司，青州刺史。仁子贯[7]，不可考，入齐以后不可知。吞子永乐，弼，《北齐书》有传，皆不云为中领军。[8]然志云

69

"勃海条人",又云"龙子驰声",又云"终于晋阳","葬于邺",皆似北齐帝室。其时之领军归彦以河清二年二月解,[9]俨于天统二年始见于史,[10]其间四年史阙,不知何人。故终疑肱为高氏,而史阙有间,不能得其祖父之名,姑识所见于后,以俟深于史者更考焉。

[附]韦肱墓志

志言肱,勃海条人。祖,仪同三司,青州使君。父,骠骑大将军,开府仪同三司,中领军。以皇建二年终于晋阳里弟,年九岁,天统二年葬于邺北紫陌之阳。盖题"齐故仪同囗公孙墓志"八字。肱卒止九岁,则仪同之故必属其祖,志盖"仪同"下空一格,当为失刻其姓,故二石俱存而姓不可知。志跋乃于公孙氏求中领军,宜其不能得也。按其北齐以"条人"为领军者,天统时有东平王俨,天保时为平秦王归彦。《魏书·高湖传》云:归彦,武定末,骠骑大将军,开府仪同三司,徐州刺史,安喜县开国男。云其父徽,永熙中赠冀州刺史。《北齐书》本传云:天保元年,封平秦王。以孝闻,征为侍郎。以讨侯景功,封长乐郡公,除领军大将军,领军加大,自归彦始也。志仅作"中领军"。《高湖传》言归彦父徽赠冀州刺史。志云"青州使君",皆不合。《高湖传》又言湖第三子谧,谧兄真,真子仁,正光中,卒于河州别驾。太昌初,赠使持节,侍中,都督青徐齐济三州诸军事,仪同三司,青州刺史。则与肱祖官位合,惟后有脱简,不知仁与归彦何属。《北齐书》言徽,魏末坐事当徙凉

州,行至河渭间,遇贼,以军功得免流。因于河州积年,以解胡言,为西域大使,则与

* * *

〔1〕 本篇据手稿编入,原无标题、标点。写作时间未详。另有一篇未写完的手稿,题为《讳肱墓志》,附后备考。

《□肱墓志》,出土于河南安阳。志石已佚,盖则犹存。志铭共十八行,行十八字,正书。全文如下:

君讳肱字如肱勃海絛人也门资磐石之固世
保维城之业祖仪同三司青州使君秉德含弘
来蘸在物父骠骑大将军开府仪同三司中领
军专总禁闱威名方盛观夫珠潜溟海璧润荆
山不有高深孰蕴灵异君神情槜立崖岸恢举
龙子驰声凤雏飞誉曹童测焉之妙未为通识
王孺鉴虎之奇谁云智勇思叶风云调谐金石
进退有度容止可观雅俗伫其风规家国俟其
梁栋而垂天未效奄从不秀以皇建二年十一
月廿六日终于晋阳之第里时年九岁天统二
年二月廿五日葬于邺北紫陌之阳嗟乎居诸
互始屡移岸谷寒暑交谢每易荣枯是用勒石
泉扃庶遗芳不朽乃为铭曰
璧出荆山玉自蓝田虽云重宝不雕不妍岂如
令质其锋迥出问望堂堂德音衮衮是称孺子
实櫕通理辩日未俜论月非拟鹏翰渐就豹变
垂成南山欲下北海将征忽为异世奄闭泉扃

71

千秋万古空挹余声

〔2〕 关于□肱为公孙氏的说法，如清代端方《匋斋藏石记》卷十二："按《魏书·前废帝本纪》：普泰二年'三月丁丑，加骠骑大将军、北华州刺史公孙略仪同三司。'略由骠骑大将军加仪同三司，与肱父之官脗合。疑肱父即略。"杨守敬《壬癸丁戊金石跋》："'祖仪同三司青州使君父骠骑大将军开府仪同三司中领军'，而不书祖、父之名，亦金石变例。按《魏书·公孙邃传》：'出为使持节、安东将军、青州刺史'，肱祖似即其人。"

〔3〕 按鲁迅手稿中"人"字前空二格，当是待补的地名。

〔4〕 归彦 高归彦，字仁英，勃海条（今河北景县）人。北朝魏宁西将军、凉州镇都大将高湖的曾孙，北齐武帝高欢的族弟，于北齐宣帝天保元年（550）六月封平秦王。

〔5〕 俨 高俨，字仁威，北齐武成帝第三子，《北齐书·高俨传》："初封东平王，拜开府、侍中、中书监、京畿大都督、领军大将军、领御史中丞，迁司徒、尚书令、大将军、录尚书事、大司马。……武成崩，改封琅邪。"

〔6〕 仁 高仁，高湖的曾孙，父名拔。《魏书·高湖传》："仁，正光中，卒于河州别驾。太昌初，赠使持节、侍中、都督青齐济三州诸军事、仪同三司、青州刺史，谥曰明穆。"吞，高吞，字明珍，亦为高湖曾孙，父名睹儿。《魏书·高湖传》：吞，"太昌初，赠使持节、都督冀沧二州诸军事、征东将军、冀州刺史。永熙中，重赠侍中、都督青徐光三州诸军事、骠骑大将军、仪同三司、青州刺史，谥曰文景。"按今人赵万里在《汉魏南北朝墓志集释》卷七中以为□肱系高吞之孙。

〔7〕 贯 高贯，《魏书·高湖传》："字小胡。永兴末，通直散骑常侍、金紫光禄大夫、尚食典御。"

〔8〕 永乐 高永乐,《北齐书·阳州公永乐传》:"太昌初,封阳州县伯,进爵为公。累迁北豫州刺史。"卒后"赠太师、太尉、录尚书事,谥曰武昭。"粥,据《北齐书·阳州公永乐传》,当为长粥,永乐之弟,以宗室封广武王,后贬南营州刺史。

〔9〕 高归彦解领军职,当在河清元年(562),《北齐书·武成纪》:河清元年"二月丁未,……以领军大将军、宗师、平秦王归彦为太宰、冀州刺史"。

〔10〕 有关高俨的记载,最初见于《北齐书·后主传》:天统二年(567)"五月乙酉,……封太上皇帝子俨为东平王"。

《徐法智墓志》考[1]

志,其名惟云"字法智,高平金乡人也";姓在首行,存下半,似徐字。《元和姓纂》[2]有东阳徐氏,云"偃王之后,汉徐衡徙高平,孙饶又徙东阳",则法智似即其后。惟又云"徐州牧,金乡君马骆王之后,晋车骑大将军司徒公三世之孙,秦骠骑大将军驸马都尉之曾孙,孝文皇帝国子博士之少子",所举先世诸官,求之史书,乃无一高平徐氏,所未详也。次多剥蚀,大略述其平生笃于佛教,中有"□冨轻人"语。"轻人",非美德,当有误字。次云"宣武　皇帝(泐六字)","悟玄眇□用旷野将军石窟署(泐九字)","君运深虑于峣峰抽□情于□□"。又云"及其奇形异状□□君之思□"。又云正光六年正月□□日"终于营福署则以其月廿七日垄□伊阙之□"。按《魏书·释老志》:"景明初,世宗诏大长秋卿白整准代京灵岩寺石窟,于洛南伊阙山,为高祖,文昭皇太后营石窟二所。""至正始二年中,始出"[3]。"永平中,中尹刘腾奏为世宗复造石窟一,凡为三所。从景明元年至正光四年六月已前,用功八十万二千八百六十六"云云。"石窟署"盖立于景明初,专营石窟,法智与焉。官氏之旷野将军,诸署令六百石已上者第九品上阶,不满六百石者,从第九品上阶,[4]则"署"下所泐,当是

"令"字。石窟以正光四年毕,法智卒于六年,故在营福署,是署所掌不可考,要亦系于释教,置于伊阙[5],故法智卒,便葬其地。垄即葬字,或以为癸,甚非。次云"余不以管见孤文敢陈陋颂",则撰者逊让之词,然不著其名,亦不知何人也。

*　　*　　*　　*

〔1〕 本篇据手稿编入,原无标题、标点。写作时间未详。

《徐法智墓志》,全名《魏故旷野将军石窟署□徐君墓志铭》,北魏正光六年(525)刻,在河南洛阳出土。共二十七行,行二十字,正书。鲁迅释文如下:

魏故旷野将军石窟署□徐君墓志铭

君讳□字法智高平金乡人也盖黄帝之神苗周明

王之儁徐州牧金乡君馬骆王之后晋车骑大将军

司徒公三世之孙秦骠骑大将军驸马都尉之曾孙

孝文　皇帝国子博士之少子麖金之美辇馥于上

□带玉之□辉煌于□辰　君□□□岫耸葶兰津

□□韫□□以□□冲劲风而曜□□亮之度禀自

□真绮绣之质□□□□论其□范则王珠弗能见

其□语其□则史□□足□□月虽复形同尘俗

□神木□天□□字中□□物表□墓外风六典

揽之于掌握□侑内□□□□□于怀抱常□非文

殊颜迩大士亻身不闻□□□富轻人吐握好士不

以多能自矜临□□容□□□□□□菽捷若烟

雲蒙岸　宣武　皇帝□□□□□悟玄眇□用

旷野将军石窟署□□□□□□□□君运深虑

于岰峰抽□情于□□□□□□□□及其奇
形异状□□君之思□□□□□地□孤夐何
图上天□善□□良□□□□□十四大魏正光六
年岁次□己正月丙午□□日己酉终于营福署则
以其月廿七日埏□伊阙之□排山溝墓穿莹起坟
青松列于埏侧兰菊备于□邊偏纳白日之晖独引
明月之朗廼见者莫不仿偟廼闻者为之恻怆余不
以管见孤文敢陈陋颂且可刊石傳词岂能熏益馨
味其词曰　遐哉㣲识寔曰贞人雄姿挺世猛气逸
群拂缨□路濯足□津言成世轨行合人神如何灾
运鍾此良哲玉□止汜金灯永减悬光昼闇风云夜
结雕石刊文流□□衺　正光六年正月廿七日铭

〔2〕《元和姓纂》　唐代林宝撰，原本久佚，今本十卷，从《永乐大典》录出，分类考证唐代各姓氏的来源及其旁支世系。东阳徐氏，见该书卷二。

〔3〕关于白整为魏高祖、文昭皇太后营建石窟的情况，《魏书·释老志》载："初建之始，窟顶去地三百一十尺。至正始二年中，始出斩山二十三丈。"下段引文中的"八百六十六"，原为"三百六十六"。

〔4〕关于旷野将军及石窟署令的品级，据《魏书·官氏志》记载，旷野将军为第九品上阶；诸署令分三级：千石以上者为从第八品上阶，六百石以上者为第九品上阶，不满六百石者为从第九品上阶。

〔5〕伊阙　山名，在河南洛阳以南的伊河西岸，又名龙门山。伊阙石窟分布于此山及伊河东岸的香山，约于北魏太和十八年（494）开始营凿，延续至唐代，历四百余年而成。

《郑季宣残碑》考[1]

郑季宣碑,今存上截。额字灭尽,翁方纲[2]见穿左有直纹一线,知是阳文。碑文行存十七字,以《隶续》[3]所载文补之,每行三十一字至三十八字不等。盖所注阙字之数转刻有误,碑又失其下半,无以审正。今可知者第十二行"卒亏"至"是路"间,洪云阙四字,碑实阙五字。第十七行"赖祉"至"迏"字间,洪云阙六字,碑实阙七字。铭辞宁成为韵,四字为句,则"迏"至"显奕世"间当阙六字,而洪云五字。又第七行"据"洪作"折",第九行"仌燠"洪作"叺偮",第十三行"亏"洪作"吟",并误。其旧拓可见而《隶续》所阙者:第四行"邝"半字,第五行"郎中"二字,第六行"帝"字"特"字,第七行"未"字"波"字,第十行"汏"字,第十二行"徽"字,"能惠"二字阙半,第十三行"辛"字"约矽"二字,第十六行"庭"字,第十七行"目洪"二字,凡多得十六字又二半字也。碑阴,洪写作二列,跋云四横,今存上二列,列廿人,与《隶续》所载前半略相合。惟第二列第十七行"□□□邯郸□□□",洪作"(阙三字)邵训(阙)张",颇不同。第三横,当亦二十人,则洪云末有"直事干"四人,正在第三列之末。最后有"(上阙)音伯字"三字,当即造碑者所识文。然则第四列当为"直事小史"三

77

人,"门下小史"一人也。

* * *

〔1〕 本篇据手稿编入,原无标题、标点。写作时间未详。

《郑季宣残碑》,全称《汉尉氏令郑季宣碑》,在山东济宁学宫,东汉中平二年(185)四月辛酉立。碑侧刻有清代乾隆五十一年(1786)八月十六日黄易题记:"汉尉氏令郑季宣碑,正面向壁,其下久埋土中。翁詹事方纲欲显全文,属卫河通判黄易升碑向外。乃与知济宁直隶州事刘永铨、州判王所礼成其事。碑字复全,殊可快也。"

〔2〕 翁方纲(1733—1818) 字正三,号覃溪,顺天大兴(今属河北)人,清代学者。官至内阁学士。著有《两汉金石记》、《复初斋诗文集》等。《郑季宣碑》侧刻有翁方纲乾隆五十七年(1792)的一段题识:"壬子三月,翁方纲按试过此,与秋盦摩挲是碑,穿左有直纹一线,知额是阳文也。"按秋盦,黄易的字。

〔3〕 《隶续》 辑录汉、魏石刻文字的字书,续《隶释》而作,宋代洪适辑,二十卷。《郑季宣碑》见于卷十九。洪适(1117—1184),字景伯,鄱阳(今属江西)人,宋代学者。官至尚书右仆射、观文殿学士。著有《隶释》、《隶续》、《盘洲集》。

一九一八年

《吕超墓志铭》跋[1]

吕超墓志石[2],于民国六年出山阴兰上[3]乡。余从陈君古遗[4]得打本[5]一枚,以漫患难读,久置箧中。明年,徐目孙[6]先生至京师,又与一本,因得校写。其文仅存百十余字,[7]国号年号俱泐,无可冯证。唯据郡名及岁名考之,疑是南齐永明中刻也。按随国,晋武帝分义阳立,[8]宋齐为郡,隋为县。此云隋郡,当在隋前。南朝诸王分封于随者,惟宋齐有之。此云隋郡王国,则又当在梁陈以前。《通鉴目录》[9],宋文帝元嘉六年,齐武帝永明七年,并太岁在己巳。《宋书》[10]《文帝纪》,元嘉二十六年冬十月,广陵王诞改封随郡王。又《顺帝纪》,升明二年十二月,改封南阳王翙为随郡王,改随阳郡。其时皆在己巳后。《南齐书》[11]《武帝纪》,建元四年六月,进封枝江公子隆[12]为随郡王。子隆本传云,永明三年为辅国将军,南琅琊彭城二郡太守,明年迁江州刺史,未拜,唐寓之[13]贼平,迁为持节,督会稽东阳新安临海永嘉五郡东中郎将,会稽太守。《祥瑞志》云:"永明五年,山阴县孔广家园桎树十二层,会稽太守随王子隆献之",与传合。子隆尝守会稽,则其封国之中军,因官而居山阴,正事理所有。故此己巳者,当为永明七年,而五月廿五为卒日。□一年者,十一年。《通鉴目录》,永明十一年十月戊寅,十二月丁丑朔,则十一月为戊申朔,丙寅为十九日,其葬日也。和帝[14]为皇子时,亦封随郡王,于时不合。唐开元十八年[15]己巳,二十一年十一月丙寅朔,与志中之□一年冬十一月丙寅颇近,然官号郡名,无不格迕,若为迁窆,则年代相去又过远,殆亦非矣。永明中,为中军将军见于纪传者,南郡王长懋,王敬则,阴智伯,庐陵王子卿。此云刘□[16],泐其名,无可考。"□志风烈者云"以下无字。次为铭辞,有字可见者四行,其后余石尚小半。六朝志例,铭大抵不溢于志,或当记妻息名字,今亦俱泐。志书"随"为"隋",罗泌云,随文帝恶随从辵改之。[17]王伯厚亦讥帝不学。[18]后之学者,或以为初无定制,或以为音同可通用,至征委蛇委随作证。今此石远在前,已如此作,知非随文所改。《隶释》《张平子碑颂》,有"在珠咏隋,于璧称和"语[19]。隋字收在刘球《隶韵》[20]正无辵,则晋世已然。作随作隋作陏,止是省笔而已。东平本兖州所领郡,宋末没于魏,《南齐书》《州郡志》言永明七年,因光禄大夫吕安国[21]启立于北兖州。启有云"臣贱族桑梓,愿立此邦",则安国与超盖同族矣。与石同出垅中者,尚有瓦罂铜竟各一枚。竟有铭云"郑氏作镜幽湅三商幽明镜"十一字,篆书,俱为谁何毁失。附识于此,使后有考焉。

* * * *

〔1〕 本篇据手稿编入,原无标点。据鲁迅日记,当写于1918年6月11日。此文曾发表于1918年6月25日《北京大学日刊》第一七一号"文艺"栏,题为《新出土吕超墓志铭考证》,署名周树人。1919年又曾印入顾鼎梅编刊的《吕超墓志拓片专集》,题为《南齐〈吕超墓志〉跋》,末署"绍兴周树人跋"。

〔2〕 吕超墓志石　出土于1916年(民国五年)12月,原石"超"字之下有"静"字残画可辨,当定名为《吕超静墓志石》。鲁迅日记1923年6月8日,1924年8月22日,分别有购得《吕超静墓志》拓本的记载。按1917年绍兴张拯亢曾对此石作过考证,误断为隋炀帝大业五年(609)物。

〔3〕 兰上　即绍兴西南的兰亭。《水经·浙江水注》:"兰亭,亦曰兰上里"。吕超墓志石的出土地点灰灶头村在兰亭以西约二里。

〔4〕 陈古遗(1875—1943)　字伯翔(又作伯祥),号古遗,浙江绍兴人。越社、爂社社员。曾任绍兴府中学堂、绍兴浙江省立第五师范学校教员,《浙事新闻报》、《越铎日报》编辑。著有《中国历代郡县分类考》等。

〔5〕 打本　即拓片。见于唐代窦泉《述书赋》注。

〔6〕 徐曰孙　名维则,字曰孙,浙江绍兴人,金石收藏家、目录学家。当时在北京大学附属国史编纂处工作。著有《东西学书录》、《石墨盫碎锦》等。鲁迅1918年6月2日日记:"午后得徐以(按同曰)孙信并《吕超墓志》拓片一枚。"

〔7〕 鲁迅校写的《吕超墓志》释文曾发表于1918年6月24日《北京大学日刊》第一七〇号"文艺"栏,全文如下:

□□□墓志□

□故龙骧将军隋郡王国中军吕府君讳超□□□
　　□□东平人也胄兴自姜奄有营业飞芳□□□
　　□□□□□□因官即邦今居会稽山阴□□□
　　□□□□□起令誉早宣故孝弟出□□□□□
　　□□□□□□风猷日新而袻胾有□□□□
　　□□□□□□岁在己巳夏五月廿五
　　□□□□□一年冬十一月丙寅□□□□□
　　□□□□□同糸中军将军刘□□□□□
　　□□□□金石□志风烈者云
　　□□□□蔼蔼清猷白云□岫素□□□□□
　　□□□□嘉□如□应我□□□□□□□
　　□□□□□其 𣅀眷言
　　□□□□□□蕙
　　□□□□□夕悄松□□□□□□□□

〔8〕 按晋武帝当系惠帝之误，《晋书·地理志下》："惠帝……分义阳立随郡。"

〔9〕 《通鉴目录》 即《资治通鉴目录》，是《资治通鉴》的提要，北宋司马光著，三十卷。

〔10〕 《宋书》 南朝宋史，南朝梁沈约编撰，一百卷。下文的广陵王诞，即宋文帝第六子刘诞；南阳王翙，即宋明帝第六子刘翙。按升明二年十二月，当为十一月。

〔11〕 《南齐书》 南朝齐史，南齐萧子显编撰，五十九卷。

〔12〕 子隆 即萧子隆（474—494），字云兴，南齐武帝第八子。齐高帝建元四年（482）至武帝永明八年（490）间为随郡王。

〔13〕 唐寓之（？—486） 南齐富阳（今浙江富阳）人，农民起义

领袖。永明三年(485)起兵反齐,次年攻占钱塘(今浙江杭州)称帝,国号吴。同年兵败被杀。

〔14〕 和帝 即萧宝融(488—502),南齐高帝第八子,于建武元年(494)受封随郡王。

〔15〕 唐开元十八年 按唐开元十八年为庚午,己巳当为开元十七年。

〔16〕 刘□ 范鼎卿据《吕超墓志》精拓本"刘"字下有"玄"字残划可辨,并引证《南史》,认为此人系"刘玄明,临淮人,为山阴令","其时玄明已任中军将军,未几殂即改官司农矣。"(见顾燮光《梦碧簃石言》所收范跋)按《南史·循吏传》仅载刘玄明"终于司农卿",未见任中军将军的记载。

〔17〕 罗泌 字长源,宋代庐陵(今属江西)人。著有《路史》四十七卷。该书卷三十五:"随之文帝恶随之从辵,乃去其辵,以为隋,不知隋自音妥;隋者尸祭鬼神之物也。"

〔18〕 王伯厚(1223—1296) 名应麟,字伯厚,庆元(今浙江宁波)人,宋代学者。理宗淳祐进士,官至礼部尚书,后去官从事著述。著有《困学纪闻》二十卷。该书卷十三"随恶走改隋"条:"徐楚金《说文系传》云,'随文帝恶随字为走,乃去之,成隋字。'隋,列肉也,其不祥大焉。殊不知随从辵;辵,安步也,……而妄去之,岂非不学之故!"

〔19〕 《隶释》 宋代洪适编,二十七卷,是集录汉、魏石刻文字的专书。《张平子碑颂》,晋代夏侯湛撰,见《隶释》卷十九。张平子即东汉科学家张衡,"在珠咏隋,于璧称和"是对他的赞词。隋,指隋侯珠;和,指和氏璧。

〔20〕 《隶韵》 字书,宋代刘球著,十卷。钩摹宋代以前出土汉碑隶字,按韵分类。《张平子碑颂》的隋字收入该书卷一"五支"部。

〔21〕 吕安国（426—490） 南齐广陵（今江苏扬州）人。官义阳太守、平北将军兼南兖州刺史。他曾启请在南齐侨置的北兖州设置东平侨郡。

吕超墓出土吴郡郑蔓镜考[1]

　　右竟出山阴兰上乡吕超墓中,墓有铭,尝得墨本二枚,国号纪元俱泐。以其官随郡王国中军,又有己巳字,因定为齐永明十一年十一月葬。竟则止闻铭辞云是"郑氏作镜幽涷三商幽明镜"十一字,篆书,不能得墨本。六月中,中弟起明[2]归会稽,遂见此竟,告言径建初尺[3]四寸四分,质似铅,已裂为儿,又失其二,然所阙皆华饰,而文字具在。未几,手拓见寄。铭有二层,与所传者绝异,文句讹夺,取他竟铭校之,始知大较。外层云:"五月五日,大岁在未。吴□郑蔓作其镜,幽涷三商,周刻禹彊,白牙聚犟,众神容",凡卅字。内层云:"吾作明幽竟涷三商周丞",凡十字。上虞罗氏《古镜图录》[4]收金山程氏所藏一竟,文字略同,末云:"众神见容天禽",较此多三字,而句亦未尽。他竟尚有作"天禽四守"者也。古人铸冶,多以五月丙午日,虞喜《志林》[5]谓"取纯火精以协其数"(《初学记》廿二引)[6]。今所见汉魏竟,带句,帐构铜[7],凡勒年月者,大率云五月丙午日作;而五日顾未闻宜铸,唯索缕,采药,辟兵,却病之事,兴作甚多。后世推类,或并以造竟。家所藏唐代小镜一枚,亦云五月五日午时造,则此事当始于晋,至唐犹然。大岁在未,在字反左书,未年亦不知何年,氏未又

85

似戊午或丙午,丰或作乕,得转讹如未,所未详也。吴下一字,仅存小半,程氏臧竟作貒,罗氏题为"吴郡郑蔓镜"。吴越接壤,便于市卖,所释当塙。郡字并亦反左书,郑又如鄭,蔓又似叚,皆讹变。幽涑三商者,《关中金石记》尝以《仪礼》郑注"日入三商为昏"语释永康竟铭,然孔疏云,"商谓商量",是刻漏名,则亦无与竟事。[8]《墨林快事》[9]以为三金,于义最协。他竟或云幽涑宫商,或云合涑白黄。宫为土,商为金[10],金白土黄;竟则丹扬善铜,殽以银锡,其类三,其色黄白;幽殽声近相通,涑,水名,乃涑之误,涑又叚[11]为煉;殽煉三金,犹云合涑白黄,亦即幽涑宫商矣。禺彊者,《山海经》[12]云:"北方禺彊,人面鸟身。"郭注:"字玄冥,水神也。"竟之为物,仪形曜灵[13],月为水精,故刻禺彊。禺字上有羡画[14],他竟或讹成萬。又有云"周刻罔象[15]"者,罔象亦水精,与此同意。白巨即伯牙[16],建安竟[17]铭有"白巨单琴"语,徐氏同柏[18]云:"巨琴未详"。今按彼为伯牙弹琴,而此巨字尤缪,唯迹象可寻究。髶鏍颇似樂饗,殆亦单琴之误也。据程氏竟,神容二字间,当敚[19]见字,见容即见形矣。末三句十一字,并颂彫文刻镂之美。而竟止作四神人乘异兽,其二今阙。又有四乳,具存。内层之乄亦吾字,笔画不完,遂与予字相似。丞亦幽也,他竟多如此作。此铭在汉,当有全文,施之巨竟。后来屡经转刻,夺落舛误,弥失其初,遂至不可诵说。余以此竟出于故乡,铭文又不常见,长夏索居,辄加审释,虽多所穿凿,终亦不能尽通,聊记所获,以备忘失。又闻越竟铅泉,时或出土,而铅竟甚为希有;盖铅锡事本非宜,而此则窀夕所用,故犹刍灵木寓[20],象物斯足,不复幽涷三商与。中华民国七年七月廿九日记。

* * *

〔1〕 本篇据手稿编入,原无标题,有句读。

郑蔓,汉代吴郡(治所在今江苏苏州)著名铸镜人,后人造镜多假托其名。

〔2〕 起明 即周作人(1885—1967),号起孟,又作启孟、起明、启明,鲁迅的二弟。曾在绍兴浙江省立第五中学、北京大学、北京女子师范大学等校任教。抗日战争期间曾出任伪华北政务委员会教育总署督办。1918年6月他从北京回绍兴省亲,通过陈古遗得到吴郡郑蔓镜拓本,于7月25日寄鲁迅二枚,8月16日又寄四枚。

〔3〕 建初尺 参看本书第64页注〔2〕。

〔4〕 罗氏 即罗振玉(1866—1940),字叔蕴、叔言,号雪堂,浙江上虞人,金石学家。清末曾任学部参事等职,民国后以清遗老自居,后任伪"满洲国"监察院长。《古镜图录》,三卷,共收古镜拓片一五九枚。金山程氏所藏镜,见该书卷中第二十九面,外层铭文可辨"五月五日大岁在未吴郡郑蔓作其□□涷三商白巨彨䍧㝯神见容天禽"等字;内层铭文为"吾作明幽竟涷三商周□"十字。

〔5〕 虞喜(281—356) 字仲宁,余姚(今属浙江)人,晋代学者。曾为功曹,后不仕,专心著述。《志林》,《隋书·经籍志》著录三十卷,已佚。明代陶宗仪《说郛》、清代马国翰《玉函山房辑佚书》中均有辑本;鲁迅亦有辑校本一卷,现收《鲁迅辑录古籍丛编》第三卷。

〔6〕 "取纯火精以协其数" 意思是取干支都属火的月、日进行冶炼,以符合阴阳五行的术数。此说本于汉代王充《论衡·乱龙》:

"阳燧取火于天,五月丙午日中之时,消炼五石,铸以为器,乃能得火。"后来无论是否在五月丙午日铸器,铭文往往皆作"五月丙午"。《初学记》,类书,唐代徐坚等编,三十卷。

〔7〕 带句　衣带钩。句,通钩。帐构铜,古时帐幕上用以结构木架的铜件。

〔8〕《关中金石记》　金石考古集,清代毕沅著,八卷。按这里的《关中金石记》系《中州金石记》之误。《中州金石记》亦为毕沅所著,五卷。其卷一"永康镜铭"条解释汉桓帝永康元年(167)所铸铜镜铭文中的"幽湅三商"一语说:"郑康成注《仪礼》云:日入三商为昏。孔颖达疏:商为商量,是漏刻之名。"《仪礼》,我国古代专记礼制仪式的儒家经典,毕沅上述引语,见于该书第二章"士昏礼"题下注疏,疏者为唐代贾公彦,非孔颖达。郑康成(127—200),名玄,字康成,北海高密(今属山东)人,东汉经学家。孔颖达(574—648),字冲远,衡水(今属河北)人,唐代经学家。

〔9〕《墨林快事》　古器物、书画跋语集,明代安世凤著,十二卷。卷二有"三商者,商,金也:银、锡、铜也。一釜而和之,故曰幽炼"等语。又有"汉有善铜出丹阳"的记载,丹阳同丹扬。

〔10〕 宫为土,商为金　古代音乐有宫、商、角、徵、羽五声,古人认为它们同土、金、木、火、水五行有对应关系。

〔11〕 叚　同假,借。

〔12〕《山海经》　十八卷,约公元前四世纪至二世纪间的作品,主要记述我国古代神话传说中的山水、地理、方物等。晋代郭璞曾为之作注。禹彊的故事见该书《海外北经》。

〔13〕 曜灵　屈原《天问》:"角宿未旦,曜灵安藏?"姜亮夫注:"戴震云:'……曜灵,月也。'"

〔14〕 羡画　多出的笔画。

〔15〕 罔象 《史记·孔子世家》:"水之怪,龙、罔象。"

〔16〕 伯牙 相传为春秋时人,善弹古琴。

〔17〕 建安竟 东汉献帝建安十年(205)铸,原为金山程氏收藏。其铭文为:"吾作明镜幽涷三商周卫罔象五帝天皇三巨單琹黄帝除凶朱鸟玄㡭白虎青龙君宜高官子孙番昌建安十年造大吉 君宜□ 君宜□"。

〔18〕 徐同柏 字籀庄,浙江嘉兴人,清代金石学者。著有《从古堂款识学》。他对建安镜的考释文字,见罗振玉《古镜图录》卷上第五面。

〔19〕 敚 夺的古字。

〔20〕 刍灵木寓 旧时送葬用的草扎或木制的人畜。寓,通偶。

《墨经正文》重阅后记[1]

邓氏殁于清光绪末年,不详其仕履。此《墨经正文》三卷,在南通州季自求天复[2]处见之,本有注,然无甚异,故不复录。唯重行更定之文,虽不尽确,而用心甚至,因录之,以备省览。六年写出,七年八月三日重阅记之。

* * *

〔1〕 本篇据手稿编入,原无标题、标点。末钤"周"字印章。

《墨经正文》,全名《墨经正文解义》,清代内江邓云昭校注,上卷为《经上》、《经说上》,中卷为《经下》、《经说下》,下卷为《大取》、《小取》。《墨经》,战国时后期墨家的哲学、科学著作,原为《墨子》的一部分。

〔2〕 季自求(1887—1944) 名天复,字自求,江苏南通人。当时在北洋政府参谋本部及陆军部任职。鲁迅1915年1月17日日记:"午后季自求来,以《南通方言疏证》、《墨经正文解义》相假。"同月22日:"夜最写邓氏《墨经解》,殊不佳。"

《鲍明远集》校记[1]

此从毛斧季校宋本[2]录出,殷朗譁贞筐樹亘恒皆缺笔[3];又有愍世则袭唐讳。毛所用明本[4],每页十行,行十七字,目在每卷前,与程本[5]异。

* * *

〔1〕 本篇据手稿编入,原无标题、标点。据鲁迅日记,当写于1918年9月25日前后。

《鲍明远集》,南朝宋文学家鲍照的诗文集。原由南齐虞炎编定,题为《鲍照集》,共十卷;据《隋书·经籍志》注,南朝梁还有一种六卷本。皆失传。后来传世的有《鲍明远集》、《鲍参军集》、《鲍照集》、《鲍氏集》等不同版本。鲁迅校勘所用底本为明代新安汪士贤校本,十卷。鲍照(约414—466),字明远,东海(治今山东郯城北)人。宋孝武帝时官太子博士兼中书舍人,后为临海王刘子顼前军参军。

〔2〕 毛斧季(1640—?) 名扆,字斧季,明末清初常熟(今属江苏)人,藏书家、版本学家。著有《汲古阁珍藏秘书图目》等。毛氏校宋本《鲍氏集》共十卷,校勘后记和识语中说:康熙丙辰(1676)"借吴趋友人宋本比较一过",宋本"每幅廿行,每行十六字,小字不等"。

〔3〕 缺笔 唐代开始的一种避讳方式,在书写和镌刻本朝皇帝或尊长的名字时,一般省略最末一笔。本文中的殷朗譁贞筐樹亘恒,

是避宋太祖赵匡胤父弘殷、始祖玄朗、英宗父允讓、仁宗赵祯、太祖匡胤、英宗赵曙(与树同音)、钦宗赵桓、真宗赵恒的名讳。愍世,是避唐太宗李世民的名讳。

〔4〕 毛斧季校勘所用的底本,是明代正德庚午(1510)朱应登的刊本。

〔5〕 程本 指明代程荣的刻本,十卷,目在前,每页九行,行二十字,前有虞炎序,后有朱应登跋。(见《汉魏六朝诸家文集二十二种》)程荣,字伯仁,安徽歙县人。曾辑刊《汉魏丛书》三十八种。

随 感 录[1]

近日看到几篇某国志士[2]做的说被异族虐待的文章,突然记起了自己从前的事情。

那时候不知道因为境遇和时势或年龄的关系呢,还是别的原因,总最愿听世上爱国者的声音,以及探究他们国里的情状。波兰印度,文籍较多;中国人说起他的也最多;我也留心最早,却很替他们抱着希望。其时中国才征新军[3],在路上时常遇着几个军士,一面走,一面唱道:"印度波兰马牛奴隶性,……"[4]我便觉得脸上和耳轮同时发热,背上渗出了许多汗。

那时候又有一种偏见,只要皮肤黄色的,便又特别关心:现在的某国,当时还没有亡;所以我最注意的是芬阑斐律宾越南的事,以及匈牙利[5]的旧事。匈牙利和芬阑文人最多,声音也最大;斐律宾只得了一本烈赛尔[6]的小说;越南搜不到文学上的作品,单见过一种他们自己做的亡国史[7]。

听这几国人的声音,自然都是真挚壮烈悲凉的;但又有一些区别:一种是希望着光明的将来,讴歌那簇新的复活,真如时雨灌在新苗上一般,可以兴起人无限清新的生意。一种是絮絮叨叨叙述些过去的荣华,皇帝百官如何安富尊贵,小民如何不识不知;末后便痛斥那征服者不行仁政。譬如两个病人,一个是热望那将来的健康,一个是梦想着从前的耽乐,而这些耽乐又大抵便是他致病的原因。

我因此以为世上固多爱国者,但也羼着些爱亡国者。爱国者虽偶然怀旧,却专重在现世以及将来。爱亡国者便只是悲叹那过去,而且称赞着所以亡的病根。其实被征服的苦痛,何止在征服者的不行仁政,和旧制度的不能保存呢?倘以为这是大苦,便未必是真心领得;不能真心领得苦痛,也便难有新生的希望。

* * *

〔1〕 本篇据手稿编入,当作于1918年4月至1919年4月间。

〔2〕 某国 当指朝鲜。朝鲜于1910年被日本并吞。

〔3〕 新军 指清朝光绪二十一年(1895)袁世凯、张之洞开始编练的新式陆军。

〔4〕 "印度波兰马牛奴隶性" 清末流行的军歌和文人诗作中常有这样的内容,例如张之洞所作《军歌》:"请看印度国土并非小,为奴为马不得脱笼牢。"《学堂歌》:"波兰灭,印度亡,犹太遗民散四方。"

〔5〕 芬兰于1809年沦为沙皇俄国统治下的一个大公国,1917年12月宣布独立。菲律宾于1865年沦为西班牙殖民地,1898年美西战争后,又被美国乘机占领,1946年获得独立。越南于1884年沦为法国殖民地,1945年独立。匈牙利从十六世纪起,先后受土耳其侵略,被奥地利并吞,1918年才得到独立。

〔6〕 烈赛尔(J. Rizal,1861—1896) 通译黎萨尔,菲律宾作家,

民族独立运动领袖。著有长篇小说《起义者》、《不许犯我》等。

〔7〕 指《越南亡国史》,越南维新派知识分子潘福珠口述,新民丛报社社员编辑,1914年由上海广智书局出版。

《美术》杂志第一期[1]

民国初年以来,时髦人物的嘴里,往往说出"美术"两个字,但只是说的多,实做的却少。直到现在,连小说杂志上的插画家还极难得,何况说是能够创作的大手笔。所以翻印点旧画,有如败家子弟,偶然有几张破烂旧契的人,都算了美术界人物了。

这一年两期的《美术》杂志第一期,便当这寂寞胡涂时光,在上海图画美术学校[2]中产出。内分插画,学术,记载,杂俎,思潮五门,并附增刊的同学录。学术,杂俎,思潮,多说理法,关于绘画的约居五分之四。其中虽偶有令人吃惊的话,如中国画久臻神化,实与欧人以不能学[3],及西洋画无派别可言[4]之类,但开创之初,自然不能便望纯一。就大体着眼,总是有益的事居多,其余记述,也可以看出主持者如何热心经营,以及推广的劳苦的痕迹。

这么大的中国,这么多的人民,又在这个时候,却只看见这一点美术的萌芽,真可谓寂寥之至了。但开美花的,不必定是块根。我希望从此能够引出许多创造的天才,结得极好的果实。

* * * *

〔1〕 本篇最初发表于 1918 年 12 月 29 日《每周评论》第二号"新刊批评"栏。署名庚言。原为句读。

《美术》杂志 半年刊。1918 年 10 月创刊(衍期出版),上海图画美术学校出版。从第二期起改署该校美术杂志社编辑出版。1922 年 5 月出至第三卷第二号停刊。

〔2〕 上海图画美术学校 我国现代第一所私立美术学校。1912 年 11 月由乌始光、张聿光、刘海粟等创办。初名上海美术院,1916 年改称此名,1930 年定名为上海美术专科学校。刘海粟长期担任校长。

〔3〕 中国画久臻神化二句 见于《美术》第一期所载唐熊《国粹画源流》一文:"彼欧洲之人有能通中国文字语言,而未有能通中国之画法者,良以斯道进化,久臻神化,实予彼以不能学。此足以自豪者也。"

〔4〕 西洋画无派别可言 见于《美术》第一期蓉曦(刘庸熙)的《函授答案摘要》一文。

一九一九年

关于《拳术与拳匪》[1]

　　此信单是呵斥,原意不需答复,本无揭载的必要;但末后用了"激将法",要求发表,所以便即发表。既然发表,便不免要答复几句了。

　　来信的最大误解处,是我所批评的是社会现象,现在陈先生[2]根据了来攻难的,却是他本身的态度。如何是社会现象呢?本志前号《克林德碑》[3]篇内已经举出:《新武术》序说,"世界各国,未有愈于中华之新武术者。前庚子变时,民气激烈……"[4]序中的庚子,便是《随感录》所说的一千九百年,可知对于"鬼道主义"明明大表同情。要单是一人偶然说了,本也无关重要;但此书是已经官署审定,又很得教育家欢迎,——近来议员[5]又提议推行,还未知是否同派,——到处学习,这便是的确成了一种社会现象;而且正是"鬼道主义"精神。我也知道拳术家中间,必有不信鬼道的人;但既然不见出头驳斥,排除谬见,那便是为潮流遮没,无从特别提开。譬如说某地风气闭塞,也未必无一二开通的人,但记载批评,总要据大多数立言,这一二人决遮不了大多数。所以个人的态度,便推翻不了社会批评;这《随感录》第三十七条,也仍然完全成立。

其次,对于陈先生主张的好处,也很有不能"点头"的处所,略说于下:

蔡先生[6]确非满清王公,但现在是否主持打拳,我实不得而知。就令正在竭力主持,我亦以为不对。

陈先生因拳术医好了老病,所以赞不绝口;照这样说,拳术亦只是医病之术,仍无普及的必要。譬如乌头,附子,虽于病有功,亦不必人人煎吃。若用此医相类之病,自然较有理由;但仍须经西医考查研究,多行试验,确有统计,才可用于治疗。不能因一二人偶然之事,便作根据。

技击术的"起死回生"和"至尊无上",我也不能相信。东瀛的"武十道"[7],是指武十应守的道德,与技击无关。武十单能技击,不守这道德,便是没有武士道。中国近来每与柔术混作一谈,其实是两件事。

美国新出"北拳对打",亦是情理上能有的事,他们于各国的书,都肯翻译;或者取其所长,或者看看这些人如何思想,如何举动:这是他们的长处。中国一听得本国书籍,间有译了外国文的,便以为定然宝贝,实是大误。

Boxing[8]的确是外国所有的字,但不同中国的打拳;对于中国可以说是"不会"。正如拳匪作 Boxer[9],也是他们本有的字;但不能因有此字,便说外国也有拳匪。

陆军中学里,我也曾见他们用厚布包了枪刃,互相击刺,大约确是枪剑术;至于是否逃不出中国技击范围,"外行"实不得而知。但因此可悟打仗冲锋,当在陆军中教练,正不必小学和普通中学都来练习。

总之中国拳术,若以为一种特别技艺,有几个自己高兴的人,自在那里投师练习,我是毫无可否的意见;因为这是小事。现在所以反对的,便在:(一)教育家都当作时髦东西,大有中国人非此不可之概;(二)鼓吹的人,多带着"鬼道"精神,极有危险的豫兆。所以写了这一条随感录,倘能提醒几个中国人,则纵令被骂为"刚毅[10]之不如",也是毫不介意的事。

三月二日,鲁迅。

【备考】:

拳术与拳匪

——驳《新青年》五卷五号《随感录》第三十七条

鲁迅君何许人,我所未知,大概亦是一个青年。但是这位先生脑海中似乎有点不清楚,竟然把拳匪同技击术混在一起。不知鲁君可曾见过拳匪?若系见过义和团,断断不至弄到这等糊涂。义和团是凭他两三句鬼话,如盛德坛《灵学杂志》一样,那些大人先生方能受他蛊惑;而且他只是无规则之禽兽舞。若言技击,则身,手,眼,步,法五者不可缺一,正所谓规行矩步。鲁先生是局外人,难怪难怪。我敢正告鲁先生曰:否!不然!义和团乃是与盛德坛《灵学杂志》同类,与技击家无涉。义和团是鬼道主义,技击家乃人道主义。(以上驳第一段)

关于《拳术与拳匪》

现在教育家主持用中国拳术者,我记得有一位蔡子民先生,在上海爱国女校演说,他说:"外国的柔软体操可废,而拳术必不可废。"这位老先生,大抵不是满清王公了。当时我亦不以为然。后来我年近中旬,因身体早受攻伐,故此三十以后,便至手足半废。有一位医学博士替我医了两三年,他说,"药石之力已穷,除非去学柔软体操。"当时我只可去求人教授。不料学了两年,脚才好些,手又出毛病了;手好些,脚又出毛病了。卒之有一位系鲁迅先生最憎恶之拳术家,他说我是偏练之故;如用拳术,手足一齐动作,力与气同用,自然无手愈足否,足愈手否之毛病。我为了身体苦痛,只可试试看。不料试了三个月,居然好了;如今我日日做鲁先生之所谓拳匪,居然饮得,食得,行得,走得;拳匪之赐,真真不少也。我想一个半废之人,尚且可以医得好,可见从那位真真正正外国医学博士,竟输于拳匪,奇怪奇怪,(这句非说西医不佳,因我之学体操而学拳,皆得西医之一言也;只谓拳术有回生起死之功而已。)这就是拳术的效验。至于"武松脱铐"等文字之不雅驯,是因满清律例,拳师有禁,故此搢绅先生怕触禁网,遂令识字无多之莽夫专有此术;因使至尊无上之技击术黯然无色;更令东瀛"武士道"窃吾绪余,以"大和魂"自许耳。且吾见美国新出版有一本书,系中国北拳对打者。可惜我少年失学,不识蟹行字只能看其图而已。但是此书,系我今年亲见;如鲁先生要想知道美国拳匪,我准可将此书之西文,求人写出,请他看看。

（驳原文二,三段）

　　原文谓"外国不会打拳",更是荒谬。这等满清王公大臣,可谓真正刚毅之不如。这一句不必多驳,只可将Boxing(此数西文,是友人教我的。)这几字,说与王公大臣知,便完了。枪炮固然要用;若打仗打到冲锋,这就恐非鲁先生所知,必须参用拳匪的法术了。我记得陆军中学尚有枪剑术,其中所用的法子,所绘的图形,依旧逃不出技击术的范围。鲁先生,这又是真真正正外国拳匪了。据我脑海中记忆力,尚记得十年前上海的报馆先生,犹天天骂技击术为拳匪之教练者;今则人人皆知技击术与义和团立于绝对反对的地位了。鲁先生如足未出京城一步,不妨请大胆出门,见识见识。我讲了半天,似乎顽石也点头了。鲁先生得毋骂我饶舌乎。但是我扳不上大人先生,不会说客气话,只有据事直说;公事公言,非开罪也。满清老例,有"留中不发"之一法;谅贵报素有率直自命,断不效法满清也。

　　　　　　　　　　粤人陈铁生。八年一月二十日。
"内功"非枪炮打不进之谓,毋强作内行语。

　　　　　　　　　　　　　　　铁生赘。

＊　　＊　　＊

　〔1〕　本篇最初发表于1919年2月15日北京《新青年》第六卷第二号"通信"栏,原无标题,在陈铁生文后。

　　拳匪,1900年(庚子)我国北方爆发以农民、手工业者和城市贫民为主体的义和团运动,他们以设拳坛,练拳棒和其他迷信方式组织民众,初以"反清灭洋"为口号,后改为"扶清灭洋",被清朝统治者利用攻打外国使馆,焚烧教堂,后被八国联军和清政府共同镇压。光绪二十六年五月十七日(1900年6月13日)的上谕中始称他们为"拳匪",此前的上谕称"义和拳会"。

〔2〕 陈先生 即陈铁生(1864—1940),名绍枚,字铁生,广东新会人,新闻记者。早年参加过南社,后在上海和广州创立精武体育会。当时任上海精武体育会编辑,编有《技击丛刊》等。

〔3〕《克林德碑》 陈独秀作,发表于《新青年》第五卷第五号(1918年11月)。文中认为克林德碑虽被拆迁,但并不能消除"保存国粹三教合一"等封建思想的影响,并举出马良《新武术》的出版作为这种思想影响的例子之一。克林德(K. A. Ketteler, 1853—1900),1899年任德国驻华公使,在义和团运动中被杀于北京西总布胡同口。1902年,清朝政府被迫按不平等的辛丑条约规定,在该地建立"克林德碑"。1918年,德国在第一次世界大战中战败,此碑被拆迁到中央公园(现中山公园),改称"公理战胜"牌坊。

〔4〕《新武术》 即《中华新武术》,当时的济南镇守使马良所著的一本讲授武术的书,分拳脚、摔跤、棍术、剑术四科。上海商务印书馆于1917年分别出版过该书的前两部分,封面标明"教育部审定"。《新武术》序为马良本人所撰,原题《〈新武术〉发起总说》,其中说:"世界各国武术体育之运用,未有愈于我中华之武术者。前庚子变时,民气激烈,尚有不受人奴隶之主动力,惜无自卫制人之术,反致自相残害,浸以酿成杀身之祸。"

〔5〕 指王讷(1880—1960),字默轩,山东安丘人。他在1917年任国会众议院议员时,曾提出"推广中华新武术建议案",同年3月22日经众议院表决通过。

〔6〕 蔡先生　即蔡元培(1868—1940)，字鹤卿，号孑民，浙江绍兴人，教育家。当时任北京大学校长。

〔7〕 东瀛的"武士道"　日本幕府时代武士所遵守的道德，主要内容为忠君、节义、廉耻、勇武、坚忍等。明治维新后，日本统治阶级仍宣扬"武士道精神"。

〔8〕 Boxing　英语：拳击。

〔9〕 Boxer　英语：拳击运动员。欧美人曾用这一名词来称呼中国义和团的成员。

〔10〕 刚毅(1837—1900)　满洲镶蓝旗人，清朝末年顽固派大臣之一，官至工部尚书。他曾受命统帅义和团，利用义和团来推行排外政策。

随 感 录 三则[1]

敬 告 遗 老

　　自称清室举人的林纾,近来大发议论,要维持中华民国的名教纲常。这本可由他"自语",于我无涉。[2]但看他气闹哄哄,很是可怜。所以有一句话奉劝:"你老既不是敝国的人,何苦来多管闲事,多淘闲气。近来公理战胜[3],小国都主张民族自决,就是东邻的强国,也屡次宣言不干涉中国的内政。你老人家可以省事一点,安安静静的做个寓公,不要再干涉敝国的事情罢。"

孔教与皇帝

　　报上载清廷赏衍圣公孔令贻"骑朝马",[4]孔令贻上摺谢恩。原来他也是个遗老!我从前听人说,孔教与帝制及复辟,都极有关系,这事虽然有筹安君子和南海圣人的著作作证[5],但终觉得还未十分确实。现在有这位至圣先师[6]的嫡孙证明,当然毫无可疑了。

旧戏的威力

前次北京大学的谣言[7],可算是近来一大事件了。我当初也以为是迷顽可怜的老辈所为,岂知事实竟大谬不然,全是因为骂了旧戏惹出来的。主动的人,只是荆生小说里的一个李四,听说还是什么剧评家哩[8]。我想不到旧戏竟有这样威力,是这样可怕。以前许多报章做了评论,多以为是新旧思想的冲突,真教鬼蜮暗中笑人!

* * *

〔1〕 本篇最初发表于1919年3月30日《每周评论》第十五号"随感录"栏。原无总题,每则文末均署庚言。

〔2〕 林纾(1852—1924) 字琴南,号畏庐,福建闽侯(今福州)人。翻译家。他曾借助别人口述,翻译欧美文学作品一百七十余种,在清末至"五四"期间影响很大。"五四"时期他成为反对新文化运动的守旧派的代表人物之一。他在1919年3月18日北京《公言报》发表《致蔡鹤卿太史书》(按蔡鹤卿即蔡元培),指责提倡新文化是"覆孔孟,铲伦常"、"叛亲蔑伦"、"人头畜鸣"、"拾李卓吾之余唾"等;并说:"公为民国宣力,弟仍清室举人","今笃老尚抱守残缺,至死不易其操"。他还在1919年2月17日、18日上海《新申报》发表文言小说《荆生》,影射攻击新文化运动的倡导者,说他们是"禽兽自语,于人胡涉"。

〔3〕 公理战胜 1918年第一次世界大战结束后,以英、法为首的协约国宣扬他们打败德、奥等同盟国是"公理战胜了强权"。

〔4〕 衍圣公 从宋仁宗开始的对孔子嫡裔的封号。孔令贻,山

东曲阜人,是孔子的七十六代孙,袭封"衍圣公"。辛亥革命推翻帝制后,他曾积极参与袁世凯称帝、张勋复辟活动。1919年春,他又入京向清废帝溥仪"祝嘏",得赏紫禁城骑马。据同年3月3日《顺天时报》载:"衍圣公孔令贻,昨于一号上午,进东华门,乘坐二人肩舆,进内觐见。清帝在乾清宫招见,并在南书房赐宴,有世续及各师傅等作陪云"。

〔5〕 筹安君子 指1915年8月发起成立筹安会的杨度、孙毓筠、严复、刘师培、李燮和、胡瑛等"六君子"。他们主张君主立宪,拥戴袁世凯称帝。其中刘师培写有《君政复古论》,发表于1916年1、2月的《中国学报》第一、二期。南海圣人,指康有为(1858—1927),广东南海人,清末变法维新运动的领袖人物之一。他反对孙中山领导的民主革命,民国后先后参与袁、张的帝制复辟活动,被当时的遗老遗少尊为"文圣"。他撰有《共和平议》和《与徐太傅书》,攻击"民主共和",主张"虚君共和"。文载1918年1月《不忍》杂志第九、十期合刊。

〔6〕 至圣先师 "大成至圣文宣先师"的略称,清朝顺治二年(1625)给予孔子的封谥。

〔7〕 北京大学的谣言 指林纾、张厚载等对当时在北京大学任教的《新青年》编者所造的谣言。据1919年3月4日《申报》载:"北京电 北京大学有教员陈独秀、胡适等四人驱逐出校,闻与出版物有关。"

〔8〕 指当时北京大学法科学生张厚载,字豂子,中学时曾为林纾的学生,入大学后常在《晨报》第七版"剧评"栏发表旧剧评论文章。林纾在小说《荆生》末尾说,所编故事"闻之门人李生。李生似不满意于此三人,故矫为快乐之言以告余"。李生,即指张厚载。

他[1]

一

"知了"不要叫了,
他在房中睡着;
"知了"叫了,刻刻心头记着。
太阳去了,"知了"住了,——还没有见他,
待打门叫他,——锈铁链子系着。

二

秋风起了,
快吹开那家窗幕。
开了窗幕,会望见他的双靥。
窗幕开了,——一望全是粉墙,
白吹下许多枯叶。

三

　　大雪下了,扫出路寻他;
　　　这路连到山上,山上都是松柏,
　　　他是花一般,这里如何住得!
　　不如回去寻他,——阿!回来还是我家。

※　　※　　※

　〔1〕 本篇最初发表于1919年4月15日《新青年》第六卷第四号,署名唐俟。

寸　铁[1]

有一个什么思孟做了一本什么息邪[2]，尽他说，也只是革新派的人，从前没有本领罢了。没本领与邪，似乎相差还远，所以思孟虽然写出一个 ma ks[3]，也只是没本领，算不得邪。虽然做些鬼祟的事，也只是小邪，算不得大邪。

造谣说谎诬陷中伤也都是中国的大宗国粹，这一类事实，古来很多，鬼祟著作却都消灭了。不肖子孙没有悟，还是层出不穷的做。不知他们做了以后，自己可也觉得无价值么。如果觉得，实在劣得可怜。如果不觉，又实在昏得可怕。

刘喜奎的臣子的大学讲师刘少少[4]，说白话是马太福音[5]体，大约已经收起了太极图[6]，在那里翻翻福音了。马太福音是好书，很应该看。犹太人钉杀耶稣[7]的事，更应该细看。倘若不懂，可以想想福音是什么体。

先觉的人，历来总被阴险的小人昏庸的群众迫压排挤倾陷放逐杀戮。中国又格外凶。然而酋长终于改了君主。君主终于预备立宪，预备立宪又终于变了共和了。喜欢暗夜的妖怪多,虽然能教暂时黯淡一点,光明却总要来。有如天亮,遮掩不住。想遮掩白费气力的。

* * *

〔1〕 本篇最初发表于1919年8月12日北京《国民公报》"寸铁"栏,原无标题,每则之后皆署名黄棘。

〔2〕 思孟 据《每周评论》第三十三号(1919年8月3日)天风(胡适)的《辟谬与息邪》一文,思孟即"北京大学辞退的教员徐某"。息邪,思孟所写的攻击新文化运动及其倡导人的一本小册子的标题,副题《北京大学铸鼎录》,曾在1919年8月6日至13日北京《公言报》连载。分"序言"、"蔡元培传"、"沈尹默传"、"陈独秀传"、"胡适传"、"钱玄同传"、"徐宝璜刘复合传"七部分。其中说"蔡元培居德五年竟识字百余",陈独秀"不解西文",刘复、钱玄同"皆斗筲之才,不足比数",胡适"英文颇近清通,然识字不多"等。

〔3〕 ma ks 思孟文中误写的外文,当为Marx:马克思。

〔4〕 刘喜奎(1894—1964) 河北南皮人,梆子戏女演员,兼演京剧。刘少少(1870—1929),名鬴和,字少珊,湖南长沙人。当时是北京大学哲学研究所讲师。1919年3月13日上海《小时报》载如如《刘少少之新诗》一文,内引刘少少捧刘喜奎的七言绝句《忆刘王》十首,有"二十四传皇帝后,只从伶界出刘王"等语。

〔5〕 马太福音 基督教圣经《新约全书》中的"四福音"之一,假托由耶稣十二门徒之一的马太所传。

〔6〕 太极图 太极是我国古代的哲学术语,最早见于《易经》,指派生万物的本原。宋代周敦颐始著《太极图说》。刘少少在1919年1月9日至2月1日的《北京大学日刊》上连续发表长篇论文《太极图说》,其中说太极图为"吾人四五千年历史之真文明","今世欧西科学

家所考论……不意吾国四千年前祖先已发现之。"

〔7〕 耶稣(约前4—30) 基督教创始人。他在犹太各地传教,为犹太教当权者所仇视,后被逮捕送交罗马帝国驻犹太总督彼拉多,钉死在十字架上,见《马太福音》第二十七章。

自 言 自 语[1]

一 序

　　水村的夏夜,摇着大芭蕉扇,在大树下乘凉,是一件极舒服的事。

　　男女都谈些闲天,说些故事。孩子是唱歌的唱歌,猜谜的猜谜。

　　只有陶老头子,天天独自坐着。因为他一世没有进过城,见识有限,无天可谈。而且眼花耳聋,问七答八,说三话四,很有点讨厌,所以没人理他。

　　他却时常闭着眼,自己说些什么。仔细听去,虽然昏话多,偶然之间,却也有几句略有意思的段落的。

　　夜深了,乘凉的都散了。我回家点上灯,还不想睡,便将听得的话写了下来,再看一回,却又毫无意思了。

　　其实陶老头子这等人,那里真会有好话呢,不过既然写出,姑且留下罢了。

　　留下又怎样呢? 这是连我也答复不来。

　　中华民国八年八月八日灯下记。

二　火的冰

流动的火,是熔化的珊瑚么?

中间有些绿白,像珊瑚的心,浑身通红,像珊瑚的肉,外层带些黑,是珊瑚焦了。

好是好呵,可惜拿了要烫手。

遇着说不出的冷,火便结了冰了。

中间有些绿白,像珊瑚的心,浑身通红,像珊瑚的肉,外层带些黑,也还是珊瑚焦了。

好是好呵,可惜拿了便要火烫一般的冰手。

火,火的冰,人们没奈何他,他自己也苦么?

唉,火的冰。

唉,唉,火的冰的人!

三　古　城

你以为那边是一片平地么?不是的。其实是一座沙山,沙山里面是一座古城。这古城里,一直从前住着三个人。

古城不很大,却很高。只有一个门,门是一个闸。

青铅色的浓雾,卷着黄沙,波涛一般的走。

少年说,"沙来了。活不成了。孩子快逃罢。"

老头子说,"胡说,没有的事。"

这样的过了三年和十二个月另八天。

少年说,"沙积高了,活不成了。孩子快逃罢。"

老头子说,"胡说,没有的事。"

少年想开闸,可是重了。因为上面积了许多沙了。

少年拼了死命,终于举起闸,用手脚都支着,但总不到二尺高。

少年挤那孩子出去说,"快走罢!"

老头子拖那孩子回来说,"没有的事!"

少年说,"快走罢!这不是理论,已经是事实了!"

青铅色的浓雾,卷着黄沙,波涛一般的走。

以后的事,我可不知道了。

你要知道,可以掘开沙山,看看古城。闸门下许有一个死尸。闸门里是两个还是一个?

四 螃 蟹

老螃蟹觉得不安了,觉得全身太硬了。自己知道要蜕壳了。

他跑来跑去的寻。他想寻一个窟穴,躲了身子,将石子堵了穴口,隐隐的蜕壳。他知道外面蜕壳是危险的。身子还软,要被别的螃蟹吃去的。这并非空害怕,他实在亲眼见过。

他慌慌张张的走。

旁边的螃蟹问他说,"老兄,你何以这般慌?"

他说,"我要蜕壳了。"

"就在这里蜕不很好么?我还要帮你呢。""那可太

115

怕人了。"

"你不怕窟穴里的别的东西,却怕我们同种么?"

"我不是怕同种。"

"那还怕什么呢?"

"就怕你要吃掉我。"

五 波 儿

波儿气愤愤的跑了。

波儿这孩子,身子有矮屋一般高了,还是淘气,不知道从那里学了坏样子,也想种花了。

不知道从那里要来的蔷薇子,种在干地上,早上浇水,上午浇水,正午浇水。

正午浇水,土上面一点小绿,波儿很高兴,午后浇水,小绿不见了,许是被虫子吃了。

波儿去了喷壶,气愤愤的跑到河边,看见一个女孩子哭着。

波儿说,"你为什么在这里哭?"

女孩子说,"你尝河水什么味罢。"

波儿尝了水,说是"淡的"。

女孩子说,"我落下了一滴泪了,还是淡的,我怎么不哭呢。"

波儿说,"你是傻丫头!"

波儿气愤愤的跑到海边,看见一个男孩子哭着。

波儿说,"你为什么在这里哭?"

男孩子说,"你看海水是什么颜色?"

波儿看了海水,说是"绿的"。

男孩子说,"我滴下了一点血了,还是绿的,我怎么不哭呢。"

波儿说,"你是傻小子!"

波儿才是傻小子哩。世上那有半天抽芽的蔷薇花,花的种子还在土里呢。

便是终于不出,世上也不会没有蔷薇花。

六 我的父亲

我的父亲躺在床上,喘着气,脸上很瘦很黄,我有点怕敢看他了。

他眼睛慢慢闭了,气息渐渐平了。我的老乳母对我说,"你的爹要死了,你叫他罢。"

"爹爹。"

"不行,大声叫!"

"爹爹!"

我的父亲张一张眼,口边一动,彷佛有点伤心,——他仍然慢慢的闭了眼睛。

我的老乳母对我说,"你的爹死了。"

阿!我现在想,大安静大沈寂的死,应该听他慢慢到来。谁敢乱嚷,是大过失。

我何以不听我的父亲,徐徐入死,大声叫他。

阿!我的老乳母。你并无恶意,却教我犯了大过,扰乱我父亲的死亡,使他只听得叫"爹",却没有听到有人向荒山大叫。

那时我是孩子,不明白什么事理。现在,略略明白,已经迟了。我现在告知我的孩子,倘我闭了眼睛,万不要在我的耳朵边叫了。

七　我的兄弟

我是不喜欢放风筝的,我的一个小兄弟是喜欢放风筝的。

我的父亲死去之后,家里没钱了。我的兄弟无论怎么热心,也得不到一个风筝了。

一天午后,我走到一间从来不用的屋子里,看见我的兄弟,正躲在里面糊风筝,有几支竹丝,是自己剥的,几张皮纸,是自己买的,有四个风轮,已经糊好了。

我是不喜欢放风筝的,也最讨厌他放风筝,我便生气,踏碎了风轮,拆了竹丝,将纸也撕了。

我的兄弟哭着出去了,悄然的在廊下坐着,以后怎样,我那时没有理会,都不知道了。

我后来悟到我的错处。我的兄弟却将我这错处全忘了,他总是很要好的叫我"哥哥"。

我很抱歉,将这事说给他听,他却连影子都记不起了。他仍是很要好的叫我"哥哥"。

阿！我的兄弟。你没有记得我的错处,我能请你原谅么？然而还是请你原谅罢！

※　　※　　※

〔1〕 本篇最初连载于《国民公报》"新文艺"栏,署名神飞。第一、二节发表于1919年8月19日;第三节发表于8月20日;第四节发表于8月21日;第五节发表于9月7日;第六、七节发表于9月9日。第七节末原注"未完"。

一九二一年

"生降死不降"[1]

大约十五六年以前,我竟受了革命党的骗了。

他们说:非革命不可!你看,汉族怎样的不愿意做奴隶,怎样的日夜想光复,这志愿,便到现在也铭心刻骨的。试举一例罢,——他们说——汉人死了入殓的时候,都将辫子盘在顶上,像明朝制度,这叫做"生降死不降"[2]!

生降死不降,多少悲惨而且值得同情呵。

然而近几年来,我的迷信却破裂起来了。我看见许多讣文上的人,大抵是既未殉难,也非遗民,和清朝毫不相干的;或者倒反食过民国的"禄"。而他们一死,不是"清封朝议大夫",便是"清封恭人"[3],都到阴间三跪九叩的上朝去了。

我于是不再信革命党的话。我想:别的都是诳,只是汉人有一种"生降死不降"的怪脾气,却是真的。

五月五日

* * * *

〔1〕 本篇最初发表于1921年5月6日北京《晨报副刊》"杂感"

栏,署名风声。

〔2〕 "生降死不降" 这是清末宣传反清时的一种说法,如汪精卫在《民报》第一卷第一号(1905年10月)发表的《民族的国民》一文中说:"我民族一息尚存,此心不死。……一般国民屈于毒焰,不得自由,然风气所成,有男降女不降,生降死不降之说,女子之不易服,犹曰非其所严禁,至于殡殓死者,以本族之衣冠,使不至于不瞑,而有以见先人于地下,其节弥苦,其情尤惨矣。"

〔3〕 朝议大夫 原为清朝从四品文官的封号。恭人,原为四品官员夫人的封号。

名　字[1]

我看了几年杂志和报章,渐渐的造成一种古怪的积习了。

这是什么呢?就是看文章先看署名。对于这署名,并非积极的专寻大人先生,而却在消极的这一方面。

一,自称"铁血""侠魂""古狂""怪侠""亚雄"之类的不看。

二,自称"鲽栖""鸳精""芳侬""花怜""秋瘦""春愁"之类的又不看。

三,自命为"一分子",自谦为"小百姓",自鄙为"一笑"之类的又不看。

四,自号为"愤世生""厌世主人""救世居士"之类的又不看。

如是等等,不遑枚举,而临时发生,现在想不起的还很多。有时也自己想:这实在太武断,太刚愎自用了;倘给别人知道,一定要摇头的。

然而今天看见宋人俞成先生的《萤雪丛说》[2]里的一段话,却连我也大惊小怪起来。现在将他抄出在下面:

"今人生子,妄自尊大:多取文武富贵四字为名,不以睎贤为名,则以望回为名,不以次韩为名,则以齐愈为名,甚可笑也!古者命名,多自贬损:或曰愚,或曰鲁,或曰拙,曰贱,皆取谦抑之义也;如司马氏幼字犬子,至有慕名野狗,何尝择称呼之美哉?!尝观进士同年录:江南人习尚机巧,故其小名多是好字,足见自高之心;江北人大体任真,故其小名多非佳字,足见自贬之意。若夫雁塔之题,当先正名,垂于不朽!"

看这意思,似乎人们不自称猪狗,俞先生便很不高兴似的。我于以叹古人之高深为不可测,而我因之尚不失为中庸也,便发生了写出这一篇的勇气来。

五月五日

* * *

〔1〕 本篇最初发表于1921年5月7日《晨报副刊》"杂感"栏,署名风声。

〔2〕 俞成 字元德,宋代东阳(今属浙江)人。所著《萤雪丛说》,笔记,二卷。引文见该书卷一"人之小名"条,其中"睎贤",原作"睎颜"。

无　　题[1]

　　有一个大襟上挂一支自来水笔的记者,来约我做文章,为敷衍他起见,我于是乎要做文章了。首先想题目……

　　这时是夜间,因为比较的凉爽,可以捏笔而没有汗。刚坐下,蚊子出来了,对我大发挥其他们的本能。他们的咬法和嘴的构造大约是不一的,所以我的痛法也不一。但结果则一,就是不能做文章了。并且连题目没有想。

　　我熄了灯,躲进帐子里,蚊子又在耳边呜呜的叫。

　　他们并没有叮,而我总是睡不着。点灯来照,躲得不见一个影,熄了灯躺下,却又来了。

　　如此者三四回,我于是愤怒了;说道:叮只管叮,但请不要叫。然而蚊子仍然呜呜的叫。

　　这时倘有人提出一个问题,问我"于蚊虫跳蚤孰爱?"我一定毫不迟疑,答曰"爱跳蚤!"这理由很简单,就因为跳蚤是咬而不嚷的。

　　默默的吸血,虽然可怕,但于我却较为不麻烦,因此毋宁爱跳蚤。在与这理由大略相同的根据上,我便也不很喜欢去"唤醒国民",这一篇大道理,曾经在槐树下和金心异[2]说过,现在恕不再叙了。

我于是又起来点灯而看书,因为看书和写字不同,可以一手拿扇赶蚊子。

不一刻,飞来了一匹青蝇,只绕着灯罩打圈子。

"嗡!嗡嗡!"

我又麻烦起来了,再不能懂书里面怎么说。用扇去赶,却扇灭了灯;再点起来,他又只是绕,愈绕愈有精神。

"嗖,嗖,嗖!"

我敌不住了!我仍然躲进帐子里。

我想:虫的扑灯,有人说是慕光,有人说是趋炎,有人说是为性欲,都随便,我只愿他不要只是绕圈子就好了。

然而蚊子又呜呜的叫了起来。

然而我已经瞌睡了,懒得去赶他,我蒙胧的想:天造万物都得所,天使人会瞌睡,大约是专为要叫的蚊子而设的……

阿!皎洁的明月,暗绿的森林,星星闪着他们晶莹的眼睛,夜色中显出几轮较白的圆纹是月见草[3]的花朵……自然之美多少丰富呵!

然而我只听得高雅的人们这样说。我窗外没有花草,星月皎洁的时候,我正在和蚊子战斗,后来又睡着了。

早上起来,但见三位得胜者拖着鲜红色的肚子站在帐子上;自己身上有些痒,且搔且数,一共有五个疙瘩,是我在生物界里战败的标征。

我于是也便带了五个疙瘩,出门混饭去了。

* * *

〔1〕 本篇最初发表于1921年7月8日《晨报》"浪漫谈"栏,署名风声。

〔2〕 金心异 指钱玄同(1887—1939),原名夏,后改名玄同,浙江吴兴人,文字学家。曾任北京大学、北京师范大学教授,"五四"时期积极参加新文化运动,是《新青年》的编者之一。林纾在1919年3月19日上海《新申报》发表题为《荆生》的小说攻击新文化运动,其中有一个人物名"金心异",即影射钱玄同。关于作者与金心异交谈的情况,参看《呐喊·自序》。

〔3〕 月见草 又名待霄草,柳叶菜科多年生草本植物,夏季开花,夜开晨合。果实及根均可入药。

一九二二年

《遂初堂书目》抄校说明[1]

明抄《说郛》原本与见行刻本绝异[2],京师图书馆有残本十余卷。此目在第二十八卷,注云:一卷,全抄,海昌张阆声。又叚得别本,因复叚以迻录,并注二本违异者于字侧。虽敚误甚多,而其有胖于海山仙馆[3]刻本者,倘加讎校,则为一佳书矣。十一年八月三日俟堂灯右写讫记之。

《说郛》无总目,海山仙馆本有之,今据本文补写。八月三日夜记。

* * *

〔1〕 本篇据手稿编入,原无标题、标点。前一部分写于抄录稿的封面,后一部分则在抄录稿正文之后。

《遂初堂书目》,又名《益斋书目》,宋代尤袤家藏图书的目录,一卷。

〔2〕《说郛》 笔记丛书,明代陶宗仪编,一百卷。缀录明代以前的笔记小说而成,兼收经史诸子及诗话文论,原书已佚。明抄《说郛》原

本,现存五册,即原书的卷三、卷四及卷二十三至三十二,计十二卷。文中所说的"见行本",指清初顺治四年(1647)陶珽编刊,揉杂窜乱陶宗仪原本的一二○卷《说郛》。

〔3〕 海山仙馆 清代广东番禺藏书家潘仕成的室名。该室刊有《海山仙馆丛书》,《遂初堂书目》列为第一种,道光二十六年(1864)印行。

破《唐人说荟》[1]

近来在《小说月报》[2]上看见《小说的研究》[3]这一篇文章里,有"《唐人说荟》一书为唐人小说之中心"的话,这诚然是不错的,因为我们要看唐人小说,实在寻不出第二部来了。然而这一部书,倘若单以消闲,自然不成问题,假如用作历史的研究的材料,可就误人很不浅。我也被这书瞒过了许多年,现在觉察了,所以要趁这机会来揭破他。

《唐人说荟》也称为《唐代丛书》,早有小木板,现在却有了石印本了,然而反加添了许多脱落,误字,破句。全书分十六集,每集的书目都很光怪陆离,但是很荒谬,大约是书坊欺人的手段罢。只是因为是小说,从前的儒者是不屑辩的,所以竟没有人来掊击,到现在还是印而又印,流行到"不亦乐乎"。

我现在略举些他那胡闹的例:

一是删节。从第一集《隋唐嘉话》到第六集《北户录》[4]止三十九种书,没有一种完全,甚而至于有不到二十分之一的,此后还不少。

二是硬派。如《洛中九老会》,《五木经》,《锦裙记》[5]等,都不过是各人文集中的一篇文章,不成为一部书,他却硬将他们派作一种。

三是乱分。如《诺皋记》,《支诺皋》,《肉攫部》,《金刚经鸠异》,都是《酉阳杂俎》[6]中的一篇,他却分为四种,又别出一种《酉阳杂俎》。又如《花九锡》,《药谱》,《黑心符》,都是《清异录》[7]中的一条,他却算作三种。

四是乱改句子。如《义山杂纂》[8]中,颇有当时的俗语,他不懂了,便任意的改篡。

五是乱题撰人。如《幽怪录》是牛僧孺做的,他却道王恽。[9]《枕中记》是沈既济做的,他却道李泌。[10]《迷楼记》《海山记》《开河记》不知撰人,或是宋人所作,他却道韩偓。[11]

六是妄造书名而且乱题撰人。如什么《雷民传》,《埒上记》,《鬼冢志》之类,全无此书,他却从《太平广记》[12]中略抄几条,题上段成式褚遂良[13]等姓名以欺人。此外还不少。最误人的是题作段成式做的《剑侠传》[14],现在几乎已经公认为一部真的完书了,其实段成式何尝有这著作。

七是错了时代。如做《太真外传》的乐史[15]是宋人,他却将他收入《唐人说荟》里,做《梅妃传》的人提起叶少蕴,[16]一定也是宋人,他却将撰人题为曹邺,[17]于是害得以目录学自豪的叶德辉[18]也将这两种收入自刻的《唐人小说》里去了。

其余谬点还多,讲起来话太长,就此中止了。

然而这胡闹的下手人却不是《唐人说荟》,是明人的《古今说海》和《五朝小说》[19],还有清初的假《说郛》[20]也跟着,《说荟》只是采取他们的罢了。那些胡闹祖师都是旧板,现已归入宝贝书类中，我们无力购阅，倒不必怕为其所惑的。目下可恶的就只是《唐人说荟》。

为避免《说荟》之祸起见，我想出一部书来，就是《太平广记》。这书的不佳的小板本，不过五元而有六十多本，南边或者更便宜。虽有错字，但也无法，因为再好便是明板，又是宝贝之类，非我辈之力所能得了。我以为《太平广记》的好处有二，一是从六朝到宋初的小说几乎全收在内，倘若大略的研究，即可以不必别买许多书。二是精怪，鬼神，和尚，道士，一类一类的分得很清楚，聚得很多，可以使我们看到厌而又厌，对于现在谈狐鬼的《太平广记》的子孙，再没有拜读的勇气。

* * *

〔1〕 本篇最初发表于1922年10月3日《晨报副刊》"文艺谈"栏，署名风声。

《唐人说荟》，笔记小说丛书，原有明末桃源居士辑本，共收一四四种；清代乾隆时山阴陈世熙（莲塘居士）又从《说郛》等书中补入二十种，编成二十卷。后来坊刻本有的改名为《唐代丛书》。

〔2〕 《小说月报》 文学月刊，1910年8月创刊于上海，商务印书馆出版。最初由恽铁樵主编，1918年1月起由王蕴章（西神）接编，成为鸳鸯蝴蝶派主要刊物之一。1921年1月第十二卷第一期起，由文学研究会的沈雁冰主编，内容大加改革，成为倡导新文学的重要刊物。1923年第十四卷起，改由郑振铎主编。1931年12月出至第二十二卷第十二期停刊。

〔3〕 《小说的研究》 瞿世英所作文学论文，连载于《小说月报》第十三卷第七期至第九期（1922年7月至9月）。

〔4〕《隋唐嘉话》 唐代刘餗著,三卷。主要记载唐人言行、故事。《北户录》,唐代段公路著,三卷。主要记述岭南风土物产。

〔5〕《洛中九老会》《唐人说荟》署白居易作,按《白居易集》中有《九老图诗并序》一篇。《五木经》,唐代李翱所写的一篇记述古代樗蒲游戏的文章,见《李文公集》卷十八。《锦裙记》,唐代陆龟蒙所写的一篇记述李尹所藏古锦裙的杂记,见《笠泽丛书》卷四,题为《记锦裙》。

〔6〕《酉阳杂俎》 唐代段成式著,二十卷,又续集十卷。《诺皋记》,见该书卷十四、十五,《支诺皋》,见《续集》卷一、二、三,皆述怪异故事。《肉攫部》见卷二十,记述养鹰方法。《金刚经鸠异》,见《续集》卷七,记述金刚经灵异故事。

〔7〕《清异录》 宋代陶谷编,二卷,分三十七门辑集唐、五代文人小品。《花九锡》,唐代罗虬撰,见《清异录》"百花门";《药谱》,唐代侯宁极撰,见"药品门";《黑心符》,唐代于义方撰,见"女行门"。

〔8〕《义山杂纂》 未题撰人,一卷。主要集录唐代"俚俗常谈鄙事"。宋代陈振孙以为唐代李商隐作。《唐人说荟》乱改该书中的唐时俗语,如将"不穷"改为"富贵","反侧"改为"惶恐","分张"改为"分析"之类。

〔9〕《幽怪录》 又名《玄怪录》,唐代牛僧孺撰,十卷,已佚。《太平广记》录有三十一篇,主要记载鬼怪故事。牛僧孺(779—847),字思黯,狄道(今甘肃临洮)人,官至御史中丞同平章事。王恽,唐武宗时进士。

〔10〕《枕中记》 写卢生黄粱一梦故事。沈既济(约750—约800),苏州吴(今江苏苏州)人,唐代传奇作家,官至礼部员外郎。李泌(722—789),字长源,唐代京兆(今陕西西安)人,官至中书侍中同平章事。

〔11〕《迷楼记》 一卷,记述隋炀帝建迷楼、幸美女等荒淫生活。

《海山记》,一卷,记述隋炀帝造西苑、凿五湖等事。《开河记》,一卷,记述麻叔谋为隋炀帝开运河掘墓虐民事。鲁迅在《中国小说史略·宋之志怪及传奇文》中指出,"《海山记》已见于《青琐高议》中,自是北宋人作,余当亦同"。韩偓(844—923),字致尧(一作致光),唐代万年(今陕西西安)人,官至翰林学士、中书舍人。

〔12〕《太平广记》 类书,宋代李昉等奉敕纂集,共五百卷。书成于太平兴国三年(978),内收六朝至宋代初年的小说、野史很多,引用书四百七十余种。

〔13〕段成式(约803—863) 字柯古,唐代齐州临淄(今山东淄博)人,曾任校书郎,官至太常少卿。褚遂良(596—658),字登善,钱塘(今浙江杭州)人,唐代书法家,官至尚书右仆射。

〔14〕《剑侠传》 《唐人说荟》中题为段成式撰的《剑侠传》共十二篇,除《兰陵老人》、《卢生》、《僧侠》、《京西店老人》四篇原出段成式《酉阳杂俎》外,其他《老人化猿》原出《吴越春秋》,《聂隐娘》、《昆仑奴》原出唐代裴铏《传奇》,《车中女子》原出皇甫氏《原化记》,《贾人妻》原出唐代薛用弱《集异记》,《红线》原出袁郊《甘泽谣》,《田膨郎》原出康骈《剧谈录》,《荆十三娘》原出五代孙光宪《北梦琐言》,皆与段成式无关。

〔15〕《太真外传》 《唐人说荟》题作《杨太真外传》,二卷。乐史(930—1007),宋代抚州宜黄(今属江西)人,官至三馆秘书。著有《太平寰宇记》。明代陶宗仪《说郛》误以其为唐人,《唐人说荟》沿误。

〔16〕《梅妃传》 一卷,未题撰人,写唐玄宗爱妃江采蘋故事。书后附作者所写赞语,有"此传……惟叶少蕴与予得之"等语。叶少蕴(1077—1148),名梦得,字少蕴,南宋长洲(今江苏吴县)人,官至户部尚书。著有《石门避暑录话》等。

〔17〕曹邺(约816—约875) 字邺之,桂州阳朔(今属广西)人,

133

晚唐诗人。大中进士,官至洋州刺史。

〔18〕 叶德辉(1864—1927) 字奂彬,湖南湘潭人,藏书家。清光绪进士,曾官吏部主事。他刻印的观古堂本《唐人小说》共六种,于1911年出版。

〔19〕《古今说海》 明代嘉靖年间陆楫等编,共一三五种,一四二卷,分"说选"、"说纂"、"说略"、"说渊"四部分。其中选编唐宋小说较多。《五朝小说》,明末桃源居士编,共四百七十余种,分魏晋小说、唐人小说、宋元小说、明人小说四部分。

〔20〕 假《说郛》 指明末清初陶珽所编刊的《说郛》,参看本书第127页注〔2〕。

一九二三年

关于《小说世界》[1]

记者先生[2]:

我因为久已无话可说,所以久已一声不响了,昨天看见疑古君的杂感[3]中提起我,于是忽而想说几句话:就是对于《小说世界》是不值得有许多议论的。

因为这在中国是照例要有,而不成问题的事。

凡当中国自身烂着的时候,倘有什么新的进来,旧的便照例有一种异样的挣扎。例如佛教东来时有几个佛徒译经传道,则道士们一面乱偷了佛经造道经,而这道经就来骂佛经,而一面又用了下流不堪的方法害和尚,闹得乌烟瘴气,乱七八遭。(但现在的许多佛教徒,却又以国粹自命而排斥西学了,实在昏得可怜!)但中国人,所擅长的是所谓"中庸",于是终于佛有释藏,道有道藏[4],不论是非,一齐存在。现在刻经处[5]已有许多佛经,商务印书馆也要既印日本《续藏》,又印正统《道藏》了,[6]两位主客,谁短谁长,便各有他们的自身来证明,用不着词费。然而假使比较之后,佛说为长,中国却一定仍然有道士,或者更多于居士与和尚;因为现在的人们是各式各样,很不一律的。

上海之有新的《小说月报》,而又有旧的(?)《快活》[7]之类以至《小说世界》,虽然细微,也是同样的事。

现在的新文艺是外来的新兴的潮流,本不是古国的一般人们所能轻易了解的,尤其是在这特别的中国。许多人渴望着"旧文化小说"(这是上海报上说出来的名词)的出现,正不足为奇;"旧文化小说"家之大显神通,也不足为怪。但小说却也写在纸上,有目共睹的,所以《小说世界》是怎样的东西,委实已由他自身来证明,连我们再去批评他们的必要也没有了。若运命,那是另外一回事。

至于说他流毒中国的青年,那似乎是过虑。倘有人能为这类小说(?)所害,则即使没有这类东西也还是废物,无从挽救的。与社会,尤其不相干,气类相同的鼓词和唱本,国内非常多,品格也相像,所以这些作品(?)也再不能"火上添油",使中国人堕落得更厉害了。

总之,新的年青的文学家的第一件事是创作或介绍,蝇飞鸟乱,可以什么都不理。东枝君今天说旧小说家以为已经战胜,[8]那或者许是有的,然而他们的"以为"非常多,还有说要以中国文明统一世界哩。倘使如此,则一大阵高鼻深目的男留学生围着遗老学磕头,一大阵高鼻深目的女留学生绕着姨太太学裹脚,却也是天下的奇观,较之《小说世界》有趣得多了,而可惜须等将来。

话说得太多了,再谈罢。

一月十一日,唐俟。

关于《小说世界》

※　　※　　※

〔1〕 本篇最初发表于1923年1月15日《晨报副刊》"通信"栏,题为《唐俟君来信——关于〈小说世界〉》。

《小说世界》,周刊,叶劲风主编。1923年1月5日创刊于上海,商务印书馆出版,主要刊载鸳鸯蝴蝶派的作品。1928年第十七卷第一期起改为季刊,由胡怀琛主编。1929年12月出至第十八卷第四期停刊。这个刊物是为了与革新后的《小说月报》相抗衡而出版的。

〔2〕 记者先生 指孙伏园(1894—1966),原名福源,浙江绍兴人,新潮社、语丝社成员。鲁迅在绍兴师范学校和北京大学任教时的学生。1921年秋至1924年冬任北京《晨报副刊》编辑。后又任北京《京报副刊》编辑。

〔3〕 疑古 钱玄同的笔名。他在1923年1月10日《晨报副刊》"杂感"栏发表《"出人意表之外"的事》一文,批评了《小说世界》的宗旨和倾向,并摘引鲁迅《他们的花园》一诗,劝告新文学家不要与它同流合污。

〔4〕 释藏 即《大藏经》,汉文佛教经典和著作的总集,分经、律、论三藏。南北朝时开始编集,宋开宝五年(972)首次雕刊一藏,凡十三万版,以后各代均有刊刻。道藏,道教经典和著作的总集。最早编成于唐开元中。宋徽宗政和年间首次刊印,以后各代均有刊刻。内容庞杂。通行本有明代的《正统道藏》五三〇五卷,《万历续道藏》一八〇卷。

〔5〕 刻经处 指金陵刻经处,经营佛教经典刻印、流布的机构。佛教学者杨文会(字仁山)于清同治五年(1866)在南京创办。

〔6〕 商务印书馆于1923年影印出版日本藏经书院刊行的《续藏经》,1924年出版《正统道藏》。这两部书的广告,《小说世界》都曾登载。

〔7〕《快活》 旬刊,鸳鸯蝴蝶派刊物之一,李涵秋主编。1922年1月创刊于上海。同年12月停刊,共出三十六期。世界书局发行。

〔8〕 指东枝的《〈小说世界〉》一文,载1923年1月11日《晨报副刊》"杂感"栏,文中说:"小说世界的出版,其中含着极重大的意义,我们断断不可忽视的,这个意义我用'战胜'两个字来包括他。因为小说世界一出版,无论那一方面都自以为是战胜了。"

看了魏建功君的《不敢盲从》
以后的几句声明[1]

在副刊上登载了爱罗先珂[2]君的观剧记以后,就有朋友告诉我,说很有人疑心这一篇是我做的,至少也有我的意见夹杂在内:因为常用"观""看"等字样,是作者所做不到的。现在我特地声明,这篇不但并非我做,而且毫无我的意见夹杂在内,作者在他的别的著作上,常用色彩明暗等等形容字,和能见的无别,则用些"观""看"之类的动词,本也不足为奇。他虽然是外国的盲人,听不懂,看不见,但我自己也还不肯利用了他的不幸的缺点,来作嫁祸于他的得罪"大学生诸君"的文章。

魏君临末还说感谢我"介绍了爱罗先珂先生的教训的美意",这原是一句普通话,也不足为奇的,但从他全篇带刺的文字推想起来,或者也是为我所不能懂的俏皮话。所以我又特地声明,在作者未到中国以前,所译的作品全系我个人的选择,及至到了中国,便都是他自己的指定,这一节,我在他的童话集的序文上已经说明过的了。至于对于他的作品的内容,我自然也常有不同的意见,但因为为他而译,所以总是抹杀了我见,连语气也不肯和原文有所出入,美意恶意,更是说不到,感谢嘲骂,也不相干。但魏君文中用了引号的"哓辞""艺术的蟊贼"这些话,却为我的译文中所无,大约是眼睛太亮,见得太多,所以一时惑乱,从别处扯来装上了。

然而那一篇记文,我也明知道在中国是非但不能容纳,还要发生反感的,尤其是在躬与其事的演者。但是我又没有去阻止的勇气,因为我早就疑心我自己爱中国的青年倒没有他这样深,所以也就不愿意发些明知无益的急迫的言论。然而这也就是俄国人和中国以及别国人不同的地方,他很老实,不知道恭维,其实是罗素[3]在英国称赞中国,他的门槛就要被中国留学生踏破了的故事,我也曾经和他谈过的。

以上,是我见了魏君的文章之后,被引起来的觉得应该向别的读者声明的事实;但并非替爱罗先珂君和自己辩解,也不是想缓和魏君以及同类诸君的心气。若说对于魏君的言论态度的本身,则幸而我眼睛还没有瞎,敢说这实在比"学优伶"更"可怜,可羞,可惨";优伶如小丑,也还不至于专对他人的体质上的残废加以快意的轻薄嘲弄,如魏建功君。尤其"可怜,可羞,可惨"的是自己还以为尽心于艺术。从这样轻薄的心里挤出来的艺术,如何能及得优伶,倒不如没有的干净,因为优伶在尚不显露他那旧的腐烂的根性之前,技术虽拙,人格是并没有损失的。

魏君以为中国已经光明了些,青年的学生们对着旧日的优伶宣战了,这诚然是一个进步。但崇拜旧戏的大抵并非瞎子,他们的判断就应该合理,应该尊重的了,又何劳青年的学生们去宣战?倘说不瞎的人们也会错,则又何以如此奚落爱罗先珂

看了魏建功君的《不敢盲从》以后的几句声明

君失明的不幸呢?"可怜,可羞,可惨"的中国的新光明!

临末,我单为了魏君的这篇文章,现在又特地负责的声明:我敢将唾沫吐在生长在旧的道德和新的不道德里,借了新艺术的名而发挥其本来的旧的不道德的少年的脸上!

附　记

爱罗先珂君的记文的第三段内"然而演奏 Organ[4] 的人"这一句之间,脱落了几个字,原稿已经寄给别人,无从复核了,但大概是"然而演奏 Violin[5] 的,尤其是演奏 Organ 的人"罢,就顺便给他在此改正。

一月十三日。

【备考】:

不　敢　盲　从!　　　　魏建功

——因爱罗先珂先生的剧评而发生的感想

鲁迅先生译出爱罗先珂先生的《观北京大学学生演剧和燕京女校学生演剧的记》,一月六日在《晨报副刊》发表。一位世界文学家对我们演剧者的挚诚的教训,幸得先生给我们介绍了,这是首先要感谢的。

我们读了爱罗先珂先生第一段的文字,总该有沉重的压迫精神的印象,以至于下泪,因而努力。寂寞到十二万分的国度,像今日的中国,简直可以说"没有戏剧"!那谈得到"好戏剧"?那更谈得著"男女合演的戏剧"?

我们以前的国度黑暗,还要厉害于今日呢!前两年真是一个为艺术尽心的团体可说没有;假使爱罗先珂先生那时到中国,那又够多么寂寞而难受呵!我们真可怜可惨,虽然不准子弟登台的父兄很多,而一向情愿为艺术尽心,来做先锋的并没有畏缩;这才辟开"爱美的"[6]为艺术的戏剧事业"的新纪元,所谓"艺术戏剧根苗"始茁芽在沙漠的大地上。所以中国的戏剧现在才渐渐有了,而且旧的戏剧却正在残灯的"复明时代",和我们搏斗,接着那文明式的新剧也要和我们决斗呢!我们那敢怠慢?但我们从"没有戏剧"引向"有戏剧"这面来,这点不能不算今日的国度是较昔日的国度光明了些微!从前的学生不演剧,轻视戏剧;而现在极力的提倡,尽心于艺术的戏剧;而演剧,这又不能不算是中国青年学生们对旧日的"优伶"的一个宣战,和他们对艺术忠心的表示!中国的艺术真可怜啊!我们尽心的人们也嚷了一二年了,空气依然沉寂,好艺术的果子在那儿?这大概"艺术"为何物,一般人的怀疑还没有了解啊!所以,到现在,将戏剧当作艺术,肯为艺术尽心而与男子合演的女子,虽爱罗先珂先生叫断嗓子,总难请得!我们现在只好求"才有戏剧"的国度,再光明些到"有好的艺术"的国度;那末,"男女合演的,真的,好的中国艺术"才可望产出。中国艺术,今日之恐慌,不减爱罗先珂先生母国的荒灾的恐慌啊!爱罗先珂先生的为我们中国青年男女学生们的浩叹,我们只有含着泪且记在心头。爱罗先珂先生也只好原谅我们是才有戏剧的国度中之青年,正开始反抗几千年的无形的黑暗之势力;并且只好姑守着寂寞,"看"我们能不能光明了艺术的国度!较之"黑暗的现在"以"既往的黑暗",未来还不至于"更黑暗"啊!尽心艺术的同志们!爱罗先珂先生的心,我们不要忘了!

在我们的努力中得爱罗先珂先生的教训,不可谓不幸了,——我们北京大学的学生尤其是的!(这里要声明的,我们演剧的大学生,除去用外国语演的,只是我们一部分北大戏剧实验社社员的大学生。一切关于演剧的臧否,只能我们受之,不敢教所有的"大学生诸君"当之。)爱罗先珂先生到北京近一年,我们只演剧两次。第一次北大第二平民学校游艺会,爱罗先珂先生到场唱歌;歌毕,坐在剧场里一忽儿便走了。他那时刚到北京,或者中国话没有听懂听惯,我们这幼稚的艺术大概就证明失败了。第二次,便是纪念会的第一日,他坐在我们舞台布景后面"看"了一刻工夫,就由他的伴侣扶回去了。所以,他说:"大学生演剧,大抵都去'看'的!"他两次"看"的结果,断定了我们演剧的,"在舞台上,似乎并不想表现出 Drama[7] 中的人物来",而且"反而鞠躬尽瘁的,只是竭力在那里学优伶的模样"!"似乎"?"并不想"?这些词语是如何的深刻啊!这真是"诛心之论"了!爱罗先珂先生能"看见"我们"竭力学优伶",并且能知道我们"并不想表现出剧中人来"。这种揣度和判断,未免太危险,太"看"轻了我们是一点戏剧眼光都没有的了!我相信他是"以耳代目"的看戏;而他竟以"耳"断我们"似乎以为只要在舞台上,见得像优伶,动得像优伶,用了优伶似的声音,来讲优伶似的话,这便是真的艺术的理想",我却以为似乎并不如他所理想,而至于此!对我们演剧的人"艺术幼稚"可以说,"表现能力不足"可以说,"并不想表现"谁也不能这样武断!我们相信既尽心于艺术,脑子里丝毫"优伶"的影子就没有,——现在"优伶"还是我们的仇敌呢!——爱罗先珂先生说我们"学优伶",未免太不清楚我们黑暗的国度之下的情形,而且把我们"看"得比"优伶"还不如了!"优伶的模样"如何?爱罗先珂先生能以"耳"辨出吗?即使如他所说,他能以"耳"辨出我们"学优伶"吗?他还说我们演扮女人的,既做了"猴子"去学女人,并且还在学"扮女人的旦角"。"优伶"中的"扮女人的旦角",爱罗先珂先生能以"耳"辨出吗?我们演剧的人,决不至如爱罗先珂先生所说,几乎全是"学优伶"而且"扮演女人尤其甚";然而也不敢说全没有艺术能力不足而流入"优伶似的"嫌疑的人。演剧的人中,无论是谁,并不如是的没有元气,既不能自己出力,反"学优伶";不过能力的差错或竟使他以为"学优伶"了!爱罗先珂先生说我们"竭力的","鞠躬尽瘁的","学优伶",以一位世界文学家批评我们幼稚的艺术实验者,应该不应该用其揣度,而出此态度?我们很佩服他的人和言,但他对我们的这种批评,这种态度,却实在料不到,真是为他抱憾!那里东方人"肆口谩骂"的习惯竟熏染了亲爱的世界文学家,竟使他出此,如同他说我们"学优伶"一样吗?唉唉!"大学生诸君"未免太冤屈了,为我们几个演剧的而被指为"艺术的蟊贼",都有"学优伶的嫌疑"!大学生的人格啊!大学生的人格啊!我们大学生尽心艺术的人们!(非但演剧的。)我们那敢自污人格,刻意模仿"优伶",或在眼里只有"优伶",而忘了如爱罗先珂先生一流的高尚的可敬的"艺术家"!唉唉!受侮辱的艺术国度!愈向光明,受侮辱愈甚,越加一层黑暗的中国艺术国度!

所以,我们有"学优伶嫌疑"的大学生中的演剧的同志们,我敢与他们一同的声明;我们在纪念会都扮演《黑暗之势力》失败——也许所有的戏剧都失败——的原因在:(一)没有充分的排练,以致幼稚的表现不能描摹剧中人的个性出来,所谓"带生的葡萄,总有些酸"了。(二)没有适宜的设置。我们既有心尽力于戏剧,时间的短促使我们没有充分排练,那种孤独的努力,无人帮助的苦衷,何必献丑说出呢?但是我们尽心于艺术。既无人的帮助,又无物的帮助,爱罗先珂先生也是大学教师,想能知道了。那末,这种关于设置的责备,我们几个演剧的人那能承认呢?至于"没有留心到剧场的情绪的造成",爱罗先珂先生恐怕因"耳"里并没有听到啊!我们抱歉,在《黑暗之势力》的开演那天,没有能用音乐去辅助他。何况那天,爱罗先珂先生坐在后台布景的背后,一忽儿就走了,并没有"看"到前场一万多人的会场情形,而只听到我们后台的优伶呢？可是第二天一个无庸"学优伶声音说话"，也许是"学优伶动作"的哑剧，便有中国的丝竹，（笙，箫，苏胡，磬铃，）辅助在内，而那"剧场似的空气"倒也造成了一些，可惜爱罗先珂先生反没有到场！就是他到了，怕这东洋的音乐还不免有些嫌劣拙吧？一个钱不受的，没有火炉，又冷又嘈杂的市场，运动场式的剧场舞台幕后的坐位，那比凭票入座，汽炉暖暖的，新建筑的大会堂的剧场？本来艺术有些"贵族性"的啊，所以主张平民文学的托尔斯太老先生的名著，在运动式的公开的会场上，被我们玷辱了，失败了！失败的原因，我们承认艺术的幼稚，决不承认"学了什么优伶"！

最后，我要敬问爱罗先珂先生和一切的艺术家：在如此的现在中国黑暗艺术国度之下，没有人肯与我们"男子"合演，而我们将何以尽力于有"女子"的戏剧？假若为戏剧的尽心，我们不得不扮女人了，既扮了女人，艺术上失败，就是"学什么扮女人的旦角"的吗？我们的艺术，自己也只认是"比傀儡尤其是无聊的"；但为什么要让我们傀儡似的来做"猴子"？我们男子学女子是"做猴子"，那末反过来呢？"做猴子"的同志们！我们应该怎样的努力？！

我们人而如"猴"的戏剧者几乎哭泣了！我们大学生的尽心艺术，而不能得种种帮助！甚至于世界文学家对我们的态度，似乎并不想大学生们究竟人格有没有！假若有人说，爱罗先珂先生亲眼"看"了之后的判断没有错。那就未免太滑稽了。这还说什么？

然而我自信，我们的可怜，可羞，可惨，都使得我有几句含着羞的，不敢盲从的话说了。我们何幸而得一位文学家的教训？我们黑暗的国度中之艺术界，何幸而得此光明的火把引导着路？我们当然要深深的感谢了爱罗先珂先生！但这又教我们忍不住痛心而抱憾：爱罗先珂先生在沙漠似的中国，最强烈的感到的寂寞，我们既未能安慰了他如此飘泊的盲诗人；反而弄成了些"猴子样"，教他"看"了更加寂寞得没有法！不但如此，甚至他沉痛的叫唤了我们，却还不敢盲从的要给他一长篇的"晓辞"！所幸不致使爱罗先珂先生完全难过，还有燕京女校的美的艺术的印象在他脑里！而我们为我们的人格上保障，也永不敢盲从爱罗先珂先生所说的"学优伶"一句话！

我再感谢鲁迅先生介绍了爱罗先珂先生的教训的美意！

七，一，一九二三，北京大学。

题目中有一个字，和文中有几个字上的引号，颇表出了不大好的态度，编者为尊重原作起见，不敢妄改，特此道歉。(《晨报副刊》编者)

一九二三年一月十三日《晨报副刊》。

* * *

〔1〕 本篇最初发表于1923年1月17日《晨报副刊》"杂感"栏。

魏建功(1901—1980),江苏海安人,语言学家。当时是北京大学学生。《不敢盲从》是他读了鲁迅翻译的爱罗先珂《观北京大学学生演剧和燕京女校学生演剧的记》一文(载 1923 年 1 月 6 日《晨报副刊》)之后写的。

〔2〕 爱罗先珂(В. Я. Ерошенко,1889—1952) 俄国诗人和童话作家。童年时因病双目失明。曾先后到过日本、泰国、缅甸、印度。1921 年在日本因参加"五一"游行被驱逐出境,后辗转来到我国。1922 年从上海到北京,曾在北京大学和北京世界语学校任教。1923 年回国。他用世界语和日语写作,鲁迅翻译过他的作品《桃色的云》、《爱罗先珂童话集》等。

〔3〕 罗素(B. Russell,1872—1970) 英国哲学家。毕业于剑桥大学。著有《数学原理》、《哲学原理》等。他于 1920 年 10 月来中国讲学,回国后著《中国问题》一书,讨论了中国将在二十世纪历史中发挥的作用,受到中国留学生的欢迎。

〔4〕 Organ 英语:风琴。

〔5〕 Violin 英语:小提琴。

〔6〕 爱美的 英语 amateur 的音译,意思是业余的。

〔7〕 Drama 英语:戏剧。

新镌李氏藏本《忠义水浒全书》提要[1]

新镌李氏藏本《忠义水浒全书》，一百二十回，别有引首一篇。题"施耐庵集撰，罗贯中纂修"。卷首有楚人凤里杨定见序[2]，自云事李卓吾[3]，后游吴而得袁无涯[4]，求卓老遗言甚力，求卓老所批阅之遗书又甚力，因付以批定《忠义水浒传》及《杨升庵集》[5]，而先以《水浒》公诸世云云。无年月。次为发凡十则，次《宣和遗事》[6]，次水浒忠义一百八人籍贯出身，次目录，次图，次引首及本文。偶有批语，皆简陋，盖伪托也。

* * *

〔1〕 本篇据手稿编入。原稿写在鲁迅所抄录的李氏藏本《忠义水浒全书》"发凡"文字之后。约写于1923年12月。原无标题和标点。李氏，即李卓吾。

〔2〕 杨定见　字凤里，明代麻城（今属湖北）人。曾师事李卓吾十余年。他在为袁（无涯）刻《水浒》写的《小引》中说："自吾游吴，访陈无异使君，而得袁无涯氏。挹未竟，辄首问先生，私淑之诚溢于眉宇，其胸中殆如有卓吾者。嗣是数过从，语语辄及卓老，求卓老遗言甚力，求卓老所批阅之遗书又甚力。无涯氏岂狂耶癖耶？吾探吾行笥，而卓吾

149

先生所批定《忠义水浒传》及《杨升庵集》二书与俱,挈以付之。无涯欣然如获至宝,愿公诸世。"

〔3〕 李卓吾(1527—1602) 名贽,字卓吾,别号温陵居士,泉州晋江(今属福建)人。明代思想家、文评家。曾任国子监博士、姚安知府等。晚年辞官并出家,在湖北黄安、麻城等地著书立说,力排世人对儒家经典的迷信,著有《焚书》、《藏书》等。在文学上重视小说戏曲的地位和作用,曾评点《水浒传》等书。

〔4〕 袁无涯 名叔度,号无涯,明末苏州人,以经营"书植堂"刊行书籍著称。他所刻印的李氏藏本《忠义水浒全书》完成于明万历四十二年(1614)。

〔5〕 《杨升庵集》 指《李卓吾先生读升庵集》,二十卷,有李卓吾、焦弱侯的评语,刊行于明万历年间。杨升庵(1488—1559),名慎,字用修,号升庵,四川新都人。明代文学家。武宗正德进士,世宗时官翰林学士,因议大礼被贬至云南永昌,晚年诗文多感愤之作。

〔6〕 《宣和遗事》 即《大宋宣和遗事》,宋元间人作,分元亨利贞四集,或前后二集,内容叙述北宋衰亡和南宋南迁临安时期的史事,其中有梁山泊聚义故事。

题《中国小说史略》赠川岛[1]

请你

从"情人的拥抱里"

暂时汇出一只手来

接收这干燥无味的

中国小说史略

我所敬爱的

一撮毛[2]哥哥呀!

鲁迅(印)

二三,十二,十三。

* * *

〔1〕 本篇据手迹编入,分行题于赠给川岛的《中国小说史略》上卷扉页上。原无标题。

川岛,即章廷谦(1901—1981),字矛尘,笔名川岛,浙江绍兴人。1922年于北京大学哲学系毕业后留校任教,并兼做校长办公室工作,与鲁迅交往密切。

〔2〕 一撮毛 川岛的绰号。因他当时留着学生头,故有此称。

题寄清水安三[1]

放下屠刀,
立地成佛。
放下佛教,
立地杀人。

* * *

〔1〕 此诗题写于致清水安三的明信片上,日期不详,当作于1923年间。原无标题。

清水安三(1891—1988) 日本人,天主教神父。1921年在北京创立崇贞学园,为主持人。与藤原镰兄编辑的《北京周报》关系密切,曾为该报向鲁迅约稿。

一九二四年

答广东新会吕蓬尊君[1]

问:"这泪混了露水,被月光照着,可难解,夜明石似的发光。"——《狭的笼》[2](《爱罗先珂童话集》页二七)这句话里面插入"可难解"三字,是什么意思?

答:将"可难解"换一句别的话,可以作"这真奇怪"。因为泪和露水是不至于"夜明石似的发光"的,而竟如此,所以这现象实在奇异,令人想不出是什么道理。(鲁迅)

问:"或者充满了欢喜在花上奔腾,或者闪闪的在叶尖耽着冥想",——《狭的笼》(同上)这两句的"主词"(Subject),是泪和露水呢?还是老虎?

答:是泪和露水。(鲁迅)

问:"'奴隶的血很明亮,红玉似的。但不知什么味就想尝一尝……'"——《狭的笼》(同上,五三)"就想尝一尝"下面的「(引号),我以为应该移置在"但不知什么味"之下;尊见以为对否?

答:原作如此,别人是不好去移改他的。但原文也说得下

去，引号之下，可以包藏"看他究竟如何""看他味道可好"等等意思。（鲁迅）

※　　※　　※

〔1〕 本篇最初发表于1924年1月5日上海《学生杂志》第十一卷第一号"答问"栏。

吕蓬尊(1899—1944)，原名劭堂，又名渐斋，广东新会人。当时是小学教员。

〔2〕《狭的笼》 爱罗先珂的一篇童话，描写一只被关在动物园铁笼中的老虎对自由生活的渴求。鲁迅译。收入1922年7月商务印书馆出版的《爱罗先珂童话集》。

对于"笑话"的笑话[1]

范仲澐[2]先生的《整理国故》是在南开大学的讲演,但我只看见过报章上所转载的一部分,其第三节说:

"……近来有人一味狐疑,说禹不是人名,是虫名,我不知道他有什么确实证据?说句笑话罢,一个人谁是眼睁睁看明自己从母腹出来,难道也能怀疑父母么?"

第四节就有这几句:

"古人著书,多用两种方式发表:(一)假托古圣贤,(二)本人死后才付梓。第一种人,好像吕不韦将孕妇送人,实际上抢得王位……"

我也说句笑话罢,吕不韦[3]的行为,就是使一个人"也能怀疑父母"的证据。

*　　*　　*

〔1〕 本篇最初发表于1924年1月17日《晨报副刊》,署名风声。

〔2〕 范仲澐(1893—1969) 名文澜,字仲澐,浙江绍兴人,历史学家。当时是天津南开大学国文系教授。著有《中国通史简编》等。

〔3〕 吕不韦(?—前235) 战国末年卫国濮阳(今属河南)人。

他在赵国邯郸经商时,将自己已经怀孕的舞姬送给在赵国当人质的秦公子异人,生嬴政(即秦始皇)。异人回国后即位,为秦庄襄王,吕不韦任相国。庄襄王死,秦始皇幼年继位,吕不韦以相国执掌朝政,称"仲父"。

奇怪的日历[1]

我在去年买到一个日历，大洋二角五分，上印"上海魁华书局印行"，内容看不清楚，因为用薄纸包着的，我便将他挂在柱子上。

从今年一月一日起，我一天撕一张，撕到今天，可突然发现他的奇怪了，现在就抄七天在下面：

　　一月二十三日　土曜日[2]　星期三　宜祭祀会亲友结婚姻

　　又　二十四日　金曜日　星期四　宜沐浴扫舍宇

　　又　二十五日　金曜日　星期五　宜祭祀

　　又　二十六日　火曜日　星期六

　　又　二十七日　火曜日　星期日　宜祭祀……

　　又　二十八日　水曜日　星期一　宜沐浴剃头捕捉

　　又　二十九日　水曜日　星期二

我又一直看到十二月三十一日，终于没有发现一个日曜日和月曜日。

虽然并不真奉行，中华民国之用阳历[3]，总算已经十三年了，但如此奇怪的日历，先前却似乎未曾出现过，岂但"宜剃头捕捉",表现其一年一年的加增昏谬而已哉!

一三,一,二三,北京。

＊　　＊　　＊

〔1〕 本篇最初发表于1924年1月27日《晨报副刊》,署名敖者。

〔2〕 土曜日　即星期六。旧时有一种来源于古巴比伦的历法,称七曜历,以日、月和火、水、木、金、土五星代表一个星期的七天,日曜日为星期日,月曜日为星期一,其余依次类推。

〔3〕 中华民国之用阳历　1912年2月17日,袁世凯以"新举临时大总统"名义发布通告:"自阴历壬子年正月初一日起,所有内外文武官行用公文一律改用阳历。"同年2月23日,南京临时政府内务部奉孙中山令将新编的阴阳合历历书颁行全国。

大涤馀人百回本《忠义水浒传》回目校记[1]

十三年九月八日见百回本,不著撰人,其目与此同者以"、"识之。其书前有大涤馀人序[2],不著年月日。一百回前九十回与百廿回本同,但改"遇故"为"射雁"[3]。其九十一至百回,则百廿回本之末十回也。

* * * *

〔1〕 本篇据手稿编入。原无标题和标点。

鲁迅为研究《水浒传》的版本,曾将百一十五回本、百二十回本及百回本的回目分上、中、下三栏列成表格,加以比较,共二十四页。本篇即写于该表首页的天头处。

〔2〕 大涤馀人序 明末芥子园刻百回本《忠义水浒传》书前有序,题为《刻忠义水浒传缘起》,末署"明大涤馀人识"。大涤馀人,未详。

〔3〕 改"遇故"为"射雁" 指两种版本《水浒传》的第九十回回目的差异:百二十回本为"五台山宋江参禅 双林镇燕青遇故";而百回本为"五台山宋江参禅 双林渡燕青射雁"。

答二百系答一百之误[1]

记者先生[2]：

我在《又是古已有之》里，说宋朝禁止做诗，"违者笞一百"，[3]今天看见副刊，却是"笞二百"，不知是我之笔误，抑记者先生校者先生手民[4]先生嫌其轻而改之欤？

但当时确乎只打一百，即将两手之指数，以十乘之。现在若加到二百，则既违大宋宽厚之心，又给诗人加倍之痛，所关实非浅鲜，——虽然已经是宋朝的事，但尚希立予更正为幸。

某生者鞠躬。九月二十九日。

*　　*　　*

〔1〕 本篇最初发表于1924年10月2日《晨报副刊》。

〔2〕 记者先生　指孙伏园。

〔3〕 关于宋朝禁止做诗，违者笞一百的故事，见宋代叶梦得《石林避暑录话》卷三："政和间，大臣有不能为诗者，因建言诗为元祐学术，不可行。李彦章为御史，承望风旨，……请为科禁。……何丞相伯通适领修敕令，因为科云：'诸士庶习传诗赋者杖一百'。"

〔4〕 手民　指排字工人。

文学救国法[1]

我似乎实在愚陋,直到现在,才知道中国之弱,是新诗人叹弱的。[2]为救国的热忱所驱策,于是连夜揣摩,作文学救国策。可惜终于愚陋,缺略之处很多,尚希博士学者,进而教之,幸甚。

一,取所有印刷局的感叹符号的铅粒和铜模,全数销毁;并禁再行制造。案此实为长吁短叹的发源地,一经正本清源,即虽欲"缩小为细菌放大为炮弹"而不可得矣。

二,禁止扬雄《方言》[3],并将《春秋公羊传》《谷梁传》[4]订正。案扬雄作《方言》而王莽篡汉,[5]公谷解《春秋》间杂土话而嬴秦亡周,[6]方言之有害于国,明验彰彰哉。扬雄叛臣,著作应即禁止,公谷传拟仍准通行,但当用雅言,代去其中胡说八道之土话。

三,应仿元朝前例,禁用衰飒字样三十字,仍请学者用心理测验及统计法,加添应禁之字,如"哩""哪"等等;连用之字,亦须明定禁例,如"糟"字准与"粕"字连用,不准与"糕"字连用;"阿"字可用于"房"字之上或"东"字之下,[7]而不准用于"呀"字之上等等;至于"糟鱼糟蟹",则在雅俗之间,用否听便,但用者仍不得称为上等强国诗人。案言为心声,岂可衰

161

飒而俗气乎?

四,凡太长,太矮,太肥,太瘦,废疾,老弱者均不准做诗。案健全之精神,宿于健全之身体,身体不强,诗文必弱,诗文既弱,国运随之,故即使善于欢呼,为防微杜渐计,亦应禁止妄作。但如头痛发热,伤风咳嗽等,则只须暂时禁止之。

五,有多用感叹符号之诗文,虽不出版,亦以巧避检疫或私藏军火论。案即防其缩小而传病,或放大而打仗也。

*　　　*　　　*

〔1〕 本篇最初发表于1924年10月2日《晨报副刊》,署名风声。

〔2〕 张耀翔在《心理》杂志第三卷第二号(1924年4月)发表的《新诗人的情绪》一文中说:"'感叹'二字,……失意人之呼声,消极,悲观,厌世者之口头禅,亡国之哀音也。"他对新诗所用的感叹号加以统计后又说:感叹号"缩小看像许多细菌,放大看像几排弹丸。所难堪者,无数青年读者之日被此类'细菌''弹丸'毒害耳。"

〔3〕 扬雄(前53—18) 字子云,成都(今属四川)人,西汉文学家、语言文字学家。汉成帝时任给事黄门郎,王莽篡汉,他又当了王莽新朝的大夫。《方言》,搜集西汉各地方言和异体字编辑而成的辞书,共十三卷。

〔4〕 《春秋公羊传》 相传为战国时齐人公羊高解释《春秋》的书,传文多用齐语。《谷梁传》,相传为战国时鲁人谷梁赤解释《春秋》的书,传文多用鲁语。《春秋》,春秋时鲁国的编年史,记载鲁隐公元年至鲁哀公十四年(前722—前481)二四二年间鲁国的史实,相传为孔子所修。

〔5〕 王莽篡汉　王莽(前45—23),字巨君,东平陵(今山东历

城)人,汉孝元皇后侄。西汉初始元年(9)篡汉称帝,国号"新"。

〔6〕 嬴秦亡周　指东周赧王五十九年(前256),秦昭襄王灭周。

〔7〕 "阿房"　即阿房宫,秦始皇建造的宫殿。"东阿",地名,即今山东阳谷阿城镇,春秋时鲁庄公与齐侯会盟地。

一九二五年

通　　讯（复孙伏园）[1]

伏园兄：

　　来信收到。

　　那一篇所记的一段话，的确是我说的。[2]

　　　　　　　　　　　　　　　　　迅。

【备考】：

　　　　　　鲁迅先生的笑话　　　　　　Z. M.

　　读了许多名人学者给我们开的必读书目，引起不少的感想；但最打动我的是鲁迅先生的两句附注，他说：

　　　　少看中国书，其结果不过不能作文而已。但现在的青年最要紧的是"行"不是"言"。只要是活人，不能作文算什么大不了的事呢。

因这几句话，又想起鲁迅先生所讲的一段笑话，他似乎是这样说：

　　　　讲话和写文章，似乎都是失败者的征象。正在和命运恶战的人,顾不到这些,真有实力的胜利者也多不做声。譬如鹰攫兔子,喊叫的是兔子不是鹰;猫捕老鼠,啼呼的是老鼠不是猫;鹞子捉家雀,啾啾的是家雀不是鹞子。又好像楚霸王救赵破汉,追奔逐北的时候,他并不说什么;等到摆出诗人面孔,饮酒唱歌,那已经是兵败势穷,死日临头了。最近像吴佩孚名士的"登彼西山,赋彼其诗",齐燮元先生的"放下枪竿,拿起笔干",更是明显的例了。

他这一段话,曾引起我们许多人发笑,我把它记在这儿。因为没有请说的人校正,错误的地方就由记的人负责罢。

※　※　※

〔1〕　本篇最初发表于1925年3月8日《京报副刊》,在Z.M.文后,原无标题。

〔2〕　参看《华盖集·后记》。按Z.M.系北京师范大学学生,原名未详。

为北京女师大学生
拟呈教育部文二件[1]

一

呈为校长溺职滥罚，全校冤愤，恳请迅速撤换，以安学校事。窃杨荫榆[2]到校一载，毫无设施，本属尸位素餐[3]，贻害学子，屡经呈明　大部请予查办，并蒙　派员莅校彻查在案[4]。从此杨荫榆即忽现忽隐，不可究诘，自拥虚号，专恋脩金，校务遂愈形败坏，其无耻之行为，为生等久所不齿，亦早不觉尚有杨荫榆其人矣。不料"五七"国耻[5]在校内讲演时，忽又觍然临席，生等婉劝退去，即老羞成怒，大呼警察，幸经教员阻止，始免流血之惨。下午即借宴客为名，在饭店召集不知是否合法之评议员数人，于杯盘狼籍之余，始以开除学生之事含糊相告，亦不言学生为何人。至九日，突有开除自治会职员……等六人[6]之揭示张贴校内。夫自治会职员，乃众所公推，代表全体，成败利钝，生等固同负其责。今乃倒行逆施，罚非其罪，欲乘学潮汹涌之时，施其险毒阴私之计，使世人不及注意，居心下劣，显然可知！继又停止已经预告之运动会，使本校失信于社会，又避匿不知所往，使生等无从与之辩诘，实属视学子如土芥,以大罚为儿戏,天良丧失,至矣尽矣!可知杨荫榆一日不去,即如刀俎在前,学生为鱼肉之不暇,更何论于学业!是以全体冤愤,公决自失踪之日起,即绝对不容其再入学校之门,以御横暴,而延残喘。为此续呈　大部,恳即
明令迅予撤换,拯本校于阽危,出学生于水火。不胜迫切待命之至!谨呈
教育部总长[7]

二

呈为续陈杨荫榆氏行踪诡秘,心术叵测,败坏学校,恳即另聘校长,迅予维持事。窃杨氏失踪,业已多日。曾丁五月十二日具呈　大部,将其阴险横暴实情,沥陈梗概,请予撤换在案。讵杨氏怙恶不悛,仍施诡计。先谋提前放假,[8]又图停课考试。术既不售,乃愈设盛筵,多召党类,密画毁校之策,冀复失位之仇。又四出请托,广播谣诼,致函学生家长,屡以品性为言,[9]与开除时之揭示,措辞不同,实属巧设谰言,阴伤人格,则其良心何在,不问可知。倘使一任诪张,诚为学界大辱,盖不独生等身受摧残,学校无可挽救而已。为此合词续恳即下明令,速任贤明,庶校务有主持之人,暴者失蹂躏之地,学校幸甚!教育幸甚!谨呈
教育部总长

＊　　＊　　＊

〔1〕 本篇据手稿编入，原无标题、标点。第一件呈文曾发表于1925年6月3日北京女子师范大学学生自治会编辑出版的《驱杨运动特刊》，题为《学生自治会上教育部呈文》。第二件呈文未曾发表。

〔2〕 杨荫榆（1884—1938） 江苏无锡人。曾留学日本、美国。1924年2月任北京女师大校长，1925年8月被免职。1938年被日本侵略者杀害于苏州。1924年11月，因其无故开除文预科三名学生，激起公愤，学生召开大会，不承认她为校长，于1925年1月派代表向教育部提出撤换她的要求。

〔3〕 尸位素餐 空占职位白领俸禄。《汉书·朱云传》："今朝廷大臣，上不能匡主，下亡以益民，皆尸位素餐。"

〔4〕 1925年3月中旬，教育总长王九龄曾派佥事张邦华、陈懋治到女师大调查学生要求撤换校长问题。

〔5〕 "五七"国耻 1915年5月7日，日本帝国主义向袁世凯政府发出最后通牒，迫其接受旨在灭亡中国的二十一条，袁世凯于9日答复承认。后来即以每年5月7日、9日为"国耻纪念日"。1925年5月7日，杨荫榆以纪念"五七国耻"为名，邀请知名人士来校讲演，准备对反对她主持会议的学生加以"破坏国耻纪念"的罪名。5月9日悍然开除了六名学生自治会负责人。

〔6〕 指刘和珍、许广平、蒲振声、张平江、郑德音、姜伯谛六人。

〔7〕 指章士钊（1881—1973），字行严，号孤桐，湖南善化（今属长沙）人。1925年4月至12月任北洋政府教育总长。

〔8〕 杨荫榆于5月21日下午召请"全体主任专任教员，评议会会员"，在她所匿居的太平湖饭店开会，提出请警察迫令被开除的六名学生出校、提前放暑假等主张，以破坏学生运动，因受到部分与会者反对而未得逞。（见1925年5月22、23日《晨报》消息）

〔9〕 致函学生家长,屡以品性为言　杨荫榆开除刘和珍等六人后,给学生家长发信说:"本校为全国女学师资策源之地,学风品性,尤宜注重。乃近年以来,首都教育,以受政潮影响,青年学子,遂多率意任情之举。习染既深,挽救匪易,本校比以整饬学纪,曾将少数害群分子除其学籍,用昭惩儆。……夙仰贵家长平昔对于家庭教育,甚为注重,而于子女在校之品性学业,尤极关怀。为此函达,并盼谆属照常勤学,免为被退学生莠言所动。"(见1925年5月11日北京《晨报》)

《中国小说史略》再版附识[1]

此书印行之后,屡承相知发其谬误,俾得改定;而钝拙[2]及谭正璧[3]两先生未尝一面,亦皆贻书匡正,高情雅意,尤感于心。谭先生并以吴瞿安[4]先生《顾曲麈谈》语见示云,"《幽闺记》为施君美作。君美,名惠,即作《水浒传》之耐庵居士也。"其说甚新,然以不知《麈谈》又本何书,故未据补;仍录于此,以供读者之参考云。

二五年九月十日,鲁迅识。

*　　*　　*

〔1〕 本篇最初印入1925年9月北京北新书局再版的《中国小说史略》合订本。

〔2〕 钝拙　即寿洙邻(1873—1961),名鹏飞,字洙邻,浙江绍兴人。鲁迅少年时的塾师寿镜吾的次子。他曾以"钝拙"的署名写信给鲁迅,指出《中国小说史略·清之拟晋唐小说及其支流》中所说滦阳辖属于奉天,应为辖属于热河。

〔3〕 谭正璧(1901—1991)　江苏嘉定(今属上海)人。曾任上海震旦大学、中国艺术学院等校教授。著有《中国文学史大纲》等。1925年7月8日,他给鲁迅写信,介绍了吴梅《顾曲麈谈》中有关施耐庵的

材料。

〔4〕 吴瞿安(1884—1939) 名梅,字瞿安,江苏长洲(今苏州)人,戏曲理论家。早年加入过南社。著有《中国戏曲概论》、《南北词简谱》等。《顾曲麈谈》,戏曲研究专著,分上、下二卷,1916年上海商务印书馆出版。该书卷下谈及《幽闺记》时说:"按施君美名惠,《水浒记》亦其手笔云。"这一说法,当本于清代无名氏《传奇汇考标目》卷上及其校勘记:"施惠字君美,武林人。《拜月亭》(今名《幽闺》)。""施耐庵名惠,字君承。杭州人。《拜月亭》,旦。"1930年《中国小说史略》重印时,鲁迅将吴梅的说法补入第十五篇,但认为"未可轻信"。

一九二七年

《走到出版界》的"战略"[1]

"他(鲁迅)的战略是'暗示',我的战略是'同情'。"[2]

——长虹——

> 狂飙社广告
> ……与思想界先驱者鲁迅及少数最进步的青年合办《莽原》……[3]

"鲁迅是一个深刻的思想家,同时代的人没有及得上他的。"[4]

"…………"

"我们思想上的差异本来很甚,但关系毕竟是好的。《莽原》便是这样好的精神的表现。"[5]

"…………"

"但如能得到你的助力,我们竭诚地欢喜。"

"…………"

"但他说不能做批评,因为他向来不做批评,因为他觉得自己是党同伐异的。我以为他这种态度是很好的。但是,如对于做批评的朋友,却要希望他党同伐异,便至少也是为人谋而不忠了!"[6]

"……"

"已经成名的人,我想能够得到他们的帮助便是很好的了。鲁迅当初提议办《莽原》的时候,我以为他便是这样态度。但以后的事实却……只证明他想得到一个'思想界的权威者'的空名便够了!同他反对的话都不要说,……而他还不以为他是受了人的帮助,有时倒反疑惑是别人在利用他呢?"

"……"

"于是'思想界权威者'的大广告便在《民报》上登出来了。我看了真觉'瘟臭'痛惋而且呕吐。"

"……"

"须知年龄尊卑,是乃父乃祖们的因袭思想,在新的时代是最大的阻碍物。鲁迅去年不过四十五岁,……如自谓老人,是精神的堕落!"

"……"

"直到实际的反抗者从哭声中被迫出校后,……鲁迅遂戴其纸糊的权威者的假冠入于身心交病之状况矣!"

> 所谓"思想界先驱者"鲁迅启事
> ……而狂飙社一面又锡以第三顶"纸糊的假冠",真是头少帽多,欺人害己……[7]

"未名社诸君的创作力,我们是知道的,在目前并不十分丰富。所以,《莽原》自然要偏重介绍的工作了。……但这实际上也便是《未名半月刊》了。如仍用《莽原》的名义,便不免有假冒的嫌疑。"[8]

"…………"

"至少亦希望彼等勿挟其历史的势力,而倒卧在青年的脚下以行其绊脚石式的开倒车狡计,亦勿一面介绍外国作品,一面则蝎子撩尾以中伤青年作者的毫兴也!"

"…………"

"正义:我来写光明日记——救救老人!

不再吃人的老人或者还有?

救救老人!!!"

"…………"

"请大家认清界限——到'知其故而不能言其理'时,用别的方法来排斥新思想,那便是所谓开倒车,如林琴南,章士钊之所为是也。我们希望《新青年》时代的思想家不要再学他们去!"

"…………"

"正义:我深望彼等觉悟,但恐不容易吧!

公理:我即以其人之道反诸其人之身。"[9]

二二,一二,一九二六。鲁迅掠。

* * * *

[1] 本篇最初发表于1927年1月8日北京《语丝》周刊第一一三期。

《走到出版界》,上海《狂飙》周刊的一个专栏,由高长虹撰稿,每则之前有小标题。后由泰东书局出版单行本。高长虹(1898—约1956),山西盂县人,狂飙社主要成员之一。曾参与《莽原》的编辑与撰稿。他在1924年12月认识鲁迅,曾得到很多指导和帮助。1926年下半年起,对鲁迅进行诬蔑和攻击。

[2] "他(鲁迅)的战略是'暗示'"等语,见《狂飙》周刊第十期(1926年12月12日)《走到出版界·时代的命运》。

[3] 狂飙社广告 见《新女性》月刊第一卷第八号(1926年8月)。

[4] "鲁迅是一个深刻的思想家"等语,见《狂飙》周刊第一期(1926年10月10日)《走到出版界·革革革命及其他》。

[5] "我们思想上的差异本来很甚"等语和下面的"如能得到你的助力"二句,均见高长虹发表于《狂飙》周刊第二期(1926年10月17日)的《通讯·致鲁迅先生》。

[6] "但他说不能做批评"等语及以下四段引语,均见《狂飙》周刊第五期(1926年11月7日)《走到出版界·1925北京出版界形势指掌图》。

[7] 所谓"思想界先驱者"鲁迅启事 见《莽原》半月刊第二十

三期(1926年12月),后收入《华盖集续编》。

〔8〕 "未名社诸君的创作力"等语及以下三段引语,分别见《狂飙》周刊第十期《走到出版界》中的《呜呼,现代评论化的莽原半月刊的灰色的态度》、《琐记两则》、《公理与正义的谈话》和《请大家认清界限》。

〔9〕 "正义:我深望彼等觉悟"等语,见《狂飙》周刊第十期《走到出版界·公理与正义的谈话》。

《绛洞花主》小引[1]

《红楼梦》[2]是中国许多人所知道,至少,是知道这名目的书。谁是作者和续者姑且勿论,单是命意,就因读者的眼光而有种种:经学家看见《易》,道学家看见淫,才子看见缠绵,革命家看见排满,流言家看见宫闱秘事……。[3]

在我的眼下的宝玉,却看见他看见许多死亡;证成多所爱者,当大苦恼,因为世上,不幸人多。惟憎人者,幸灾乐祸,于一生中,得小欢喜,少有罣碍。然而憎人却不过是爱人者的败亡的逃路,与宝玉之终于出家,同一小器。但在作《红楼梦》时的思想,大约也止能如此;即使出于续作,想来未必与作者本意大相悬殊。惟被了大红猩猩毡斗篷来拜他的父亲,却令人觉得诧异。

现在,陈君梦韶[4]以此书作社会家庭问题剧,自然也无所不可的。先前虽有几篇剧本,却都是为了演者而作,并非为了剧本而作。又都是片段,不足统观全局。《红楼梦散套》具有首尾,然而陈旧了。此本最后出,销熔一切,铸入十四幕中,百余回的一部大书,一览可尽,而神情依然具在;如果排演,当然会更可观。我不知道剧本的作法,但深佩服作者的熟于情节,妙于剪裁。灯下读完,僭为短引云尔。

一九二七年一月十四日,鲁迅记于厦门。

＊　＊　＊

〔1〕 本篇据手稿编入,原题《小引》。

《绛洞花主》,陈梦韶根据小说《红楼梦》改编的话剧剧本,全剧十四幕,另有序幕。鲁迅的小引、该剧序幕及前六幕曾刊载于1936年11月厦门文化界为悼念鲁迅逝世而出版的《闽南文艺协会会报》上。绛洞花主,贾宝玉的别号,见《红楼梦》第三十七回。

〔2〕 《红楼梦》 长篇小说,清代曹雪芹著,通行本一二〇回。后四十回一般认为系高鹗续作。

〔3〕 关于《红楼梦》的命意,旧时有各种看法。清代张新之在《石头记读法》中说,《红楼梦》"全书无非《易》道也"。清代梁恭辰在《北东园笔录》中说,"《红楼梦》一书,诲淫之甚者也。"清代花月痴人在《红楼幻梦序》中说:"《红楼梦》何书也? 余答曰:情书也。"蔡元培在《石头记索隐》中说:"作者持民族主义甚挚,书中本事在吊明之亡,揭清之失。"清代"索隐派"的张维屏在《国朝诗人征略二编》中说它写"故相明珠家事",王梦阮、沈瓶庵在《〈红楼梦〉索隐》中则说它写"清世祖与董小宛事"。

〔4〕 陈梦韶(1903—1984) 名敦仁,字梦韶,福建同安人。1926年毕业于厦门大学教育系。当时在当地中学任教。鲁迅到厦门大学后,他常回校旁听鲁迅的"中国小说史"课,并与鲁迅交往。

新的世故[1]

一 "普通的批评看去像广告"[2]

"批评工作的开始。所批评的作品,现在也大概举出几种如下:——

《女神》《呐喊》《超人》《彷徨》《沉沦》《故乡》《三个叛逆的女性》《飘渺的梦》《落叶》《荆棘》《咖啡店之一夜》《野草》《雨天的书》《心的探险》

此项文字都只在《狂飙周刊》上发表,现在也说不定几期可发表几篇,一切都决于我的时间的分配。"[3]

二 "这里的广告却是批评"?

党同:"《心的探险》。实价六角。长虹的散文及诗集。将他的以虚无为实有,而又反抗这实有的精悍苦痛的战叫,尽量地吐露着。鲁迅选并画封面。"[4]

伐异:"我早看过译出的一部分《察拉图斯德拉如是说》和一本《工人绥惠略夫》。"

三　"幽默与批评的冲突"[5]

批评:你学学亚拉借夫!你学学哥哥尔!你学学罗曼罗兰!……[6]

幽默:前清的世故老人纪晓岚[7]的笔记里有一段故事,一个人想自杀,各种鬼便闻风而至,求作替代。缢鬼劝他上吊,溺鬼劝他投池,刀伤鬼劝他自刎。四面拖曳,又互相争持,闹得不可开交。那人先是左不是,右不是,后来晨鸡一叫,鬼们都一哄而散,他到底没有死成,仔细一想,索性不自杀了。

批评:唉,唉,我真不能不叹人心之死尽矣。[8]

四　新时代的月令

八月,鲁迅化为"思想界先驱者"。

十一月,"思想界先驱者"化为"绊脚石"。

传曰:先驱云者,鞭之使冲锋,所谓"他是受了人的帮助"也。不受"帮助",于是"绊"矣。脚者,所谓"我们"之脚,非他们之脚也。其化在十二月,而云十一月者何,倒填年月也。

五　世故与绊脚石

世故:不要再写,中了计,反而给他们做广告。

石:不管。被做广告,由来久矣。

世故：那么，又做了背广告的"先驱者"了。

石：不，有时也"绊脚"的。

六　新旧时代和新时代间的冲突

新时代：我是青年，所以公理在我这里。

旧时代：我是前辈，所以公理在我这里。

新时代：须知年龄尊卑，是乃父乃祖们的因袭思想，在新的时代是最大的阻碍物。

七　希望与科学的冲突

希望：勿蝎子撩尾以中伤青年作者的毫兴也。

科学："生存竞争，天演公例"，是彪门书局出版的一本课本上就有的。[9]

八　给……[10]

见面时一谈，

不见面时一战。

在厦门的鲁迅，

说在湖北的郭沫若骄傲，

还说了好几回，在北京。

倘不信，有科学的耳朵为证。

但到上海才记起来了,
真不能不早叹人心之死尽矣!
幸而新发见了近地的蔡子民先生之雅量
和周建人先生为科学作战。

九　自由批评家走不到的出版界

光华书局[11]。

十　忽而"认清界限"

以上也许近乎"蝎子撩尾"。倘是蝎子,要它不撩尾,"希望"是不行的,正如希望我之到所谓"我们的新时代"去一样,惟一的战略是打杀。

不过打的时候,须有说它要螫我,它是异类的小勇气。倘若它要螫"公理"和"正义",所以打,那就是还未组织成功的科学家的话,在旧时代尚且要觉得有些支离。

知其故而言其理,极简单的:争夺一个《莽原》[12];或者,《狂飙》[13]代了《莽原》。仍旧是天无二日,惟我独尊的酋长思想。不过"新时代的青年作者"却又似乎深恶痛疾这思想,而偏从别人的"心"里面看出来。我做了一篇《论他妈的》是真的,"论"而已矣,并不说这话是我所发明,现在却又在力争这发明的荣誉了。[14]

因为稿件的纠葛[15],先前我曾主张将《莽原》半月刊停止或改名;现在却不这样了,还是办下去,内容也像第一年一样。也并没有作什么"运动"[16]的豪兴,不过是有人做,有人译,便印出来,给要看的人看,不要看的自然会不看它,以前的印《乌合丛书》[17]也是这意思。

创作翻译和批评,我没有研究过等次,但我都给以相当的尊重。对于常被奚落的翻译和介绍,也不轻视,反以为力量是非同小可的。我译了几种书,就会有一个中国的绥惠略夫出现,倘译一部世界史,不就会有许多拟中外古今的大人物猬集一堂么。但我想不干这件事。否则,拿破仑要我帮同打仗,秦始皇要我帮同烧书,科仑布拉去旅行,梅特涅[18]加以压制,一个人撕得粉碎了。跟了一面,其余的英雄们又要造谣。

创作难,翻译也不易。批评,我不知道怎样,自己是不会做,却也不"希望"别人不做。大叫科学,斥人不懂科学,不就是科学;翻印几张外国画片,不就是新艺术,这是显而易见的。称为批评,不知道可能就是批评,做点杂感尚且支离,则伟大的工作也不难推见。"听见他怎么说","他'希望'怎样","他'想'怎样","他脸色怎样",……还不如做自由新闻罢。

不过这也近乎蝎子撩尾,不多谈;但也不要紧。尼采先生说过,大毒使人死,小毒是使人舒服的。[19]最无聊的倒是缠不清。我不想螫死谁,也不想绊某一只脚,如果躺在大路上,阻了谁的路了,情愿力疾爬开,而且从速。但倘若我并不躺在大路上,而偏有人绕到我背后,忽然用作前驱,忽然斥为绊脚,那可真是"闭门家里坐,祸从天上来",有些知其故而不欲言其理了。

　　本来隐姓埋名的躲着,未曾登报招贤,也没有奔走求友,而终于被人查出,并且来访了。据"世故"所训示:青年们说,不见,是摆架子。于是乎见。有的是一见而去了;有的是提出各种要求,见我无能为力而去了;有的是不过谈谈闲天;有的是播弄一点是非;有的是不过要一点物质上的补助;有的却这样那样,纠缠不清,知有己而不知有人,硬要将我造成合于他的胃口的人物。从此我就添了一门新功课,除陪客之外,投稿,看稿,绍介,写回信,催稿费,编辑,校对。但我毫无不平,有时简直一面吃药,一面做事,就是长虹所笑为"身心交病"的时候。我自甘这样用去若干生命,不但不以生命来放阎王债,想收得重大的利息,而且毫不希望一点报偿。有人要我做一回踏脚而升到什么地方去,也可以的,只希望不要踏不完,又不许别人踏。

　　然而人究竟不是一块踏脚石或绊脚石,要动转,要睡觉的;又有个性,不能适合各个访问者的胃口。因此,凡有人要我代说他所要说的话,攻击他所敌视的人的时候,我常说,我不会批评,我只能说自己的话,我是党同伐异的。的确,我还没有寻到公理或正义。就是去年的和章士钊闹,我何尝说是自己放出批评的眼光,环顾中国,比量是非,断定他是阻碍新文化的罪魁祸首,于是啸聚义师,厉兵秣马,天戈直指,将以澄清天下也哉?不过意见和利害,彼此不同,又适值在狭路上遇见,挥了几拳而已。所以,我就不挂什么"公理正义",什么"批评"的金字招牌。那时,以我为是者我辈,以章为是者章辈;即自称公正的中立的批评之流,在我看来,也是以我为是者我辈,以章为是者章辈。其余一切等等,照此类推。再说一遍:我乃党同而伐异,"济私"而不"假公",零卖气力而不全做牺牲,敢卖自己而不卖朋友,以为这样也好者不妨往来,以为不行者无须劳驾;也不收策略的同情,更不要人布施什么忠诚的友谊,简简单单,如此而已。

至于被利用呢,倒也无妨。有些人看见这字面,就面红耳赤,觉得扫了豪兴了,我却并不以为有这样坏。说得好看一点,就是"帮助"。文字上这样的玩艺儿是颇多的。"互相利用"也可以说"互助";"妥协","调和",都不好看,说"让步"就冠冕。但现在姑且称为帮助罢。叫我个人帮一点忙,是可以的,就是利用,也毫无反感;只是不要间接涉及别的人。八月底我到上海,看见狂飙社广告,连《未名丛刊》[20]和《乌合丛书》都算作"狂飙运动"的工作了。我颇诧异,说:这广告大约是长虹登的罢,连《未名》和《乌合》都拉扯上,未免太会利用别个了,不应当的。因为这两种书,是只因由我编印,要用相似的形式,所以立了一个名目,书的著者译者,是不但并不互相认识,有几个我也只见过两三回。我不能骗取了他们的稿子,合成丛书,私自贩卖给别一个团体。

接着,在北京的《莽原》的投稿的纠葛发生了,在上海的长虹便发表一封公开信,要在厦门的我说一句话。这是只要有一点常识,就知道无从说起的,我并非千里眼,怎能见得这么远。我沉默着。但我也想将《莽原》停刊或别出。然而青年作家的豪兴是喷泉一般的,不久,在长虹的笔下,经我译过他那作品的厨川白村[21]便先变了灰色,我是从"思想深刻"一直掉到只有"世故",而且说是去年已经看出,不说坦白的话了。原来我至少已被播弄了一年!

这且由他去罢。生病也算是笑柄了,年龄也成了大错处了,然而也由他。连别人所登的广告,也是我的罪状了;但是自己呢,也在广告上给我加上一个头衔。这样的双岔舌头,是要螫一下的,我就登一个《所谓"思想界先驱者"鲁迅启事》。

这一下螫出"新时代富于人类同情"的幽默来了,有公理和正义的谈话——

"不再吃人的老人或者还有?

救救老人!!!"

还有希望——

"至少亦希望彼等勿挟其历史的势力,而倒卧在青年的脚下以行其绊脚石式的开倒车的狡计,亦勿一面介绍外国作品,一面则蝎子撩尾以中伤青年作者的毫兴也!"

这两段只要将"介绍外国作品"改作"挂着批评招牌",就可以由未名社赠给他自己。

其实,先驱者本是容易变成绊脚石的。然而我幸不至此,因为我确是一个平凡的人;加以对于青年,自以为总是常常避道,即躺倒,跨过也很容易的,就因为很平凡。倘有人觉得横亘在前,乃是因为他自己绕到背后,而又眼小腿短,于是别的就看不见,走不开,从此开口鲁迅,闭口鲁迅,做梦也是鲁迅;文字里点几点虚线,也会给别人从中看出"鲁迅"两字来。连在泰东书局看见老先生问鲁迅的书,自己也要嘟哝着《小说史略》之类我是不要看。[22]这样下去,怕真要成"鲁迅狂"了。病根盖在肝,"以其好喝醋也"[23]。

只要能达目的,无论什么手段都敢用,倒也还不失为一个有些豪兴的青年。然而也要有敢于坦白地说出来的勇气,至少,也要有自己心里明白的勇气,费笔费墨,费纸费寿,归根结蒂,总逃不出争夺一个《莽原》的地盘,要说得冠冕一点,就是阵地。中国现在道路少,虽有,也很狭,"生存竞争,天演公例",须在同界中排斥异己,无论其为老人,或同是青年,"取而代之",本也无足怪的,是时代和环境所给与的运命。

但若满身挂着什么并不懂得的科学,空壳的人类同情,广告式的自由批评,新闻式的记载,复制铜版的新艺术,则小范围的"党同伐异"的真相,虽然似乎遮住,而走向新时代的脚,却绊得跨不开了。

这过误,在内是因为太要虚饰,在外是因为太依附或利用了先驱。但也都不要紧。只要唾弃了那些旧时代的好招牌,不要忽而不敢坦白地说话,则即使真有绊脚石,也就成为踏脚石的。

我并非出卖什么"友谊"或"同情",无论对于识者或不识者都就是这样说。

一九二六,十二,二四。

* * * *

〔1〕 本篇最初发表于1927年1月15日《语丝》周刊第一一

四期。

〔2〕 "普通的批评看去像广告"和下一标题"这里的广告却是批评",均见《狂飙》周刊第二期(1926年10月17日)《走到出版界·未名社的翻译,广告及其他》。

〔3〕 "批评工作的开始"等语,见高长虹在《狂飙》周刊第六期(1926年11月14日)发表的《批评工作的开始》。

〔4〕 "《心的探险》。实价六角"等语,参看本书附录一《〈未名丛刊〉与〈乌合丛书〉印行书籍》一文。下一句引语出处未详。

〔5〕 "幽默与批评的冲突",见《狂飙》周刊第十期(1926年12月12日)《走到出版界·请大家认清界限》。

〔6〕 亚拉借夫　鲁迅所译俄国作家阿尔志跋绥夫小说《工人绥惠略夫》中的一个人物。高长虹曾在《狂飙》周刊第五期(1926年11月7日)《走到出版界·1925北京出版界形势指掌图》中说:"在一个大风的晚上,我带了几份狂飙,初次去访鲁迅。……使我想像到亚拉藉夫与绥惠略夫会面时情形之仿佛。"哥哥尔,通译果戈理(H. B. Гоголь, 1809—1852),俄国作家,著有长篇小说《死魂灵》等。高长虹曾在《狂飙》周刊第十期《走到出版界·时代的命运》中说:"希望鲁迅先生保守着'孤独者'的尊严,写一部死魂灵出来。"罗曼·罗兰(Romain Rolland, 1866—1944),法国作家,著有长篇小说《约翰·克利斯朵夫》等。高长虹曾在《狂飙》周刊第十期《走到出版界·琐记两则》中说:"我希望未名社诸君……去接触罗兰的精神。"

〔7〕 纪晓岚(1724—1805)　名昀,字晓岚,直隶献县(今属河北)人,清代文学家。这里所引的故事见所著《阅微草堂笔记》卷十七:"吴士俊,尝与人斗,不胜,恚而求自尽,欲于村外觅僻地。甫出栅,即有二鬼邀之;一鬼言投井佳,一鬼言自缢更佳。左右牵掣,莫知所适。俄有旧识丁文奎者从北来,挥拳击二鬼遁去,而自送士俊归。士俊惘惘如梦

醒,自尽之心顿息。"

〔8〕 我真不能不叹人心之死尽矣　这是模仿高长虹的文句,高在《狂飙》周刊第五期《走到出版界·1925北京出版界形势指掌图》中说:"不料不久以后则鲁迅亦以我太好管闲事矣!此真令我叹中国民族之心死也!"

〔9〕 "生存竞争,天演公例"　高长虹在《狂飙》周刊第一期(1926年10月10日)发表的《答国民大学X君》中说:"'生存竞争,天演公例',十一二岁时我从彪门书局出版的一本课本上已经知道了。"彪门书局,应作彪蒙书室。这里所说的课本,当指清代光绪三十一年(1905)彪蒙书室出版的初级蒙学用书《格致实在易》。

〔10〕 给……　原为高长虹在《狂飙》周刊陆续发表的一组情诗的标题。这一节的文字,皆集自高长虹发表于《狂飙》周刊的文章,并略加改变而成。

〔11〕 光华书局　1925年创办于上海,当时的经理是沈松泉。《狂飙》周刊和《狂飙丛书》第三种皆由该局出版发行。

〔12〕 《莽原》　文艺性刊物,鲁迅编辑。1925年4月24日创刊于北京,初为周刊,附《京报》发行。同年11月27日出至第三十二期停刊。1926年1月10日起改为半月刊,由未名社发行。同年8月鲁迅离开北京后,由韦素园接编。1927年12月25日出至第四十八期停刊。

〔13〕 《狂飙》　周刊,高长虹、向培良等编辑,1924年11月创刊于北京,附《国风日报》发行,至十七期停刊;1926年10月10日在上海复刊,由光华书局出版,次年1月停刊,共出十七期。

〔14〕 高长虹在《狂飙》周刊第五期《走到出版界·1925北京出版界形势指掌图》中说:"但要找当时骂人的口实时,则也怕还是从我开始的吧!直到现在还很风行的'他妈的!'那几个字,便是莽原第一期我在《绵袍的世界》才初次使用。"又说,"若再述一件琐事,则鲁迅更不应

该,当'他妈的'三字在绵袍的世界初次使用的时候,鲁迅看了,惊异地说:'这三个字你也用了!'……我们看鲁迅《论他妈的》一文,却居然有'予生也晚'云云了!"

〔15〕 稿件的纠葛 因为1926年韦素园接编《莽原》半月刊时未采用高歌和向培良的几篇稿件,高长虹便在《狂飙》周刊第二期上发表《给韦素园先生》、《给鲁迅先生》两封公开信,进行指责和攻击。

〔16〕 "运动" 这是对高长虹等人的"狂飙运动"的讽刺。狂飙运动,原是十八世纪七十年代至八十年代因德国作家克林格的剧本《狂飙突进》而得名的德国资产阶级反封建的文学运动。高长虹等人当时标榜要"建设科学艺术","用新的思想批评旧的思想",自称为"狂飙运动"。

〔17〕 《乌合丛书》 鲁迅编辑,1926年初由北新书局出版,专收创作。

〔18〕 拿破仑(Napoléon Bonaparte,1769—1821) 即拿破仑·波拿巴,法国资产阶级革命时期的军事家、政治家,1799年担任共和国执政,1804年建立法兰西第一帝国,自称拿破仑一世。秦始皇(前259—前210),姓嬴名政,战国时秦国国君,公元前221年建立了我国第一个中央集权的封建王朝。据《史记·秦始皇本纪》,始皇三十四年(前213),他采纳丞相李斯的建议,下令焚书,凡"史官非秦记,皆烧之。非博士官所职,天下敢有藏《诗》、《书》、百家语者,悉诣守尉杂烧之。"科仑布(C. Colombo,约1451—1506),通译哥伦布,意大利航海家,他在1492年开始的远航中发现美洲新大陆。梅特涅(K. Metternich,1773—1859),奥地利宰相,十九世纪前期欧洲"神圣同盟"的组织者之一。

〔19〕 大毒使人死,小毒是使人舒服的 见德国尼采《〈札拉图斯特拉如是说〉序言》。

〔20〕 《未名丛刊》 鲁迅编辑,原由北新书局出版,1925年未名

社成立后改由该社出版,专收译本。

〔21〕 厨川白村(1880—1923) 日本文艺评论家,曾任京都大学教授。他的文艺论集《苦闷的象征》、《出了象牙之塔》曾由鲁迅译成中文。高长虹在《狂飙》周刊第二期《走到出版界·未名社的翻译,广告及其他》中说:"未名社的翻译对于中国的时代是有重大的意义的",但这"不在于厨川白村的灰色的勇敢"。

〔22〕 高长虹在《狂飙》周刊第十期《走到出版界·吴歌甲集及其他》中说:"中国小说史略我也老实不要看,更无论于古小说钩沉,唐宋传奇集之类。一天,我在泰东遇见一位老先生进来问有鲁迅的书没有,我立刻便想起关于鲁迅及其著作中的那一篇撰译书录来了。唉,唉,唉,怕敢想下去。"

〔23〕 "以其好喝醋也" 见《狂飙》周刊第十期《走到出版界·语丝索隐》。

中山大学开学致语[1]

中山先生[2]一生致力于国民革命的结果,留下来的极大的纪念,是:中华民国。

但是,"革命尚未成功"[3]。

为革命策源地的广州,现今却已在革命的后方了。设立在这里,如校史所说,将"以贯彻孙总理革命的精神"的中山大学,从此要开他的第一步。

那使命是很重大的,然而在后方。

中山先生却常在革命的前线。

但中山先生还有许多书。我想:中山大学与革命的关系,大概就等于许多书。但不是死书:他须有奋发革命的精神,增加革命的才绪,坚固革命的魄力的力量。

现在,四近没有炮火,没有鞭笞,没有压制,于是也就没有反抗,没有革命。所有的多是曾经革命,将要革命,或向往革命的青年,将在平静的空气中,度着探求学术的生活。但这平静的空气,必须为革命的精神所弥漫;这精神则如日光,永永放射,无远弗到。

否则,革命的后方便成为懒人享福的地方。

中山大学也还是无意义。

不过使国内多添了许多好看的头衔。

结末的祝词是:我先只希望中山大学中人虽然坐着工作而永远记得前线。

*　　*　　*

〔1〕　本篇最初发表于1927年3月广州出版的《国立中山大学开学纪念册》"论述"栏,署名周树人。

〔2〕　中山先生　孙中山(1866—1925),名文,字德明,号逸仙,广东香山(今中山)人,我国民主革命家。

〔3〕　"革命尚未成功"　见孙中山1923年11月为《国民党周刊》第一期出版题词:"革命尚未成功,同志仍须努力。"1925年3月孙中山逝世时,在北京行馆灵堂的遗像两旁悬挂了这副对联,作为孙中山的遗训。孙中山口授的《国事遗嘱》中,也有近似的话。

庆祝沪宁克复的那一边[1]

在广州,我觉得纪念和庆祝的盛典似乎特别多。这是当革命的进行和胜利中,一定要有的现象。沪宁的克复,在看见电报的那天,我已经一个人私自高兴过两回了。这"别人出力我高兴"的报应之一,是搜索枯肠,硬做文章的苦差使。其实,我于做这等事,是不大合宜的,因为动起笔来,总是离题有千里之远。即如现在,何尝不想写得切题一些呢,然而还是胡思乱想,像样点的好意思总像断线风筝似的收不回来。忽然想到昨天在黄埔[2]看见的几个来投学生军的青年,才知道在前线上拚命的原来是这样的人;自己在讲堂上胡说了几句[3]便骗得听众拍手,真是应该羞愧。忽而想到十六年前也曾克复过南京,还给捐躯的战士立了一块碑,民国二年后,便被张勋毁掉了,[4]今年顷又可以重立。忽而又想到香港《循环日报》[5]上所载李守常[6]在北京被捕的消息,他的圆圆的脸和中国式的下垂的黑胡子便浮在眼前,不知道他现在怎么样。

黑暗的区域里,反革命者的工作也正在默默地进行,虽然留在后方的是呻吟,但也有一部分人们高兴。后方的呻吟与高兴固然大不相同,然而无裨于事是一样的。最后的胜利,不在高兴的人们的多少,而在永远进击的人们的多少,记得一种

期刊[7]上,曾经引有列宁的话:

"第一要事是,不要因胜利而使脑筋昏乱,自高自满;第二要事是,要巩固我们的胜利,使他长久是属于我们的;第三要事是,准备消灭敌人,因为现在敌人只是被征服了,而距消灭的程度还远得很。"

俄国究竟是革命的世家,列宁究竟是革命的老手,不是深知道历来革命成败的原因,自己又积有许多经验,是说不出来的。先前,中国革命者的屡屡挫折,我以为就因为忽略了这一点。小有胜利,便陶醉在凯歌中,肌肉松懈,忘却进击了,于是敌人便又乘隙而起。

前年,我作了一篇短文[8],主张"落水狗"还是非打不可,就有老实人以为苛酷,太欠大度和宽容;况且我以此施之人,人又以报诸我,报施将永无了结的时候。但是,外国我不知,在中国,历来的胜利者,有谁不苛酷的呢。取近例,则如清初的几个皇帝,民国二年后的袁世凯[9],对于异己者何尝不赶尽杀绝。只是他嘴上却说着什么大度和宽容,还有什么慈悲和仁厚;也并不像列宁似的简单明了,列宁究竟是俄国人,怎么想便怎么说,比我们中国人直爽得多了。但便是中国,在事实上,到现在为止,凡有大度,宽容,慈悲,仁厚等等美名,也大抵是名实并用者失败,只用其名者成功的。然而竟瞒过了一群大傻子,还会相信他。

庆祝和革命没有什么相干,至多不过是一种点缀。庆祝,讴歌,陶醉着革命的人们多,好自然是好的,但有时也会使革命精神转成浮滑。革命的势力一扩大,革命的人们一定会多起来。统一以后,我恐怕研究系[10]也要讲革命。去年年底,《现代评论》,不就变了论调了么?[11]和"三一八惨案"[12]时候的议论一比照,我真疑心他们都得了一种仙丹,忽然脱胎换骨。我对于佛教先有一种偏见,以为坚苦的小乘教倒是佛教,待到饮酒食肉的阔人富翁,只要吃一餐素,便可以称为居士,算作信徒,虽然美其名曰大乘[13],流播也更广远,然而这教却因为容易信奉,因而变为浮滑,或者竟等于零了。革命也如此的,坚苦的进击者向前进行,遗下广大的已经革命的地方,使我们可以放心歌呼,也显出革命者的色彩,其实是和革命毫不相干。这样的人们一多,革命的精神反而会从浮滑,稀薄,以至于消亡,再下去是复旧。

广东是革命的策源地,因此也先成为革命的后方,因此也先有上面所说的危机。

当盛大的庆典的这一天,我敢以这些杂乱无章的话献给在广州的革命民众,我深望不至于因这几句出轨的话而扫兴,因为将来可以补救的日子还很多。倘使因此扫兴了,那就是革命精神已经浮滑的证据。

四月十日。

* * *

〔1〕 本篇最初发表于1927年5月5日广州《国民新闻》副刊《新出路》第十一号。

沪宁克复,指1927年3月22日上海工人第三次武装起义成功和3月24日北伐军攻克南京。

〔2〕 黄埔　指孙中山在国民党改组后所创立的陆军军官学校，校址在广州黄埔。1924年6月正式开学。在1927年国民党"四一二"政变以前，它是国共合作的学校。周恩来、叶剑英、恽代英、萧楚女等许多共产党人都在该校担任过负责工作或任教。

〔3〕 指1927年4月8日所作的题为《革命时代的文学》的讲演，后收入《而已集》。

〔4〕 张勋(1854—1923)　江西奉新人，北洋军阀之一。原为清朝江南提督、钦差江防大臣。辛亥革命时，他曾在南京负隅顽抗；1917年7月又曾扶持清废帝溥仪复辟。1911年12月革命军攻克南京后，临时政府曾在莫愁湖畔建立"粤军阵亡将士纪念碑"，刻有孙中山"建国成仁"的题字。1913年9月张勋攻占南京后此碑被毁。

〔5〕 《循环日报》　1874年1月5日创刊于香港的中文报纸，王韬主办。

〔6〕 李守常(1889—1927)　名大钊，字守常，直隶乐亭(今属河北)人，马克思列宁主义在中国最早的传播者，中国共产党创始人之一。1927年4月6日在北京被奉系军阀张作霖逮捕，28日遇害。鲁迅在北京期间，曾与他共同参加《新青年》的编辑工作。

〔7〕 指《少年先锋》，旬刊，李求实(伟森)等主编，中国共产主义青年团广东区委会的机关刊物。1926年9月1日创刊于广州。1927年4月中旬停刊，共出十九期。鲁迅到广州不久，广东地区党组织即派毕磊等与他联系，并赠此刊多期。《少年先锋》第八期(1926年11月11日)以《胜利之后》为题，摘登了斯大林《论列宁》中的一段话，其中引有列宁在俄国社会民主工党第五次代表大会上的讲话。按这段话今译为："第一件事就是不要陶醉于胜利，不要骄傲；第二件事就是要巩固自己的胜利；第三件事就是要彻底消灭敌人，因为敌人只是被打败了，但是还远没有被彻底消灭。"(见《斯大林全集》第六卷，人民出版社1971年9月版)

〔8〕 指《论"费厄泼赖"应该缓行》,后收入《坟》。

〔9〕 袁世凯(1859—1916) 字慰亭,河南项城人,北洋军阀首领。辛亥革命后,他攫取中华民国大总统职位,杀害革命党人,密谋复辟帝制。

〔10〕 研究系 黎元洪任北洋军阀政府总统、段祺瑞任国务总理时期,发生府、院之争,原进步党首领梁启超、汤化龙等组织"宪法研究会",支持段祺瑞,并勾结西南军阀,进行政治投机活动,这个政客集团被称为"研究系"。

〔11〕 《现代评论》 综合性周刊,胡适、陈源、王世杰、徐志摩等人所办的同人杂志。1924年12月创刊于北京,1927年移至上海出版。1928年12月出至第九卷第二〇九期停刊。该刊曾发表过不少维护北洋政府、反对学生运动和群众运动的文章,在北伐战争不断取得胜利时,它改变了原来的论调。如第五卷第一〇七期(1926年12月25日)发表的《时事短评》以赞赏的口气评述"党军"占领武汉后没收军阀财产的行动,说:"中国军阀的聚敛行为,向来是不受制裁的:这回的打击,要算第一遭。"又说,"素来不自由的工人们,忽然取得了完全的结社自由与罢工自由,……劳工界之需要团体组织与团体行动究亦不容否认。……所以我们对于武汉工潮的前途,实亦用不着悲观。"

〔12〕 "三一八惨案" 1926年3月18日,北京各界群众集会抗议日本帝国主义侵犯中国主权,赴段祺瑞执政府请愿,遭到段祺瑞卫队的镇压,死伤二百余人。事后,《现代评论》第三卷第六十八期(1926年3月27日)发表陈西滢《闲话》,指责所谓"暴徒首领""故意引人去死地",为段祺瑞开脱罪责。

〔13〕 小乘和大乘,是佛教的两大派别。小乘教派主张"自我解脱",要求苦行修炼,在很大程度上保持了早期佛教的精神。大乘教派主张"救度一切众生",强调尽人皆能成佛,一切修行以利他为主,戒律比较松弛。

关于小说目录两件[1]

去年夏,日本辛岛骁[2]君从东京来,访我于北京寓斋,示以涉及中国小说之目录两种:一为《内阁文库书目》[3],录内阁现存书;一为《舶载书目》[4]数则,彼国进口之书帐也,云始元禄十二年(一六九九)或其前年而迄于宝历[5]四年(一七五四),现存三十本。时我方将走厦门避仇,卒卒鲜暇,乃托景宋[6]君钞其前者之传奇演义类,置之行箧。不久复遭排挤,自闽走粤,汔无小休,况乃披览。而今复将北迈,整装睹之,蠹食已多,怅然兴叹。窃念录中之刊印时代及作者名字,此土新本,概已删落,则此虽止简目,当亦为留心小说史者所乐闻也,因借《语丝》,以传同好。惜辛岛君远隔海天,未及征其同意,遂成专擅,因以为歉耳。别有清钱曾所藏小说目二段,昔从《也是园书目》[7]钞出,以其可知清初收藏家所珍庋者是何等书,并缀于末。一九二七年七月三十日之夜,鲁迅于广州东堤寓楼[8]记。

甲 内阁文库图书第二部汉书目录

子 第十类,小说。

一　杂事(未钞)
二　传奇演义,杂记

《历代神仙通鉴》(二十二卷,目一卷。明阳宣史撰。清版。二十四本。)

《盘古唐虞传》(明钟惺。清版。二本。)

《有夏志传》(明钟惺编。清版。四本。)

《有夏志传》(同上。清版。八本。)

《列国志传》(明陈继儒校。明版。一二本。)

《英雄谱》(一名《三国水浒全传》。二十卷,目一卷,图像一卷。明熊飞编。明版。一二本。)

《水浒全书》(百二十回。明李贽评。明版。三二本。)

《忠义水浒传》(百回。明李贽批评。明版。二十本。)

《水浒传》(七十回;二十卷。王望如评论。清版。二十本。)

《水浒传》(七十回;七十五卷,首一卷。清金圣叹批注。雍正十二年刊。二四本。)

《水浒传》(同上。伊达邦成等校。明治十六年刊。一二本。)

《水浒后传》(四十回;十卷,首一卷。清蔡奡评定。清版。五本。)

《水浒后传》(同上。清版。十本。)

《水浒志传评林》(二十五卷。第一至七卷缺。明版。六本。)

《南北两宋志传》(二十卷。明陈继儒。明版。十本。)

《绣像金枪全传》(五十回,十卷。第四十六回以下缺。清废闲主人校。道光三年刊。八本。)

《皇明英武传》(八卷。万历十九年刊。四本。)

《皇明英烈传》(明版。六本。)

《皇明中兴圣烈传》(五卷。明乐舜日。明版。二本。)

《全像二十四尊罗汉传》(六卷。明朱星祚编。万历三十二年刊。二本。)

《平妖传》(四十回。宋罗贯中。明龙子犹补。明版。八本。)

《平妖传》(四十回。明张无咎校。明版。六本。)

《平房传》(吟啸主人。明版。二本。)

《承运传》(四卷。明版。二本。)

《八仙传》(明吴元泰。明版。二本。)

《金云翘传》(二十回,四卷。青心才人。清版。二本。)

《钟馗全传》(四卷。安正堂补正。明版。一本。)

《飞龙全传》(六十回。清吴璿删订。嘉庆二年刊。 六本。)

《绣像飞跎全传》(三十二回,四卷。嘉庆二十二年刊。二本。)

《再生缘全传》(二十卷。清香叶阁主人校。道光二年刊。三二本。)

《金石缘全传》(二十四回。清版。六本。)

《玉茗堂传奇》(四种,八卷。明汤显祖。明版。八本。)

《玉茗堂传奇》(同上。明沈际飞点次。明版。八本。)

《五种传奇再团圆》(五卷。步月主人。清版。二本。)

《两汉演义传》(十八卷,首一卷。明袁宏道评。明版。一六本。)

《三国志演义》(十二卷。宋罗贯中。万历十九年刊。一二本。)

201

《三国志演义》(二十卷。万历三十三年刊。八本。)

《三国志演义》(二十卷。明杨春元校。万历三十八年刊。五本。)

《后七国乐田演义》(二十回。烟水散人。乾隆四十五年刊。二本。)

《唐书演义》(八卷。明熊钟谷。嘉靖三十二年刊。四本。)

《唐书演义》(明徐渭批评。明版。八本。)

《残唐五代史演义传》(六十回,二卷。宋罗本。明汤显祖批评。清版。四本。)

《反唐演义全传》(姑苏如莲居士编。清版。十本。)

《两宋志传通俗演义》(二十卷。明陈尺蠖斋评释。明版。十本。)

《封神演义》(百回,二十卷。明许仲琳编。明版。二十本。)

《人物演义》(四十卷,首一卷。明版。一六本。)

《孙庞斗志演义》(二十卷。吴门啸客。明版。四本。)

《孙庞斗志演义》(同上。明版。三本。)

《孙庞演义》(四卷。澹园主人编。清版。二本。)

《武穆演义》(八卷。明熊大本编。《后集》三卷,明李春芳编。嘉靖三十一年刊。十本。)

《宋武穆王演义》(十卷。明熊大本编。明版。五本。)

《岳王传演义》(明金应鳌编。明版。八本。)

《全相平话》(十五卷。元版。五本。)

《新编宣和遗事》(二集二卷。清版。二本。)

《圣叹外书三国志》(六十卷,首一卷。第三十八至四十二卷缺。清毛宗岗评。乾隆十七年刊。二二本。)

《东周列国志》(二十三卷,首一卷。清蔡奡评。清版。二四本。)

《新列国志》(百八回。墨憨斋。明版。一二本。)

《禅真逸史》(四十回。明清心道人编。清版。一二本。)

《禅真逸史》(同上。清版。四本。)

《艳史》(四十四回;首一卷。明齐东野人编。明版。九本。)

《女仙外史》(百回。清吕熊。清版。二十本。)

《蟫史》(二十卷,绣像二卷。磊砢山房主人。清版。一二本。)

《西洋记》(百回,二十卷。明罗懋登。清版。二十本。)

《西游记》(百回。明李贽批评。明版。十本。)

《全像西游记》(百回。华阳洞天主人校。明版。十本。)

《西游真诠》(百回。明李贽等评。清版。十本。)

《绣像西游真诠》(百回。清陈士斌评;金人瑞加评。清版。二四本。)

《绣像西游真诠》(同上。清版。二十本。)

《绣像西游真诠》(同上。清版。十本。)

《西游证道书》(百回。明汪象旭等笺评。明版。二十本。)

《后西游记》(四十回。清天花才子评点。乾隆四十八年刊。十本。)

《丹忠录》(四十回。明孤愤生。热肠人偶评。明版。四本。)

《醋胡芦》(二十回,四卷。伏雌教主编。心月主人等评。明版。四本。)

《全像金瓶梅》(百回,二十卷。明版。二一本。)

《金瓶梅》(百回。清张竹坡批评。清版。二四本。)

《金瓶梅》(同上。清版。二十本。)

《国色天香》(十卷。明谢友可。万历二十五年刊。十本。)

《玉娇梨》(二十卷。荑荻散人编。明版。四本。)

《新编剿闯通俗小说》(十回。明版。二本。)

《新编剿闯通俗小说》(同上。西吴懒道人。日本写本。二本。)

《古今小说》(四十卷。绿天馆主人评次。明版。五本。)

《红楼梦》(百二十回。清程伟元编。清版。二四本。)

《红楼梦图咏》(清改琦。明治十五年刊。四本。)

《龙图公案》(听玉斋评点。明版。五本。)

《绣像龙图公案》(十卷。明李贽评。嘉靖七年刊。六本。)

《拍案惊奇》(三十九卷。《宋公明闹元宵杂剧》一卷。明版。八本。)

《袖珍拍案惊奇》(十八卷。清版。八本。)

《海外奇谭》(《忠臣库》十回。清鸿蒙陈人译。文化十二年刊。三本。)

《海外奇谭》(同上。日本版。三本。)

《飞花咏》(一名《玉双鱼》。十六回。明版。四本。)

《韩湘子》(三十回。雉衡山人编。明版。六本。)

《警寤钟》(十六回,四卷。嗤嗤道人。清版。二本。)

《五凤吟》(二十回。嗤嗤道人。清版。二本。)

《引凤箫》(十六回,四卷。枫江半云友。清版。二本。)

《幻中真》(十回,四卷。烟霞散人编。清版。二本。)

《鸳鸯配》(十二回,四卷。烟水散人编。清版。二本。)

《疗妒缘》(八回,四卷。静恬主人。清版。二本。)

《照世杯》(四回,四卷。酌元亭主人。谐道人批评。明和二年刊。五本。)

《隔帘花影》(四十八回。清版。八本。)

《冯伯玉风月相思小传》(明版。一本。)

《孔淑方双鱼扇坠传》(明版。一本。)

《苏长公章台柳传》(明版。一本。)

《张生彩鸾灯传》(明版。一本。)

《绿窗女史》(明版。一四本。)

《情史类略》(二十四卷。詹詹外史。明版。一二本。)

《吴姬百媚》(二卷。宛瑜子。明版。二本。)

《铁树记》(十五回,二卷。明竹溪散人邓氏编。明版。二本。)

《飞剑记》(十一回。明竹溪散人邓氏编。明版。二本。)

《咒枣记》(十四回,二卷。明竹溪散人。明版。二本。)

《东游记》(明吴元泰。明版。二本。)

《增补全相燕居笔记》(十卷。明林近阳编。明版。四本。)

《增补燕居笔记》(十卷。明何大抡编。明版。四本。)

《荆钗记》(明版。二本。)

《人海记》(清查慎行。日本写本。二本。)

《清平山堂志》(十五种。明版。三本。)

《丰韵情书》(六卷。明竹溪主人编。明版。二本。)

《山水争奇》（三卷。明邓志谟。明版。二本。）

《风月争奇》（三卷。明邓志谟。明版。一本。）

《花鸟争奇》（三卷。明邓志谟。明版。二本。）

《童婉争奇》（三卷。明竹溪风月主人编。日本写本。一本。）

《梅雪争奇》（三卷。明邓志谟编。明版。一本。）

《蔬果争奇》（三卷。明邓志谟。明版。一本。）

《鼓掌绝尘》（四集四十回；首一卷。明金木散人。明版。一二本。）

《霞房搜异》（二卷。明袁中道编。明版。四本。）

《艳异编》（四十卷。续十九卷。明王世贞。汤显祖批评。明版。一六本。）

《艳异编》（十二卷。明版。六本。）

《广艳异编》（三十五卷。明吴大震。明版。十本。）

《一见赏心编》（十四卷。鸠兹洛源子编。明版。四本。）

《一见赏心编》（同上。明版。二本。）

《吴骚合编》（骚隐居士。明版。四本。）

《洒洒编》（六卷。明邓志谟校。明版。四本。）

《金谷争奇》（明版。四本。）

《今古奇观》（四十卷。清版。一六本。）

《怪石录》（清沈心。日本写本。一本。）

《豆棚闲话》（十二卷。艾衲居士。嘉庆三年刊。四本。）

《海天余话》（四卷。芙蓉泖老渔编。清版。二本。）

《花阵绮言》（十二卷。楚江仙叟石公编。明版。七本。）

《醒世恒言》（四十卷。明可一居士评。明版。一六本。）

《喻世明言》(二十四卷。明可一居士评。明版。六本。)

《西湖二集》(三十四卷。附《西湖秋色一百韵》。明周楫。明版。一二本。)

《西湖拾遗》(四十八卷。清陈树基。清版。一六本。)

《西湖佳话》(十六卷。清墨浪子。清版。十本。)

《五色石》(八卷。服部诚一评点。明治十八年刊。四本。)

《八洞天》(八卷。五色石主人编。明版。二本。)

《缀白裘》(十二集,四十八卷。清钱德仓。乾隆四十二年刊。二四本。)

《人中画》(四卷。乾隆四十五年刊。二本。)

《笑林广记》(十二卷。游戏主人编。乾隆四十六年刊。四本。)

《笑林广记》(同上。乾隆四十六年刊。二本。)

《开卷一笑》(十四卷。明李贽编。明版。五本。)

《开卷一笑》(同上。明版。六本。)

《四书笑》(开口世人编。日本写本。一本。)

《笑府》(十三卷。清墨憨斋。清版。四本。)

《笑府》(钞录,二卷。日本版。一本。)

《笑府》(钞录,一卷。森仙吉编。明治十六年刊。一本。)

《三笑新编》(四十八回,十二卷。清吴毓昌。嘉庆十八年刊。一二本。)

《花间笑语》(五卷。清酿花使者。日本写本。二本。)

《慵斋丛话》(十卷。朝鲜成任。日本写本。五本。)

《笔苑杂记》(二卷。朝鲜徐居正。日本写本。一本。)

207

《豀谷漫笔》(二卷。朝鲜张维。日本写本。一本。)
《补闲》(三卷。朝鲜崔滋。日本写本。一本。)

三　杂剧(以下均未钞)

四　异闻

五　琐语

迅案：此目虽非详密，而已裨多闻。如《女仙外史》[9]，俞樾见《在园杂志》，始知谁作(《茶香室丛钞》云)，[10]此则明题吕熊[11]。《封神演义》编者为明许仲琳[12]，而中国现行众本皆逸其名，梁章钜述林樾亭语(见《浪迹续谈》及《归田琐记》)，仅云"前明一名宿"而已。[13]他如竹溪散人及风月主人之为邓志谟[14]；日本之《忠臣藏》[15]，在百余年前(文化十二年即一八一五年)中国人已曾翻译，曰《海外奇谭》，亦由此可见。墨憨斋冯犹龙[16]好刻杂书，此目中有三种，曰：《平妖传》，《新列国志》，《笑府》[17]。记北京《孔德月刊》中曾有考，似未列第二种。[18]自品青[19]病后，月刊遂不可复得，旧有者又被人持去，无从详案矣。

乙　也是园书目

宋人词话

《灯花婆婆》

《种瓜张老》

《紫罗盖头》

《女报冤》

《风吹轿儿》

《错斩崔宁》

《山亭儿》

《西湖三塔》

《冯玉梅团圆》

《简帖和尚》

《李焕生五阵雨》

《小金钱》

《宣和遗事》四卷

《烟粉小说》四卷

《奇闻类记》十卷

《湖海奇闻》二卷

  通俗小说

《古今演义三国志》十二卷

《旧本罗贯中水浒传》二十卷

《梨园广记》二十卷

  迅案:词话中之《错斩崔宁》及《冯玉梅团圆》两种，今见于江阴缪氏所翻刻之宋残本《京本通俗小说》中[20]；钱曾所收,盖单行本。

* * *

〔1〕 本篇最初发表于1927年8月27日、9月3日《语丝》周刊第一四六、一四七期。

〔2〕 辛岛骁(1903—1967) 日本汉学家,当时是东京帝国大学的学生,1926年8月17日、19日曾到鲁迅寓所访问。

〔3〕 《内阁文库书目》 日本内阁文库的藏书目录。内阁文库是日本总理府大臣办公厅的书库,其前身是庆长七年(1603)由德川家康氏建立的富士见文库(又称红叶山文库、枫山秘阁)。明治维新之后,由政府接收,1885年改称内阁文库。该库藏有大量宋元以来的中国小说善本。

〔4〕 《舶载书目》 日本海关记载清乾隆以前中国运往长崎的书籍的目录,现藏日本宫内省图书馆。

〔5〕 元禄 日本东山天皇的年号。宝历,日本桃园天皇的年号。

〔6〕 景宋 即许广平(1898—1968),笔名景宋,广东番禺人。北京女子师范大学国文系毕业。鲁迅夫人。

〔7〕 钱曾(1629—1701) 字遵王,号也是翁,江苏常熟人,清代藏书家。他的藏书室名述古堂,又称也是园。《也是园书目》,钱曾的家藏书目,共十卷。

〔8〕 东堤寓楼 指广州东堤的白云楼,鲁迅于1927年3月离开中山大学住所,移居于此。

〔9〕 《女仙外史》 以明代永乐年间唐赛儿起义为素材的讲史小说,一百回。国内存有光绪二十一年(1895)钧璜轩刊本,署"古稀逸田叟著"。

〔10〕 俞樾 参看本书第66页注〔12〕。《茶香室丛钞》为他所著《春在堂全书》之一。他在《茶香室丛钞·十七》中说:"国朝刘廷玑《在园杂志》云,吴人吕文兆熊,性情孤冷,举止怪僻,所衍《女仙外史》百回亦荒诞,而平生学问心事皆寄托于此。按《女仙外史》余在京师曾见之,不知为吕文兆所作也。"《在园杂志》,笔记集,清代康熙年间辽海刘廷玑著,四卷。

〔11〕 吕熊　字文兆,号古稀逸田叟,浙江新昌(一说江苏吴县)人,清初小说家。

〔12〕《封神演义》　神魔小说,一百回,日本内阁文库所藏系明代万历末年原本,在第二卷第一页上题"钟山逸叟许仲琳编辑"。许仲琳,号钟山逸叟,明代应天府(今江苏南京)人。

〔13〕梁章钜(1775—1849)　字闳中,号退庵,清代长乐(今属福建)人。著有《浪迹丛谈》十一卷,续八卷,《归田琐记》八卷。他在《浪迹续谈》卷六中说:"忆吾乡林樾亭先生尝与余谈,《封神演义》是前明一名宿所撰。"林樾亭,名乔荫,字樾亭,号育万,清代侯官(今福建闽侯)人。著有《瓶城居士集》、《樾亭杂纂》等。

〔14〕邓志谟　字景南,明代饶安(今江西安仁)人。

〔15〕《忠臣藏》　日本古剧本《假名手本忠臣藏》的简称,竹田出云、二好松洛、并木千柳合作。此剧写元禄十五年(1702)大星由良之助等义士为冤死的盐冶判官报仇故事。清代鸿蒙陈人重译本题名《海外奇谈》,又名《日本忠臣库》,前有译者乾隆五十九年(1794)自序。

〔16〕冯犹龙(1574—1646)　名梦龙,字犹龙,号墨憨斋主人,长洲(今江苏吴县)人,明代文学家。编著有话本集《喻世明言》、《警世通言》、《醒世恒言》及传奇、散曲等多种。

〔17〕《平妖传》　以北宋王则起义为素材的讲史小说。原为元末明初罗贯中作,二十回,后由冯梦龙增补为四十回。内阁文库所藏两种,一种题"天许斋批点北宋《三遂平妖传》",署"宋东原罗贯中编""明陇西张无咎校",为明代泰昌元年(1620)刊本;另一种题"墨憨斋手校《新平妖传》",署"宋东原罗贯中编,明东吴龙子犹据补",为明代崇祯年间金阊嘉会堂刻本,是前一种毁版后的重刻本。《新列国志》,讲史小说,一〇八回。冯梦龙以余邵鱼的《列国志传》为基础,根据旧籍加以改订而成。内阁文库所藏为明代金阊叶敬池原刻本。《笑府》,古笑话总

211

集,冯梦龙编,共一百则,分八类。国内有大连图书馆所藏原本十三卷。

〔18〕《孔德月刊》 北京孔德学校同学会文艺部创办的一种文艺刊物。1926年10月创刊于北京。1928年6月停刊,共出十五期。该刊第一、二两期(1926年10月、11月)载有马廉译述并加按语的日本盐谷温在东京帝国大学的讲演稿《明代之通俗短篇小说》,其中考证了冯梦龙的生平和著作。按这一讲演稿和马廉的按语中,未提及《新列国志》,也未提及《平妖传》和《笑府》。

〔19〕王品青(?—1927) 河南济源人,北京大学毕业,曾任北京孔德学校教员。

〔20〕江阴缪氏 指缪荃孙(1844—1919),字筱珊,号艺风,江苏江阴人,藏书家、版本学家。《京本通俗小说》,不著撰人,现存残本七卷,1915年缪荃孙据元人写本影刻,收入《烟画东堂小品》中。

书 苑 折 枝[1]

余颇懒,常卧阅杂书,或意有所会,虑其遗忘,亦慵于钞写,但偶夹一纸条以识之。流光电逝,情随事迁,检书偶逢昔日所留纸,辄自诧置此何意,且悼心境变化之速,有如是也。长夏索居,欲得消遣,则录其尚能省记者,略加案语,以贻同好云。十六年八月八日,楮冠病叟漫记。

唐欧阳询《艺文类聚》[2]二十五引梁简文帝《诫当阳公大心书》[3]:立身之道,与文章异。立身先须谨重,文章且须放荡。

案:帝王立言,诫饬其子,而谓作文"且须放荡",非大有把握,那能尔耶?后世小器文人,不敢说出,不敢想到。

清褚人获《坚瓠九集》[4]卷四:《通鉴博论》[5]:"汉高祖取天下,皆功臣谋士之力。天下既定,吕后杀韩信彭越英布等,夷其族而绝其祀。传至献帝,曹操执柄,遂杀伏后而灭其族。或谓献帝即高祖也;伏后即吕后也;曹操即韩信也;刘备即彭越也;孙权即英布也。故三分天下而绝汉。"虽穿凿疑似之说,然于报施之理,似亦不爽。

案:韩信托生而为曹操,彭越为孙权,陈豨为刘备[6],三分汉室,以报夙怨,见《五代史平话》[7]开端。

小说尚可,而乃据以论史,大奇。《博论》明宗室涵虚子(?)作,今传本颇少。

宋张耒《明道杂志》[8]:京师有富家子,少孤专财,群无赖百方诱导之。而此子甚好看弄影戏,每弄至斩关羽,辄为之泣下,嘱弄者且缓之。一日,弄者曰:云长古猛将,今斩之,其鬼或能祟,请既斩而祭之。此子闻,甚喜。弄者乃求酒肉之费。此子出银器数十。至日,斩罢,大陈饮食如祭者,群无赖聚享之,乃白此子,请遂散此器。此子不敢逆,于是共分焉。旧闻此事,不信。近见事,有类是事。聊记之,以发异日之笑。

案:发笑又作别论。由此可知宋时影戏已演三国故事,而其中有"斩关羽"。我尝疑现在的戏文,动作态度和画脸都与古代影灯戏有关,但未详考,记此以俟博览者探索。

* * *

〔1〕 本篇最初发表于1927年9月1日上海《北新》周刊第四十五、四十六期合刊,署名楮冠。

〔2〕 欧阳询(557—641) 字信本,潭州临湘(今湖南长沙)人,唐代书法家。官至太子率更令、弘文馆学士。《艺文类聚》,类书,欧阳询等人奉敕编纂,共一百卷,分四十八门。

〔3〕 梁简文帝 即萧纲(503—551),字世缵,南兰陵(今江苏武进)人,在位二年即为侯景所害。《诫当阳公大心书》,《艺文类聚》中题为《诫当阳公书》,见该书卷二十三。大心,即萧大心(522—551),字仁恕,萧纲次子。中大通四年(532)封当阳公。

〔4〕 褚人获　字学稼,号石农,清代长洲(今江苏苏州)人。《坚瓠集》,采录各种笔记汇集而成,分正集、续集等,共十五集,六十六卷。下面的引文见该书第九集卷四"韩彭报施"条。

〔5〕 《通鉴博论》　明代朱权奉敕纂写的史评集,分上、中、下三卷。朱权(1378—1448),朱元璋第十七子,封宁献王,别号涵虚子。《坚瓠集》的"韩彭报施"条,引自该书卷下"历代受革报施之验"。

〔6〕 韩信　淮阴(今江苏清江)人,汉朝大将,封楚王。彭越,字仲,昌邑(今山东金乡)人,汉将,封梁王。陈豨,宛句(今山东菏泽)人,汉将,封列侯。以上三人皆为汉朝开国功臣,后来,韩信、彭越于汉高帝十一年(前196)被杀;陈豨于次年被杀。曹操(155—220),字孟德,东汉沛国谯(今安徽亳州)人,三国时魏国的建立者。孙权(182—252),字仲谋,富春(今浙江富阳)人,三国时吴国的建立者。刘备(161—223),字玄德,涿(今河北涿县)人,三国时蜀汉的建立者。

〔7〕 《五代史平话》　不著撰人,应是宋代说话人所用的讲史底本之一,叙述梁、唐、晋、汉、周五代史事,各代均分上下二卷,内缺梁史和汉史的下卷。该书开端说:"刘季杀了项羽,立着国号曰汉。只因疑忌功臣,如韩王信、彭越、陈豨之徒,皆不免族灭诛夷。这三个功臣,抱屈啣冤,诉于天帝。天帝可怜见三功臣无辜被戮,令他每三个托生做三个豪杰出来:韩信去曹家托生,做着个曹操;彭越去孙家托生,做着个孙权;陈豨去那宗室家托生,做着个刘备。这三个分了他的天下:曹操篡夺献帝的,立国号曰魏;刘先主图兴复汉室,立国号曰蜀;孙权自兴兵荆州,立国号曰吴。"

〔8〕 张耒(1054—1114)　字文潜,淮阴(今属江苏)人,宋代诗人。官至太常少卿。《明道杂志》,二卷,又续一卷,记述作者在黄州郡时的见闻。下面的引语见该书续卷。

书 苑 折 枝(二)[1]

宋周密《癸辛杂识》[2]续集下:盐官县学教谕黄谦之,永嘉人,甲午岁题桃符云,"宜入新年怎生呵","百事大吉那般者"。为人告之官,遂罢。

  案:元上谕多用白话直译,"怎生呵""那般者"皆谕中习见语,故黄以为戏。今人常非薄今白话而不思元时敕,盖以其已"古"也。甲午是忽必烈[3]至元三十一年(1295),其年正月,忽必烈死。

同上别集下:或作散经名《物外平章》,云,"尧舜禹汤文武,一人一堆黄土;皋夔稷卨伊周,一人一个髑髅。大抵四五千年,著甚来由发颠?假饶四海九州都是你底,逐日不过吃得半升米。日夜宦官女子守定,终久断送你这泼命。说甚公侯将相,只是这般模样。管甚宣葬敕葬,精魂已成魍魉。姓名标在青史,却干俺咱甚事?世事总无紧要,物外只供一笑。"此语亦可发一笑也。

  案:近长沙叶氏刻《木皮道人鼓词》[4],昆山赵氏刻《万古愁曲》[5],上海书贾又据以石印作小本,遂颇流行。二书作者生明末,见世事无可为,乃强置己身于世外,作旁观放达语,其心曲与此宋末之作正同。

宋唐庚[6]《文录》:《南征赋》,"时廓舒而浩荡,复收敛而凄凉。"词虽不工,自谓曲尽南迁时情状也。

  案:今日用之《民气赋》或《群众运动赋》,亦自曲尽情状。

清严元照《蕙櫋杂记》[7]:西湖岳庙有严嵩和鄂王《满江红》词石刻,甚宏壮。词既慷慨,书亦瘦劲可观,末题华盖殿大学士。后人磨去姓名,改题夏言。虽属可笑,然亦足以惩奸矣。

  案:严嵩偏和岳飞[8]词,有如是诈伪;后人留词改名,有如是自欺;严先生以为可笑而又许其惩奸,有如是两可:寥寥六十字,写尽三态。

*   *   *

〔1〕　本篇最初发表于1927年9月16日《北新》周刊第四十七、四十八期合刊,署名楮冠。

〔2〕　周密(1232—1298)　字公谨,号草窗,济南(今属山东)人,南宋词人。曾官义乌(今属浙江)令。《癸辛杂识》是他居住杭州癸辛街时写的杂记,分前集、后集、别集、续集,共六卷。

〔3〕　忽必烈(1215—1294)　即元世祖,元朝的建立者。文中的至元三十一年应是1294年。

〔4〕　长沙叶氏　即叶德辉,参看本书第134页注〔18〕。《木皮道人鼓词》,当为《木皮散人鼓词》,又称《木皮词》。作者贾凫西(约1590—约1676),名应宠,字思退,号凫西,别号木皮散人、木皮散客,明末清初山东曲阜人。叶氏所刻《木皮散人鼓词》一卷,收入《双楳景闇丛书》)。

〔5〕 昆山赵氏　即赵贻琛，江苏昆山人。《万古愁曲》，又名《击筑余音》，一卷，共二十曲，有几种版本，内容互有出入。赵氏刻本刊于1920年11月，署"昆山归庄玄恭"作，收入《又满楼丛书》；又有坊间石印白纸巾箱本，署"明熊开元檗庵著"。按归庄、熊开元皆为明末清初人。

〔6〕 唐庚(1071—1121)　字子西，眉州丹稜(今属四川)人。北宋诗人。曾任宗子博士，宋徽宗政和初年被谪贬到岭南惠州(今属广东)。著有《唐子西集》二十四卷。《文录》，原名《唐子西文录》，一卷，是其友人强行父记述唐庚论诗文的语录，共三十五则。鲁迅的引文见该书第二十八则。

〔7〕 严元照(1773—1817)　字修能，归安(今浙江吴兴)人，清代藏书家。诸生。《蕙榜杂记》，读书笔记，一卷。

〔8〕 严嵩(1480—1567)　字惟中，江西分宜人。明世宗时任华盖殿大学士，官至太子太师。他长期专权，是历史上有名的奸臣，曾害死主张抵抗鞑靼入侵的吏部尚书夏言。岳飞(1103—1142)，字鹏举，相州汤阴(今属河南)人，南宋抗金名将，后被主和派宋高宗、秦桧杀害，宁宗时追封鄂王。

书 苑 折 枝(三)[1]

明陆容《菽园杂记》[2]四：僧慧暕涉猎儒书而有戒行，永乐中尝预修《大典》，归老太仓兴福寺。……尝语坐客云："此等秀才，皆是讨债者。"客问其故，曰："洪武间秀才做官，吃多少辛苦，受多少惊怕，与朝廷出多少心力，到头来小有过犯，轻则充军，重则刑戮，善终者十二三耳。其时士大夫无负国家，国家负士大夫多矣。这便是还债的。近来圣恩宽大，法网疏阔，秀才做官，饮食衣服舆马宫室子女妻妾，多少好受用，干得几许好事来？到头全无一些罪过。今日国家无负士大夫，天下士大夫负国家多矣。这便是讨债者。"……

  案：无论什么局面，当开创之际，必靠许多"还债的"；创业既定，即发生许多"讨债者"。此"讨债者"发生迟，局面好；发生早，局面糟；与"还债的"同时发生，局面完。呜呼"还债的"也！

元人《东南纪闻》[3]一：刘平国宰，京口人。（中略）有《漫塘集》，文挟伟气。其尺牍有云："今之所谓豪杰士者，古之所谓破落户者也。"意有所指，知者以为名言。（下略）

  案：也可以说：豪杰士者，破落户之已阔者也。破落户者，豪杰士之未阔或终于不阔者也。

清陈祖范《掌录》[4]上:行事之颠倒者:三国时孙吴立制,奔亲丧者罪大辟;北齐敕道士剃发为沙门;宋宣和中,敕沙门著冠为道士;……元祐焚《史记》于国子;……政和间著令,士庶习诗赋者杖一百!

案:知道古来做过如许颠倒事,当时也并不为奇,便可以消去对于时事的诧异心不少。

* * *

〔1〕 本篇最初发表于1927年10月16日《北新》周刊第五十一、五十二期合刊,署名楮冠。

〔2〕 陆容(1436—1497) 字文量,号式斋,江苏太仓人,明代文学家。成化进士,曾官南京吏部主事。《菽园杂记》,笔记集,十五卷,本段引文见卷二。

〔3〕 《东南纪闻》 元人笔记集,不著撰人,原书已佚。现存三卷,系从《永乐大典》录出,主要记载宋代故事传闻。

〔4〕 陈祖范(1675—1753) 字亦韩,清代江苏常熟人。乾隆时官国子监司业。《掌录》,笔记集,二卷。下面一段引文见该书上卷"颠倒"条。

关于知识阶级[1]

我到上海约二十多天,这回来上海并无什么意义,只是跑来跑去偶然跑到上海就是了。

我没有什么学问和思想,可以贡献给诸君。但这次易先生[2]要我来讲几句话;因为我去年亲见易先生在北京和军阀官僚怎样奋斗;而且我也参与其间,所以他要我来,我是不得不来的。

我不会讲演,也想不出什么可讲的,讲演近于做八股,是极难的,要有讲演的天才才好,在我是不会的。终于想不出什么,只能随便一谈;刚才谈起中国情形,说到"知识阶级"四字,我想对于知识阶级发表一点个人的意见,只是我并不是站在引导者的地位,要诸君都相信我的话,我自己走路都走不清楚,如何能引导诸君?

"知识阶级"一辞是爱罗先珂(V. Eroshenko)七八年前讲演"知识阶级及其使命"[3]时提出的,他骂俄国的知识阶级,也骂中国的知识阶级,中国人于是也骂起知识阶级来了;后来便要打倒知识阶级,再利害一点甚至于要杀知识阶级了。知识就仿佛是罪恶,但是一方面虽有人骂知识阶级;一方面却又有人以此自豪:这种情形是中国所特有的,所谓俄国的知识阶级,其实与中国的不同,俄国当革命以前,社会上还欢迎知识阶级。为什么要欢迎呢?因为他确能替平民抱不平,把平民的苦痛告诉大众。他为什么能把平民的苦痛说出来?因为他与平民接近,或自身就是平民。几年前有一位中国大学教授,他很奇怪,为什么有人要描写一个车夫的事情,[4]这就因为大学教授一向住在高大的洋房里,不明白平民的生活。欧洲的著作家往往是平民出身,(欧洲人虽出身穷苦,也能做文章;这因为他们的文字容易写,中国的文字却不容易写了。)所以也同样的感受到平民的苦痛,当然能痛痛快快写出来为平民说话,因此平民以为知识阶级对于自身是有益的;于是赞成他,到处都欢迎他,但是他们既受此荣誉,地位就增高了,而同时却把平民忘记了,变成一种特别的阶级。那时他们自以为了不得,到阔人家里去宴会,钱也多了,房子东西都要好的,终于与平民远远的离开了。他享受了高贵的生活,就记不起从前一切的贫苦生活了。——所以请诸位不要拍手,拍了手把我的地位一提高,我就要忘记了说话的。他不但不同情于平民,或许还要压迫平民,以致变成了平民的敌人,现在贵族阶级不能存在;贵族的知识阶级当然也不能站住了,这是知识阶级缺点之一。

还有知识阶级不可免避的运命,在革命时代是注重实行的,动的;思想还在其次,直白地说:或者倒有害。至少我个人的意见如此的。唐朝奸臣李林甫有一次看兵操练很勇敢,就有人对着他称赞。他说:"兵好是好,可是无思想",这话很不差。[5]因为兵之所以勇敢,就在没有思想,要是有了思想,就会没有勇气了。现在倘叫我去当兵,要我去革命,我一定不去,因为明白了利害是非,就难于实行了。有知识的人,讲讲柏拉图(Plato)讲讲苏格拉底(Socrates)[6]是不会有危险的。讲柏拉图可以讲一年,讲苏格拉底可以讲三年,他很可以安安稳稳地活下去,但要他去干危险的事情,那就很费踌躇。譬如中国人,凡是做文章,总说"有利然而又有弊",这最足以代表知识阶级的思想。其实无论什么都是有弊的,就是吃饭也是有弊的,它能滋养我们这方面是有利的;但是一方面使我们消化器官疲乏,那就不好而有弊了。假使做事要面面顾到,那就什么事都不能做了。

还有,知识阶级对于别人的行动,往往以为这样也不好,那样也不好。先前俄国皇帝杀革命党,他们反对皇帝;后来革命党杀皇族,他们也起来反对。问他怎么才好呢?他们也没办法。所以在皇帝时代他们吃苦,在革命时代他们也吃苦,这实在是他们本身的缺点。

所以我想,知识阶级能否存在还是个问题。知识和强有力是冲突的,不能并立的;强有力不许人民有自由思想,因为这能使能力分散,在动物界有很明显的例;猴子的社会是最专制的,猴王说一声走,猴子都走了。在原始时代酋长的命令是不能反对的,无怀疑的,在那时酋长带领着群众并吞衰小的部落;于是部落渐渐的大了,团体也大了。一个人就不能支配了。因为各个人思想发达了,各人的思想不一,民族的思想就不能统一,于是命令不行,团体的力量减小,而渐趋灭亡。在古时野蛮民族常侵略文明很发达的民族,在历史上是常见的。

现在知识阶级在国内的弊病,正与古时一样。

英国罗素(Russel)[7]法国罗曼罗兰(R. Rolland)[8]反对欧战,大家以为他们了不起,其实幸而他们的话没有实行,否则德国早已打进英国和法国了;因为德国如不能同时实行非战,是没有办法的。俄国托尔斯泰(Tolstoi)的无抵抗主义之所以不能实行,也是这个原因。他不主张以恶报恶的,他的意思是皇帝叫我们去当兵,我们不去当兵,叫警察去捉,他不捉;叫刽子手去杀,他不去杀,大家都不听皇帝的命令,他也没有兴趣;那末做皇帝也无聊起来,天下也就太平了。然而如果一部分的人偏听皇帝的话,那就不行。

我从前也很想做皇帝,后来在北京去看到宫殿的房子都是一个刻板的格式,觉得无聊极了。所以我皇帝也不想做了。做人的趣味在和许多朋友有趣的谈天,热烈的讨论。做了皇帝,口出一声,臣民都下跪,只有不绝声的——Yes[9],Yes,那有什么趣味?但是还有人做皇帝,因为他和外界隔绝,不知外面还有世界!

总之,思想一自由,能力要减少,民族就站不住,他的自身也站不住了。现在思想自由和生存还有冲突,这是知识阶级本身的缺点。

然而知识阶级将什么样呢?还是在指挥刀下听令行动,还是发表倾向民众的思想呢?要是发表意见,就要想到什么就说什么。真的知识阶级是不顾利害的,如想到种种利害,就是假的,冒充的知识阶级;只是假知识阶级的寿命倒比较长一点。像今天发表这个主张,明天发表那个意见的人,思想似乎天天在进步；只是真的知识阶级的进步，决不能如此快的。不过他们对于社会永不会满意的，所感受的永远是痛苦，所看到的永远是缺点，他们预备着将来的牺牲，社会也因为有了他们而热闹，不过他的本身——心身方面总是苦痛的；因为这也是旧式社会传下来的遗物。至于诸君，是与旧的不同，是二十世纪初叶青年，如在劳动大学一方读书，一方做工，这是新的境遇；或许可以造成新的局面，但是环境还是老样子，着着逼人堕落，倘不与这老社会奋斗，还是要回到老路上去的。

譬如从前我在学生时代不吸烟，不吃酒，不打牌，没有一点嗜好；后来当了教员，有人发传单说我抽鸦片。我很气，但并不辩明，为要报复他们，前年我在陕西就真的抽一回鸦片，看他们怎样？此次来上海有人在报纸上说我来开书店；又有人说我每年版税有一万多元。但是我也并不辩明；但曾经自己想，与其负空名，倒不如真的去赚这许多进款。

还有一层，最可怕的情形，就是比较新的思想运动起来时，如与社会无关，作为空谈，那是不要紧的，这也是专制时代所以能容知识阶级存在的原故。因为痛哭流泪与实际是没有关系的，只是思想运动变成实际的社会运动时，那就危险了。往往反为旧势力所扑灭。中国现在也是如此，这现象，革新的人称之为"反动"。我在文艺史上，却找到一个好名辞，就是 Renaissance[10]，在意大利文艺复兴的意义，是把古时好的东西复活，将现存的坏的东西压倒，因为那时候思想太专制腐败了，在古时代确实有些比较好的；因此后来得到了社会上的信仰。现在中国顽固派的复古，把孔子礼教都拉出来了，但是他们拉出来的是好的么?如果是不好的,就是反动,倒退,以后恐怕是倒退的时代了。

还有,中国人现在胆子格外小了,这是受了共产党的影响。人一听到俄罗斯,一看见红色,就吓得一跳;一听到新思想,一看到俄国的小说,更其害怕,对于较特别的思想,较新思想尤其丧心发抖,总要仔仔细细底想,这有没有变成共产思想的可能性?!这样的害怕,一动也不敢动,怎样能够有进步呢?这实在是没有力量的表示,比如我们吃东西,吃就吃,若是左思右想,吃牛肉怕不消化,喝茶时又要怀疑,那就不行了,——老年人才是如此;有力量,有自信力的人是不至于此的。虽是西洋文明罢,我们能吸收时,就是西洋文明也变成我们自己的了。好像吃牛肉一样,决不会吃了牛肉自己也即变成牛肉的,要是如此胆小,那真是衰弱的知识阶级了,不衰弱的知识阶级,尚且对于将来的存在不能确定;而衰弱的知识阶级是必定要灭亡的。从前或许有,将来一定不能存在的。

现在,比较安全一点的,还有一条路,是不做时评而做艺术家。要为艺术而艺术[11]。住在"象牙之塔"[12]里,目下自然要比别处平安。就我自己来说罢,——有人说我只会讲自己,这是真的。我先前独自住在厦门大学的一所静寂的大洋房里;到了晚上,我总是孤思默想,想到一切,想到世界怎样,人类怎样,我静静地思想时,自己以为很了不得的样子;但是给蚊子一咬,跳了一跳,把世界人类的大问题全然忘了,离不开的还是我本身。

就我自己说起来,是早就有人劝我不要发议论,不要做杂感，你还是创作去吧！因为做了创作在世界史上有名字，做杂感是没有名字的。其实就是我不做杂感，世界史上，还是没有名字的，这得声明一句，是：这些劝我做创作，不要写杂感的人们之中，有几个是别有用意，是被我骂过的。所以要我不再做杂感。但是我不听他，因此在北京终于站不住了，不得不躲到厦门的图书馆上去了。

艺术家住在象牙塔中，固然比较地安全，但可惜还是安全不到底。秦始皇，汉武帝想成仙，终于没有成功而死了。危险的临头虽然可怕，但别的运命说不定，"人生必死"的运命却无法逃避，所以危险也仿佛用不着害怕似的。但我并不想劝青年得到危险，也不劝他人去做牺牲，说为社会死了名望好，高巍巍的镌起铜像来。自己活着的人没有劝别人去死的权利，假使你自己以为死是好的，那末请你自己先去死吧。诸君中恐有钱人不多罢。那末，我们穷人唯一的资本就是生命。以生命来投资，为社会做一点事，总得多赚一点利才好；以生命来做利息很小的牺牲，是不值得的。所以我从来不叫人去牺牲，但也不要再爬进象牙之塔和知识阶级里去了，我以为这是最稳当的一条路。

至于有一班从外国留学回来，自称知识阶级，以为中国没有他们就要灭亡的，却不在我所论之内，像这样的知识阶级，我还不知道是些什么东西？！

今天的说话很没有伦次，望诸君原谅！

※　　※　　※

〔1〕 本篇最初发表于1927年11月13日上海《国立劳动大学周刊》第五期。原有副题"鲁迅先生演讲",下署"黄河清笔记"。文末注明:"十月二十八日下午三时在江湾劳动大学",但据鲁迅日记,演讲时间应为10月25日下午。演讲记录稿发表前经过鲁迅校阅。

国立劳动大学,以国民党西山会议派为背景,标榜无政府主义的一所半工半读学校,分农学院、工学院、社会科学院三部。1927年创办,1933年停办。

〔2〕 易先生　即易培基(1880—1937),字寅村,湖南长沙人。1924年11月、1925年12月两次担任短时期的北洋政府教育总长。他支持北京女子师范大学学生运动,该校复校后曾兼任校长。1927年任上海国立劳动大学校长。

〔3〕 "知识阶级及其使命"　俄国作家爱罗先珂在北京的一次讲演的题目。记录稿最初连载于1922年3月6日、7日《晨报副刊》,题为《知识阶级的使命》。

〔4〕 指东南大学教授吴宓。参看《二心集·上海文艺之一瞥》。

〔5〕 李林甫疑为许敬宗之误。唐代刘餗《隋唐嘉话》卷中:"太宗之征辽,作飞梯临其城。有应募为梯首,城中矢石如雨,而竟为先登。英公指谓中书舍人许敬宗曰:'此人岂不大健?'敬宗曰:'健即大健,要是不解思量。'"

〔6〕 苏格拉底(前469—前399)　古希腊哲学家。

〔7〕 罗素　在第一次世界大战时,他反对英国参战,因而被解除剑桥大学教职;之后又因反对征兵,被判监禁四个月。

〔8〕 罗曼罗兰　在第一次世界大战时,他曾发表《站在斗争之

上》等文,反对帝国主义战争。

〔9〕 Yes 英语:是。

〔10〕 Renaissance 英语:文艺复兴。十四至十五世纪兴起的西方新兴资产阶级反对封建主义和宗教神权的思想文化运动。最初开始于意大利,后来扩及德、法、英、荷等欧洲国家。这个运动以复兴久被湮没的古希腊、罗马文化为口号,因而得名。

〔11〕 为艺术而艺术 最早由法国作家戈蒂叶(1811—1872)提出的一种文艺观。它认为艺术应该超越一切功利而存在,创作的目的在于艺术本身,与社会政治无关。

〔12〕 "象牙之塔" 原是法国文艺批评家圣·佩韦(1804—1869)批评同时代唯美主义诗人维尼的用语,后来用以比喻脱离现实的文艺家的小天地。

补救世道文件四种[1]

甲 "乐闻于斯"的来信

鲁迅先生:

　　在黎锦明[2]兄的来信上,知道你早已到了上海。又近日看《语丝》,知岂明先生亦已卸礼部总长[3]之任,《语丝》在上海出版,那位礼部尚书不知是何人蝉联下去呢?总长近日不甚通行,似乎以尚书或大臣为佳,就晚生看来。

　　不管谁当尚书了吧,我想,国粹总得要维持,你老人家是热心于这件工作的,特先奉赠礼物二件,聊表我之"英英髦彦,亦必有轶群绝伦"的区区之见也。

　　宣言是我三月前到会里恭恭敬敬索得来的。会里每晚,几乎是每晚有名人,遗老讲经的;听者多属剪发髦生——这生字是两性通用的——我也领教过一次了,情形另文再表,有空时再来。前几晚偶然又跑过老靶子路的会址门前,只见灯光辉映,经声出自老而亮的喉咙,不觉举头一望,又发见了一纸文会的征求,深恐各界青年,交肩失之,用特寄呈,乞广为招徕,国粹幸甚。倘蒙加以按语,序跋兼之,生生世世祖宗与有荣焉。

不知你住在什么地方,近来是否住在上海,故请别人转交。祝福你。

招勉之[4]

一九二七,十二,十五,于SJ医院。

乙　筹设孔教青年会宣言

人心败坏,道德沦亡;世运浩劫,皆由此生。今我国青年处此万恶之漩涡,声色货利濡染于中,邪说暴行诱迫于外。天地晦塞,人欲横流,其不沦胥以溺者,殆无几矣!惟是,今人于水旱灾祲,则思集会以赈济,兵燹贼劫,则思练团以保卫。独于青年道德之堕落,其弊有甚丁洪水猛兽者,则不知设会以补救。无亦徒知抵御有形之祸,而不知消弭无形之祸乎?同人深鉴于此,爰有孔教青年会之设,首办宣讲,音乐,游艺,体育各科,借符孔门六艺之旨。一俟办有成效,再设学校图书馆等,使我国青年皆得了解孔子之道,及得高尚学术之陶熔。庶知社会恶习之不可近;邪说暴行之所当辟;而世运浩劫,或可消弭于无形。今日之会社亦多矣,然大都皆偏于娱乐,而注重于青年之道德者甚微,惟孔子之道,如日月经天,江河行地,为吾人斯须不可离。斯会之成,必有能纳青年于正轨,而为人心世道之助者,且孔子尝言,后生可畏;又曰:以文会友,以友辅仁。我青年会之设即体孔子之意。邦人君子,傥亦乐闻于斯?!

丙　上海孔教青年会文会缘起

今试问揉罗曳縠,粉白黛绿,有以异于乱头粗服乎?今试问击鱻烹肥,纸迷金醉,有以异于含粗羹藜乎?此不待质诸离娄易牙而皆知者也。虽然,世有刻划无盐,唐突西施者;亦有久餍刍豢,偶思螺蛤者;此岂真以美色能令目盲,盛馔能令肠腐哉?毋亦畏妆饰烹调之繁缛而已。我国之文,固西施而刍豢也;通才硕学,研精覃思,穷老尽气,仅乃十得其七八;下焉者,或至熟视而无睹;后生小儒,途径未习,但见沉沉然千门万户,以为不可阶而升也,则必反顾却走而去之。故吾谓军人畏临阵;妇女畏产育;和尚畏涅槃;秀才畏考试;皆至可怪诧之事,而实情理之所应有者也。沪上为南北辐辏,衿缨亿万,学校如林,而海内耆宿之流,寓于此者,类皆蓄德能文,不惮出其胸中所蕴蓄以诱掖后进;后进亦翕然宗之。若夫家庭之内,有贤父兄,复能广延良师益友,以为子弟他山之助,韦长孺颜之推诸贤,犹未能或之先也。夫天下事果自因生,应由响召,观于此间近时之风尚,可知中原文化,实具千钧一发之力,而英英髦彦,亦必有轶群绝伦,应时而起者。惟无以聚会之,则声气不通;无以征验之,则名誉不显;无以奖劝而提倡之,则进取不速,而观感不神。《易》曰:"君子以朋友讲习",《论语》曰:"君子以文会友"。窃本斯旨,号召于众,俾知拭目而观西施,张口而思刍豢者,大有人在。同人不敏,即执巾栉,奉脂泽,为美人催妆,飞鞚

络绎,为御厨送八珍,其又奚辞?(章程从略)

丁 "乐闻于斯"的回信

　　勉之先生足下。N日不见,如隔M秋。——确数未详,洋文斯用。然鲜卑语尚不弃于颜公[5],罗马字岂遽违乎孔教?"英英髦彦",幸毋嗤焉。慨自水兽洪猛,黄神啸吟,礼乐偕辫发以同隳,情性与缠足而俱放;ABCD,盛读于黉中,之乎者也,渐消于笔下。以致"人心败坏,道德沦亡"。诚当棘地之秋,宁昝"杞天之虑"[6]?所幸存寓公于租界,传圣道于洋场,无待乘桴,居然为铎[7]。从此老喉嘹喨,吟关关之雎鸠[8],吉士骈填[9],若浩浩乎河水。邪说立辟,浩劫潜销。三祖六宗,千秋万岁。独惜"艺"有"宣讲",稍异孔门,会曰"青年",略剽耶教,用夷变夏,尼父曾以失眠,援墨入儒,某公为之翻脸。然而那无须说,天何言哉[10],这也当然,圣之时也[11]。何况"后生可畏"[12],将见眼里西施,"以友辅仁"[13],先出胸中刍豢[14]。于是虽为和尚,亦甘心于涅槃[15],一做秀才,即驰神于考试,夫岂尚有见千门万户而反顾却走去之者哉,必拭目咽唾而直入矣。文运大昌,于兹可卜,拜观来柬,顿慰下怀。聊复数言,略申鄙抱。若夫"序跋兼之",则吾岂敢也夫。专此布复,敬请"髦"安,不宣。

鲁迅谨白。
丁卯夏历十一月二十六日。

＊　　　＊　　　＊

〔1〕 本篇最初发表于1927年12月31日上海《语丝》周刊第四卷第三期。

〔2〕 黎锦明(1905—1999)　字君亮,湖南湘潭人,小说家。曾与招勉之在广东海丰中学同事,当时常给《语丝》投稿。

〔3〕 礼部总长　《语丝》第一卷第三期(1924年12月1日)刊载江绍原致周作人(岂明)的通信《礼的问题》,讨论旧礼教问题,信中戏称周作人为"礼部总长"。

〔4〕 招勉之　广东台山人,《语丝》、《莽原》的投稿者,当时在中山大学附属中学师范科任教。

〔5〕 颜公　即颜之推(531—591),字介,琅邪临沂(今属山东)人,北齐文学家。初仕梁为散骑侍郎,入北齐官至黄门侍郎。后曾在周、隋任职。著有《之推集》、《颜氏家训》等。他在《颜氏家训·教子》中说:"齐朝有一士大夫,尝谓吾曰:'我有一儿,年已十七,颇晓书疏,教其鲜卑语及弹琵琶,稍欲通解,以此伏事公卿,无不宠爱,亦要事也。'吾时俛而不答。异哉此人之教子也! 若由此业,自致卿相,亦不愿汝曹为之。"按颜之推本人并非主张学鲜卑语,后来鲁迅在《准风月谈·〈扑空〉正误》中对此作了说明。

〔6〕 "杞天之虑"　杨荫榆掉弄成语"杞人忧天"而成的语句,见杨荫榆于1925年5月14日散发的传单:《国立北京女子师范大学校长杨荫榆对于本校暴烈学生之感言》;后揭载于同年5月20日《晨报》,题为《教育之前途棘矣——杨荫榆之宣言》。原典出于《列子·天瑞》:"杞国有人,忧天地崩坠,身亡所寄,废寝食者。"

〔7〕 乘桴　《论语·公冶长》:"子曰:'道不行,乘桴浮于海,从

我者,其由与?'"为铎,《论语·八佾》:"天下之无道也久矣,天将以夫子为木铎。"木铎,一种木舌的铜铃,古代用以召集人民,宣布政事。

〔8〕 关关之雎鸠 《诗经·周南·关雎》:"关关雎鸠,在河之洲;窈窕淑女,君子好逑。"

〔9〕 吉士骈填 《诗经·召南·野有死麕》:"有女怀春,吉士诱之。"又《晋书·夏统传》:"士女骈填,车服烛路。"骈填,形容人数众多。

〔10〕 天何言哉 《论语·阳货》:"子曰:'天何言哉!四时行焉,百物生焉,天何言哉!'"

〔11〕 圣之时也 《孟子·万章(下)》:"孔子,圣之时者也。"时,合乎时宜。

〔12〕 "后生可畏" 语见《论语·子罕》:"子曰:'后生可畏,焉知来者之不如今也。'"

〔13〕 "以友辅仁" 语见《论语·颜渊》:"曾子曰:'君子以文会友,以友辅仁。'"

〔14〕 刍豢 吃草的牛羊和食谷的犬豕,泛指美味。《孟子·告子(上)》:"故理义之悦我心,犹刍豢之悦我口。"

〔15〕 涅槃 佛家语,梵文 Nirvāna 的音译,意为寂灭、解脱等,后来也把僧人的死称为涅槃。

《丙和甲》按语[1]

编者谨案:这是去年的稿子,不知怎地昨天寄到了。作者现在才寄出欤,抑在路上邮了一年欤?不得而知。据愚见,学者[2]是不会错的,盖"烈士[3]死时,应是十一岁"无疑。谓予不信,则今年"正法"的乱党,不有十二三岁者乎?但确否亦不得而知,一切仍当于"甲寅暮春",伫聆研究院教授之明教也。中华民国十六年即丁卯暮冬,中拉[4]附识。

【备考】:

丙 和 甲　　　　　季 廉

学生会刊行的韦烈士三一八死难之一的《韦杰三纪念集》到了,我打开一看,见有梁任公拿"陆放翁送芮司业诗借题韦烈士纪念集"几行字。旁边还有"甲寅暮春启超"六个小字。我很奇怪,今年(民国十五年)不是丙寅年吗?还恐不是。翻阅日历,的确不是甲寅,而是丙寅。我自己推算,韦烈士死时,二十三岁(见《纪念集》陈云豹《韦烈士行述》)。甲寅在烈士死前十二年。现在若无公历一九二六年同民国十五年来证明烈士是死在丙寅年，我们一定要说烈士是死在章士钊创办《甲寅》杂志那一年了。这样一算，烈士死时，应是十一岁。我们还可以说章士钊创办《甲寅》杂志的那年，同时在段执政手下作教育总长，或司法总长。——这个考证，也只好请研究系首领，研究院教授来作吧。大人先生，学者博士们呵，天干地支是国粹之一，要保存不妨保存，可是有那闹笑话，不如不保存吧。文明的二十世纪，有公历一九二几或民国十几来纪年，用不着那些古董玩意了。民国十五年十一月。

*　　*　　*　　*

〔1〕　本篇最初发表于1927年12月31日《语丝》周刊第四卷第三期"随感录"栏，在季廉的文章之后。

〔2〕　指梁启超（1873—1929），字卓如，号任公，广东新会人，清末维新运动领导人之一。辛亥革命后，他是研究系的首领，当时任清华大学国学研究院教授。

〔3〕　指韦杰三（1903—1926），广西蒙山人，清华大学学生，"三一八"惨案死难烈士之一。

〔4〕　中拉　鲁迅自署名。语丝社同仁在同陈源（西滢）的论争中，曾讥称陈为中国的"左拉"，针对《现代评论》所登陈的"闲话"，《语丝》周刊特辟"闲话集成"、"闲话拾遗"、"随感录"等栏目，说："昔者吾国左拉先生始创闲话，风靡天下，敝人顺应潮流，急起直追，设闲话部，聘请名师，加工制造，以鱼目之混，为狗尾之续"（见1927年7月23日《语丝》第一四一期《随感录·小引》）。这些栏目主持人以"右拉"的笔名发表了多篇杂文和按语。"中拉"是从这二者称谓中演化而来。

一九二八年

《某报剪注》按语[1]

鲁迅案:我到上海后,所惊异的事情之一是新闻记事的章回小说化。无论怎样惨事,都要说得有趣——海式的有趣。只要是失势或遭殃的,便总要受奚落——赏玩的奚落。天南遯叟[2]式的迂腐的"之乎者也"之外,又加了吴趼人李伯元[3]式的冷眼旁观调,而又加了些新添的东西。这一段报章是从重庆寄来的,没有说明什么报,但我真吃惊于中国的精神之相同,虽然地域有吴蜀之别。至多,是一个他所谓"密司"[4]者做了妓女——中国古已有之的妓女罢了;或者他的朋友去嫖了一回,不甚得法罢了,而偏要说到漆某[5],说到主义,还要连漆某的名字都调侃,还要说什么"羞恶之心"[6],还要引《诗经》[7],还要发"感慨"。然而从漆某笑到"男女学生"的投稿负责者却是无可查考的"笑男女士",而传这消息的倒是"革新通信社"。其实是,这岂但奚落了"则其十之八九,确为共产分子无疑"的漆树芬而已呢,就是中国,也够受奚落了。丁卯季冬X日。

【备考】：

某 报 剪 注　　　瘦 莲

漆南薰的女弟子

　　大讲公妻
　　初在瞰江馆
　　　犹抱琵琶半遮面
　　现住小较场
　　　则是莺花啼又笑

　　革新通信社消息：顷有署名笑男女士者投来一稿，标题云，"漆树芬尚有弟子传芬芳"。原文云：前《新蜀报》主笔，向师政治部主任漆树芬者，字南薰，虽死于"三三一"案；但其人究竟是否共产党徒，迄今尚其说不一，不过前次南京政府通缉共产党，曾有漆名，且其前在《新蜀报》立言，亦颇含有"共味"，则其十分之八九，确为共产分子无疑。漆当今春时，原为某师政治训练处主任，男女学生，均并蓄兼收。有陈某者，亦所谓"密司"也，在该处肄业有日，于某师离渝时，遂请假未去，乃不知以何故，竟尔沦入平康，初尚与魏某旅长，讲所谓恋爱，于瞰江楼上，过其神女生涯。近日则公然在小较场小建香巢，高张艳帜，门前一树马樱花，沉醉着浪蝶狂蜂不少也。据余（该投稿人自称）男友某谈及，彼初在瞰江楼见面时，虽已非书生面目，但尚觉"犹抱琵琶半遮面"，不无羞恶之心，近在小较场再会，则莺花啼又笑，旧来面目全非，回顾其所谓"密司"时代,直一落千丈矣。噫,重庆社会之易人,有如此者,可不畏哉！或曰:"漆南薰之公妻主义,死有传人。"虽属谑而虐兮,亦令人不能不有此感慨也。

（注）"三三一案"（手民注意:是三三一案,不是三三一惨案,因为在重庆是不准如此称谓的）是大中华十六年三月卅一日,重庆各界在打枪坝开市民大会,反对英兵舰炮击南京,正在开会,有所谓暴徒数百人入场,马刀,铁尺,手枪……一阵乱打,打得落花流水,煞是好看。结果：男女学生,小学生,市民,一共打死二百余人云。

（又注）漆某生前大讲公妻（可惜我从不曾见着听着）,死后有弟子（而且是女的）传其道,则其人虽死,其道仍存,真是虽死犹生。然这位高足密司陈,我曾经问过该师的女训育,说并无其人,或者是改了姓。然而这新闻中的记者老爷,又不曾说个清楚,所以我只得又注一章云。

（再注）"共味"者,共产主义的色彩也。因漆某曾做有一篇"学生不宜入党"的文章云。

（不注）这信如能投到,那末,发表与否是你的特权云。

渝州瘦莲谨注。丁卯仲冬戊辰日。

* * *

〔1〕 本篇最初发表于1928年1月21日《语丝》周刊第四卷第六期,在《某报剪注》一文之后。

〔2〕 天南遯叟　王韬(1828—1897),号天南遯叟,长洲(今江苏吴县)人,清末作家。曾在香港主编《循环日报》。著有笔记小说《遁窟谰言》、《淞隐漫录》等。

〔3〕 吴趼人(1866—1910)　名沃尧,字趼人,广东南海人,小说家。著有长篇小说《二十年目睹之怪现状》等。李伯元(1867—1906),名宝嘉,字伯元,江苏武进人,小说家。著有长篇小说《官场现形记》等。

〔4〕 "密司"　英语 Miss 的音译,意为小姐。

〔5〕 漆某　指漆树芬(1892—1927),字南薰,四川江津人,经济学家。日本京都帝国大学毕业。1926年任川军向士俊师政治部主任,《新蜀报》主笔。1927年在重庆三三一惨案中被杀。著有《帝国主义经济侵略下之中国》等。《新蜀报》,1921年创刊于重庆,1950年停刊。第一次国内革命战争时期,该报在中国共产党人的支持下积极宣传反帝反封建,起过一定的进步作用。

〔6〕 "羞恶之心"　语见《孟子·公孙丑(上)》:"无羞恶之心,非人也。"

〔7〕 《诗经》　我国最早的一部诗歌总集,约成书于西周到春秋时代,共三○五篇。本篇"备考"中"虽属谑而虐兮"一语,出自《诗经·卫风·淇奥》:"善戏谑兮,不为虐兮。"

241

《"行路难"》按语[1]

　　鲁迅案:从去年以来,相类的事情我听得还很多;一位广东朋友还对我说道:"你的《略谈香港》之类真应该发表发表;但这英国人是丝毫无损的。"我深信他的话的真实。今年到上海,在一所大桥上也被搜过一次了,但不及香港似的严厉。听说内地有几处比租界还要严,在旅馆里,巡警也会半夜进来的,倘若写东西,便都要研究。我的一个同乡[2]在旅馆里写一张节略,想保他在被通缉的哥哥,节略还未写完,自己倒被捉去了。至于报纸,何尝不检查,删去的处所有几处还不准留空白,因为一留空白便可以看出他们的压制来。香港还留空白,我不能不说英国人有时还不及同胞的细密。所以要别人承认是人,总须在自己本国里先争得人格。否则此后是洋人和军阀联合的吸吮,各处将都和香港一样,或更甚的。

　　旧历除夕,于上海远近爆竹声中书。

【备考】:

"行　路　难"

鲁迅先生:

　　几次想给你写信,但总是为了许多困难,把它搁下。

《"行路难"》按语

今天因为在平坦的道路上碰了几回钉子,几乎头破血流,这个使我再不能容忍了。回到寓所来,上着电灯,拾着笔,喘着气,无论如何,决计非写成寄出不可了。

你是知道的了:我们南国一个风光佳丽,商业繁盛的小岛,就是现在多蒙英洋大人代为管理维持的香港,你从广州回上海经过此地时,我们几个可怜的同胞,也还会向洋大人奏准了些恩赐给你。你过意不去,在《语丝》上致谢不尽。自然我也同样,要借《语丝》一点空篇幅,来致谢我们在香港的一些可怜的同胞!

我从汕头来到香港仅有两个满月,在这短短的时期内,心头竟感着如失恋一般的酸痛。因为有一天,偶然从街道上买回一份《新中国报》,阅到副刊时,文中竟横排着许多大字道:"被检去。"我起初还莫明其妙,以后略为翻阅:才知道文中所论,是有点关碍于社会经济问题,和女子贞操问题的。我也实在大胆,竟做了一篇《中国近代文艺与恋爱问题》寄到《大光报》的副刊《大觉》去。没有两天,该报的记者答复我一信,说我那篇文被检查员检去四页,无法揭载;并谓:"几经交涉,总不发还。"我气得话都说不出来,这真是蹂躏我心血的魔头了。我因向朋友询问,得知这个检查工作都是我们同胞(即高等华人)担任。并且有这样的事情:就是检查时,报社能给这检查员几块谢金,或每月说定酬金,那便对于检查上很有斟酌的余地。这不能不算是高等华人我们的同胞的好处啊!

243

真的,也许我今年碰着和你一样的华盖运。倘不然,便不会这样了:和两个友人从弯仔的地方跑来香港的马路上,即是皇后码头的近处,意外地给三四个我们的同胞纠缠住了。他们向我们详细询问了几回,又用手从我们肩膀摸到大腿,又沿着裤带拉了一下,几乎使我的裤脱了下来。我们不得已,只好向他们诚恳地说道:"请不要这样搜寻,我们都是读书人咯!"

"吓!那正怕,共产党多是读书人呢。"于是他们把我手中拾着的几卷文稿,疑心地拿过去看了一看,问我道:"这是宣言么?"

"有什么宣言,这是我友人的文稿。"我这样回答。然而他们终于不信,用手一撕,稿纸便破了几页,字迹也跟着碎裂。我一时气得捏着拳,很想捶他们的鼻尖,可是转眼望着他们屁股上的恶狠狠的洋炮,却只教我呆着做个无抵抗主义的麻木东西了。事情牵延到二三十分钟,方始默准了我们开步走。

这样的事情,一连碰了几次,到这最末一次,他们竟然要拉我上大馆(即警厅一样)去审问了。他们说我袋里带着一枝小刀子(这是我时常剖书剖纸用的),并且有一本日记簿,中间写着几个友人的姓名及通信地址,怕我是秘密党会的领袖,结果只得跟着他们跑了。五六里路程来到大馆,只有一个着西装的我们的高等同胞,站在我面前对问了一回,这才把我放出去。我这时哭也不成,笑也不成,回到寓里,躺上床去,对着帐顶凝神,刺骨的,痛苦一阵,便忍着心,给你写下这封信,并愿将这信展布,以告国人。

李白只叹:"蜀道之难,难于上青天。"然而现在这样平平坦坦的香港的大马道,也是如此地难行,亦可谓奇矣!我今后而不离香港,便决定不行那难行的大路了,你觉得好么?

陈仙泉。一月十二日香港。

* * *

〔1〕 本篇最初发表于1928年1月28日《语丝》周刊第四卷第七期"通信"栏,在"行路难"一文之后。

〔2〕 指董先振,浙江绍兴人,董秋芳之弟。1927年,董秋芳因受国民党浙江省政府通缉而出走,董先振在杭州一家旅馆里被误认为董秋芳而遭逮捕。

《禁止标点符号》按语[1]

编者按:这虽只一点记事,但于我是觉得有意义的:中国此后,将以英语来禁用白话及标点符号,但这便是"保存国粹"。在有一部分同胞的心中,虽疾白话如仇,而"国粹"和"英文"的界限却已经没有了。除夕,楮冠附记。

【备考】:

禁 止 标 点 符 号

昨天为教育部甄别考试。当主考委员出了题后,某科长即刻到场训诲,他说:"你们不应用标点符号,因为标点符号是写白话文时用的。然而中国文的 phrase and clause[2](他说英文时特别呈出严厉的面孔)是很复杂,若使没有句读,那么读的人未免有'望文生义'的困难;不过你当加句读,勿用 colon, semicolon, question mark, and so on and so forth[3] 就是了。"

某科长之意以为中国文当用标点符号,可惜它已被写白话文的学匪先用了,为避免亵渎起见,所以还用四千年祖传的句读吧!

十六,十二,廿四,(考完后第二天)钱泽民写于北京。

* * *

〔1〕 本篇最初发表于1928年1月28日《语丝》周刊第四卷第七期"随感录"栏,在《禁止标点符号》一文之后。

〔2〕 phrase and clause　英语:短语和子句。

〔3〕 英语:冒号,分号,问号,等等。

季廉来信按语[1]

我们叨在上海,什么"考试情节","法立然后知恩"[2]之类,在报上倒不大见的。不过偶然有些传说,如"嫌疑情节","大学招考,凡做白话文者皆不取"等等。然而真假却不得而知,所以连我四周是"漆黑"还是"雪白",也无从奉告了。近来声说这里有"革命文学家"因为"语丝派"中人,在北京醉生梦死,不出来"革命",恨不用大炮打掉北京。[3]那么,这里大约是好得很罢？要不然,他们为什么这样威武呢？

旅沪一记者。新春。

【备考】：

通　信

我生二十五岁了。从民国元年改用西历起,到现在已经过了十七个新年了,——不,三十四个新年了。因为过了阳历新年,还照例要过旧历新年的,若按过一个新年算添一岁的话,我现在应是三十九岁了。那么"人生七十古来稀",在民国却并不"稀"了。今日又是阴历除夕,天涯沦落,颇有点身世之感。为的要排遣我的怅惘,顺手将案头的旧报拿来解闷,可是却发见了不少的好材料。今谨分类抄粘,深盼记者先生将它公诸国人,"以期仰副大元帅昌明礼教之至意",且表彰刘教长整顿学风之苦心云尔。

（一） 关于礼制的

▲礼制馆成立　潘复等有演说　　京讯:礼制馆于昨日下午二时行成立礼,阁议散后,潘及各阁员,均往参加。首由总裁潘复,副总裁沈瑞麟致词,教长刘哲,亦有演说,次总纂江瀚答词。至三时许始散。兹分录潘沈江等演词如下:

(一)总裁致词:中国以礼教立国,经世宰物,修己治人之道,莫重于礼。大而天地民物,小而视听言动,一以礼为依归,自礼教寖废,而后法治始兴。然法者所以佐治之具,而非制治之本原也。民国肇建十有余载,礼制废置不讲,诚为一大阙憾。历年变乱不息,未始不由于此。举其著者:如婚丧祭葬之仪,公私冠服之制,曾未明白规定,人民多无率从,何以肃观瞻而定民志？况于古圣经邦体国之精义乎！今大元帅有鉴于此,兢兢以礼制为亟,开馆延宾,罗致一时名宿,共议礼乐制度,造端宏大,规画深远。诸君子皆鸿儒硕彦,于古今礼俗之宜,研求有素,必能本所夙蓄,详加稽考,发抒伟议,导扬国光。鄙人躬与盛会,曷胜欣幸之至！

(二)副总裁致词:顷闻潘总裁所论,极为正大,鄙人不胜钦佩。缘古圣王制礼,所以范围民物,故曰礼者,正人心

249

定风俗明上下者也。后世礼教不明，而大乱因之以起，今日议礼订乐，浅见者，几以为笑谈，不知根本之图，乌可弃而不讲？果使人人有正本清源之志，则离经畔道之说，何至而生？又何虑赤党之滋蔓乎？惟礼与时为变通，当斟酌时俗所宜，定为通行之制，使耳目不至惊骇，而精意已寓乎其间。曾文正所谓用今日冠服之常，而悉符古昔仁义等杀之精是也。鄙人学识固陋，幸得与诸君子聚首一堂，敢贡其一得之愚，尚希大雅赐以教督为幸。

（三）总纂答词：顷闻总裁副总裁教育刘总长同抒高论，钦佩无极。共和建国以来，议订礼制，已有四次：第一次为民国三年政事堂所设立，亦名礼制馆，于五年停办；第二次于六年夏间，由内务部礼俗司继续编订；第三次为九年秋间，国务院内务部会同设立之修订礼制处，于十年冬因费绌裁撤；第四次为十四年，内务部呈准设立之礼制编纂会，至本馆奉令设立后，亦告结束。计前后纂订之案，不下十余种，有业经公布者，有未及公布者，亦有属稿将竣而以政变，未及呈送者。譬诸大辂，椎轮已具，依次孟晋，易观厥成。记曰，人有礼则安，无礼则危。今大元帅思深虑远，殷殷以议礼定乐为陶淑人心，挽回气运之急务。遐迩闻之，孰不兴感？在事同人，拟先将前纂各稿共同研究，如有疏漏，加以增改，集群策群力，务于半载之内，竟此全功，以期仰副大元帅昌明礼教之至意。所有未尽事宜，尚望总裁副总裁与诸君子随时指导为幸。（见十六年十一月十八日《大公报》。）

▲北京孔教会昨日祀天　礼毕,陈焕章张廷健张廷桂等大讲经书。(见十二月二十四日《大公报》。)

（二）　关于考试的,其题目见逐日报端。依次列举如下：

▲教育部昨日考试民国大学,国文试题为"法立然后知恩说"。

▲教部昨考平民大学,国文题为"与国人交止于信说"。

▲教部昨考中国大学,国文题为"孟子以邪说横行,与洪水猛兽并列,试申言其害之所在说"。

▲教部昨甄别通才商专学校,题为"通商惠工"。

▲教部昨甄试中央大学,题为"礼义廉耻国之四维论"。

经过这样的考试后,圣道就发达了,斯文就不丧了,邪说也就辟了,人心也就古了,尧舜禹汤之世,也就行见于今日了。……在"辇毂之下"的小民,沐德真是无涯了。

（三）　学生与考试

▲朝阳大学前被捕去男生孙浩潭李菊天等,业已释出四人,惟女生李芙蓉乐毅因审查情节较重,一时不易释放云。(十六年十一月三十日《大公报》。)

▲朝阳大学前次被军警捕去男女学生李菊天乐毅李芙蓉等十余人,因考试情节不关重要,均已先后释出。(十二月二十日《大公报》。)

事实很明白的告诉我们,李菊天乐毅李芙蓉一干人被军警捕去,监禁了二十天。罪名是"因考试情节"。整顿学风,原来如此整顿法。我生也晚,实在少见少闻。记者先生,听说什么地方有保障人权宣言,不知是否也只是讲着玩的?

天涯岁暮,触景生悲,感着我生二十五岁已过了三十九个新年了,感着生命的微弱,感着我四周的漆黑一团。感着……

季廉。除夕。

* * * *

〔1〕 本篇最初发表于1928年3月19日《语丝》周刊第四卷第十二期"通信"栏,在季廉来信之后。

〔2〕 "法立然后知恩" 语出三国蜀诸葛亮《答法正书》:"法行则知恩"。

〔3〕 成仿吾在《创造月刊》第一卷第九期(1928年2月)发表的《从文学革命到革命文学》一文中谈到"语丝派"时说:"他们的标语是'趣味';我从前说过他们所矜持的是'闲暇,闲暇,第三个闲暇';他们是代表着有闲的资产阶级,或者睡在鼓里面的小资产阶级。"又说:"如果北京的乌烟瘴气不用十万两无烟火药炸开的时候,他们也许永远这样过活的罢。""语丝派",当时一般人对《语丝》的编者和经常撰稿人的称呼,参看《三闲集·我和〈语丝〉的始终》。

《示众》编者注[1]

编者注:原作举例尚多,但还是因为纸张关系,删节了一点;还因为别种关系,说明也减少了一点。但即此也已经很可以看见标点本《桃花扇》[2]之可怕了。至于擅自删节之处,极希作者原谅。

三月十九日,编者。

【备考】:

示　众　　　育　熙

　　自从汪原放标点了《红楼梦》《水浒》,为书贾大开了一个方便之门,于是一些书店掌柜及伙计们大投其机,忙着从故纸堆里搬出各色各样的书,都给它改头换面,标点出来,卖之四方,乐得名利双收。而尤以昆山陶乐勤对这玩意儿特别热心。

　　平心而论,标点家如果都像汪原放那样对于书的选择及标点的仔细,自有相当的功劳;若仅以赚钱为目的而大拆其烂污,既对不住古人,又欺骗了读者,虽不说应处以若干等有期徒刑,至少也应以杖叩其胫,惩一儆百,以免效尤的。

现在且将陶乐勤标点的中国名曲第一种《桃花扇》举出来示众：——

陶乐勤标点的（以后省作陶的）上册第三十页：

  贞丽　"堂中女，好珠难比；

    学得新莺，恰恰啼春；

    锁重门人未知。"——（尾声）

姑不问其叶韵不叶韵，只问其通不通，若要念得下去，就应是——

  贞丽　"堂中女，好珠难比；

    学得新莺恰恰啼，

    春锁重门人未知。"——（尾声）

又如陶的上册五四页：

  方域　"金粉未消亡，

    闻得六朝香满。

    天涯烟草断人肠，

    怕催花信紧；

    风风雨雨，误了春光。"——（缑山月）

《桃花扇》里面，每折都是一韵或互通韵到底，此折——《访翠》是阳江韵，开头怎么又弄成先韵了呢？这又是陶乐勤错了，应改作——

  方域　"金粉未消亡，

    闻得六朝香。

    满天涯芳草断人肠！

怕催花信紧,

　　风风雨雨,误了春光。"——(缑山月)

又如陶的上册第四十九页:

　　(大笑着)不料这侯公子倒是知己!

这一折是《侦戏》,原来陈定生请方密之冒辟疆两位公子在鸡鸣埭上吃酒,借阮大铖的戏班演他的《燕子笺》,大铖因自己编的曲自己的行头自己的班,想听听他们几位公子的批评如何,所以着人去探。最初探听回来,几位公子对《燕子笺》都是好评,所以大铖很得意。但谁也不知还有位"侯公子"在座,为什么他就说"侯公子"是知己呢?原来又是陶乐勤错了,因为照原文应该是——

　　(大笑着)不料这班公子倒是知己!

这点陶乐勤不能推到手民误排,虽然"班"字同"侯"字样子差不多,但陶自己在侯字旁边加了个引号"—"了。

如以上所举的小错处,实在指不胜指;再举几处大错处来请大家看看:——

陶的上册三十七页:

　　"魏家干,又是崔家干,

　　一处处儿同吃。

　　东林里丢飞箭,

　　西厂里牵长线;

　　怎掩傍人眼宇,

　　难免同气崔田。

同气崔田热,

兄弟粪争尝痈。"

陶的上册第一百一十一至一百一十二页:

"你看中原豺虎乱如麻,

都窥伺龙楼凤阙帝王家。

有何人勤王报主,

肯把粮草缺乏?

一阵阵拍手喧哗,

一阵阵拍手喧哗,

百忙中教我如何答话?

好一似薨薨白昼闹旗拿;

那督帅无老将,

选士皆娇娃,

却教俺自撑达,

却教俺自撑达,

正腾腾杀气,

这军粮又蜂衙!"

上面抄的这两阕,我先要问问陶乐勤"自己读得顺口不顺口"?"怎么讲"?我还要请读者凭良心说看得懂不懂,读得下去读不下去。如果看不懂读不下的话,就请看下面:——

"魏家干,又是崔家干,

——一处处'儿'字难免。

同气崔田!

同气崔田,
热兄弟粪争尝痢同吭!
东林里丢飞箭,
西厂里牵长线,
怎掩旁人眼!"

又:

"你看中原豺虎乱如麻,
都窥伺龙楼凤阙帝王家。
有何人勤王报主,
肯把义旗拿?
那督帅无老将,
选士皆娇娃,
却教俺自撑达!
却教俺自撑达,
正腾腾杀气,
这军粮草又早缺乏。
一阵阵拍手喧哗,——一阵阵拍手喧哗,
百忙中教我如何答话?
好一似'蕿''蕿'白昼闹蜂衙!"

阅者试把这两阕同陶标点的两阕对照一下,就可看出他大错而特错,就可看出陶乐勤不问自己懂不懂就乱七八糟的胡闹了。

为爱惜纸张起见,不再抄了。我觉得近来批评翻译的人很多,而对于标点家大家都置之不理,一则未免辜负他们一片热心,二则因其不问不闻,他们也就愈加猖獗,上当的人太多,所以才来当这一次义务的校对兼书记。我希望大家不要再上他们的当!

附记:我所根据的是"上海梁溪图书馆"于"中华民国十三年四月十五日再版"的"全书二册定价一元二角""昆山陶乐勤"先生标点的《中国名曲第一种——桃花扇》,并且卷首有陶乐勤自己的《新序》,一再说过"旧本印品,差字脱句甚多,均经改正加入","其有错误者,亦经添改"了的。

这并不是替他做广告,不过说明白"以明责任而清手续"耳。

一九二八,三,三,于北京。

*　　*　　*

〔1〕 本篇最初发表于 1928 年 4 月 16 日《语丝》周刊第四卷第十六期,在《示众》一文之后。

〔2〕 《桃花扇》 传奇剧本,清初孔尚任作,四卷,四十二出。写明末名士侯方域和名妓李香君的爱情故事。

通　　信（复张孟闻）[1]

孟闻先生：

读了来稿之后，我有些地方是不同意的。其一，便是我觉得自己也是颇喜欢输入洋文艺者之一。其次，是以为我们所认为在崇拜偶像者，其中的有一部分其实并不然，他本人原不信偶像，不过将这来做傀儡罢了。和尚喝酒养婆娘，他最不信天堂地狱。巫师对人见神见鬼，但神鬼是怎样的东西，他自己的心里是明白的。

但我极愿意将文稿和信刊出，一则，自然是替《山雨》[2]留一个纪念，二则，也给近年的内地的情形留一个纪念，而给人家看看印刷所老板的哲学和那环境，也是很有"趣味"的。

我们这"不革命"的《语丝》[3]，在北京是站脚不住了，但在上海，我想，大约总还可以印几本，将来稿登载出来罢。但也得等到印出来了，才可以算数。我们同在中国，这里的印刷所老板也是中国人，先生，你是知道的。

　　　　　　　　　　　　鲁迅。四月十二日。

【备考】:

偶像与奴才(白露之什第六) 　　西　屏

七八岁时,那时我的祖母还在世上,我曾经扮了一会犯人,穿红布衣,上了手铐,跟着神像走。神像是抬着走的,我是两脚走的,经过了许多街市,到了一个庙里停止,于是我脱下了那些东西而是一个无罪之人了。据祖母说,这样走了一遍,可以去灾离难,却病延年。可是在后我颇能生病,——但还能活到现在,也许是这扮犯人之功了。那时我听了大人们的妙论,看见了泥菩萨,就有些敬惧,莫名其妙的骇怪的敬惧。后来在学校里听了些"新理"回来,这妙论渐渐站脚不住。十岁时跟了父亲到各"码头"走走,怪论越听越多,于是泥菩萨的尊严,在我脑府里丢了下来。此后看见了红脸黑头的泥像,就不会谨兢的崇奉,而伯母们就叫我是个书呆子。因为听了洋学堂里先生的靠不住说话,实在有些呆气。

这呆气似乎是个妖精,缠上了就摆脱不下,一直到现在,我还是不相信泥菩萨,虽然我还记得"灾离难,难离身,一切灾难化灰尘,救苦救难观世音"等的经语。据说,这并不希奇,现在不信神道的人极多。随意说说,大家想无疑义,——但仔细考究起来,觉得不崇奉偶像的人并不多。穿西装染洋气的人,也俨然是"抬头三尺有神明",虔虔诚诚的相信救主耶稣坐卧静动守着他们,更无论于着马褂长袍先生们之信奉同善社教主了。

达尔文提倡的进化论在中国也一样的通得过去。自

通　　信（复张孟闻）

从民国以来，"世道日下，人心不古"，偶像进化到不必定是泥菩萨了。不仅忧时志士，对此太息；就是在我，也觉得邪说中人之毒，颇有淋漓尽致之叹。我并不是"古道之士"叹惜国粹沦亡，洋教兴旺；我是忧愁偶像太多，崇拜的人随之太多。而清清醒醒的人，愈见其少耳。在这里且先来将偶像分类。

据英国洋鬼子裴根（F. Bacon 一五六一——一六二六）说，偶像可分为四类：——

　　一　种族之偶像 Idoles of the Tribe
　　二　岩穴之偶像 Idoles of the Cave
　　三　市场之偶像 Idoles of the Market Place
　　四　舞台之偶像 Idoles of the Theater

凡洋鬼子讲的话，大概都有定义和详细的讨论。然而桐城派的文章，主简朴峭劲，所以我只取第三类偶像来谈谈，略去其他三类。所谓"市场之偶像"者，据许多洋书上所说，是这样的：——

　　　　逐波随流之盲从者，众咻亦咻，众俞亦俞，凡于事初无辨析，惟道听途说，取为珍宝，奉名人之言以为万世经诰，放诸天下而皆准，不为审择者，皆信奉市场偶像之徒也。

对于空洞的学说信仰，若德谟克拉西，道尔顿制，……等，此等信徒，犹是市场偶像信徒之上上者；其下焉者，则惟崇拜某人，于是泥塑的偶像，一变而为肉装骨撑的俗夫凡胎矣。"恶之欲其死，爱之欲其生"，凡是胸

261

中对于某人也者,一有成见,便难清白认识。大概看过《列子》的人,总能记得邻人之子窃斧一段文字,就可想到这一层。内省心理学者作试验心理内省报告的,必须经过好好一番训练,——所以要如此这般者,也无非想免去了内心的偶像,防省察有所失真耳。然而主观成见之能免去,实是极难,几乎是不可能的事。不过这是题外文章,且按下不讲;我所奇怪而禁不住要说说者,是自己自谓是"新"人,教人家莫有偶像观念,而自己却偏偏做了市场偶像之下等信徒也。

崇拜泥菩萨的被别人讥嗤为愚氓者,这自然不是希罕的事,因为泥菩萨并不高明,为什么要低首下心的去做这东西的信徒呢?然而,我想起心理分析学者和社会心理学者的求足(Compensation)说,愚夫愚妇之不得于现实世界上,能像聪明人们的攫得地位金钱,而仅能作白日梦(day dreaming)一般,于痴望中求神灵庇佑,自满幻愿也是很可哀怜,很可顾念的了。对于这班无知识的弱者,我们应该深与同情;而且,你如果是从事于社会光明运动者,便有"先觉觉后觉"觉醒他们的必要。——但是知识阶级,有的而且是从事社会光明运动者,假使也自己做起白日梦来,昏昏沉沉的卷着一个偶像,虔心膜拜顶礼,则岂不可叹,岂不可哀呢!

近来颇有人谈谈国民性,于是我就疑心,以为既然彼此同为中华民国国民,所具之国民性当是相同,那末此等偶像崇拜也许是根据于某一种特性罢,虽然此间的对象

(偶像)并不相同。这疑心一来就蹊跷,——因为对象之不同,仅是程度高下的分别,不是性质的殊异。倘使弗罗伊特性欲说(Freud's concept of libido)是真实的说话,化装游戏(Sublimation)这个道理,在此间何尝不可应用?做一会呆子罢,去找寻找寻这特性出来。我当然不敢说我这个研究的结果十分真确,但只要近乎真的,也就不妨供献出来讨论讨论。

F. H. Allport[4]的《社会心理学》第五章《人格论》,"自己表现"(Self expression)这一段里,将"人"分作两类,自尊与自卑(Ascendance and Submission)又外展与内讼(Extroversion and Introversion)。他说:

最内讼的人,是在幻想中求满足。……隐敝之欲望,乃于白日梦或夜梦中得偿补之。其结果遂将此伪象与真实生活相混杂连结。真实的现象,都用幻想来曲解,务期与其一己所望吻合,于是事物之真价,都建设在一个奇怪的标准上了。……白痴或癫狂的人,对于细事过分的张扬,即是此例。懦弱,残废,或幼年时与长大之儿童作伴。倘使不幻想满足的事情,就常常保留住自卑的习气。慑服,曲媚于其苛虐之父执,师长或长兄,而成为一卑以自牧之奴儿。不敢对别人表白自己的意见,……逢到别人,往往看得别人非凡伟大,崇高,而自己柔驯屈伏于下。

节译到这里,我想起我国列圣列贤的训诲,都是教人"卑以自牧"的道德话来。向来以谦恭为美德的中国人,连乡下"看牛郎"也知道"吃亏就是便宜"的格言,做做奴才也是正理!——倘使你不相信,可以看看《施公案》《彭公案》"之类之类"的民间通行故事,官员对着皇上也者,不是自称"奴才"吗?这真是国民性自己表现得最透彻的地方。那末于现在偶像崇拜之信徒,也自然不必苛求了,因为国民性生来是如此地奴气十足的。

这样说来,中国国民就可怜得很,差不多是生成的奴才了。新人们之偶像崇拜,固然是个很好的事证,而五卅惨案之非国耻,宁波学生为五卅案罢课是经子渊氏的罪案,以及那些不敢讲几句挺立的话,惧恐得罪于诸帝国主义之英日法美等国家之国家主义者,……诸此议论与事实,何尝不是奴才国民性之表现呢?

如其你是灼见这些的,你能不哀叹吗?但是现在国内连哀叹呻吟都遭禁止的呢!有声望的人来说正义话,就有"流言";年青一些的说正义话,那更是灭绝人伦,背圣弃道,是非孝公妻赤化的人物了。对于这些自甘于做奴才的人们,你可有办法吗?倘使《聊斋》故事真实,我真想将那些奴才们的脑子来掉换一下呢。此外又有许多想借用别国社会党人的势力来帮助中国脱离奴才地位的,何尝不是看人高大,自视卑下白日梦中求满足的奴才思想呢?自己不想起来,只求别人援手,这就是奴才的本质,而不幸这正是国内知识阶级流行的事实。

要之,自卑和内讧,是我国民的劣根性。此劣性一天不拔去,就一天不能脱离于奴才。

脱离奴才的最好榜样,是德国。在这里请引前德皇威廉二世的话来作结束。他说:——

"恢复德意志从来之地位,切不可求外界之援助,盖求之未必即行,行矣亦必自隐于奴隶地位。……

自立不倚赖人,此为国民所必具之意识。如国民全阶级中觉悟时,则向上之心,油然而发。……若德国人有全体国民意识时,则同胞互助之精神,祖国尊严之自觉……罔不同来,……自不难再发挥如战前(按此指欧洲大战)之国民气概。……"

来　　信

鲁迅先生:

从前,我们几个人,曾经发刊过一种半月刊,叫做《大风》,因为各人事情太忙,又苦于贫困,出了不多几期,随即停刊。现在,因为革命过了,许多朋友饭碗革掉了,然而却有机会可以做文章,而且有时还能聚在一起,所以又提起兴致来,重行发刊《大风》。在宁波,我和印刷局去商量,那位经理先生看见了这《大风》两个字就吓慌了。于是再商量过,请夏丏尊先生为我们题签,改称《山雨》。我们自己都是肚里雪亮,晓得这年头儿不容易讲话,一个不好便会被人诬陷,丢了头颅的。所以写文章的时候,是非凡小心在意,谨慎恐惧,惟恐请到监狱里去。——实在的,我们之中已有好几个尝过那味儿了,我自己也便是其一。我们不愿意冤枉尝试第二次，所以写文章和选稿子，是十二分道地的留意，经过好几个人的自己"戒严"，觉得是万无疵累，于是由我送到印刷局去，约定前星期六去看大样。在付印以前，已和上海的开明书店，现代书局，新学会社，以及杭州，汉口，……等处几个书店接洽好代售的事情，所以在礼拜六以前，我们都安心地等待刊物出现。这虽然是小玩意儿，但是自己经营东西，总满是希罕珍爱着的，因而望它产生出来的心情，也颇恳切。

上礼拜六的下午，我跑去校对，印书店的老板却将原稿奉还，我是赶着送终了，而《山雨》也者，便从此寿终正寝。整册稿子，毫无违碍字样，然而竟至于此者，年头儿大有关系。印书店老板奉还稿子时，除了诚恳地道歉求恕之外，并且还有声明，他说："先生，我们无有不要做生意的道理，实在是经不起风浪惊吓。这刊物，无论是怎样地文艺性的或什么性的，我们都不管，总之不敢再印了。去年，您晓得的，也是您的朋友，拿了东西给我们印，结果是身入囹圄，足足地坐了个把月，天天担心着绑去斫头。店里为我拿出了六七百元钱不算外，还得封闭了几天。乡下住着的老年双亲，凄惶地跑上城来，哭着求别人讲情。在军阀时候，乡绅们还有面子好买，那时候是开口就有土豪劣绅的嫌疑。先生，我也吓得够了，我不要再惊动自己年迈的父母，再不愿印刷那些刊物了。收受您的稿子，原是那时别人的糊涂，先生，我也

通　　信（复张孟闻）

不好说您文章里有甚么，只是求您原谅赐恩，别再赐顾这等生意了。"

看还给我的稿纸，已经有了黑色的手指印，也晓得他们已经上过版，赔了几许排字工钱了。听了这些话，难道还能忍心逼着他们硬印吗？于是《山雨》就此寿终了。

鲁迅先生，我们青年的能力，若低得只能说话时，已经微弱得可哀了；然而却有更可哀的，不敢将别人负责的东西排印。同时，我们也做了非常可哀的弱羊，于是我们就做了无声而待毙的羔羊。倘使有人要绑起我们去宰割时，也许并像鸡或猪一般的哀啼都不敢作一声的。啊，可惊怕的沉默！难道这便是各地方沉默的真相吗？

总之，我们就是这样送了《山雨》的终。并不一定是我们的怯懦，大半却是心中的颓废感情主宰了我们，教我们省一事也好。不过还留有几许落寞怅惘的酸感，所以写了这封信给你。倘使《语丝》有空隙可借，请将这信登载出来。我们顺便在这里揩油道谢，谢各个书局承允代售的好意。

《山雨》最"违碍"的文章，据印书店老板说是《偶像与奴才》那一篇。这是我做的，在三年以前，身在南京，革命军尚在广东，而国府委员经子渊先生尚在宁波第四中学做校长，——然而据说到而今尚是招忌的文字，然而已经革过命了！这信里一并奉上，倘可采登，即请公布，俾国人知文章大不易写。倘使看去太不像文章，也请寄还,因为自己想保存起来,留个《山雨》死后——夭折——的纪念!!

祝您努力!

张孟闻启。三月二十八夜。

＊　＊　＊　＊

〔1〕 本篇最初发表于1928年4月23日《语丝》周刊第四卷第十七期,在《偶像与奴才》和张孟闻来信之后。

张孟闻(1903—1993),笔名西屏,浙江鄞县人。当时是宁波浙江省立第四中学和驿亭私立春晖中学教师。

〔2〕 《山雨》 文学半月刊,1928年8月16日在上海创刊,同年12月16日停刊,共出九期。按该刊在宁波未曾出版。

〔3〕 《语丝》 文艺性周刊,最初由孙伏园等编辑,1924年11月创刊于北京。1927年10月被奉系军阀张作霖查禁,随后移至上海续刊。1930年3月10日出至第五卷第五十二期停刊。鲁迅是它的撰稿人和支持者之一,并于该刊在上海出版后一度担任编辑。"不革命",是创造社某些成员批评《语丝》及其撰稿人的用语,如麦克昂(郭沫若)在《文化批判》第三号(1928年3月)发表的《留声机器的回音》中说:"语丝派的不革命的文学家,……照他们在实践上的表示看来倒还没有甚么积极的反革命的行动。"

〔4〕 F. H. Allport 奥耳波特(1890—1948),美国社会心理学家。曾任北卡罗来纳等校教授。

《这回是第三次》按语[1]

鲁迅按：在五六年前，我对于中国人之发"打拳热"，确曾反对过，[2]那是因为恐怕大家忘却了枪炮，以为拳脚可以救国，而后来终于吃亏。现在的意见却有些两样了。用拳来打外国人，我想，大家是已经不想的了。所以倒不妨学学。一，因为动手不如开口之险。二，阶级战争经许多人反对，虽然将不至于实现，但同级战争大约还是不免的。即如"文艺的分野"[3]上罢，据我推想，倘使批判，谣诼，中伤都无效，如果你不懂得几手，则会派人来打你几拳都说不定的。所以为生存起见，也得会打拳，无论你所做的事是文化还是武化。

【备考】：

这回是第三次　　　　文　辉

国粹可分两种，一曰文的，一曰武的。现在文的暂且不说，单说武的。

据鲁迅先生说，"打拳"的提倡，已有过二次，一在清朝末年，一在民国开始，则这回应该算第三次了。名目前二次定为"新武术"，这次改称"国技"，前二次提倡的，一是"王公大臣",一是"教育家",这回却是"国府要人"。

近来"首善之区"闹得有声有色的,便首推这次"国技表演"〔4〕。要人说:"这是国粹,应当保留而发挥之",否则,"便前有愧于古人,后何以语来者,负疚滋甚"了。幸喜这"弥可宝贵"的打拳(国技)的遗绪,尚未断绝,"国技大家诸君,惠然肯来",从此风气一开,人人变为赳赳,于是军阀不足打倒,帝国主义者不足赶走,而世界大同也自然而然的出现了。"愿国人悉起学之",以完成革命!

我们小后生,不识国粹之可贵一至于此,虽然未饱眼福,也就不胜其赞叹与欣舞了。不过某将军主张"对打",我却期期以为不可,因为万一打塌了鼻子,或者扯破了裤子,便不妙了,甚或越打越起劲,终则认真起来,我们第三者就不免要吃亏了。那时军阀未倒,而百姓先已"家破人亡"了。但这全是过虑,因为三代礼让之风,早已深入诸君子的心。况且要人已经说过,"好勇斗狠,乱法犯禁"是要不得的,所以断不至发生后患,而我们尽可放心看热闹了。

* * *

〔1〕 本篇最初发表于1928年4月30日《语丝》周刊第四卷第十八期,在《这回是第三次》一文之后。

〔2〕 鲁迅批评"打拳热"的文章,有1918年11月发表的《随感录三十七》(后收入《热风》),1919年2月发表的《关于〈拳术与拳匪〉》(现收入本书)等。

〔3〕 "文艺的分野" 当时创造社成员文章中的常用语,指文艺领域。如成仿吾《打发他们去》(1928年2月《文化批判》第二号):"在文艺的分野,把一切麻醉我们的社会意识的迷药与赞扬我们的敌人的歌辞清查出来,给还它们的作家,打发他们一道去。"

〔4〕 "国技表演" 指1928年3月3日国民党政府在南京举办的"国技游艺大会"。出席者有"国府主席谭延闿委员李烈钧李宗仁张之江等"。下文的引语,均出自李烈钧在会上所致的"奖词"(见1928年3月5日《申报》)。

复晓真、康嗣群[1]

一 十条罪状

晓真先生：

因为我常见攻击人的传单上所列的罪状，往往是十条，所以这么说，既非法律，也不是我拟的。十条是什么，则因传单所攻击之人而不同，更无从说起了。

鲁迅。七月二十日。

二 反对相爱

嗣群先生：

对不起得很，现在发出来函就算更正。但印错的那一句，从爱看神秘诗文的神秘家看来，实在是很好的。

旅沪记者。七月廿一日。

【备考】：

信件摘要

鲁迅先生：

读《语丝》四卷十七期复Y君的信[2]里，有句说：

"……问罪在先,而搜集罪状(普通是十条)在后也。"之Parenthesis[3]里的"普通是十条",究竟"十条"是些甚么?——是先生拟的吗,或是所谓法律中者?就请在《语丝》的空白处解释给我听听。(下略)

晓真上。六月廿五日。

记者先生:

　　第四卷廿七期刊出的我诗内中有一个过于神秘的错,请更正一下。第四二页第二行"我们还是及时相爱",手民却排成"我们还是反对相爱"了,实在比×××的诗还要神秘!(下略)

康嗣群于上海。七,十二。

*　　*　　*

〔1〕　这两件复信最初发表于1928年7月30日《语丝》周刊第四卷第三十一期"信件摘要"栏,分别列于两封来信之后。

　　晓真,未详。康嗣群(1910—1969),陕西城固人。当时是复旦大学学生,青年作者。他在《语丝》第四卷第二十七期发表的诗的题目是《我们还是及时相爱吧》。

〔2〕　复Y君的信　参看《三闲集·通信》。

〔3〕　Parenthesis　英语:括号。

《剪报一斑》拾遗[1]

庐山荆棘丛中,竟有同志在剪广告,真是不胜雀跃矣。何也?因为我亦是爱看广告者也。但从敝眼光看来,盈同志所搜集发表的材料中,还有一种缺点,就是他尚未将所剪的报名注明是也。自然,在剪广告专家,当然知道紧要广告,大抵来登"申新二报"[2],但在初学,未能周知。

这篇一发表,我的剪存材料,可以废去不少,唯有一篇,不忍听其湮没,爰附录于后,作为拾遗云——

  寻人赏格

   于六月十二日下午八时半潜逃妓女一名陈梅英系崇明人氏现年十八岁中等身材头发剪落操上海口音身穿印花带黄麻纱衫下穿元色印度绸裙足穿姜色高跟皮鞋白丝袜逃出无踪倘有知风报信者赏洋五十元拿获人送到者谢洋一百元储洋以待决不食言住法租界黄河路益润里第一家一号

           本主人谨启

右见中华民国十七年八月一日《新闻报》第三张"紧要分类"中之"征求类"。妓院主人也可以悬赏拿人,至少,可以使我们知道所住的是怎样的国度,或不知道是怎样的国度者也。

八月二十日,识于上海华界留声机戏和打牌声中的玻璃窗下绍酒坛后[3]。

【备考】：

剪 报 一 斑　　　盈 昂

报纸的文章多：东方路透,时评要电,经济教育,国内海外,以及《自由谈》或《快活林》；——这些都使阅报的人,目不暇接,美不胜收。其初,我自然是不看报,后来晓得看报,喜欢看《自由谈》。好多人说,要多看些专电和新闻,多知道一点"国情"。不晓得是人底脾胃反常了还是怎样,看了一些时的"国情"便死也不肯再用心多看了。反而喜欢起来了要看广告。看广告还不说,并且要剪广告。剪下的广告,不时翻阅,越看越有味。"天下为公",不敢自私,谨将原报贴起来,借《语丝》底几页地位,翻印出来,大家兴赏兴赏。

为便利附说几句话,勉强分类了一下。

至于分类分得不伦不类,那是小子底学识不到,还得大雅指正指正呢。

这次文章大体乃系翻印,有偷窃版权嫌疑,但不知国民政府国法,把不把广告也一并作版权？若不是,则幸甚矣。

闲话休题,言归正传,下面是剪报。

一 律师生意

（甲）吴迈律师受任江西龙虎山张天师

常年法律顾问

顷准江西龙虎山张天师函开径启者恩溥素仰贵律师法学湛深经验宏富既崇道德复爱和平甚为鄙人所钦佩兹特函聘台端为常年顾问以后关于一切法律事件尚希随赐指示并予保障为荷嗣汉六十三代天师张恩溥印等因准此本律师除接受聘任以备谘询外倘有对于聘任人加以不法侵犯者当依法尽维护之责再天师现在上海各处有事晤商请向本事务所接洽可也此布

事务所英租界同孚路大中里四三六号

电话西六二五六号

（乙）刘世芳律师代表创造社及创造社

出版部重要启事

据敝委任人创造社及出版部声称本社纯系新文艺的集合本出版部亦纯系发行文艺书报的机关与任何政治团体从未发生任何关系其曾从事政治运动之旧社员如郭沫若等久与本社脱离关系此事早经一再声明（见旧年十一月十九号申报及同日民国日报）社会想已洞悉在此青天白日旗下文艺团体当无触法之虞此吾人从事文艺事业之同志所极端相信者乃日来谣诼繁兴竟至有某种刊物伪造空气淆乱听闻果长此以往诚恐以讹传讹多滋误会除去函更正特再登报郑重声明此后如有诬毁本社及本出版部者

决依法起诉以受法律之正当保障云云嘱为代表通告此后如有毁坏该社名誉者本律师当依法尽保障之责

事务所北京路一百号

律师底生意听说和医生一样，很赚钱。人病了，非找医生吃药不可，打官司来也非找律师不可。就是不打官司罢，为预防打官司起见，找个律师代表在报纸上登个启事，这事如今也已很盛行了。张天师，受命于天，传位也已六十三代了，平安地住在江西龙虎山上也已六十三代了。身为天师，哪个不怕天打雷烧的敢惹他。然而时代已非，世风日下，革命起来了，革命军打到了江西。一帮死命亡魂的革命党人竟胆敢来参天师底行了。据说曾有取消天师之议，如此不法侵犯，岂能容其长此以往呢？找个律师，常年顾问，依法维护，则平安矣。

纯系新文艺的集合团体与任何政治团体并未发生过关系的创造社也一再请律师代表启事者，怕律师底生意不好耳。你知我知，不必多讲罢。

二　承蒙各界纷纷赐顾和颇受社会人士之欢迎

（甲）寓沪富绅巨商公鉴

本行经售之保险钢甲御弹玻璃等早已名驰遐迩承蒙各界纷纷赐顾无任感荷兹本行为寓沪富绅巨商之安全起见特重金聘请欧战时著名工程司执有国家荣耀证书者来沪专装无畏保险汽车并代军界装置军用火车等如蒙　惠顾请驾临仁记路廿五号本行面洽可也　茂丰洋行启

（乙）无条件的赠送马振华哀史

　　本社自出版马振华哀史以来颇受社会人士之欢迎读者皆来函称许编制得体印刷精良内容丰富较诸他家所编者完备多多兹本社特为优待阅者起见又再版一万部为限无论中外埠如附邮票六分附下列赠券直寄本社总代售处上海时事新报馆即可得价值大洋两角之马振华哀史一部自登报日起该券有效期间以十五天为限过期作废

　　　　　　　　总发行所上海三友图书公司

```
赠   ⎰ 奉上邮票六分请即寄下马振华哀史一部
(新) ⎨ 姓名
券   ⎱ 住址
```

　　孟子曰性善，托尔斯泰讲和平，茂丰洋行为寓沪富绅巨商之安全起见，特重金聘请欧战时著名工程司来沪专装无畏保险汽车。洋人先生，坐在数万里外，心想中国上海富绅巨商多么危险，心不忍人受危险，替他们装起保险汽车，托尔斯泰矣。

　　记得阎瑞生谋死了王莲英，如今还留下李吉瑞老板底《阎瑞生》。今年上海发生了马振华投江一事，则大世界小世界都有《马振华》文明戏了，某影片公司也做起影戏来，这不消说也是颇受社会欢迎的。《马振华哀史》也应运而生了，并再版一万部作无条件的赠送，只要邮票六分耳。中国人喜看死人出丧，喜看杀头剜肉，哀史自然也喜看了。《马振华哀史》出版以来,颇受社会欢迎者宜也。

三　一句成语

欢送旧校长欢迎新校长游艺大会

沪江大学暨附中全体学生欢送前校长魏馥兰博士归国并庆祝华校长刘湛恩博士就职游艺大会定于今晚(二月廿五号)六时半在杨树浦本校举行如蒙各界人士　惠临参观不胜欢迎

沪江大学暨附中学生自治会启

送旧迎新,督军去,督办来,督办去,督理来,几曾为之,大家都记得的,何必多言。回子死了要脱毛,干净来,干净去;张作霖这次受炸之前出京,也是照来时途铺黄土的,他说,皇帝来,皇帝去。(皇帝脚应踏黄地,皇帝哲学之一也。)

沪江大学欢送旧洋校长顺便也欢迎华新校长,一箭双雕;惠临参观,也不胜欢迎也,更是一举而三得。

四　特别启事

南洋兄弟烟草公司特别启事

本公司出品十支装大联珠纸壳托由商务印书馆印刷者该馆于内层纸壳之上印有 C.P. 两字其中由中华书局印刷者印有 C.H. 两字此种字样皆系承印者标注其商业符号 C.P. 为 Commercial Press 之缩写即商务印书馆之名 C.H. 为 Chung Hwa 之缩写即中华书局之名别无其他意义乃外间有谓烟壳上印有此样者可以掉换赠品等传说

实属出于悬测且此项烟壳刻已用罄已嘱承印者不必再加符号以免误会特此登报声明

凡事可做,共党莫为。打倒共党,就是革命底成功。只要不是共党,一切都可来。新国家主义者也好,旧国家主义者也好,西山派主义者也好,无政府主义者也好。今日之中国,包罗万象,但 C. P. Being the Exception[4],莫说 C. P. 该死,C. P. 的本身就是一个炸弹,危险危险,商务印书馆也危险呢。南洋兄弟烟草公司也危险呢。烟盒纸壳内层里,印有 C. P. 两字是多么危险啊!登报声明以免误会,实不容再缓矣。再不快一点,刀架到头上来了。

五　一篇妙文

前序:这是一个尾巴,"语多兴趣",不必再加什么油盐了。但请外国人莫看,因为不收外国人也。然而我高兴,斯人爱国如斯,斯诚难能而可贵矣。

一篇求婚的妙文(真相)

扬州城里,忽来一自称朱姓,名□□者。谈笑自如,容貌不俗,语涉疯狂,形如名士,近忽于《扬州日报》封面,刊登"朱某求婚广告"一则,语多兴趣,阅者靡不解颐。爱录原文,寄《快活林》,以资读者一粲。

(原文)径启者。鄙人本有妻室。丁卯秋病殁。守鳏以来。颇以为苦。按查人体之构造。人各一片。惟合之乃成圆形。故男女夫妇合之则乐。而离之则苦。此自然之体势也。吾二十一岁。方始读书。二十六岁。曾捧卷于康门。十年之间。上承大学之正宗。俯窥百家之传记。竖穷三界。横贯地球。对于宗教学,性命学,道德学,政治学,法律学,兵机学,内而心性之微妙。外而乾坤之粗肥。其间昆虫草木。人物鸟兽。原始要终。穷无极有。愈晋愈精。愈精愈奇。几不知人我天地。然太上忘情。谁能遣此。寡人好色。心窃慕之。都凡香阁娇娃。学林才女。或及正之娼妓。失志之英雄。皆可人格。请按下列地址。惠以半身照片。并附意见书一通。从邮寄。待鄙人检阅后。自有相当之酬答。幸有缘姊妹。有以语我来。惟外国人不收。此启。

一九二八,八,四日。

写于庐山荆棘丛中的蔷薇路上。

※　　※　　※

〔1〕 本篇最初发表于1928年9月10日《语丝》周刊第四卷第三十七期,原列为《剪报一斑》的第六节"拾遗",未署名。

〔2〕 "申新二报" 指在上海出版的《申报》、《新闻报》。《申报》创刊于1872年4月,《新闻报》创刊于1893年2月。二报均于1949年5月停刊。

〔3〕 绍酒坛后 叶灵凤在《戈壁》第二期(1928年5月)发表的一幅漫画的说明词中,说鲁迅是"阴阳脸的老人,挂着已往的战绩,躲在酒缸的后面"。冯乃超在《文化批判》第四号(1928年4月)发表的《人道主义者怎样地防卫着自己?》中,也说鲁迅"缩入绍兴酒瓮中,'依旧讲趣味'"。

〔4〕 C. P. Being the Exception　英语,意思是:共产党例外。C. P.,Communist Party(共产党)的缩写。

《我也来谈谈复旦大学》文后附白[1]

为了一个学校,《语丝》原不想费许多篇幅的。但已经"谈"开了,就也不妨"谈"下去。这一篇既是近于对前一文[2]的辩正,而且看那口吻,可知作者[3]和复旦大学是很关切,有作为的。所以毫不删略,登在这里,以便读者并看。

八月二十八日,记者附白。

【备考】:

我也来谈谈复旦大学　　　　潘楚基

在没有谈到本文以前,我有两个声明:

第一:我也是一个已经脱离了复旦的学生。我做这篇东西,绝不参一点主观见解替复旦无谓吹牛。

第二:冯珧君的名字虽然遍找同学录都找不出;然而我决不因为作者没有署真名,因此轻视了他的言论。

冯珧君在本刊四卷三十二期,做了一篇《谈谈复旦大学》的文章。内中他列举复旦腐败的事实,总括起来,有:

(一)学校物质设备的不周到:如住室及阅书室的拥

挤,饭馆的污秽,参考图书的不充足。

（二）教授的没有本领:如胖得不好走路的某文学教授,乡音夹英语,北京话夹上海腔的某教授,上课考试马马虎虎的某教授。

（三）学校对学生的括削:如图书费的两重征收,新宿舍的多缴宿费,膳费的必缴银行,学分补考的包定及格。

（四）学生的不肯读书:如上课时每人手小说一本,杂志一本,小报一张,做成绩报告时的请人代替,考试时的要求减少页数,和作弊偷看书。

（五）学生的强横:如对好教授的"十大罪状","誓驱此贼"。

（六）学生的浪漫:如"左边先帝爷下南阳","右边妹妹我爱你","楼板上跳舞","大部人脸上满涂白玉霜","量制服停课三天"之类。

（七）学生的懦弱:如对小店的索帐,无抵抗如羔羊。

因为上面这几点,所以冯君(?)的结论就说"复旦大学已经一落千丈!"就说"量不到它这样容易衰老颓败!"

我以为冯君所讲的有些是事实。但是"纠之不善,不如是之甚也!"而且在整个中国教育并未上轨道的情形之下,若是我们对这几十年前有光荣产生的历史,与现在有法子可以救药的复旦,全然抹杀它的优良点。仅仅列举一二事实为图文笔的生辣可喜,放大起来,以定它全部的罪状,使得它受一个永远的猛烈的创伤,间接给萌芽的中国教育之一部以一个致命打击。我想：这不是冯君的原意。因此，我愿意把我所晓得的复旦大学，全凭着客观的事实来谈一谈：

讲到物质设备，复旦因为负债十余万，最近几年学校竭全力在休养生息，偿清旧债（现在每年可还三万），所以完美的设备，实在不能跟随着学生人数的发达而增加。可是这一点并不是不注意。今年暑假中的加辟阅书室，和添建将近可容二百人的新宿舍，就是事实。我希望今后同学不致于再住在乡村的小屋里，终日奔走风雨烈日尘沙中。讲到伙食，我一方面希望学校和学生会能够尽力整顿校内的厨房，一方面希望同学不要再在学校能力所不及的校外污秽饭馆里去吃价钱较昂贵的饭。

讲到饭桶教授，在几十个教授当中，有几个确实是如冯君所讲。我因为听了同学的批评，在去年放假时曾一再要求学校当局彻底破除情面，一面驱逐这些无能力或不负责的教授；一面加聘确有学问的学者。可是学校当局的答复是：教授订聘都是一年，在任期未终了而多数学生并未有明显表示时，不能解雇。至于加聘薪水特大的著名学者，则在最近的学校经济情形之下，实在难于实行。下期新聘的教授怎么样我不得知，可是在冯君那篇文章没有发表之前，冯君所举的那几个著名饭桶教授，业已决定辞退，则是事实。

讲到学校的剥削学生，学生在总图书费之外，因各科另设图书室，而别征图书费那是事实。但是我在文科记得只交图书费一元。我想牺牲一块钱能够看到若干书，这个牺牲是有价值的。因此，我所注意的，不在图书费的本身，而在图书费的处置得当。我去年极力主张同学组织图书委员会，就是这个意思（本来学校有一个师生合作的图书委员会）。讲到新宿舍宿费的多征三元，据闻是因为设备比其他宿舍特别好，学校想弥补经济上损失的原故。讲到膳费的必缴银行，这是因为学校与银行借款时合同上注明"全缴""透支"的原故，假若在三年内把银行债款还清，这个不平等条约当然可以取消。讲到学分补考的包定及格，则第一，补考并非给教授；第二，补考不一定可以及格，我有一个同学就是重读的一人；第三，学校每届假期，平均要开除几十个成绩不好的学生，足以证明学校并非唯利是视。至于同乡会是自由加入的机关，募捐处则并没有这个名义。

讲到学生的不肯读书，上课时每人都看小说或小报，那全不是事实。复旦因交通关系，小报销买极少，在课堂上则我在复旦时，从没有看见人挪起过，就是小说杂志也是极少，血滴子，红玫瑰的名字，我还没有听见过。冯君下一个"每人"都看小说杂志或小报的肯定语，不知何所据而云然，我要替复旦同学叫屈！讲到成绩报告请人代做，这是在各校都可能的事，但是我相信肯代做的人很少，因为大家忙于预备自己的考试，专门牺牲自己来做人家的工具，世界上不会有这样的阿木林。讲到考试时要求减少页数和作弊看书，我想这在那少数的饭桶教授面前是容易办到,而在多数的肯负责的教授面前是绝对不可行,这是我很久观察的事实,自问没有多大错误(我去年曾建议排定讲堂座位,不久或可实行);而且我还有一种观察:觉得复旦虽滥收了许多非以读书为目的的公子少爷,然而勤奋读书的同学,却一天一天的加多,拿过去一个阅书室尽够应用,现在七八个阅书室的尚形拥挤,及过去成绩超过 B 者不过数十人,现在成绩超过 B 者竟超过两百的事实一看,就可以作个证明。

讲到学生的强横,随便对教授,发十大罪状,誓驱此贼,据我的观察,实得其反。我以为复旦同学只有在课后对教授作消极的零碎的闲谈式的批评,绝没有把自己的态度积极地具体地有条理地向学校当局表示过。我记得去冬我根据舆论去要求当局撤退那几个饭桶教授时,因为没有旁的同学响应我,当局竟怀疑我对他们有私人恶感,结果,对我的话不信任,这里就足以证明同学负责任的对教授"发十大罪状,誓驱此贼",是不会有的事了!

讲到学生的浪漫,那些"先帝爷下南阳""妹妹我爱你"普遍着全上海的靡靡之音,在每晚七时自修以前的复旦,确是到处可闻的。可是"楼板上跳舞""大部人脸上满涂白玉霜"则不是事实。讲到假期太多,则我也确实认为春季假期太多。但是冯君所说"量制服停课三天"则不尽然,因为那是在五三后全上海各学校为着游行演讲等事而起的一致行动,而不是复旦单独为量制服而起的行动。

讲到放假时学生受小店逼迫,懦如羔羊,这件事我也看不过眼。不过我以为如果禁止赊账,则同学必感不便,如果禁止讨账,则小店又要骂我们强横,所以确实没有想到一个好的法子。

讲到复旦为什么还能存在,冯君以为由于已往出了几个商人,及做了很多广告和闪金的年鉴。我想这也不尽然,我也是一个看不惯大马路商人气的样子因而从商科转到文科的人。但是我又想在今日中国,无论甚么东西,都是需要人读的,上海为全国商业中心,商科自然有特殊的发展。但是说复旦之存在全靠几个商人,那却不是事实。至于讲到广告和年鉴,据我所知复旦发的广告并不异于其他各学校,特别有吸引能力;年鉴则已经停办了两年,更不足以眩耀人了。我以为复旦的不仅能存在,而且近年学生陡增,有下列几个原因:

(一)它是中国第一个反抗宗教教育的学校,它的产生,富有革命意味,因此,在时代潮流中这一点光荣历史,受了青年的崇拜。

(二)它有六科,六科的课程,总计超过了两百,这样多的课程,据我所知,在上海没有人与它一样。我是从 S 教会大学转学复旦的人,我尝说如果那个人要被动地受极少数课程——如英文,圣经,——的严格训练(intensive reading),则不如到 S 大学;如果他想要由自由意志选择很多种类的东西,作 extensive reading[4],那还是来复旦好,我想不甘读呆板板几本书,也是学生进复旦的原因。

（三）它既不如官立学校有政治上的派别,也不如教会学校,有特殊的使命;它又不是那一个私人办的,有造成学阀之可能。因此学生在复旦,思想言论行动,都有比较的自由。我以为只要在小学与中学受过严格的训练,大学自由一点,也无妨害,这里许多同学的心理,恐怕也如此。

（四）在已往发展的过程中,它不仅出了几个商人,而且各科都有举业的同学,在社会上能得相当的信任。

（五）在校学生的社会活动力（如参加政治活动的,与专门的运动家,我并不是赞成那种出风头的特殊阶级,但我以为这也是普遍现象,不仅复旦如此）,引起社会的注意。

（六）在过去与现在的复旦,虽然因为没有政府的津贴,教会的年金,资本家的捐款,感受着严重的经济压迫,以致进步很慢;但是这种压迫,一天一天的减轻,只要大家多努力一点,复旦的发扬光大,就在最近的将来,所以有许多青年仍旧愿意进去共同努力。

以上所讲,把冯君对复旦的批评更正了若干,但是我并不是一个满意复旦的人,我对整个复旦的批评是:

（一）在精神方面,学校当局对教育没有甚么主义,他们的目的只在传授学生以书本上的智识,而许多学生进去,也急急于猎取文凭,但是金钱与文凭的交换,实是今日中国整个教育的一个根本问题,而不是复旦的单独现象,所以我以为要纠正复旦美国化商业化的趋势,最要紧的还在确立全中国的教育方针。

(二)在物质方面,设备太不够用了。因想要还清债务,不得不多收学生(据我所知,今秋招收学生,比去年严格得多了),学生增加,而住室图书等不能比例地增加,在别校住惯了舒服房子和看惯了充量图书等的同学,当然极感痛苦。不过在负债过钜,元气大伤之后,学校只能一步一步改良而不能突飞猛进,却也有其苦衷。

总之,我拿着复旦廿几年的历史看一看,我觉得复旦仍旧是在进化,不过这种进化,是比较的缓慢,并未达到它应当进化的地位,假使学校当局与同学肯一心一德的大家负起责任,拚命地努力地干,我相信复旦的发展一定不止于此。至于冯君说"复旦已经一落千丈","量不到它这样容易衰老颓败",我根本就看不出过去甚么是复旦的黄金时代,甚么是复旦的青春时期,冯君在复旦的真正历史外,臆造出一个理想时代,未免有点带主观,质之冯君以为何如?

最后我还是讲一句话:复旦仍旧是在曲线般进化的,假若学校当局和同学肯特别负责加倍努力,它的进化,一定不止这样,望复旦当局和同学们注意。尤其望引用冯君那篇愤慨话,作今后革新的龟鉴,须知这是逆耳的忠言。

*　　*　　*

〔1〕　本篇最初发表于1928年9月10日《语丝》周刊第四卷第三十七期。

〔2〕　指冯珧的《谈谈复旦大学》，载《语丝》第四卷第三十二期（1928年8月6日）。冯珧，即徐诗荃（1909—2000），笔名冯珧、梵澄等，湖南长沙人。当时是复旦大学学生。

〔3〕　指潘楚基，湖南宁乡人。1928年毕业于复旦大学文科，随即入大学院（当时国民党政府教育部改名为大学院）当研究生，住在复旦大学。

〔4〕　extensive reading　英语：泛读。

通　　信（复章达生）[1]

达生先生：

　　蒙你赐信见教，感激得很。但敝《语丝》自发刊以来，编辑者一向是"有闲阶级"[2]，决不至于"似乎太忙"，不过虽然不忙，却也不去拉名人的稿子，所以也还不会"只要一见有几句反抗话的稿子，便五体投地，赶忙登载"，这一层是可请先生放心的。

　　至于贵校的同学们，拿去给校长看，那是另一回事。文章有种种，同学也有种种，登这样的文章有这班同学拿去，登那样的文章有那班同学拿去，敝记者实在管不得许多。其实这也算不了什么惊天动地的事，校长看了《语丝》，"唯唯"与否，将来无论怎样详细的世界史上，也决不会留一点痕迹的。不过在目前，竟有人"借以排斥异己者"——但先生似乎以为投稿即阴谋，则又非"借"，而下文又说"某君此文不过多说了几句俏皮话，却不知已种下了恶果"，那可又像并非阴谋了。总之：这些且不论——却也殊非记者的初心，所以现在另选了一篇[3]登出，聊以补过，这篇是对于贵校长也有了微辞的，我想贵校"反对某科的同学们"，这回可再不能拿去给校长看了。

　　记者没有复旦大学同学录，所以这回是是否真名姓，也不得而知。但悬揣起来，也许还是假的，因为那里面偏重于指摘。据记者所知道，指摘缺点的来稿，总是别名多；敢用真姓名，写真地址，能负责任如先生者，又"此时不便辨明，否则有大大的嫌疑"，处境如此困难，真是可惜极了。

敬祝努力！

记者谨复。九月一日，上海。

【备考】：

来　　信

记者先生：

最近在贵刊上得读某君攻讦复旦大学的杂感文[4]，我以为有许多地方失实，并且某君作文的动机太不纯正；所以我以复旦一学生的资格写这封信给先生，请先生们以正大公平的眼光视之；以第三者的态度（即不是袒护某君的态度），将他发表于卷末。

复旦大学有同学一千余人，俨然一小社会，其中党派的复杂与意见的纷歧，自然是不能免掉的。目前正酝酿着暗潮，大有一触即发之势。但依据我们祖先遗传下来的手段，对于敌人不敲堂堂之鼓，也不揭出正正之旗，却欢喜用阴谋手段，借以排斥异己者。此番在贵刊投稿的一文，即是此种手段的表现。（现已有证据。）因此文登出后，反对某科的同学们，即拿去给校长看，说学校如此之糟，全由某科弄坏，我们应该想办法，校长也只得唯唯。

某君此文不过多说了几句俏皮话,却不知已种下了恶果。一方面又利用贵刊的篇幅,以作自己的攻讦的器具,真可谓一举两得了。目前杂志的编辑者似乎太忙,对于名人的稿子一时又拉不到手。只要一见有几句反抗话的稿子,便五体投地,赶忙登载。一般的通病,只知道能说他人缺点的,即是好文章,如是赞美的,倒反不好,因为一登赞美的文章,好像"拍马",有点犯不着,也有怕被投稿人利用的担心。孰知现在的投稿者已经十分聪慧了。他们知道编杂志与读杂志者的心理,便改变策略,以假造事实攻讦别人的文字去利用编辑者了。复旦的内容如何,我此时不便辨明,否则有大大的嫌疑,应当由社会的多数人去批评它才对。某君的文里说上海的一切大学都是不好的;又说借此可以使复旦改良。这可见某君在未入该大学之前,已有很深的造就,所以目空一切,笼统的骂了一切大学。如某君要促进该校的进步,我想还是在课堂上和教员讨论问难,问得教员无辞可答,请他滚蛋;一面向学校提出心目中认为有师资的人来,学校岂敢不从,岂不更直接的促进了学校的改进了么?即使学校的设备不周,某君既是学校的一分子,也有向学校当局建议增加设备的权利,何以某君不从这些地方去促进学校的改革呢?况且复旦大学的一切行政(如聘请教授与设备等等),全由学校各科主任,校长与学生代表讨论进行的,并非一二人所能左右,某君大有可以促进学校改革的机会,但都不屑去做,倒反而写了文章去攻讦,我觉得这种态度很

通　　信（复章达生）

不好。

　　这封信写的太长了,但我以复旦学生一分子的资格,不能不写这一封信,希望某君的态度能改变一下才好。再我这封信是用真姓名发表的,我负完全的责任,如某君有答辩,也请写出真姓名,这别无用意,无非是使某君表明他是负责任的。

祝先生们安好!

　　　　　　　　　　章达生。八月二十日,
　　　　　　　　于复旦大学第一寄宿舍。

　　　＊　　　　＊　　　　＊

　　〔1〕　本篇最初发表于1928年9月17日《语丝》周刊第四卷第三十八期"通信"栏,在章达生来信之后。

　　〔2〕　"有闲阶级"　李初梨在《文化批判》第二号(1928年2月)发表的《怎样地建设革命文学》一文中,引用成仿吾批评《语丝》撰稿者所"矜持着的是闲暇,闲暇,第三个闲暇"等语后说,"我们知道,在现代的资本主义社会,有闲阶级,就是有钱阶级。"

　　〔3〕　指同期《语丝》所载宏芬《我也来谈谈复旦大学》一文。该文赞同冯珧对复旦大学黑暗腐败现象的揭露,并对不问教务的校长表示了不满。

　　〔4〕　指冯珧《谈谈复旦大学》一文。

关于"粗人"〔1〕

记者先生：

关于大报〔2〕第一本上的"粗人"的讨论，鄙人不才，也想妄参一点末议：——

一　陈先生以《伯兮》一篇为"写粗人"〔3〕，这"粗"字是无所谓通不通的。因为皮肤，衣服，诗上都没有明言粗不粗，所以我们无从悬揣其为"粗"，也不能断定其颇"细"：这应该暂置于讨论之外。

二　"写"字却有些不通了。应改作"粗人写"，这才文从字顺。你看诗中称丈夫为伯，自称为我，明是这位太太（不问粗细，姑作此称）自述之词，怎么可以说是"写粗人"呢？也许是诗人代太太立言的，但既然是代，也还是"粗人写"而不可"捣乱"了。

三　陈先生又改为"粗疏的美人"，则期期〔4〕以为不通之至，因为这位太太是并不"粗疏"的。她本有"膏沐"，头发油光，只因老爷出征，这才懒得梳洗，随随便便了。但她自己是知道的，豫料也许会有学者说她"粗"，所以问一句道："谁适为容"呀？你看这是何等精细？而竟被指为"粗疏"，和排错讲义千余条〔5〕的工人同列，岂不冤哉枉哉？

不知大雅君子,以为何如?此布,即请记安!

封余[6] 谨上 十一月一日

* * * *

〔1〕 本篇最初发表于1928年11月15日上海《大江月刊》第二期"通讯"栏。

〔2〕 指《大江月刊》,文学刊物,陈望道等编辑。1928年10月创刊于上海。同年12月停刊,共出三期。关于"粗人"的讨论,指章铁民、汪静之对陈钟凡《中国韵文通论》中认为《诗经·伯兮》是写"粗人"的说法的批评和陈的反驳。这一讨论,原在上海《暨南周刊》上进行(见该刊1928年第三卷第一、二、三、十期)。《大江月刊》创刊号载有章铁民的《〈伯兮〉问题十讲》一文,介绍了这场争论的经过,并批评陈钟凡的错误观点和态度。

〔3〕 陈先生 即陈钟凡(1888—1982),字斠玄,江苏盐城人。当时任上海暨南大学文学院院长兼中国文学系主任。他在给章铁民的信中辩解说:"'粗人'二字,原意是'粗疏的美人'。"(见1928年6月4日《暨南周刊》第三卷第二期)又在给汪静之的信中指责说:"我自己的偏见,实在觉得,一说'粗人'不错,再说'粗疏的美人'更加不错,不过你和章铁民一不解再不解,一捣乱再捣乱而已。"(见1928年9月24日《暨南周刊》第三卷第十期)《伯兮》,《诗经·卫风》的一篇,描写一个女子对于从军远征的丈夫的思念。其中有这样的句子:"自伯之东,首如飞蓬。岂无膏沐,谁适为容!"

〔4〕 期期 《史记·张丞相列传》:"帝(汉高祖)欲废太子,而立戚姬子如意为太子,大臣固争之,……而周昌廷争之强,上问其说,昌为

人吃,又盛怒,曰:'臣口不能言,然臣期期知其不可;陛下欲废太子,臣期期不奉诏。'"唐代张守节正义:"昌以口吃,每语故重言期期也。"

〔5〕 排错讲义千余条　陈钟凡在给章铁民的信中说:"拙著仓猝付印,内中错误至多,经我校正约千余条"(见1928年6月11日《暨南周刊》第三卷第三期);又在给汪静之的信中说,这是指"排印的错误"。

〔6〕 封余　"封建余孽"的缩称。杜荃(郭沫若)在《创造月刊》第二卷第一期(1928年8月)发表的《文艺战线上的封建余孽》一文中,称鲁迅"是资本主义以前的一个封建余孽。资本主义对于社会主义是反革命,封建余孽对于社会主义是二重的反革命"。鲁迅故以此讥称。

《东京通信》按语[1]

得了这一封信后,实在使不佞有些踌躇。登不登呢?看那写法的出色而有趣(又讲趣味,乞创造社"普罗列塔利亚特"文学家[2]暂且恕之),又可以略知海外留学界情况。是应该登载的。但登出来将怎样?《语丝》南来以后之碰壁也屡矣,仿吾将加以"打发"[3],浙江已赐以"禁止"[4],正人[5]既恨其骂人,革家(革命家也,为对仗计,略去一字)又斥为"落伍"[6];何况我恰恰看见一种期刊,因为"某女士"[7]说了某国留学生的不好,诸公已以团体的大名义,声罪致讨了。这信中所述,不知何人,此后那能保得没有全国国民代表起而讨伐呢。眼光要远看五十年,大约我的踌躇,正不足怪罢。但是,再看一回,还觉得写得栩栩欲活,于是"趣味"终于战胜利害,编进去了;但也改换了几个字,这是希望作者原谅的,因为其中涉及的大约并非"落伍者",语丝社也没有聘定大律师[8];所以办事著实为难,改字而请谅,不得已也。若其不谅,则……。则什么呢?则吾末如之何也已矣[9]。中华民国十七年十一月八日灯下。

编者。

【备考】：

东 京 通 信

记者先生：

  的确是应当感谢的，它这次竟肯慷慨地用了"中华民国"四个字，这简直似乎是极其新颖得可笑的；前天早晨在《朝日新闻》第七版的下方右角上，"民国双十节讲演会"的题下登着这样的一段：

  "十月十日，名为双十节，是中华民国的革命纪念日。今年因国民革命成功，统一的大业已完成，在东京横滨的民国人将举行盛大的庆祝。由支那公使馆，留学生监督处及在此的民国人有力者的'主催[10]'，今日午后一时起在青山会馆开祝贺讲演会，晚间举行纪念演剧会。"

  事前各学校已接到监督处的通知，留学生们都得了一天休假。既已革命成功全国统一了的今年的双十节，自然是不能不庆祝的。何况这些名人和有力者已代我们完全筹备好了，当然更不该抛弃这最便宜不过的无条件的享受的权利。

  在电车上足足坐了一个钟头之后，就看见这灿烂堂皇的会场了！墙上贴满了红绿色纸的标语，诚然是琳琅满目，你看，……万岁，……万岁，到处是万岁，而且你再看，只在那角上，在那一切观众的背后的墙上夹杂在许多"万岁"之间有着这样一句:"庆祝双十节不要忘了阻挠革命的帝国主义"。措辞是多么曲折巧妙呀!无怪在每一本讨论到中国事情的日本书上,无论它是好意或恶意,都大书特书着说支那人是有外交天才的。呵,外交天才!是的,直率地说"打倒帝国主义"是失去了外交辞令的本色的,并且会因而伤及友邦感情,自然应当稍稍暧昧地改口说"不要忘记"。至于是为要打倒帝国主义而革命或是因革命受阻挠才暗记下"帝国主义"四个字来,那当然是可以不必问的——也是我辈无名而无力的青年所不该问的,或者。

演说的人,大概就是那些名人和有力者了。一个一个地,……代表,……代表,各自发挥着他们底大议论——有听不见的,也有只闻其声而不知他到底在说些什么的。礼服,洋服,军装和学生装替换着在台上出现,不,是陈列起来。名人在桌上用拳头打了一下,于是主席机警地率领着民众报之以放爆竹似的掌声;名人在跺脚了,民众猜到这是名人在痛切陈词时应有的"作派",再不必主席的暗示,就一齐鼓起掌来——民众运动已能自动地不须先知先觉的指导自然是件大可喜的事,于是我们的名人满足地走下台去了。

我在会场后方很费力地透过了重重的烟气望见那云雾中似的讲台,名人和有力者像神仙似的在台上飘来飘去,神仙的门徒子弟们也随着在台上飘去飘来。我真罪孽,望见这些仙人时终不能不回忆起在家乡所爱看的木头人戏;傀儡人真像是有灵性似的十分活泼地在台上搔首弄姿,耍木人的台下的布围里吹着小笛,吹出种种不入调的花腔。这似乎无理的回忆使我对于这些演说和兴匆匆地奔忙着的名人和有力者稍稍发生一点好感而亦有意无意地给他们鼓掌以声援。

在全体民众的声援中由演说而呼口号而散会。散会前有位名人报告说:游艺会在五点开始,请了多位女士给我们跳舞!女士,跳舞,并且"给我们",自然,民众大喜,不禁从心地里感谢这位"与民同乐"的名人。

五点!民众越发踊跃地来参加。不久,台旁的来宾休息室里就拥满了唇红齿白的美少年和珠围翠绕的女士们。还是那位名人,开始在台上蹈着四方步报告他被选为游艺部长和筹备今晚的游艺的经过;这次,民众也较午后更活泼而机警了,不断地鼓着掌以报答他的宏恩。

名人的方步停止了,而游艺开始。为表现我国数千年来之文化起见,第一场就是皮簧清唱,而名人在报告中特别着重的"女士"也就在这时登台了。在地毯上侧着列了个九十度的黑漆皮鞋白丝袜的脚支着一个裹在黑色闪亮的短旗袍里的左右摇摆着的而窈窕身躯,白色丝围巾缠着的颈上是张白脸和一蓬缠着无数闪烁着的钻石的黑发,眼球随着身体的摆动而向上下左右投出了晶亮的视线——总之,周身是光亮的,像文学家们在小说里所描写着的发光的女主人翁。民众中,学生们像毫不顾到他们底眼珠会裂眶而出似的注视着,华工们相视而微笑。全场比讲演会前静默三分钟时还要静默,只有那洋装少年膝上的胡琴敢随在这位光亮的女士的歌喉之后发出一丝细小的声音。每当她刚唱完一句,胡琴稍得吐气的时候,民众们就热烈地迸出震天动地的喝彩声来。唱完之后,民众仍努力鼓掌要求再唱,仿佛从每双手里都拍出了雪片似的"女士不出,如天下苍生何"的急电似的;名人知民意之应尊重,民气之不可忤也,特请这位女士自己弹着钢琴又唱了段西宫词——于是民众才真正认识了这位女士的多才多艺。

其次是所谓滑稽戏者,男士们演的。不知所云的,前后共有三四出。我实在不好意思去翻《辞源》找出那最鄙劣的字来描写这所谓滑稽戏的内容。我仿佛只看见群鬼在那里乱舞;台旁端坐着的宫琦龙介等革命先辈们只有忍不住的苦笑还给这些新兴的觉悟了的革命青年;留学生和华工都满意而狂笑;在门和窗外张望的日本的民众都用惊讶的眼光在欣赏着这伟大的支那的超乎人的赏鉴力以上的艺术；佩着短刀的巡警坐在一旁掀起了微髭下的嘴唇冷笑。

然而这所以名为滑稽剧者，大概就因为另外还有所谓正剧者在。这正剧的内容，我无暇报告；但他们最得意的末一幕却不可抹杀。他们在那最末一幕里是要表演开国民大会以处决一个军阀的。从这里可以猜想出他们怎样地聪明来，他们居然会想到这样一个机会得加入了好几段大演说。你看那演说者的威风！挥拳，顿足，忽然将身子蹲下，又忽然像弹簧似的跳起来长叫一声；立定脚，候着掌声完后又蹲下去，长叫一声跳起来。于是：蹲下，叫喊，跳，鼓掌，跳，鼓掌——观众的手随着那演说者的身子也变成富有弹性的了。

最后，就是那位蹈方步的游艺部长所特别着重的第二点"跳舞"了；果然，跳舞受了民众热烈的欢迎。游艺部长在布景后踌躇满志，他的"与民同乐"的大计划已完成了。

十一点，散会。民众们念着："女士们，跳舞，给我们；金钢钻，歌喉，摆动的身子和眼睛；能叫喊的弹簧人……"于是结论是支那文化因而得发扬于海外，名人和有力者的地恩浩大……盛况，盛况！

东渡已将一年，没有什么礼物送你，顺此祝你安好。

　　　　　　噩君。十七年十月十二日。

※　　※　　※

〔1〕 本篇最初发表于1928年11月19日《语丝》周刊第四卷第四十五期,在《东京通信》之后。

〔2〕 创造社　文学团体。1921年6月成立于日本东京,以上海为活动基地。主要成员有郭沫若、成仿吾、郁达夫等。它初期的文学倾向是浪漫主义,带有反帝反封建的色彩。1927年大革命失败后,增加了冯乃超、彭康、李初梨等从日本回来的新成员,提倡"革命文学",随后在关于"革命文学"问题的论争中错误地攻击过鲁迅。1929年2月,该社被国民党当局封闭。"普罗列塔利亚特",英语Proletariat的音译,意为无产阶级。

〔3〕 仿吾将加以"打发"　仿吾,即成仿吾(1897—1984),湖南新化人,创造社主要成员之一。1928年2月,他在《文化批判》第二号发表《打发他们去》一文,说:"在文艺的分野,把一切麻醉我们的社会意识的迷药与赞扬我们的敌人的歌辞清查出来,给还它们的作家,打发他们一道去。"

〔4〕 浙江已赐以"禁止"　1928年9月,国民党浙江省党务指导委员会以"言论乖谬,存心反动"等罪名,查禁《语丝》等书刊十五种。

〔5〕 正人　指以正人君子自居的现代评论派、新月派作家。

〔6〕 "落伍"　这是当时创造社、太阳社某些成员评论鲁迅的用语,如冯乃超在《文化批判》创刊号(1928年1月)发表的《艺术与社会生活》中,说鲁迅"反映的只是社会变革期中的落伍者的悲哀,无聊赖地跟他弟弟说几句人道主义的美丽的说话"。

〔7〕 "某女士"　当指陈学昭(1906—1991),浙江海宁人,当时的青年作家。1927年她赴法国留学,同年10月、11月及次年1月,在上

海《新女性》杂志第二卷第十、十一号和第三卷第一号连续发表《旅法通信》,其中谈到在巴黎、里昂的一些中国留学生中的腐败现象。事后,巴黎的部分中国留学生便散发传单,对她进行攻击、威胁。据说,传单是巴黎的"理科学会"搞的。

〔8〕 聘定大律师 这是对创造社聘请律师一事的影射讽刺,参看本书《〈剪报一斑〉拾遗》"备考"第一节"律师生意"。

〔9〕 吾末如之何也已矣 语出《论语·子罕》:"说而不绎,从而不改,吾末如之何也已矣。"

〔10〕 主催 日语,意为主办。

敬贺新禧[1]

"爆竹一声除旧,桃符万户更新。"过了一夜,又是一年,人既突变为新人,文也突进为新文了。多种刊物,闻又大加改革,焕然一新,内容既丰,外面更美,以在报答惠顾诸君之雅意。惟敝志原落后方,自仍故态,本卷之内,一切如常,虽能说也要突飞,但其实并无把握。为辩解起见,只好说自信未曾偷懒于旧年,所以也无从振作于新岁而已。倘读者诸君以为尚无不可,仍要看看,那是我们非常满意的,于是就要——敬贺新禧了!

奔流社[2]同人

* * *

〔1〕 本篇最初发表于1928年12月30日上海《奔流》月刊第一卷第七期。

〔2〕 奔流社 即《奔流》月刊社。《奔流》,文艺刊物,鲁迅、郁达夫编辑,1928年6月20日创刊于上海,北新书局发行。1929年12月20日出至第二卷第五期停刊。

一九二九年

致《近代美术史潮论》的读者诸君[1]

《近代美术史潮论》的读者诸君：

在现在的中国，文学和艺术，也还是一种所谓文艺家的食宿的窠。这也是出于不得已的。我一向并不想如顽皮的孩子一般，拿了一枝细竹竿，在老树上的崇高的窠边搅扰。

关于绘画，我本来是外行，理论和派别之类，知道是知道一点的，但这并不足以除去外行的徽号，因为所知道的并不多。我所以翻译这书的原因，是起于前一年多，看见李小峰君在搜罗《北新月刊》的插画[2]，于是想，在新艺术毫无根柢的国度里，零星的介绍，是毫无益处的，最好是有一些统系。其时适值这《近代美术史潮论》出版了，插画很多，又大抵是选出的代表之作。我便主张用这做插画，自译史论，算作图画的说明，使读者可以得一点头绪。此外，意识底地，是并无什么对于别方面的恶意的。

这意见总算实行了。登载之后，就得到蒙着"革命文学家"面具的装作善意的警告，是一张信片[3]，说我还是去创作好，不该滥译日本书。从前创造社所区分的"创作是处女，翻译是媒婆"之说[4],我是见过的,但意见不能相同,总以为处女并不妨去做媒婆——后来他们居然也兼做了——,倘不过是一个媒婆,更无须硬称处女。我终于并不藐视翻译。至于这一本书,自然决非不朽之作,但也自立统系,言之成理的,现在还不能抹杀他的存在。我所选译的书,这样的就够了,虽然并非不知道有伟大的歌德[5],尼采,马克斯,但自省才力,还不能移译他们的书,所以也没有附他们之书以传名于世的大志。

抱着这样的小计画,译着这样的小册子,到目下总算登完了。但复看一回,又觉得很失望。人事是互相关连的,正如译文之不行一样,在中国,校对,制图,都不能令人满意。例如图画罢,将中国版和日本版,日本版和英德诸国版一比较,便立刻知道一国不如一国。三色版,中国总算能做了,也只两三家。这些独步的印刷局所制的色彩图,只看一张,是的确好看的,但倘将同一的图画看过几十张,便可以发见同一的色彩,浓淡却每张有些不同。从印画上,本来已经难于知道原画,只能仿佛的了,但在这样的印画上,又岂能得到"仿佛"。书籍既少,印刷又拙,在这样的环境里,要领略艺术的美妙,我觉得是万难做到的。力能历览欧陆画廊的幸福者,不必说了,倘只能在中国而偏要留心国外艺术的人,我以为必须看看外国印刷的图画,那么,所领会者,必较拘泥于"国货"的时候为更多。——这些话,虽然还是我被人骂了几年的"少看中国书"的老调[6],但我敢说,自己对于这主张,是有十分确信的。

只要一比较,许多事便明白;看书和画,亦复同然。

倘读者一时得不到好书,还要保存这小本子,那么,只要将译文拆出,照"插画目次"所指定的页数,插入图画去(希涅克[7]的《帆船》,本文并未提及,但"彩点画家"是说起的,这即其一例),订起来,也就成为一本书籍了。其次序如下:

  (1)全书首页　(2)序言　　(3)本文目次

  (4)插画目次　(5)本文首页　(6)本文

还有一些误字,是要请读者自行改正的。现在举其重要者于下:

甲　文　字

页	行	误	正
XX	五	樵探	樵采
11	十二	造创	创造
14	一	并永居	而永居
23	八	Autonio	Antonio
28	二	模样	这样
32	七	在鲁	在卢
61	一	前体	前面
63	三	河内	珂内
66	八	Nagarener	Nazarener
74	四	他热化	白热化
82	八	回此	因此
86	七	质地开始	科白开场
92	五	秦祀	奉祀

95	五	间开勤	洵开勒
95	九	一统	一流
109	十二	证明	澄明
114	三	煎煎	熊熊
115	十二	o Slrie	Sélrie
116	三	说解	误解
125	二	恐佈	恐怖
130	四	冷潮	冷嘲
135	二	言要	要将
138	四	豐姿	丰姿
139	六	觉者	观者
145	四	去怎	又怎
146	十	正座	玉座
146	十二	多人物	许多人物
147	一	台库	台座
151	一	比外	此外
152	一	证明	澄明
158	十一	希勒	希勒
159	八	auf	auf_
161	九	稳约	隐约
171	十	图桂	圆柱
177	六	Vineent	Vincent
197	一	Romanntigue	Romantique
197	四	Se,	se

197	四	part	á part
197	六	Iln ous	Il nous
197	六	aw	au
197	九	quon	qu'on
198	五	Copie,	Copié
198	六	il n'élait	il n'etait
198	十	jái	J'ai
198	十二	dén	d'eu
200	八	Sout	Sont
200	九	exect	exact
200	九	réculte	résulte
200	九	sout	sont
200	十一	dovarat	devrait
201	一	le	la
201	四	Voila	Voilà

乙　插　画　题　字

误	正
萨昆尼的女人	萨毗尼的女人
托罗蔼庸庸	托罗蔼雍
康斯召不勒	康斯台不勒
穆纳:卢安大寺	卢安大寺
卢安大寺	穆纳:卢安大寺
凯尔	凯尔波

罗兰珊:女　　　　　莱什:朝餐

　　莱什:朝餐　　　　　罗兰珊:女

　　抄完校勘表,头昏眼花,不想再写什么废话了,就此"带住",顺请

文安罢。

　　　　　　　　　　　　　鲁迅。二月二十五日。

＊　　＊　　＊

　　〔1〕　本篇最初发表于 1929 年 3 月 1 日上海《北新》半月刊第三卷第五号"通讯"栏,原无标题。

　　《近代美术史潮论》,日本板垣鹰穗著,鲁迅译。该书介绍了欧洲近代美术发展的历史,内有插图一百四十幅。《北新》半月刊第二卷第五号(1928 年 1 月)开始连载,译文于第二卷第二十二号(1928 年 10 月)载完,插图于第三卷第六号(1929 年 3 月)载完。后于 1929 年由北新书局出版单行本。

　　〔2〕　李小峰(1897—1971)　江苏江阴人。北京大学哲学系毕业,新潮社和语丝社的成员。当时是上海北新书局的主持人。《北新月刊》,指《北新》半月刊,综合性刊物,上海北新书局编辑发行。1926 年 8 月创刊。初为周刊,1927 年 11 月第二卷第一期起改为半月刊。1930 年 12 月出至第四卷第二十四期停刊。

　　〔3〕　这张信片的发信人自署"陈绍宋",1928 年 1 月 31 日寄自"麦拿里 41 号创造社出版部"。其中说:"我以为你这一年来的工作太不切实了。比方你滥译日本人的著作或标点传奇,这些都是不忠实的工作。我劝你还是多创作,把昔日的勇气拿出来。……我今天听见成仿吾说,下期还要大骂你呢! 所以我写此片通知你一声,以表我敬慕之

微意焉耳。"

〔4〕 "创作是处女,翻译是媒婆" 郭沫若在《民铎》月刊第二卷第五号(1921年2月)发表的致李石岑函中说:"我觉得国内人士只注重媒婆,而不注重处子;只注重翻译,而不注重产生。"

〔5〕 歌德(J. W. von Goethe,1749—1832) 德国诗人、学者,著有诗剧《浮士德》、小说《少年维特之烦恼》等。

〔6〕 "少看中国书" 参看《华盖集·青年必读书》。

〔7〕 希涅克(P. Signac,1863—1935) 法国点彩派主要画家之一。点彩派是十九世纪八十年代在法国兴起的新印象画派,其特点是用各种色点来组成画面形象。

关于《子见南子》[1]

一 山东省立第二师范学生会通电

各级党部各级政府各民众团体各级学校各报馆均鉴：

敝校校址，设在曲阜，在孔庙与衍圣公府包围之中，敝会成立以来，常感封建势力之压迫，但瞻顾环境，遇事审慎，所有行动，均在曲阜县党部指导之下，努力工作，从未尝与圣裔牴牾。

不意，本年六月八日敝会举行游艺会，因在敝校大礼堂排演《子见南子》一剧，竟至开罪孔氏，连累敝校校长宋还吾先生，被孔氏族人孔传堉等越级至国民政府教育部控告侮辱孔子。顷教育部又派参事朱葆勤来曲查办，其报告如何敝会不得而知，惟对于孔氏族人呈控敝校校长各节，认为绝无意义；断难成立罪名，公论具在，不可掩没。深恐各界不明真相，受其蒙蔽，代孔氏宣传，则反动势力之气焰日张，将驯至不可收拾矣。

敝会同人正在青年时期，对此腐恶封建势力绝不低首降伏。且国民革命能否成功，本党主义能否实行，与封建势力之是否存在，大有关系。此实全国各级党部，民众团体，言论机

关,共负之责,不只敝会同人已也。除将教育部训令暨所附原呈及敝校长答辩书另文呈阅外,特此电请

台览,祈赐指导,并予援助为荷。

　　　　　　山东省立第二师范学生会叩。真。

二　教育部训令第八五五号　六月二十六日
　　令山东教育厅

据孔氏六十户族人孔传埥等控告山东省立第二师范学校校长宋还吾侮辱宗祖孔子呈请查办等情前来。查孔子诞日,全国学校应各停课,讲演孔子事迹,以作纪念。又是项纪念日,奉　行政院第八次会议决,定为现行历八月二十七日。复于制定学校年学期及休假日期规程时,遵照编入,先后通令遵行各在案。原呈所称各节,如果属实,殊与院部纪念孔子本旨,大相违反。据呈前情,除以"呈悉。原呈所称各节,是否属实,仰令行山东教育厅查明,核办,具报"等语批示外,合行抄发原呈,令仰该厅长查明,核办,具报。此令。

　　　　计抄发原呈一件——

呈为公然侮辱宗祖孔子,群情不平,恳查办明令照示事。窃以山东省立第二师范校长宋还吾,系山东曹州府人,北京大学毕业,赋性乖僻,学术不纯,因有奥援,滥长该校,任事以来,言行均涉过激,绝非民党本色,早为有识者所共见。其尤属背谬,令敝族人难堪者,为该校常贴之标语及游行时所呼之口号,如孔丘为中国第一罪人,打倒孔老二,打倒旧道德,打破旧礼教,

打破民可使由之不可使知之愚民政策,打倒衍圣公府输资设立的明德学校。兼以粉铅笔涂写各处孔林孔庙,时有发见,防无可防,擦不胜擦,人多势强,暴力堪虞。钧部管持全国教育,方针所在,施行划一,对于孔子从未有发表侮辱之明文。该校长如此放纵,究系采取何种教育?禀承何项意旨?抑或别开生面,另有主义?传堉等既属孔氏,数典固不敢忘祖,劝告徒遭其面斥,隐忍至今,已成司空见惯。讵于本年六月八日该校演剧,大肆散票,招人参观,竟有《子见南子》一出,学生抹作孔子,丑末脚色,女教员装成南子,冶艳出神,其扮子路者,具有绿林气概。而南子所唱歌词,则《诗经》《鄘风》《桑中》篇也,丑态百出,亵渎备至,虽旧剧中之《大锯缸》《小寡妇上坟》,亦不是过。凡有血气,孰无祖先?敝族南北宗六十户,居曲阜者人尚繁伙,目见耳闻,难再忍受。加以日宾犬养毅等昨日来曲,路祭林庙,侮辱条语,竟被瞥见。幸同时伴来之张继先生立催曲阜县政府饬差揭擦,并到该校讲演,指出谬误。乃该校训育主任李灿垿大肆恼怒,即日招集学生训话,谓犬养毅为帝国主义之代表,张继先生为西山会议派腐化分子,孔子为古今中外之罪人。似此荒谬绝伦,任意谩骂,士可杀不可辱,孔子在今日,应如何处治,系属全国重大问题,钧部自有权衡,传堉等不敢过问。第对于此非法侮辱,愿以全体六十户生命负罪渎恳,迅将该校长宋还吾查明严办,昭示大众,感盛德者,当不止敝族已也。激愤陈词,无任悚惶待命之至。除另呈蒋主席暨内部外,谨呈
国民政府教育部部长蒋。

具呈孔氏六十户族人孔传埙　孔继选　孔广璃
孔宪桐　孔继伦　孔继珍
孔传均　孔广珣　孔昭蓉
孔传诗　孔昭清　孔昭坤
孔庆霖　孔繁蓉　孔广梅
孔昭昶　孔宪剑　孔广成
孔昭栋　孔昭锽　孔宪兰

三　山东省立第二师范校长宋还吾答辩书

孔氏六十户族人孔传埙等控告山东省立第二师范校长宋还吾侮辱孔子一案，业经教育部派朱参事葆勤及山东教育厅派张督学郁光来曲查办。所控各节是否属实，该员等自能相当报告。惟兹事原委，还吾亦有不能已于言者，特缕析陈之。

原呈所称："该校常贴之标语，及游行时所呼之口号"等语。查各纪念日之群众大会均系曲阜县党部招集，标语口号多由党部发给，如："孔丘为中国第一罪人""打倒孔老二"等标语及口号，向未见闻。至"打倒旧道德""打倒旧礼教"等标语，其他民众团体所张贴者，容或有之，与本校无干。"打破民可使由之，不可使知之的愚民政策"，当是本校学生会所张贴之标语。姑无论学生会在党部指挥之下，还吾不能横加干涉。纵使还吾能干涉，亦不能谓为有辱孔门，而强使不贴。至云："打倒衍圣公府输资设立之明德中学"，更属无稽。他如原呈所称："兼以粉铅笔涂写各处，孔林孔庙时有发见，防无可防,擦不胜擦"等语。粉铅笔等物何地蔑有,果何所据而指控本校。继云:"人多势强,暴力堪虞",更无事实可指,本校纵云学生人多,较之孔氏六十户,相差何啻百倍。且赤手空拳,何得谓强,读书学生,更难称暴。本校学生平日与社会民众,向无牴牾,又何堪虞之可言。

至称本校演《子见南子》一剧,事诚有之。查子见南子,见于《论语》。《论语》者,七十子后学者所记,群伦奉为圣经,历代未加删节,述者无罪,演者被控,无乃太冤乎。且原剧见北新书局《奔流》月刊第一卷第六号,系语堂所编,流播甚广,人所共见。本校所以排演此剧者,在使观众明了礼教与艺术之冲突,在艺术之中,认取人生真义。演时务求逼真,扮孔子者衣深衣,冠冕旒,貌极庄严。扮南子者,古装秀雅,举止大方。扮子路者,雄冠剑佩,颇有好勇之致。原呈所称:"学生抹作孔子,丑末脚色,女教员装成南子,淫冶出神,其扮子路者,具有绿林气概",真是信口胡云。若夫所唱歌词,均系三百篇旧文,亦原剧本所有。如谓《桑中》一篇,有渎圣明,则各本《诗经》,均存而不废,能受于庭下,吟于堂上,独不得高歌于大庭广众之中乎。原呈以《桑中》之篇,比之于《小寡妇上坟》及《大锯缸》,是否孔氏庭训之真义,异姓不得而知也。

又据原呈所称:犬养毅张继来本校演讲一节,系本校欢迎而来,并非秉承孔氏意旨,来校指斥谬误。本校训育主任,招集学生训话,系校内例行之事,并非偶然。关于犬养毅来中国之意义,应向学生说明。至谓"张继先生为西山会议派腐化份子"云云,系张氏讲演时,所自言之。至云:"孔子为古今中外之罪人"，此类荒谬绝伦，不合逻辑之语，本校职员纵使学识浅薄，亦不至如此不通。况本校训育主任李灿埒，系本党忠实同志，历任南京特别市党部训练部指导科主任，绥远省党务指导委员会宣传部秘书，向来站在本党的立场上，发言谨慎，无可疵议。山东教育厅训令第六九三号，曾谓："训育主任李灿埒，对于党义有深切的研究，对于工作有丰富的经验，平时与学生接近，指导学生得法，能溶化学生思想归于党义教育之正轨，训育可谓得人矣。"该孔氏等随意诬蔑，是何居心。查犬养毅张继来曲，寓居衍圣公府，出入皆乘八抬大轿，校人传言，每馔价至二十六元。又云馈以古玩玉器等物，每人十数色。张继先生等一行离曲之翌日，而控诉吾之呈文，即已置邮。此中线索，大可寻味。

总观原呈：满纸谎言，毫无实据。谓为"侮辱孔子"，欲加之罪，何患无辞。纵使所控属实，亦不出言论思想之范围，尽可公开讨论，无须小题大做。且"确定人民有集会结社言论出版居住信仰之完全自由权"，载在党纲，谁敢违背？该孔传埼等，捏辞诬陷，越级呈控，不获罪戾，而教部竟派参事来曲查办，似非民主政治之下，所应有之现象。

又据原呈所称全体六十户云云。查六十户者，实孔氏特殊之封建组织。孔氏族人大别为六十户，每户有户首，户首之上，有家长，家长户首处理各户之诉讼，每升堂，例陈黑红鸭嘴棍，诉讼者，则跪述事由，口称大老爷，且动遭肉刑，俨然专制时代之小朝廷。听讼则以情不以理，所谓情者大抵由金钱交易而来。案经判决，虽至冤屈，亦不敢诉诸公堂。曲阜县知事,对于孔族及其所属之诉讼,向来不敢过问。家长户首又可以勒捐功名。例如捐庙员者,每职三十千至五十千文,而勒捐之事,又层出不绝。户下孔氏,含冤忍屈,不见天日,已有年矣。衍圣公府又有百户官职,虽异姓平民,一为百户,即杀人凶犯,亦可逍遥法外。以致一般土劣,争出巨资,乞求是职。虽邻县邻省,认捐者亦不乏人。公府又有号丧户条帚户等名称,尤属离奇。是等官员,大都狐假虎威,欺压良善,不仅害及户下孔氏,直害及异姓民众,又不仅害及一县,且害及邻封。户下孔氏,受其殃咎,犹可说也!异姓民众,独何辜欤?青天白日旗下,尚容有是制乎?

本校设在曲阜,历任皆感困难。前校长孔祥桐以开罪同族,至被控去职,衔恨远引,发病而死。继任校长范炳辰,莅任一年之初,被控至十数次。本省教育厅设计委员会,主将本校迁至济宁,远避封建势力,不为无因。还吾到校以来,对于孔氏族人,向无不恭。又曾倡议重印孔氏遗书,如《微波榭丛书》以及《仪郑堂集》等,表扬先哲之思,不为无征。本校学生三百余人,隶曲阜县籍者将及十分之二。附属小学四百余人,除外县一二十人外,余尽属曲阜县籍,民众学校妇女部,完全为曲阜县学生。所谓曲阜县籍之学生,孔氏子女,迨居半数。本年经费困难万分,因曲阜县教育局取缔私塾,学生无处就学,本校附小本七班经费,又特开两班以资收容。对于地方社会,及孔子后裔,不谓不厚。本校常年经费五六万元,除薪俸支去半数外,余多消费于曲阜县内。学生每人每年,率各消费七八十元。曲阜县商业,所以尚能如今者,本校不为无力。此次署名控还吾者,并非六十户户首,多系乡居之人,对于所控各节未必知情,有无冒签假借等事,亦难确定,且有土劣混羼其中。经还吾询问:凡孔氏稍明事理者,类未参加此事。且谓孔传堉等此种举动,实为有识者所窃笑。纵能尽如彼等之意,将校长查明严办,昭示大众。后来者将难乎为继,势非将本校迁移济宁或兖州,无法办理。若然,则本校附小四百学生,将为之失学,曲阜商业,将为之萧条矣。前津浦路开修时,原议以曲阜县城为车站,衍圣公府迷信风水,力加反对,遂改道离城十八里外之姚村,至使商贾行旅,均感不便。驯至曲阜县城内社会,仍保持其中古状态,未能进化。由今视昔,事同一例。曲阜民众何负于孔传堉等,必使常在半开化之境,不能吸收近代之文明?即孔氏子弟亦何乐而为此,孔氏六十户中不乏开明之士,当不能坐视该孔传堉等之胡作非为,而瞑然无睹也。

更有进者。还吾自加入本党,信奉总理遗教,向未违背党纪。在武汉时,曾被共产党逮捕下狱两月有余,分共之后,方被释出。原呈所谓:"言行均涉过激,绝非民党本色"云云者,不知果何据而云然?该孔传堉等并非本党同志,所谓过激本色之意义,恐未必深晓。今竟诬告本党同志,本党应有所以处置之法;不然效尤者接踵而起,不将从此多事乎?还吾自在北京大学毕业之后,从事教育,历有年所。十五年秋又入广州中国国民党学术院,受五个月之严格训练。此次任职,抱定三民主义教育宗旨,遵守上级机关法令,凡有例假,无不执行,对于院部功令,向未违背。且北伐成功以还,中央长教育行政者,前为蔡子民先生,今为蒋梦麟先生,在山东则为教育厅何仙槎厅长,均系十年前林琴南所视为"覆孔孟,铲伦常"者也。蔡先生复林琴南书,犹在《言行录》中,蒋先生主编《新教育》,何厅长著文《新潮》,还吾在当时景佩实深,追随十年,旧志未改,至于今日,对于院部本旨所在,亦不愿稍有出入。原呈:"钧部管持全国教育,方针所在,施行划一,对于孔子从未有鄙夷侮辱之明文,该校长如此放纵,究系采取何种教育?禀承何项意旨?抑或别开生面,另有主义?"云云。显系有意陷害,无所不用其极。

还吾未尝出入孔教会之门,亦未尝至衍圣公府专诚拜谒,可谓赋性乖僻。又未尝日日读经,当然学术不纯。而本省教厅训令第六九三号内开:"校长宋还吾态度和蔼,与教职员学生精神融洽,作事颇具热诚,校务支配,均甚适当,对于教员之聘请,尤为尽心"云云。不虞之誉,竟临蕞躬,清夜自思,良不敢任。还吾籍隶山东旧曹州府城武县,确在北京大学毕业,与本省教育厅何厅长不无同乡同学之嫌,所谓:"因有奥援"者,殆以此耶?但因与厅长有同乡同学之嫌,即不得充校长,不知依据何种法典?院部有无明令?至于是否滥长,官厅自可考查,社会亦有公论,无俟还吾喋喋矣。还吾奉职无状,得罪巨室,至使孔传堉等夤缘权要,越级呈控,混乱法规之程序。教育无法进行,学生因之徬徨。午夜疚心,莫知所从。本宜躬候裁处,静默无言,但恐社会不明真象,评判无所根据,故撮述大概如右。邦人君子,其共鉴之。

七月八日。

四　教育部朱参事及山东教育厅会衔呈文

呈为会衔呈复事。案奉钧部训令,以据孔氏六十户族人孔传堉等以山东省立第二师范校长宋还吾侮辱宗祖孔子呈请查办等情,饬厅查明核办,并派葆勤来鲁会同教育厅查办具报等因。奉此,遵由职厅饬派省督学张郁光随同葆勤驰赴曲阜,实地调查,对于本案经过情形,备悉梗概。查原呈所控各节,计有三点:一,为发布侮辱孔子标语及口号;二,为表演"孔子见南子"戏剧;三,为该校训育主任李灿垿召集学生训话,辱骂犬养毅张继及孔子。就第一点言之,除"打破民可使由之不可使知之的愚民政策"之标语,该校学生会确曾写贴外,其他如"孔丘为中国第一罪人","打倒孔老二"等标语,均查无实据。就第二点言之,"孔子见南子"一剧,确曾表演,惟查该剧本,并非该校自撰,完全根据《奔流》月刊第一卷第六号内林语堂所编成本,至扮演孔子脚色,衣冠端正,确非丑末。又查学生演剧之时,该校校长宋还吾正因公在省。就第三点言之,据由学生方面调查所得,该校早晚例有训话一次,当日欢迎犬养毅张继二先生散会后,该校训育主任于训话时,曾述及犬养氏之为人,及其来华任务,并无辱骂张氏,更无孔子为古今中外罪人之语。再原呈署名人据查多系乡居,孔氏族人之城居者,对于所控各节,多淡漠视之。总计调查所得情形,该校职教员学生似无故意侮辱孔子事实,只因地居阙里,数千年来,曾无人敢在该地,对于孔子有出乎敬礼崇拜之外者,一旦编入剧曲,摹拟容声,骇诧愤激,亦无足怪。惟对于该校校长宋还吾究应若何处分之处,职等未敢擅拟,谨根据原呈所控各节,将调查所得情形,连同《子见南子》剧本,会衔呈复,恭请钧部鉴核批示祇遵,实为公便。谨呈教育部部长蒋。附呈《奔流》月刊一册。参事朱葆勤,兼山东教育厅厅长何思源。

五 济南通信

曲阜第二师范,前因演《子见南子》新剧,惹起曲阜孔氏族人反对,向教育部呈控该校校长宋还吾。工商部长孔祥熙亦主严办,教育部当派参事朱葆勤来济,会同教育厅所派督学张郁光,赴曲阜调查结果,毫无实据,教厅已会同朱葆勤会呈教部核办。十一日孔祥熙随蒋主席过济时,对此事仍主严究。教长蒋梦麟监察院长蔡元培日前过济赴青岛时,曾有非正式表示,排演新剧,并无侮辱孔子情事,孔氏族人,不应小题大做。究竟结果如何,须待教部处理。

八月十六日《新闻报》

六 《子见南子》案内幕

▲衍圣公府陪要人大嚼
▲青皮讼棍为祖宗争光

昨接山东第二师范学生会来函,报告《子见南子》一剧讼案之内幕,虽未免有偏袒之辞,然而亦足以见此案症结之所在,故录刊之。

　　曲阜自有所谓孔氏族人孔传堉等二十一人,控告二师校长宋还吾侮辱"孔子",经教部派员查办以后,各报虽有刊载其消息,惟多语焉不详。盖是案病根,因二师学生,于六月八日表演《子见南子》一剧;当时及事后,皆毫无动静。迨六月十八日,有中外名人犬养毅及张继,联翩来曲,圣公府大排盛宴,名人去后四日,于是忽有宋校长被控之事,此中草蛇灰线,固有迹象可寻也。至于原告廿一人等,并非六十户首,似尚不足以代表孔氏,盖此不过青皮讼棍之流,且又未必悉皆知情。据闻幕后系孔祥藻,孔繁朴等所主使,此案始因此而扩大。孔祥藻为曲阜之著名大青皮,孔繁朴是孔教会会长。按孔繁朴尝因广置田产,致逼兄吞烟而死,则其人品可知,而所谓孔教会者,仅彼一人之独角戏而已。彼欲扩张孔教会势力,非将二师迁移他处,实无良法,则此次之乘机而起,自属不可免者,故此案直可谓二师与孔教会之争也。至于其拉拢青皮讼棍,不过以示势众而已。现曲阜各机关,各民众团体,均抱不平,建设局,财政局,教育局,农民协会,妇女协会,商会,二师学生会,二师附小学生会等,俱有宣言呈文联合驳孔传堉等,而尤以县党部对于封建势力之嚣张,愤激最甚。孔传堉等亦无大反动力量,故此案不久即可告一段落也。

七月十八日《金钢钻》

七　小题大做　　　　史梯耳

关于曲阜二师排演《子见南子》引起的风波

　　至圣孔子是我们中国"思想界的权威",支配了数千年来的人心,并且从来没失势过。因此,才遗留下这旧礼教和封建思想!

　　历史是告诉我们,汉刘邦本是一员亭长,一个无赖棍徒,却一旦"贵为天子",就会尊孔;朱元璋不过一牧牛儿,一修道和尚,一天"危坐龙庭",也会尊孔;爱新觉罗氏入主中华,也要"存汉俗尊儒(孔)术"。这些"万岁皇爷"为什么这样志同道合呢?无非为了孔家思想能够训练得一般"民"们不敢反抗,不好"犯上作乱"而已!我们无怪乎从前的文人学士"八股"都做得"一百成",却没有半点儿"活"气!

　　中山哲学是"知难行易",侧重在"知",遗嘱又要"唤起民众",更要一般民众都"知",至圣孔子却主张民只可使"由"不可使"知",他说"民可使由之不可使知之",是不是和中山主义相违! 现在革命时代,于反动封建思想还容许他残留吗?

　　山东曲阜第二师范学校为了排演《子见南子》一剧,得罪了"圣裔"孔传堉等,邮呈国府教育部控告该校校长"侮辱宗祖孔子"的罪名,惊动了国府,派员查办。我因为现在尚未见到《奔流》上的原剧本,无从批判这幕剧是否侮辱孔子,但据二师校长说:"本校排演此剧者,在使观众明了礼教与艺术之冲突,在艺术之中,认取人生真义"云云。夫如此,未必有什么过火的侮辱,不过对于旧礼教或致不满而已。谈到旧礼教,这是积数千年推演而成,并非孔子所手创,反对旧礼教不能认定是侮辱孔子,况且旧礼教桎梏人性锢蔽思想的罪恶,已经不容我们不反对了!如果我们认清现在的时代,还要不要尊孔,要不要铲除封建思想,要不要艺术产生,自然明白这次曲阜二师的风波是关系乎思想艺术的问题,是封建势力向思想界艺术界的进攻!

不过国府教育部为了这件演剧琐事,却派员查办啦,训令查复啦,未免有"小题大做"之嫌,我想。

一九二九,七,十八,于古都。

七月二十六日《华北日报》副刊所载

八　为"辱孔问题"答《大公报》记者　宋还吾

本年七月二十三日的《大公报》社评,有《近日曲阜之辱孔问题》一文,昨天才有朋友找来给我看;看过之后,非常高兴。这个问题,在山东虽然也引起各报的讨论,但讨论到两三次,便为别种原因而消沉了。《大公报》记者居然认为是个问题,而且著为社论,来批评我们;我们除感佩而外,还要对于这件事相当的声明一下,同时对于记者先生批评的几点,作简单的答复。

我们认为孔子见南子是一件事实,因为:一,"子见南子"出于《论语》,《论语》不是一部假书,又是七十子后学者所记,当然不是造孔子的谣言。二，孔子周游列国，意在得位行道，揆之"三日无君则吊"，"三月无君则遑遑如也"的古义，孔子见南子，是可以成为事实的。

《子见南子》是一本独幕悲喜剧。戏剧是艺术的一种。艺术的定义，最简单的是：人生的表现或再见。但没有发见的人，也表现不出什么来；没有生活经验的人，也发见不出什么来。有了发见之后，把他所发见的意识化了，才能表现为作品之中。《子见南子》，是作者在表现他所发见的南子的礼，与孔子的礼的不同；及周公主义，与南子主义的冲突。他所发见的有浅深，所表现的有好坏，这是我们可以批评的。如果说：他不应该把孔子扮成剧本中的脚色，不应该把"子见南子"这回事编成剧本，我们不应该在曲阜表演这样的一本独幕悲喜剧：这是我们要付讨论的。

《大公报》的记者说："批评须有其适当之态度：即须忠实，须谨慎，不能离开理论与史实。"这是立论的公式，不是作戏剧的公式，也不是我们演剧者所应服从的公式。

又说："子见南子，'见'而已矣，成何艺术？有何人生真义？又何从发见与礼教之冲突？"（在这里，我要附带着声明一下。我的答辩书原文是："在礼教与艺术之间，认取人生真义。"书手写时错误了。不过这些都无关宏恉。）"见而已矣！"固然！但在当时子路已经不说，孔子且曾发誓，是所谓"见"者，岂不大有文章？而且南子曾宣言：到卫国来见寡君的，必须见寡小君。孔子又曾陪南子出游，参乘过市。再连同南子的许多故事，辑在一块，表演起来，怎见得就不能成为艺术？

艺术的表现,有作者自己在内,与作史是不同的呵！孔子有孔子的人生观,南子也自有她的人生观,把这两种不同的人生观,放在一幕里表演出来,让观众自己认识去,怎见得发见不出人生的真义？原剧所表演的南子,是尊重自我的,享乐主义的;孔子却是一个遵守礼法的,要得位行道。这两个人根本态度便不同,又怎能没有冲突？至于说:"普通界说之所谓孔教,乃宋儒以后之事,非原始的孔教。"我要请问:原始的礼教,究是什么样子？魏晋之间,所常说的"礼法之士",是不是指的儒家者流？

又说:"例以如演《子见南子》之剧,可以明艺术与人生。吾不知所谓艺术与人生者何若也！"上文说过:艺术是人生的表现,作者在表演人生,观者看了之后,各随其能感的程度,而有所见于人生,又有人专门跑到剧场中去看人类。所谓艺术与人生者就是这样,这有什么奇怪？难道说,凡所谓艺术与人生者,都应在孔教的范畴之中么？

记者先生又由孔学本身上观察说:"自汉以来,孔子横被帝王利用,竟成偶像化,形式化,然其责孔子不负之。——真理所示,二千年前之先哲,初不负二千年后政治之责任。"我却以为不然。自汉以来,历代帝王,为什么单要利用孔子？最尊崇孔子的几个君主,都是什么样的人？他们尊崇孔子的意义是什么？如果孔子没有这一套东西,后世帝王又何从利用起？他们为什么不利用老庄与荀子？一般不耕而食,不织而衣,成为游民阶级的"士",不都是在尊崇孔教的口号之下,产生出来的吗？历代政治权力者所豢养的士,不都是祖述孔子的吗？他们所祖述的孔子学说，不见得都是凭空捏造的吧？孟子说过："民为贵，社稷次之，君为轻"，几乎被朱元璋赶出圣庙去。张宗昌因为尊孔能收拾人心，除了认孔德成为"仁侄"之外，还刻印了十三经。封建势力善以孔子的学说为护符，其责孔子不负之谁负之？

又说："孔学之真价值，初不借政治势力为之保存，反因帝王利用而教义不显。"那么，记者先生对于我这次被告，应作何感想呢？

记者先生说我们研究不彻底，态度不谨严。记者先生忘记我们是在表演戏剧，不是背述史实；我们是在开游艺会，不是宣读论文。而且"自究极的意义言之"，演者在表演实人生时，不用向他说你要谨严谨严，他自然而然地会谨严起来；因为实人生是严肃的，演者面对着实人生时，他自会严肃起来的。同时，如果研究的不彻底，也绝对表演不好。在筹备演《子见南子》的时候，我曾教学生到孔庙里去看孔子及子路的塑像，而且要过细地看一下。对于《论语》，尤其是《乡党》一篇，要着实地研究一下。单为要演戏，还详细地讨论过"温良恭俭让"五个字的意味。我们研究的固然不算怎样彻底，但已尽其最善之努力了。记者先生还以为我们太草率么？我们应当读书十年之后，再演《子见南子》么？不必吧！记者先生既说："《子见南子》剧脚本，吾人未见；曲阜二师，如何演剧，更属不知。"还能说我们研究不彻底，态度不谨严么？何不买一《奔流》月刊第一卷第六号看看，到曲阜实地调查一下再说呢？这样，岂不研究的更彻底，态度更能谨严些么？而且我们演剧的背影是什么？曲阜的社会状况何若？一般民众的要求怎样？记者先生也许"更属不知"吧？那末，所根据的史实是什么呢？记者先生对于孔学本身，未曾论列；何谓礼教？何谓艺术？更少发挥。对于我个人，颇有敲打；对于我们演《子见南子》微词更多：不知根据的什么理论？

所谓"孔学的本身"，与"孔学的真价值"，到底是什么？请《大公报》的记者，具体的提出来。我们站在中华民国十八年的立场上，愿意陪着记者先生，再重新估量估量。

一九二九，七，二八，济南旅舍。

九　教育部训令第九五二号
令山东教育厅

查该省省立第二师范校长宋还吾被控侮辱孔子一案，业令行该厅查办，并加派本部参事朱葆勤，会同该厅，严行查办各在案。兹据该参事厅长等，将查明各情，会同呈复前来。查该校校长宋还吾，既据该参事厅长等，会同查明，尚无侮辱孔子情事，自应免予置议。惟该校校长以后须对学生严加训诰，并对孔子极端尊崇，以符政府纪念及尊崇孔子本旨。除据情并将本部处理情形，呈请行政院鉴核转呈，暨指令外，合行令仰该厅知照，并转饬该校校长遵照，此令。

十　曲阜二师校长呈山东教育厅文

呈为呈请事。案据山东《民国日报》《山东党报》二十八日登载教育部训令九五二号,内开"云云"。查办以来,引咎待罪,二十余日,竟蒙教育部昭鉴下情,免予置议,感激之余,亟思图报。惟关于训诂学生,尊崇孔子两点,尚无明文详细规定。恐再有不符政府纪念及尊崇孔子本旨,致重罪戾,又以八月二十七日孔子诞辰纪念,为期已迫,是以未及等候教厅载令到校,提前呈请。查孔家哲学之出发点,约略言之,不过一部《易经》。"上天下泽,履,君子以辩上下,定民志。"类此乾坤定位,贵贱陈列,以明君臣之大义,以立万世之常经的宇宙观,何等整齐。自民国肇造以来,由君主专制之政体,一变而为民主民治,由孔家哲学之观点论之,实不啻翻天倒泽,加履首上,上下不辩,民志不定,乾坤毁灭,阴阳错乱,"乾坤毁则无以见易,易不可见,则乾坤或几乎息矣。"如此则孔家全部哲学,尚何所根据乎?此后校长对学生,有所训诂,如不阐明孔子尊君之义,则训诂不严,难免违犯部令之罪,如阐明孔子尊君之义,则又抵触国体;将违犯刑法第一百零三条,及第一百六十条。校长在武汉被共党逮捕入狱,八十余日,饱尝铁窗风味,至今思之,犹觉寒心,何敢再触法网,重入囹圄。校长效力党国,如有罪戾,应请明令处置,如无罪戾,何为故使进退维谷?校长怀刑畏法,只此一端,已无以自处。窃谓应呈请部院,删除刑法第一百零三条,及第一百六十条,或明令解释讲演孔子尊君之义为不抵触国体,则校长将有所遵循,能不获罪。又查尊崇孔子最显著者莫过于祭孔典礼,民国以来,祭孔率行鞠躬礼,惟袁世凯筹备帝制时,则定为服祭天服,行跪拜礼,张宗昌在山东时亦用跪拜礼。至曲阜孔裔告祭林庙时,自袁世凯以来,以至今日,均系服祭天服,行跪拜礼,未尝稍改。本校设在曲阜,数年前全校师生赴孔庙参加祭孔典礼,曾因不随同跪拜,大受孔裔斥责,几起冲突。刻距现行历八月二十七日孔子诞辰,为期不足一月,若不预制祭天服,定行跪拜礼,倘被孔裔控告,为尊崇孔子,未能极端,则校长罪戾加重,当何词以自解?若预制祭天服,则限于预算,款无所出,实行跪拜礼,则院部尚无功令,冒然随同,将违背现行礼节,当然获罪。且查曲阜衍圣公府,输资设立明德中学,向无所谓星期,每旧历庚日,则休假一日,名曰旬休,旧历朔望,例须拜孔,行三跪九叩礼,又每逢祭孔之时,齐集庙内,执八佾舞于两阶。本校学生如不从同,则尊崇不能极端,如须从同,是否违背院部功令。凡此种种,均请钧厅转院部,明令示遵。临呈不胜迫切待命之至。谨呈山东省政府教育厅厅长何。山东省立第二师范校长宋还吾。七月二十八日。

十一　山东教育厅训令
第一二〇四号　八月一日

省立第二师范校长宋还吾调厅另有任用,遗缺以张敦讷接充。此令。

十二 结　语

有以上十一篇公私文字，已经可无须说明，明白山东曲阜第二师范学校演《子见南子》一案的表里。前几篇呈文(二至三)，可借以见"圣裔"告状的手段和他们在圣地的威严；中间的会呈(四)，是证明控告的说诳；其次的两段记事(五至六)，则揭发此案的内幕和记载要人的主张的。待到教育部训令(九)一下，表面上似乎已经无事，而宋校长偏还强项，提出种种问题(十)，于是只得调厅，另有任用(十一)，其实就是"撤差"也矣。这即所谓"息事宁人"之举，也还是"强宗大姓"的完全胜利也。

一九二九年八月二十一夜，鲁迅编讫谨记。

*　　*　　*

〔1〕 本篇最初发表于1929年8月19日《语丝》周刊第五卷第二十四期(衍期出版)。

《子见南子》，独幕话剧，林语堂根据有关孔丘见卫灵公夫人南子的历史记载编写而成。最初发表于1928年11月《奔流》月刊第一卷第六号。

一九三〇年

柳无忌来信按语[1]

鲁迅谨按——

  我的《中国小说史略》,是先因为要教书糊口,这才陆续编成的,当时限于经济,所以搜集的书籍,都不是好本子,有的改了字面,有的缺了序跋。《玉娇梨》[2]所见的也是翻本,作者,著作年代,都无从查考。那时我想,倘能够得到一本明刻原本,那么,从板式,印章,序文等,或者能够推知著作年代和作者的真姓名罢,然而这希望至今没有达到。

  这三年来不再教书,关于小说史的材料也就不去留心了。因此并没有什么新材料。但现在研究小说史者已经很多,并且又开辟了各种新方面,所以现在便将柳无忌先生的信,借《语丝》公开,希望得有关于《玉娇梨》的资料的读者,惠给有益的文字。这,大约是《语丝》也很愿意发表的。

一九三〇年,二月十九日。

【备考】：

来　信

鲁迅先生：

素不相识，请恕冒昧通信之罪。

为的是关于中国小说的一件事。在你的《小说史略》中，曾讲过明代的一部言情小说：《玉娇梨》，真如你所云，此书在中国虽不甚通行，在欧洲却颇有一时的运命。月前去访耶鲁大学的德文系主任，讲到歌德的事。他说：歌德曾批评过一部中国的小说，颇加称道；于是他就把校中"歌德藏书室"中的法德文译本的《玉娇梨》给我看。后来我又另在耶鲁图书馆中找到一册英译。

在学问方面，欧美作者关于歌德已差不多考证无遗，——独有在这一方面，讲到《玉娇梨》的文字，尚付阙如。因此我想，倘使能将我国人所有讲及此书的材料，搜集整理一下，公诸欧美研究歌德的学者，也许可算一点贡献，虽是十分些微的。但是苦于学问不足，在此又无工具可用，竟无从入手。因此想到先生于中国小说，研究有素，未知能否示我一点材料；关于原书的确切年代，作者的姓名及生活，后人对于此书的记载及批评，为帮忙查考？

此信拟由小峰先生转上，如能公开了，引起大众的兴趣，也是件"美德"。

祝学安

柳无忌上。十九年一月二十一日。

＊　　＊　　＊

　〔1〕 本篇最初发表于1930年1月20日《语丝》周刊第五卷第四十五期(衍期出版)"通讯"栏,在柳无忌来信之后。

　柳无忌(1907—2002),江苏吴江人,当时是美国耶鲁大学学生。

　〔2〕《玉娇梨》 人情小说,清代张匀撰,旧刻本题"荑荻山人编次",五卷,二十回。该书在1826年由法国人锐幕萨译成法文;次年,英国伦敦出版了英译本,德国司图嘉特出版了德译本。据爱克曼编《歌德谈话录》1827年1月31日一则记载,歌德所称道的中国小说,实为清代人情小说《好逑传》,而非《玉娇梨》。柳无忌来信中的说法有误。按《好逑传》,又名《侠义风月传》,四卷十八回,题"名教中人编次"。

《文艺研究》例言[1]

一、《文艺研究》专载关于研究文学,艺术的文字,不论译著,并且延及文艺作品及作者的绍介和批评。

二、《文艺研究》意在供已治文艺的读者的阅览,所以文字的内容力求其较为充实,寿命力求其较为久长,凡泛论空谈及启蒙之文,倘是陈言,俱不选入。

三、《文艺研究》但亦非专载今人作品,凡前人旧作,倘于文艺史上有重大关系,划一时代者,仍在绍介之列。

四、《文艺研究》的倾向,在究明文艺与社会之关系,所以凡社会科学上的论文,倘其中有若干部分涉及文艺者,有时亦仍在绍介之列。

五、《文艺研究》甚愿于中国新出之关于文艺及社会科学书籍,有简明的绍介和批评,以便利读者。但同人见识有限,力不从心,倘蒙专家惠寄相助,极所欣幸。

六、《文艺研究》又甚愿文与艺相钩连,因此微志,所以在此亦试加插图,并且在可能范围内,多载塑绘及雕刻之作。

七、《文艺研究》于每年二月,五月,八月,十一月十五日各印行一本;每四本为一卷。每本约二百余页,十万至十二万字。倘多得应当流布的文章,即随时增页。

八、《文艺研究》上所载诸文，此后均不再印造单行本子，所以此种杂志即为荟萃单篇要论之丛书，可以常资参考。

* * *

〔1〕 本篇最初载于1930年上海《文艺研究》创刊号。原题《例言》。未署名。1930年2月8日鲁迅日记："午后寄陈望道信并《文艺研究》例言草稿八条。"

《文艺研究》，季刊，鲁迅编辑，上海大江书铺发行。版权页印1930年2月15日出版，实际出版时间约在4月底至5月初。仅出一期。

鲁 迅 自 传[1]

　　我于一八八一年生于浙江省绍兴府城里的一家姓周的家里。父亲是读书的;母亲姓鲁,乡下人,她以自修得到能够看书的学力。听人说,在我幼小时候,家里还有四五十亩水田,并不很愁生计。但到我十三岁时,我家忽而遭了一场很大的变故,几乎什么也没有了;我寄住在一个亲戚家里,有时还被称为乞食者。我于是决心回家,而我底父亲又生了重病,约有三年多,死去了。我渐至于连极少的学费也无法可想;我底母亲便给我筹办了一点旅费,教我去寻无需学费的学校去,因为我总不肯学做幕友或商人,——这是我乡衰落了的读书人家子弟所常走的两条路。

　　其时我是十八岁,便旅行到南京,考入水师学堂了,分在机关科。大约过了半年,我又走出,改进矿路学堂去学开矿,毕业之后,即被派往日本去留学。但待到在东京的豫备学校毕业,我已经决意要学医了。原因之一是因为我确知道了新的医学对于日本维新有很大的助力。我于是进了仙台(Sendai)医学专门学校,学了两年。这时正值俄日战争,我偶然在电影上看见一个中国人因做侦探而将被斩,因此又觉得在中国医好几个人也无用,还应该有较为广大的运动……先提倡新文艺。我便弃了学籍,再到东京,和几个朋友立了些小计划,但都陆续失败了。我又想往德国去,也失败了。终于,因为我底母亲和几个别的人很希望我有经济上的帮助,我便回到中国来;这时我是二十九岁。

我一回国,就在浙江杭州的两级师范学堂做化学和生理学教员,第二年就走出,到绍兴中学堂去做教务长,第三年又走出,没有地方可去,想在一个书店去做编译员,到底被拒绝了。但革命也就发生,绍兴光复后,我做了师范学校的校长。革命政府在南京成立,教育部长招我去做部员,移入北京;后来又兼做北京大学,师范大学,女子师范大学的国文系讲师。到一九二六年,有几个学者到段祺瑞[2]政府去告密,说我不好,要捕拿我,我便因了朋友林语堂[3]的帮助逃到厦门,去做厦门大学教授,十二月走出,到广东,做了中山大学教授,四月辞职,九月出广东,一直住在上海。

我在留学时候,只在杂志上登过几篇不好的文章。初做小说是一九一八年,因为一个朋友钱玄同的劝告,做来登在《新青年》上的。这时才用"鲁迅"的笔名(Pen-name);也常用别的名字做一点短论。现在汇印成书的有两本短篇小说集:《呐喊》,《彷徨》。一本论文,一本回忆记,一本散文诗,四本短评。别的,除翻译不计外,印成的又有一本《中国小说史略》,和一本编定的《唐宋传奇集》。

一九三〇年五月十六日

＊　　＊　　＊

〔1〕 本篇据手稿编入。它是作者在1925年所作《自叙传略》(收入《集外集》)的基础上增补修订而成的。

〔2〕 段祺瑞(1865—1936) 字芝泉,安徽合肥人,北洋军阀皖系首领。1924年至1926年任北洋政府"临时执政"。1926年他制造了镇压群众反帝爱国运动的三一八惨案。事后,又发布秘密通缉令,据1926年3月26日《京报》披露,"该项通缉令所罗织之罪犯闻竟有五十人之多,如……周树人(即鲁迅)许寿裳……均包括在内,闻所开五十人中之学界部分,系(教长)马君武亲笔开列"。

〔3〕 林语堂(1895—1976) 福建龙溪人,作家。曾留学美国、德国,回国后在北京大学、北京女子师范大学等校任教。《语丝》撰稿人之一。三十年代在上海编辑《论语》、《人间世》等刊物,提倡幽默和闲适文学。1926年6月他任厦门大学文科主任兼国学研究院秘书时,曾推荐鲁迅到厦门大学任教。

题赠冯蕙熹[1]

杀人有将,救人为医。
杀了大半,救其孑遗。
小补之哉,乌乎噫嘻![2]

鲁 迅

一九三十年九月一日,上海

* * *

〔1〕 本篇据手迹编入,原无标题。

冯蕙熹,广东南海人,许广平的表妹。当时是北平协和医学院学生。

〔2〕 小补之哉　语出《孟子·尽心(上)》:"夫君子所过者化,所存者神,上下与天地同流,岂曰小补之哉!"

《铁甲列车 Nr. 14-69》译本后记[1]

　　作者的事迹,见于他的自传,本书的批评,见于 Kogan 教授的《伟大的十年的文学》[2]中,中国已有译本,在这里无须多说了。

　　关于巴尔底山[3]的小说,伊凡诺夫[4]所作的不只这一篇,但这一篇称为杰出。巴尔底山者,源出法语,意云"党人",当拿破仑侵入俄国时,农民即曾组织团体以自卫,[5]——这一个名目,恐怕还是法国人所起的。

　　现在或译为游击队,或译为袭击队,经西欧的新闻记者用他们的有血的笔一渲染,读者便觉得像是渴血的野兽一般了。这篇便可洗掉一切的风说,知道不过是单纯的平常的农民的集合,——其实只是工农自卫团而已。

　　这一篇的底本,是日本黑田辰男[6]的翻译,而且是第二次的改译,自云"确已面目一新,相信能近于完全"的,但参照 Eduard Schiemann[7]的德译本,则不同之处很不少。据情节来加推断,亦复互见短长,所以本书也常有依照德译本之处。大约作者阅历甚多,方言杂出,即这一篇中就常有西伯利亚和中国语;文笔又颇特别,所以完全的译本,也就难于出现了罢。我们的译本,也只主张在直接的完译未出之前,有存在的权利罢了。

　　一九三〇年十二月三〇日。编者。

※　※　※

〔1〕 本篇最初印入 1932 年 8 月上海神州国光社出版的中译本《铁甲列车 Nr. 14—19》。原题《后记》。

《铁甲列车 Nr. 14—69》,中篇小说,苏联伊凡诺夫作,描写苏联国内战争时期西伯利亚工人、农民组成游击队同日本、美国干涉者所支持的高尔察克白匪军斗争的故事。侍桁译,鲁迅校,列为鲁迅所编的《现代文艺丛书》之一。Nr,德语 Nummer 的缩写,意为号码。

〔2〕 Kogan　戈庚(П. С. Коган,1872—1932),苏联文学史家。著有《西欧文学史概论》等。《伟大的十年的文学》,论述十月革命前后至 1927 年苏联文学发展概况的著作。沈端先(即夏衍)译,1930 年 9 月上海南强书局出版。

〔3〕 巴尔底山　俄语 Партизан 的音译,源于法语 Partisan。

〔4〕 伊凡诺夫(В. В. Иванов,1895—1963)　苏联作家。著有中篇小说《游击队员》、《铁甲列车 Nr. 14—69》、《有色的风》,长篇小说《巴尔霍明柯》等。

〔5〕 拿破仑于 1812 年 6 月入侵俄国,9 月攻克莫斯科,当时的俄军统帅库图佐夫组织军队进行游击战争,并鼓励农民开展游击运动,于 10 月转入反攻,11 月将法军驱逐出俄国。

〔6〕 黑田辰男(1902—?)　日本的俄罗斯及苏联文学研究者和翻译家。他的改译本于 1930 年(昭和五年)3 月 10 日由东京小石川马克思书房出版发行。写于同年 2 月的序称:"《铁甲列车》三年前已有拙译出版,此次再版几尽弃旧稿,重新改译。重译本《铁甲列车》确已面目一新,相信能近于完全。"

〔7〕 Eduard Schiemann　爱德华·席曼,德国翻译家。

一九三一年

题《陶元庆的出品》[1]

　　此璇卿[2]当时手订见赠之本也。倏忽已逾三载,而作者亦久已永眠于湖滨。草露易晞[3],留此为念。乌呼!
　　一九三一年八月十四夜,鲁迅记于上海。

* * *

　　〔1〕 本篇据手迹编入,原题在鲁迅所藏画集《陶元庆的出品》空白页上,无标题、标点。
　　《陶元庆的出品》,陶元庆在上海立达学园美术院西画系第二届绘画展览会上展出作品的选集,共收绘画八幅。1928年5月北新书局印行。内有鲁迅《当陶元庆君的绘画展览时——我所要说的几句话》一文(后收入《而已集》)。同年5月7日陶元庆将此画集赠给鲁迅。
　　〔2〕 璇卿　陶元庆(1893—1929),字璇卿,浙江绍兴人,美术家。曾在浙江台州第六中学、上海立达学园、杭州美术专科学校任教。鲁迅的著译《坟》、《彷徨》、《朝花夕拾》、《苦闷的象征》等都由他作封面画。他病逝后葬于杭州西湖的玉泉道上,墓地为鲁迅出资购置。
　　〔3〕 草露易晞　语出汉乐府相和曲《薤露曲》:"薤上露,何易晞。露晞明朝更复落,人死一去何时归。"

凯绥·珂勒惠支木刻《牺牲》说明[1]

珂勒惠支(Käthe Kollwitz)以一八六七年生于东普鲁士之区匿培克(Koenigsberg)[2],在本乡,柏林,明辛[3]学画,后与医生Kollwitz结婚。其夫住贫民区域,常为贫民治病,故K. Kollwitz的画材,也多为贫病与辛苦。

最有名的是四种连续画[4]。《牺牲》即木刻《战争》七幅中之一,刻一母亲含悲献她的儿子去做无谓的牺牲。这时正值欧洲大战,她的两个幼子都死在战线上[5]。

然而她的画不仅是"悲哀"和"愤怒",到晚年时,已从悲剧的,英雄的,暗淡的形式化蜕了。

所以,那盖勒(Otto Nagel)[6]批评她说:K. Kollwitz之所以于我们这样接近的,是在她那强有力的,无不包罗的母性。这漂泛于她的艺术之上,如一种善的征兆。这使我们希望离开人间。然而这也是对于更新和更好的"将来"的督促和信仰。

*　　*　　*

〔1〕 本篇最初发表于1931年9月20日上海《北斗》月刊创刊号,原题《牺牲——德国珂勒维支木刻〈战争〉中之一》。未署名。关于

鲁迅选载木刻《牺牲》的用意,参看《南腔北调集·为了忘却的记念》。

凯绥·珂勒惠支(1867—1945),德国版画家。鲁迅于1936年编印过《凯绥·珂勒惠支版画选集》,并写《序目》(收入《且介亭杂文末编》)。

〔2〕 区匿培克 通译哥尼斯堡,东普鲁士的工业城市,第二次世界大战后划归苏联,改名加里宁格勒。现为俄罗斯联邦西端的港口城市。

〔3〕 明辛 通译慕尼黑,现德国东南部的一个城市。珂勒惠支先后在柏林女子绘画学校和慕尼黑女子艺术学校学习过。

〔4〕 四种连续画 即《织工的反抗》、《农民战争》、《战争》、《无产阶级》四组版画。《牺牲》是《战争》中的第一幅,也是介绍到中国来的第一幅珂勒惠支的版画。

〔5〕 欧洲大战 即第一次世界大战。珂勒惠支的第二个儿子彼得于1914年10月23日战死,文中所说"两个幼子"当系误记。

〔6〕 那盖勒(1894—1967) 通译纳格尔,德国画家、美术批评家。

《勇敢的约翰》校后记[1]

这一本译稿的到我手头,已经足有一年半了。我向来原是很爱 Petöfi Sándor[2] 的人和诗的,又见译文的认真而且流利,恰如得到一种奇珍,计画印单行本没有成,便想陆续登在《奔流》上,绍介给中国。一面写信给译者,问他可能访到美丽的插图。

译者便写信到作者的本国,原译者 K. de Kalocsay[3] 先生那里去,去年冬天,竟寄到了十二幅很好的画片,是五彩缩印的 Sándor Bélátol[4]（照欧美通式,便是 Béla Sándor）教授所作的壁画,来信上还说:"以前我搜集它的图画,好久还不能找到,已经绝望了,最后却在一个我的朋友那里找着。"那么,这《勇敢的约翰》的画像,虽在匈牙利本国,也是并不常见的东西了。

然而那时《奔流》又已经为了莫名其妙的缘故而停刊。以为倘使这从此湮没,万分可惜,自己既无力印行,便绍介到小说月报社去,然而似要非要,又送到学生杂志社[5]去,却是简直不要,于是满身晦气,怅然回来,伴着我枯坐,跟着我流离,一直到现在。但是,无论怎样碰钉子,这诗歌和图画,却还是好的,正如作者虽然死在哥萨克[6]兵的矛尖上,也依然是一个诗人和英雄一样。

作者的事略,除译者已在前面叙述外,还有一篇奥国 Alfred Teniers 做的行状,白莽所译,[7]登在第二卷第五本,即最末一本的《奔流》中,说得较为详尽。他的擅长之处,自然是在抒情的诗;但这一篇民间故事诗,虽说事迹简朴,却充满着儿童的天真,所以即使你已经做过九十大寿,只要还有些"赤子之心",也可以高高兴兴的看到卷末。德国在一八七八年已有 I. Schnitzer[8]的译本,就称之为匈牙利的童话诗。

对于童话,近来是连文武官员都有高见了;有的说是猫狗不应该会说话,称作先生,失了人类的体统;[9]有的说是故事不应该讲成王作帝,违背共和的精神。但我以为这似乎是"杞天之虑",其实倒并没有什么要紧的。孩子的心,和文武官员的不同,它会进化,决不至于永远停留在一点上,到得胡子老长了,还在想骑了巨人到仙人岛去做皇帝[10]。因为他后来就要懂得一点科学了,知道世上并没有所谓巨人和仙人岛。倘还想,那是生来的低能儿,即使终生不读一篇童话,也还是毫无出息的。

但是,现在倘有新作的童话,我想,恐怕未必再讲封王拜相的故事了。不过这是一八四四年所作,而且采自民间传说的,又明明是童话,所以毫不足奇。那时的诗人,还大抵相信上帝,有的竟以为诗人死后,将得上帝的优待,坐在他旁边吃糖果哩。[11]然而我们现在听了这些话,总不至于连忙去学做诗,希图将来有糖果吃罢。就是万分爱吃糖果的人,也不至于此。

就因为上述的一些有益无害的原因,所以终于还要尽微末之力,将这献给中国的读者,连老人和成人,单是借此消遣的和研究文学的都在内,并不专限于儿童。世界语译本上原有插画三小幅,这里只取了两幅;最可惜的是为了经济关系,那难得的十二幅壁画的大部分只能用单色铜版印,以致失去不少的精采。但总算已经将匈牙利的一种名作和两个画家绍介在这里了。

一九三一年四月一日,鲁迅。

※　　※　　※

〔1〕 本篇最初印入 1931 年 10 月上海湖风书店出版的中译本《勇敢的约翰》。

《勇敢的约翰》,长篇童话叙事诗,裴多菲的代表作。它以流行的民间传说为题材,描写贫苦牧羊人约翰勇敢机智的斗争故事。孙用据世界语译本转译。按孙用(1902—1983),原名卜成中,浙江杭州人。翻译家。1929 年 11 月初,他将该书的中译稿寄给鲁迅。

〔2〕 Petöfi Sándor　裴多菲·山陀尔(1823—1849),匈牙利诗人、革命家。1848 年 3 月他参加领导了反抗奥地利统治的布达佩斯起义,次年 9 月在同协助奥国侵略的沙皇军队作战中牺牲。一说在瑟什堡战役中与一批匈牙利士兵被俘,押至西伯利亚,约于 1856 年病卒。

〔3〕 K. de Kalocsay　克·德·考罗卓(1891—?),匈牙利诗人、翻译家,《勇敢的约翰》的世界语译者。

〔4〕 Sándor Bélátol　山陀尔·贝拉(1872—1949),匈牙利画家。

〔5〕 学生杂志　一种以青少年为对象的月刊,朱元善等编辑,上海商务印书馆出版。1914 年 7 月创刊,原名《学生月刊》,1920 年起改

用本名。1947年8月出至第二十四卷第八期终刊。

〔6〕 哥萨克 原为突厥语,意思是"自由的人"或"勇敢的人"。他们原是俄罗斯的一部分农奴和城市贫民,十五世纪后半叶和十六世纪前半叶,因不堪封建压迫,从俄国中部逃出,定居在俄国南部的库班河和顿河一带,自称为"哥萨克人"。他们善骑战,沙皇时代多入伍当兵。

〔7〕 Alfred Teniers 通译奥尔佛雷德·德涅尔斯(1839—1921),奥地利作家。白莽(1909—1931),原名徐柏庭,又名徐祖华,笔名白莽、殷夫,浙江象山人。作家,"左联"成员。1931年2月7日被国民党当局杀害。他所译的德涅尔斯的文章题为《彼得斐·山陀尔行状》。

〔8〕 I. Schnitzer 施尼策尔(1839—1921),匈牙利记者、诗人、翻译家。

〔9〕 湖南军阀何键在1931年2月给国民党政府教育部的咨文中说:"近日课本。每每狗说。猪说。鸭子说。以及猫小姐。狗大哥。牛公公之词。充溢行间。禽兽能作人言。尊称加诸兽类。鄙俚怪诞。莫可言状。"(见1931年3月5日《申报》)

〔10〕 骑了巨人到仙人岛去做皇帝 这是《勇敢的约翰》结尾的情节。

〔11〕 诗人死后坐在上帝身旁吃糖果,见德国诗人海涅(1797—1856)的诗集《还乡记》中的第六十六首小诗。原诗的译文是:"我梦见我自己做了上帝,昂然地高坐在天堂,天使们环绕在我身旁,不绝地称赞着我的诗章。我在吃糕饼、糖果,喝着酒,和天使们一起欢宴,我享受着这些珍品,却无须破费一个小钱。"

理惠拉壁画《贫人之夜》说明[1]

理惠拉（Diego Rivera）以一八八六年生于墨西哥，然而是久在西欧学画的人。他二十岁后，即往来于法兰西，西班牙和意大利，很受了印象派[2]，立体派[3]，以及文艺复兴前期的壁画家[4]的影响。此后回国，感于农工的运动，遂宣言"与民众同在"，成了有名的生地壁画家。生地壁画（Fresco）者，乘灰粉未干之际，即须挥毫傅彩，是颇不容易的。

他的壁画有三处，一为教育部内的劳动院，二为祭祝院，三为查宾戈（Chapingo）农业学校。这回所取的一幅，是祭祝院里的。

理惠拉以为壁画最能尽社会的责任。因为这和宝藏在公侯邸宅内的绘画不同，是在公共建筑的壁上，属于大众的。因此也可知倘还在倾向沙龙（Salon）[5]绘画，正是现代艺术中的最坏的倾向。

* * *

〔1〕 本篇最初发表于1931年10月20日《北斗》月刊第一卷第二期，原题《贫人之夜》。未署名。

理惠拉（1886—1957），通译里维拉，墨西哥画家，墨西哥壁画运动重要成员之一。主要作品有壁画《人——世界的主人》、《大地的母亲》等。

〔2〕 印象派 十九世纪后半期在欧洲(最早在法国)兴起的一种文艺思潮和艺术流派。印象派的绘画强调表现艺术家瞬间的主观印象,追求光线、色彩的效果。这种思潮后来影响到文学、音乐、雕塑等各方面。

〔3〕 立体派 又称立方派,二十世纪初形成于法国的一种艺术流派。强调多面表现物体的立体形态,主张以几何图形(立方体、球体和圆锥体等)作为绘画和造型艺术的基础,作品构图怪诞。

〔4〕 文艺复兴前期的壁画家 文艺复兴前期,意大利壁画艺术空前繁荣,代表人物有乔托(Giotto di Bondone,1267—1337)、马萨丘(Masaccio,1401—1428)等,他们所绘宗教题材的人物画具有世俗的生活气息,注意运用透视学、解剖学和色彩学,对后来的绘画艺术产生过很大的影响。

〔5〕 沙龙 法语 Salon 的音译,本义为客厅。沙龙绘画,指上流社会的绘画。

"日本研究"之外[1]

自从日本占领了辽吉两省以来,出版界就发生了一种新气象:许多期刊里,都登载了研究日本的论文,好几家书铺子,还要出日本研究的小本子。此外,据广告说,什么亡国史是瞬息卖完了好几版了。

怎么会突然生出这许多研究日本的专家来的?看罢,除了《申报》《自由谈》[2]上的什么"日本应称为贼邦","日本古名倭奴","闻之友人,日本乃施行征兵之制"一流的低能的谈论以外,凡较有内容的,那一篇不和从上海的日本书店买来的日本书没有关系的?这不是中国人的日本研究,是日本人的日本研究,是中国人大偷其日本人的研究日本的文章了。

倘使日本人不做关于他本国,关于满蒙的书,我们中国的出版界便没有这般热闹。

在这排日声中,我敢坚决的向中国的青年进一个忠告,就是:日本人是很有值得我们效法之处的。譬如关于他的本国和东三省,他们平时就有很多的书,——但目下投机印出的书,却应除外,——关于外国的,那自然更不消说。我们自己有什么?除了墨子为飞机鼻祖[3],中国是四千年的古国这些没出息的梦话而外,所有的是什么呢?

我们当然要研究日本,但也要研究别国,免得西藏失掉了再来研究英吉利(照前例,那时就改称"英夷"),云南危急了再来研究法兰西。也可以注意些现在好像和我们毫无关系的德,奥,匈,比……尤其是应该研究自己:我们的政治怎样,经济怎样,文化怎样,社会怎样,经了连年的内战和"正法",究竟可还有四万万人了?

我们也无须再看什么亡国史了。因为这样的书,至多只能教给你一做亡国奴,就比现在的苦还要苦;他日情随事迁,很可以自幸还胜于连表面上也已经亡国的人民,依然高高兴兴,再等着灭亡的更加逼近。这是"亡国史"第一页之前的页数,"亡国史"作者所不肯明写出来的。

我们应该看现代的兴国史,现代的新国的历史,这里面所指示的是战叫,是活路,不是亡国奴的悲叹和号咷!

*　　*　　*

〔1〕 本篇最初发表于1931年11月30日《文艺新闻》第三十八号,署名乐贲。

〔2〕《自由谈》 上海《申报》副刊之一,始办于1911年8月,原由王蕴章、周瘦鹃等先后主编,多刊载鸳鸯蝴蝶派的作品。1932年12月黎烈文接编后,一度革新内容,常刊载进步作家写的杂文、短评。下文所说"日本应称为贼邦",见该刊1931年11月7日"抗日之声"栏所载寄萍的文章;"日本古名倭奴",见该刊同年10月13日所载瘦曼《反日声中之小常识》;关于日本施行征兵制,见该刊同年11月18日所载郑逸梅《纪客谈倭国之军人》。

〔3〕 墨子为飞机鼻祖 《韩非子·外储说(左上)》:"墨子为木

鸢,三年而成,蜚(飞)一日而败。"墨子为飞机鼻祖之说,当由此附会而来。

介绍德国作家版画展[1]

世界上版画出现得最早的是中国[2]，或者刻在石头上，给人模拓，或者刻在木版上，分布人间。后来就推广而为书籍的绣像[3]，单张的花纸，给爱好图画的人更容易看见，一直到新的印刷术传进了中国，这才渐渐的归于消亡。

欧洲的版画，最初也是或用作插画，或印成单张，和中国一样的。制作的时候，也是画手一人，刻手一人，印手又是另一人，和中国一样的。大家虽然借此娱目赏心，但并不看作艺术，也和中国一样。但到十九世纪末，风气改变了，许多有名的艺术家，都来自己动手，用刀代了笔，自画，自刻，自印，使它确然成为一种艺术品，而给人赏鉴的量，却比单能成就一张的油画之类还要多。这种艺术，现在谓之"创作版画"，以别于古时的木刻，也有人称之为"雕刀艺术"。

但中国注意于这种艺术的人，向来是很少的。去年虽然开过一个小小的展览会[4]，而至今并无继起。近闻有德国的爱好美术的人们，已筹备开一"创作版画展览会"。其版类有木，有石，有铜。其作家都是现代德国的，或寓居德国的各国的名手，有许多还是已经跨进美术史里去了的人们。例如亚尔启本珂（Archipenko），珂珂式加（O. Kokoschka），法宁该尔

(L. Feininger),沛息斯坦因(M. Pechstein)[5],都是只要知道一点现代艺术的人,就很熟识的人物。此外还有当表现派文学运动[6]之际,和文学家一同协力的霍夫曼(L. von Hofmann),梅特那(L. Meidner)[7]的作品。至于新的战斗的作家如珂勒惠支夫人(K. Kollwitz),格罗斯(G. Grosz),梅斐尔德(C. Meffert)[8],那是连留心文学的人也就知道,更可以无须多说的了。

这展览会里,连上述各家以及别的作者的版画,闻共有百余幅之多,大者至二三尺,且都有作者亲笔的署名,和翻印的画片,简直有天渊之别,是很值得美术学生和爱好美术者的研究的。

* * * *

〔1〕 本篇最初发表于1931年12月7日《文艺新闻》第三十九号,署名乐贲。

德国作家版画展,上海瀛寰图书公司的德籍经理伊蕾娜(Irene)于1931年底筹办,次年6月间在上海展出。从筹备到展出得到当时侨居上海的汉堡嘉夫人和鲁迅的大力支持。鲁迅曾为它提供部分展品和镜框,并为其写了本篇及下一篇介绍文字。

〔2〕 版画出现得最早的是中国 远在汉代,我国就产生了具有版画性质和特点的石刻画像。至唐代出现了《金刚经》扉画《佛在给孤独园说法图》(刊印于咸通九年,即公元868年)等优秀木刻版画,比欧洲现存的十五世纪初的木刻圣母像要早几百年。

〔3〕 绣像 指明清以来印在通俗小说卷头的书中人物的白描图像。

〔4〕 指1930年10月鲁迅与日本内山完造在上海合办的版画展览会,共展出苏、德等国作品七十余幅。

〔5〕 亚尔启本珂(1887—1964)　美国雕刻家、画家,原籍俄国,曾在德国从事美术活动。珂珂式加(1886—1980),奥地利画家、戏剧家,1908年侨居德国。法宁该尔(1871—1956),美国画家、雕刻家和音乐家,大部分时间住在德国。沛息斯坦因(1881—1955),德国画家。

〔6〕 表现派文学运动　二十世纪初流行于德国和奥地利的文艺流派。它强调表现自我感受,认为主观是唯一的真实,反对艺术的目的性。这一流派最早出现在绘画界,其代表人物有考考施卡、诺尔德等,后拓展到文学、戏剧等领域,其代表人物有卡夫卡、斯特林堡等。

〔7〕 霍夫曼(1861—1945)　德国画家、版画家。梅特那(1884—1966),德国画家。

〔8〕 格罗斯(1893—1959)　德国画家,后移居美国。梅斐尔德(1903—?),德国版画家。1926年到柏林学习绘画并开始创作。1932年以后被迫侨居瑞士、阿根廷等国。其代表作品有连环木刻《士敏土之图》、《你的姊妹》等。

德国作家版画展延期举行真像[1]

此次版画展览会,原定于本月七日举行,闻搜集原版画片,颇为不少,大抵大至尺余,如格罗斯所作石版《席勒剧本〈群盗〉警句图》十张[2],珂勒惠支夫人所作铜板画《农民图》七张,则大至二尺以上,因此镜框遂成问题。有志于美术的人,既无力购置,而一时又难以另法备办,现筹备人方四出向朋友商借,一俟借妥,即可开会展览。

又闻俄国木刻名家毕斯凯莱夫(N. Piskarev)[3]有《铁流图》四小幅,自在严寒中印成,赠与小说《铁流》之中国译者[4],昨已由译者寄回上海,是为在东亚唯一之原版画,传闻三闲书屋为之制版印行。并拟先在展览会陈列,以供爱好美术者之赏鉴。

*　　*　　*

〔1〕 本篇最初刊于1931年12月14日《文艺新闻》第四十号,原题《铁流图・版画展　延期举行真像》,未署名。

〔2〕 格罗斯所作《席勒剧本〈群盗〉警句图》,共九幅,完成于1922年。

〔3〕 毕斯凯莱夫(Н. Пискарев,1892—1959)　苏联版画家、图

书插画家。作品有《铁流》、《安娜·卡列尼娜》等书插图。

〔4〕《铁流》之中国译者　指曹靖华(1897—1987),原名联亚,河南卢氏人。未名社成员,翻译家。当时在苏联列宁格勒大学任教。他翻译的《铁流》1931年11月由三闲书屋出版。同年12月8日,鲁迅收到他寄来的毕斯凯莱夫手拓《铁流》插图四幅,曾拟制版单独印行,但未实现,后收入《引玉集》。

一九三二年

水灾即"建国"[1]

《建国月刊》[2]第六卷第二期出版了,上海各大报上都登着广告。首先是光辉灿烂的"本刊宗旨":

（一）阐扬三民主义的理论与实际；

（二）整理本党光荣之革命历史；

（三）讨论实际建设问题；

（四）整理本国学术介绍世界学术思潮。

好极了！那么,看内容罢。首先是光辉灿烂的"插图":水灾摄影[3]（四幅）！

好极了……这叫作一句话说尽了"建国"的本色。

*　　*　　*

〔1〕 本篇最初发表于1932年1月5日上海《十字街头》旬刊第三期,署名遐观。

〔2〕《建国月刊》 政治性综合期刊,邵元冲（当时是国民党中央执行委员）主编。1928年4月创刊于上海。原为周刊,1929年5月改为月刊。1931年2月迁至南京出版,1937年12月停刊。该刊第六卷第二

期未注年月,约出版于1931年底。

〔3〕 水灾摄影 1931年夏,因江河堤坝长年失修,长江、淮河流域八省发生严重水灾,受灾人口近一亿。《建国月刊》第六卷第二期卷首刊有以下四幅照片:"崇孝区四合障高家铺水灾"、"常德县城德区民康垸水灾摄影(一九三一年八月二十日)"、"常德县第四区乌黄障刘家屋后水口摄影(一九三一年八月九日)"、"护城下障沿沙河溃口"。

题《外套》[1]

此素园病重时特装相赠者,岂自以为将去此世耶,悲夫!越二年余,发箧见此,追记之。三十二年四月三十日,迅。

* * *

〔1〕 本篇据手迹编入,原无标题。

《外套》,俄国作家果戈理的中篇小说,韦素园译。1926年9月未名社初版,1929年再版,为《未名丛刊》之一。1929年7月韦素园以布面精装本一册寄赠鲁迅。

我对于《文新》的意见[1]

《文艺新闻》所标榜的既然是 Journalism[2]，杂乱一些当然是不免的。但即就 Journalism 而论，过去的五十期中，有时也似乎过于杂乱。例如说柏拉图的《共和国》，泰纳的《艺术哲学》都不是"文艺论"之类，[3]实在奇特的了不得，阿二阿三不是阿四，说这样的话干什么呢？

还有"每日笔记"[4]里，没有影响的话也太多，例如谁在吟长诗，谁在写杰作之类，至今大抵没有后文。我以为此后要有事实出现之后，才登为是。至于谁在避暑，谁在出汗之类，是简直可以不登的。

各省，尤其是僻远之处的文艺事件通信，是很要紧的，可惜的是往往亦有一回，后来就不知怎样，但愿常有接续的通信，就好。

论文看起来太板，要再做得花色一点。

各国文艺界消息，要多，但又要写得简括。例如《苏联文学通信》[5]那样的东西，我以为是很好的。但刘易士被打了一个嘴巴[6]那些，却没有也可以。

此外也想不起什么来了，也是杂乱得很，对不对，请酌为幸。

鲁迅。五月四日。

＊　　＊　　＊

〔1〕　本篇最初发表于1932年5月16日《文艺新闻》第五十五号。

《文新》，即《文艺新闻》，周刊，中国左翼作家联盟领导的刊物，主办人袁殊（即袁学易）。1931年3月16日创刊于上海，1932年6月20日被国民党当局查禁，共出六十号。该刊创刊一周年时，曾广泛征求意见，本篇即为此而写。

〔2〕　Journalism　英语：新闻学，当时曾译为集纳主义。

〔3〕　赵景深在《文艺新闻》第九号（1931年5月11日）发表的《没有文学概论》一文中说："我觉得'文学概论'这东西是没有的。我不敢承认有'文学概论'！……柏拉图的共和国也不是普通的文学概论而是柏拉图个人的文学论。推而至于泰纳的英国文学史和艺术哲学……都不是普通的文学概论，而是泰纳……个人的文学论。"《共和国》，通译《理想国》，柏拉图关于政治、社会问题的重要著作。泰纳（H. A. Taine，1828—1893），法国文艺理论家。《艺术哲学》是他的艺术理论批评著作。

〔4〕　"每日笔记"　《文艺新闻》的一个专栏，主要登载文艺界人物动态。《文艺新闻》第三号（1931年3月30日）该栏内，刊载过"叶灵凤赴西湖从事长篇著作"和"章衣萍赴西湖吟诗"的消息。

〔5〕　《苏联文学通信》　《文艺新闻》第五十号、五十一号（1932年4月11日、18日）连载的署名雷丹林的文章，其中介绍了苏联当时的各派文学思潮和高尔基的情况。

〔6〕　刘易士被打了一个嘴巴　《文艺新闻》第十二号（1931年6月1日）刊载过一则消息，题为《一巴掌！正义之击：德兰散打鲁意丝的耳光》。德兰散（T. Dreiser，1871—1945），通译德莱塞；鲁意丝，即刘易士（S. Lewis，1885—1951），二人都是美国小说家。

题 记 一 篇[1]

在昔原始之民，其居群中，盖惟以姿态声音，达其情意而已。声音繁变，寖成言辞，言辞谐美，乃兆歌咏。然言者，犹风波也，激荡方已，余踪杳然，独恃口耳之传，殊不足以行远或垂后，故越吟[2]仅一见于载籍，绋讴[3]不丛集于诗山也。幸赖文字，勾其散亡，楮墨所书，年命斯久。而篇章既富，评骘遂生，东则有刘彦和之《文心》[4]，西则有亚理士多德之《诗学》，解析神质，包举洪纤，开源发流，为世楷式。所惜既局于地，复限于时，后贤补苴，竞标颖异，积鸿文于书戚，嗟白首而难测，倘无要略，孰识菁英矣。作者青年劬学，著为新编，纵观古今，横览欧亚，撷华夏之古言，取英美之新说，探其本源，明其族类，解纷挈领，粲然可观，盖犹识玄冬于瓶水[5]，悟新秋于坠梧[6]，而后治诗学者，庶几由此省探索之劳已。

一九三二年七月三日，鲁迅读毕谨记。

* * *

〔1〕 本篇据手稿编入，是给一个青年作者的诗学论著写的题记。原有句读，无标题。

〔2〕 越吟 指古代越国的民歌，汉代刘向《说苑·善说》中载有

春秋时的《越人歌》一篇。

〔3〕 绋讴　古代出殡时挽柩人所唱的歌,如汉乐府《相和曲》中的《薤露曲》、《蒿里曲》。

〔4〕 刘彦和(约465—约532)　名勰,字彦和,南朝梁南东莞(今江苏镇江)人,文艺理论家。《文心》,即《文心雕龙》,十卷,是他所撰的一部系统的文艺理论专著。

〔5〕 识玄冬于瓶水　《吕氏春秋·察今》:"见瓶水之冰,而知天下之寒。"《尔雅·释天》:"冬为玄英。"

〔6〕 悟新秋于坠梧　《淮南子·说山》:"以小明大,见一叶落而知岁之将暮。"明代王象晋《群芳谱》:"梧桐一叶落,天下尽知秋。"

一九三三年

文摊秘诀十条[1]

一，须竭力巴结书坊老板，受得住气。

二，须多谈胡适之[2]之流，但上面应加"我的朋友"四字，但仍须讥笑他几句。

三，须设法办一份小报或期刊，竭力将自己的作品登在第一篇，目录用二号字。

四，须设法将自己的照片登载杂志上，但片上须看见玻璃书箱一排，里面都是洋装书，而自己则作伏案看书，或默想之状。

五，须设法证明墨翟是一只黑野鸡，或杨朱是澳洲人，[3]并且出一本"专号"。

六，须编《世界文学家辞典》一部，将自己和老婆儿子，悉数详细编入。

七，须取《史记》或《汉书》中文章一二篇，略改字句，用自己的名字出版，同时又编《世界史学家辞典》一部，办法同上。

八，须常常透露目空一切的口气。

九,须常常透露游欧或游美的消息。

十,倘有人作文攻击,可说明此人曾来投稿,不予登载,所以挟嫌报复。

＊　　＊　　＊

〔1〕 本篇最初发表于1933年3月20日上海《申报·自由谈》,署名孺牛。

〔2〕 胡适之(1891—1962) 即胡适,字适之,安徽绩溪人。早年留学美国,曾任北京大学教授。"五四"时期参加《新青年》编辑工作,提倡白话文学,在文化教育界名声较大。有些人提及他时便常称为"我的朋友胡适之"。

〔3〕 墨翟(前468—前376) 春秋战国之际鲁国人,曾为宋国大夫。墨家学派的创始人。杨朱,战国时魏国人。胡怀琛曾在《东方杂志》第二十五卷第八号、第十六号(1928年4月、8月)先后发表《墨翟为印度人辨》和《墨翟续辨》两文,据"墨"字本义为黑、"翟"与"狄"同音,而断言墨翟为印度人。这里说"墨翟是一只黑野鸡","杨朱是澳洲人",是对这类"考据学"的讽刺。(按"翟"字本义是一种长尾野鸡,"杨"与"洋"同音,故有此谐语。)

闻小林同志之死[1]

同志小林の死を聞いて

　日本と支那との大衆はもとより兄弟である。資産階級は大衆をだまして其の血で界をゑがいた、又ゑがきつつある。
　併し無産階級と其の先駆達は血でそれを洗つて居る。
　同志小林の死は其の実証の一だ。
　我々は知つて居る、我々は忘れない。
　我々は堅く同志小林の血路に沿つて前進し握手するのだ。

鲁　迅

〔译　文〕

闻小林同志之死

　日本和中国的大众，本来就是兄弟。资产阶级欺骗大众，用他们的血划了界线，还继续在划着。
　但是无产阶级和他们的先驱们，正用血把它洗去。
　小林同志之死，就是一个实证。

373

我们是知道的,我们不会忘记。

我们坚定地沿着小林同志的血路携手前进。

鲁　迅

* * * *

〔1〕 本篇最初发表于1933年5月1日日本《无产阶级文学》第二卷第四号(衍期出版),原为日文。

小林,即小林多喜二(1903—1933),日本作家。1931年加入日本共产党,任日本无产阶级作家同盟中央委员兼书记长。1933年2月20日在东京被日本当局逮捕,当晚遭毒打致死。著有长篇小说《蟹工船》、《在外地主》等。

通　　信（复魏猛克）[1]

猛克先生：

　　三日的来信收到了，适值还完了一批笔债，所以想来写几句。

　　大约因为我们的年龄，环境……不同之故罢，我们还很隔膜。譬如回信，其实我也常有失写的，或者以为不必复，或者失掉了住址，或者偶然搁下终于忘记了，或者对于质问，本想查考一番再答，而被别事岔开，从此搁笔的也有。那些发信者，恐怕在以为我是以"大文学家"自居的，和你的意见一定并不一样。

　　你疑心萧[2]有些虚伪，我没有异议。但我也没有在中外古今的名人中，发见能够确保决无虚伪的人，所以对于人，我以为只能随时取其一段一节。这回我的为萧辩护[3]，事情并不久远，还很明明白白的：起于他在香港大学[4]的讲演。这学校是十足奴隶式教育的学校，然而向来没有人能去投一个爆弹，去投了的，只有他。但上海的报纸，有些却因此憎恶他了，所以我必须给以支持，因为在这时候，来攻击萧，就是帮助奴隶教育。假如我们设立一个"肚子饿了怎么办"的题目，拖出古人来质问罢，倘说"肚子饿了应该争食吃"，则即使这人是秦桧[5],我赞成他,倘说"应该打嘴巴",那就是岳飞,也必须反对。如果诸葛亮[6]出来说明,道是"吃食不过要发生温热,现在打起嘴巴来,因为摩擦,也有温热发生,所以等于吃饭",则我们必须撕掉他假科学的面子,先前的品行如何,是不必计算的。

所以对于萧的言论,侮辱他个人与否是不成问题的,要注意的是我们为社会的战斗上的利害。

其次,是关于高尔基[7]。许多青年,也像你一样,从世界上各种名人的身上寻出各种美点来,想我来照样学。但这是难的,一个人那里能做得到这么好。况且你很明白,我和他是不一样的,就是你所举的他那些美点,虽然根据于记载,我也有些怀疑。照一个人的精力,时间和事务比例起来,是做不了这许多的,所以我疑心他有书记,以及几个助手。我只有自己一个人,写此信时,是夜一点半了。

至于那一张插图[8],一目了然,那两个字是另一位文学家的手笔,其实是和那图也相称的,我觉得倒也无损于原意。我的身子,我以为画得太胖,而又太高,我那里及得高尔基的一半。文艺家的比较是极容易的,作品就是铁证,没法游移。

你说,以我"的地位,不便参加一个幼稚的团体的战斗",那是观察得不确的。我和青年们合作过许多回,虽然都没有好结果,但事实上却曾参加过。不过那都是文学团体,我比较的知道一点。若在美术的刊物上,我没有投过文章,只是有时迫于朋友的希望,也曾写过几篇小序之类,无知妄作,现在想

通　　信（复魏猛克）

起来还很不舒服。

　　自然，我不是木石，倘有人给我一拳，我有时也会还他一脚的，但我的不"再来开口"[9]，却并非因为你的文章，我想撕掉别人给我贴起来的名不符实的"百科全书"的假招帖。

　　但仔细分析起来，恐怕关于你的大作的，也有一点。这请你不要误解，以为是为了"地位"的关系，即使是猫狗之类，你倘给以打击之后，它也会避开一点的，我也常对于青年，避到僻静区处去。

　　艺术的重要，我并没有忘记，不过做事是要分工的，所以我祝你们的刊物从速出来，我极愿意先看看战斗的青年的战斗。

　　此复，并颂
时绥。

　　　　　　　　　　鲁迅　启上。六月五日夜。

【备考】：

来　　信

鲁迅先生：

　　你肯回信，已经值得我们青年人感激，大凡中国的大文学家，对于一班无名小卒有什么询问或要求什么的信，是向来"相应不理"的。

　　你虽然不是美术家，但你对于美术的理论和今日世界美术之趋势，是知道得很清楚的，也不必谦让的。不过,你因见了我那篇谈萧伯纳的东西,就不"再来开口"了,却使我十分抱歉。

萧,在幼稚的我,总疑心他有些虚伪,至今,我也还是这样想。讽刺或所谓幽默,是对付敌人的武器吧?劳动者和无产青年的热情的欢迎,不应该诚恳的接受么?当我读了你代萧辩护的文章以后,我便凭了一时的冲动,写出那篇也许可认为侮辱的东西。后来,在《现代》上看见你的《看萧和看萧的人们》,才知道你之喜欢萧,也不过"仅仅是在什么地方见过一点警句"而已。

你是中国文坛的老前辈,能够一直跟着时代前进,使我们想起了俄国的高尔基。我们其所以敢冒昧的写信请你写文章指导我们,也就是曾想起高尔基极高兴给青年们通信,写文章,改文稿。在识字运动尚未普及的中国,美术的力量也许较文字来得大些吧,而今日中国的艺坛,是如此之堕落,凡学美术的和懂得美术的人,可以不负起纠正错误的责任么?自然,以先生的地位,是不便参加一个幼稚的团体的战斗的,不过,我们希望你于"谈谈文学"之外,不要忘记了美术的重要才好。

《论语》第十八期上有一张猛克的《鲁迅与高尔基》的插图,这张插图原想放进《大众艺术》[10]的,后来,被一位与《论语》有关系的人拿去发表,却无端加上"俨然"两字,这与作者的原意是相反的,为了责任,只好在这儿来一个声明。

又要使你在百忙中抽出一两分钟的时间来读这封

信,不觉得"讨厌"吗?

祝你著安!

一个你不认识的青年魏猛克上。六月三日。

* * * *

〔1〕 本篇最初发表于1933年6月16日上海《论语》半月刊第十九期,在魏猛克的"来信"之后,总题为《两封通信》。

魏猛克(1911—1984),湖南长沙人,美术工作者。当时是上海美术专门学校学生。

〔2〕 萧 即萧伯纳(G. B. Shaw,1856—1950),英国剧作家、批评家。出生于爱尔兰都柏林。早年参加过英国改良主义的政治组织费边社。第一次世界大战爆发后,他谴责帝国主义战争,同情俄国十月社会主义革命。1933年他来中国游历,于2月12日抵香港,17日到达上海。

〔3〕 我的为萧辩护 指鲁迅在1933年2月17日《申报·自由谈》上发表的《萧伯纳颂》一文。该文后改题《颂萧》,收入《伪自由书》。

〔4〕 香港大学 英国殖民当局于1912年3月11日在香港创办的综合大学。萧伯纳于1933年2月13日在该校发表演说。

〔5〕 秦桧(1090—1155) 字会之,江宁(今江苏南京)人,南宋宰相,是主张降金的内奸,杀害岳飞的主谋。

〔6〕 诸葛亮(181—234) 字孔明,琅琊阳都(今山东沂南)人,三国时政治家、军事家,蜀国丞相。在《三国演义》中,他是一个具有高度智慧和谋略的典型人物。

〔7〕 高尔基(М. А. Горький,1868—1936) 苏联无产阶级作家。著有长篇小说《母亲》、《福玛·高尔杰耶夫》和自传体三部曲《童年》、《在人间》、《我的大学》等。

〔8〕 指魏猛克的漫画《鲁迅与高尔基》,画中鲁迅形象矮小,站在高大的高尔基身旁。这幅画后被李青崖标上"俨然"二字,发表在《论语》半月刊第十八期(1933年6月)上。

〔9〕 "再来开口" 鲁迅的《萧伯纳颂》一文发表后,魏猛克曾在他编辑的美术小报《曼陀罗》上发表文章,嘲笑鲁迅是从"坟"里爬出来撰文欢迎萧伯纳的。后来魏猛克等举办美术展览会,写信请鲁迅给予支持,鲁迅在5月13日的复信(已佚)中表示:自己不是学美术的,如果"再来开口",就比从"坟"里爬出来还可笑。

〔10〕《大众艺术》 魏猛克等拟办的刊物,后未出版。

我 的 种 痘[1]

　　上海恐怕也真是中国的"最文明"的地方,在电线柱子和墙壁上,夏天常有劝人勿吃天然冰的警告,春天就是告诫父母,快给儿女去种牛痘的说帖,上面还画着一个穿红衫的小孩子。我每看见这一幅图,就诧异我自己,先前怎么会没有染到天然痘,呜呼哀哉,于是好像这性命是从路上拾来似的,没有什么希罕,即使姓名载在该杀的"黑册子"[2]上,也不十分惊心动魄了。但自然,几分是在所不免的。

　　现在,在上海的孩子,听说是生后六个月便种痘就最安全,倘走过施种牛痘局的门前,所见的中产或无产的母亲们抱着在等候的,大抵是一岁上下的孩子,这事情,现在虽是不属于知识阶级的人们也都知道,是明明白白了的。我的种痘却很迟了,因为后来记的清清楚楚,可见至少已有两三岁。虽说住的是偏僻之处,和别地方交通很少,比现在可以减少输入传染病的机会,然而天花却年年流行的,因此而死的常听到。我居然逃过了这一关,真是洪福齐天,就是每年开一次庆祝会也不算过分。否则,死了倒也罢了,万一不死而脸上留一点麻,则现在除年老之外,又添上一条大罪案,更要受青年而光脸的文艺批评家的奚落了。幸而并不,真是叨光得很。

那时候,给孩子们种痘的方法有三样。一样,是淡然忘之,请痘神随时随意种上去,听它到处发出来,随后也请个医生,拜拜菩萨,死掉的虽然多,但活的也有,活的虽然大抵留着瘢痕,但没有的也未必一定找不出。一样是中国古法的种痘,将痘痂研成细末,给孩子由鼻孔里吸进去,发出来的地方虽然也没有一定的处所,但粒数很少,没有危险了。人说,这方法是明末发明的[3],我不知道可的确。

第三样就是所谓"牛痘"了,因为这方法来自西洋,所以先前叫"洋痘"。最初的时候,当然,华人是不相信的,很费过一番宣传解释的气力。这一类宝贵的文献,至今还剩在《验方新编》[4]中,那苦口婆心虽然大足以感人,而说理却实在非常古怪的。例如,说种痘免疫之理道:

"'痘为小儿一大病,当天行时,尚思远避,今无故取婴孩而与之以病,可乎?'曰:'非也。譬之捕盗,乘其羽翼未成,就而擒之,甚易矣;譬之去莠,及其滋蔓未延,芟而除之,甚易矣。……'"

但尤其非常古怪的是说明"洋痘"之所以传入中国的原因:

"予考医书中所载,婴儿生数日,刺出臂上污血,终身可免出痘一条,后六道刀法皆失传,今日点痘,或其遗法也。夫以万全之法,失传已久,而今复行者,大约前此劫数未满,而今日洋烟入中国,害人不可胜计,把那劫数抵过了,故此法亦从洋来,得以保全婴儿之年寿耳。若不坚信而遵行之,是违天而自外于生生之理矣!……"

而我所种的就正是这抵消洋烟之害的牛痘。去今已五十年,我的父亲也不是新学家,但竟毅然决然的给我种起"洋痘"来,恐怕还是受了这种学说的影响,因为我后来检查藏书,属于"子部医家类"[5]者,说出来真是惭愧得很,——实在只有《达生篇》[6]和这宝贝的《验方新编》而已。

那时种牛痘的人固然少,但要种牛痘却也难,必须待到有一个时候,城里临时设立起施种牛痘局来,才有种痘的机会。我的牛痘,是请医生到家里来种的,大约是特别隆重的意思;时候可完全不知道了,推测起来,总该是春天罢。这一天,就举行了种痘的仪式,堂屋中央摆了一张方桌子,系上红桌帷,还点了香和蜡烛,我的父亲抱了我,坐在桌旁边。上首呢,还是侧面,现在一点也不记得了。这种仪式的出典,也至今查不出。

这时我就看见了医官。穿的是什么服饰,一些记忆的影子也没有,记得的只是他的脸:胖而圆,红红的,还带着一副墨晶的大眼镜。尤其特别的是他的话我一点都不懂。凡讲这种难懂的话的,我们这里除了官老爷之外,只有开当铺和卖茶叶的安徽人,做竹匠的东阳人,和变戏法的江北佬。官所讲者曰"官话",此外皆谓之"拗声"。他的模样,是近于官的,大家都叫他"医官",可见那是"官话"了。官话之震动了我的耳膜,这是第一次。

照种痘程序来说,他一到,该是动刀,点浆了,但我实在糊涂,也一点都没有记忆,直到二十年后,自看臂膊上的疮痕,才知道种了六粒,四粒是出的。但我确记得那时并没有痛,也没

有哭,那医官还笑着摩摩我的头顶,说道:

"乖呀,乖呀!"

什么叫"乖呀乖呀",我也不懂得,后来父亲翻译给我说,这是他在称赞我的意思。然而好像并不怎么高兴似的,我所高兴的是父亲送了我两样可爱的玩具。现在我想,我大约两三岁的时候,就是一个实利主义者的了,这坏性质到老不改,至今还是只要卖掉稿子或收到版税,总比听批评家的"官话"要高兴得多。

一样玩具是朱熹所谓"持其柄而摇之,则两耳还自击"的鼗鼓[7],在我虽然也算难得的事物,但仿佛曾经玩过,不觉得希罕了。最可爱的是另外的一样,叫作"万花筒",是一个小小的长圆筒,外糊花纸,两端嵌着玻璃,从孔子较小的一端向明一望,那可真是猗欤休哉,里面竟有许多五颜六色,希奇古怪的花朵,而这些花朵的模样,都是非常整齐巧妙,为实际的花朵丛中所看不见的。况且奇迹还没有完,如果看得厌了,只要将手一摇,那里面就又变了另外的花样,随摇随变,不会雷同,语所谓"层出不穷"者,大概就是"此之谓也"罢。

然而我也如别的一切小孩——但天才不在此例——一样,要探检这奇境了。我于是背着大人,在僻远之地,剥去外面的花纸,使它露出难看的纸版来;又挖掉两端的玻璃,就有一些五色的通草丝和小片落下;最后是撕破圆筒,发现了用三片镜玻璃条合成的空心的三角。花也没有,什么也没有,想做它复原,也没有成功,这就完结了。我真不知道惋惜了多少年,直到做过了五十岁的生日,还想找一个来玩玩,然而好像究竟没有孩子时候的勇猛了,终于没有特地出去买。否则,从竖着各种旗帜的"文学家"看来,又成为一条罪状,是无疑的。

现在的办法,譬如半岁或一岁种过痘,要稳当,是四五岁时候必须再种一次的。但我是前世纪的人,没有办得这么周密,到第二,第三次的种痘,已是二十多岁,在日本的东京了,第二次红了一红,第三次毫无影响。

最末的种痘,是十年前,在北京混混的时候。那时也在世界语专门学校[8]里教几点钟书,总该是天花流行了罢,正值我在讲书的时间内,校医[9]前来种痘了。我是一向煽动人们种痘的,而这学校的学生们,也真是令人吃惊。都已二十岁左右了,问起来,既未出过天花,也没有种过牛痘的多得很。况且去年还有一个实例,是颇为漂亮的某女士缺课两月之后,再到学校里来,竟变换了一副面目,肿而且麻,几乎不能认识了;还变得非常多疑而善怒,和她说话之际,简直连微笑也犯忌,因为她会疑心你在暗笑她,所以我总是十分小心,庄严,谨慎。自然,这情形使某种人批评起来,也许又会说是我在用冷静的方法,进攻女学生的。但不然,老实说罢,即使原是我的爱人,这时也实在使我有些"进退维谷"[10],因为柏拉图式的恋爱论[11],我是能看,能言,而不能行的。

不过一个好好的人,明明有妥当的方法,却偏要使细菌到自己的身体里来繁殖一通,我实在以为未免太近于固执;倒也不是想大家生得漂亮,给我可以冷静的进攻。总之,我在讲堂上就又竭力煽动了,然而困难得很,因为大家说种痘是痛的。再四磋商的结果,终于公举我首先种痘,作为青年的模范,于是我就成了群众所推戴的领袖,率领了青年军,浩浩荡荡,奔向校医室里来。

虽是春天,北京却还未暖和的,脱去衣服,点上四粒痘浆,又赶紧穿上衣服,也很费一点时光。但等我一面扣衣,一面转脸去看时,我的青年军已经溜得一个也没有了。

自然,牛痘在我身上,也还是一粒也没有出。

但也不能就决定我对于牛痘已经决无感应,因为这校医和他的痘浆,实在令我有些怀疑。他虽是无政府主义者,博爱主义者,然而托他医病,却是不能十分稳当的。也是这一年,我在校里教书的时候,自己觉得发热了,请他诊察之后,他亲爱的说道:

"你是肋膜炎,快回去躺下,我给你送药来。"

我知道这病是一时难好的,于生计大有碍,便十分忧愁,连忙回去躺下了,等着药,到夜没有来,第二天又焦灼的等了一整天,仍无消息。夜里十时,他到我寓里来了,恭敬的行礼:

"对不起,对不起,我昨天把药忘记了,现在特地来赔罪的。"

"那不要紧。此刻吃罢。"

"阿呀呀!药,我可没有带了来……"

他走后,我独自躺着想,这样的医治法,肋膜炎是决不会好的。第二天的上午,我就坚决的跑到一个外国医院[12]去,请医生详细诊察了一回,他终于断定我并非什么肋膜炎,不过是感冒。我这才放了心,回寓后不再躺下,因此也疑心到他的痘浆,可真是有效的痘浆,然而我和牛痘,可是那一回要算最后的关系了。

直到一九三二年一月中,我才又遇到了种痘的机会。那时我们从闸北火线上逃到英租界的一所旧洋房里[13],虽然楼梯和走廊上都挤满了人,因四近还是胡琴声和打牌声,真如由地狱上了天堂一样。过了几天,两位大人来查考了,他问明了我们的人数,写在一本簿子上,就昂然而去。我想,他是在造难民数目表,去报告上司的,现在大概早已告成,归在一个什么机关的档案里了罢。后来还来了一位公务人员,却是洋大人,他用了很流畅的普通语,劝我们从乡下逃来的人们,应该赶快种牛痘。

这样不化钱的种痘,原不妨伸出手去,占点便宜的,但我还睡在地板上,天气又冷,懒得起来,就加上几句说明,给了他拒绝。他略略一想,也就作罢了,还低了头看着地板,称赞我道:

"我相信你的话,我看你是有知识的。"

我也很高兴,因为我看我的名誉,在古今中外的医官的嘴上是都很好的。

但靠着做"难民"的机会,我也有了巡阅马路的工夫,在不意中,竟又看见万花筒了,听说还是某大公司的制造品。我的孩子是生后六个月就种痘的,像一个蚕蛹,用不着玩具的贿赂;现在大了一点,已有收受贡品的资格了,我就立刻买了去送他。然而很奇怪,我总觉得这一个远不及我的那一个,因为不但望进去总是昏昏沉沉,连花朵也毫不鲜明,而且总不见一个好模样。

我有时也会忽然想到儿童时代所吃的东西,好像非常有味,处境不同,后来永远吃不到了。但因为或一机会,居然能够吃到了的也有。然而奇怪的是味道并不如我所记忆的好,重逢之后,倒好像惊破了美丽的好梦,还不如永远的相思一般。我这时候就常常想,东西的味道是未必退步的,可是我老了,组织无不衰退,味蕾当然也不能例外,味觉的变钝,倒是我的失望的原因。

对于这万花筒的失望,我也就用了同样的解释。

幸而我的孩子也如我的脾气一样——但我希望他大起来会改变——他要探检这奇境了。首先撕去外面的花纸,露出来的倒还是十九世纪一样的难看的纸版,待到挖去一端的玻璃,落下来的却已经不是通草条,而是五色玻璃的碎片。围成三角形的三块玻璃也改了样,后面并非摆锡,只不过涂着黑漆了。

这时我才明白我的自责是错误的。黑玻璃虽然也能返光,却远不及镜玻璃之强;通草是轻的,易于支架起来,构成巨大的花朵,现在改用玻璃片,就无论怎样加以动摇,也只能堆在角落里,像一撮沙砾了。这样的万花筒,又怎能悦目呢?

整整的五十年,从地球年龄来计算,真是微乎其微,然而从人类历史上说,却已经是半世纪,柔石丁玲[14]他们,就活不到这么久。我幸而居然经历过了,我从这经历,知道了种痘的普及,似乎比十九世纪有些进步,然而万花筒的做法,却分明的大大的退步了。

六月三十日。

＊　　　＊　　　＊

〔1〕 本篇最初发表于1933年8月1日上海《文学》月刊第一卷第二号。

〔2〕 "黑册子" 指1933年6月国民党特务组织蓝衣社发出的预谋暗杀革命、进步人士和国民党内部反蒋分子的黑名单。美国人伊罗生在上海主办的《中国论坛》第二卷第八期（1933年7月）曾以《钩命单》为标题将它披露，其中列有宋庆龄、蔡元培、杨杏佛、鲁迅、茅盾等五十六人。

〔3〕 关于中国古法种痘，相传始于宋代，至明代穆宗隆庆年间（1567—1572）已设立痘疹专科。清代俞茂鲲《痘科金镜赋集解》曾有记载。

〔4〕 《验方新编》 清代鲍相璈编著，八卷，是过去流行的通俗医药书。本文引用的两段话，见该书卷五"痘症"。"六道"原作"穴道"；"今日"原作"今之"。

〔5〕 "子部医家类" 中国古代把图书分为经、史、子、集四大部类。医学书籍属"子"部"医家"。

〔6〕 《达生篇》 清代亟斋居士（王琦）著，一卷，是过去流行的中医妇产科专书。

〔7〕 朱熹（1130—1200） 字元晦，婺源（今属江西）人，南宋理学家。高宗绍兴进士，后历孝宗、光宗、宁宗三朝，官漳州知府、秘阁修撰、焕章阁待制等。著有《四书集注》、《诗集传》等。这里的引文见《四书集注·论语·微子》注文，"两耳"原作"旁耳"。

〔8〕 世界语专门学校 1923年成立于北京。鲁迅于1923年9月至1925年3月在该校义务授课。

〔9〕 这个校医名叫邓梦仙。

389

〔10〕"进退维谷" 语出《诗经·大雅·桑柔》:"人亦有言,进退维谷。"汉代郑玄注:"谷,穷也。"比喻困境。

〔11〕 柏拉图式的恋爱论 指古希腊哲学家柏拉图在所著《邦国篇》中宣扬的精神恋爱论。

〔12〕 外国医院 指日本人开设的山本医院。

〔13〕 逃到英租界的一所旧洋房 1932年"一·二八"战事时,鲁迅的住所临近战区,1月30日他全家避居内山书店,2月6日又迁至英租界内山书店支店的楼上暂住,3月中旬回寓。

〔14〕 柔石(1902—1931) 原名赵平复,浙江宁海人,作家,左联成员。1931年2月7日被国民党当局秘密杀害。著有小说《为奴隶的母亲》、《二月》等。丁玲(1904—1986),原名蒋冰之,湖南临澧人,作家,左联成员。著有短篇小说集《在黑暗中》、中篇小说《水》等。她于1933年5月14日在上海被捕,鲁迅写这篇文章时,正误传她在南京遇害。

辩"文人无行"[1]

看今年的文字,已将文人的喜欢舐自己的嘴唇以至造谣卖友的行为,都包括在"文人无行"这一句成语里了。[2]但向来的习惯,函义是没有这么广泛的,搔发舐唇(但自然须是自己的唇),还不至于算在"文人无行"之中,造谣卖友,却已出于"文人无行"之外,因为这已经是卑劣阴险,近于古人之所谓"人头畜鸣"[3]了。但这句成语,现在是不合用的,科学早经证明,人类以外的动物,倒并不这样子。

轻薄,浮躁,酗酒,嫖妓而至于闹事,偷香而至于害人,这是古来之所谓"文人无行"。然而那无行的文人,是自己要负责任的,所食的果子,是"一生潦倒"。他不会说自己的嫖妓,是因为爱国心切,借此消遣些被人所压的雄心;引诱女人之后,闹出乱子来了,也不说这是女人先来诱他的,因为她本来是婊子。他们的最了不得的辩解,不过要求对于文人,应该特别宽恕罢了。

现在的所谓文人,却没有这么没出息。时代前进,人们也聪明起来了。倘使他做过编辑,则一受别人指摘,他就会说这指摘者先前曾来投稿,不给登载,现在在报私仇[4];其甚者还至于明明暗暗,指示出这人是什么党派,什么帮口,要他的性命。

　　这种卑劣阴险的来源,其实却并不在"文人无行",而还在于"文人无文"。近十年来,文学家的头衔,已成为名利双收的支票了,好名渔利之徒,就也有些要从这里下手。而且确也很有几个成功:开店铺者有之,造洋房者有之。不过手淫小说易于痨伤,"管他娘"词也难以发达,那就只好运用策略,施行诡计,陷害了敌人或者连并无干系的人,来提高他自己的"文学上的价值"。连年的水灾又给与了他们教训,他们以为只要决堤淹灭了五谷,草根树皮的价值就会飞涨起来了。

　　现在的市场上,实在也已经出现着这样的东西。

　　将这样的"作家",归入"文人无行"一类里,是受了骗的。他们不过是在"文人"这一面旗子的掩护之下,建立着害人肥己的事业的一群"商人与贼"[5]的混血儿而已。

＊　　＊　　＊

　　〔1〕　本篇最初发表于1933年8月1日《文学》月刊第一卷第二号。

　　〔2〕　张若谷在1933年3月9日《大晚报・辣椒与橄榄》发表《恶癖》一文,把一些作家舔嘴唇、搔头发之类的癖习,都说成是"文人无行"(参看《伪自由书・文人无文》"备考")。谷春帆在同年7月5日《申报・自由谈》发表《谈"文人无行"》一文,把造谣、卖友等卑劣行径,也说成是"文人无行"(参看《伪自由书・后记》所引)。

　　〔3〕　"人头畜鸣"　语出《史记・秦始皇本纪》后所附班固对秦二世胡亥的评论。

　　〔4〕　指张资平。创造社的《文艺生活》周刊(1928年12月)曾刊

载蒋光慈的谈话,批评了张资平和他的三角恋爱小说。张资平便在自办的《乐群》月刊第二期(1929年2月)刊登"答辩",说蒋光慈所以对他"冷嘲热讽",是因为蒋曾向他推荐稿件受到拒绝的缘故。下文所说指人为"什么党派"和开店铺、造洋房以及"管他娘"词等,主要也是指张资平和曾今可,参看《伪自由书·后记》。

〔5〕"商人与贼" 取自曾今可中篇小说的书名《一个商人与贼》(新时代社1933年出版)。

娘儿们也不行[1]

林语堂先生只佩服《论语》,不崇拜孟子,所以他要让娘儿们来干一下[2]。其实,孟夫子说过的:"养生者不足以当大事,唯送死可以当大事"[3]。娘儿们只会"养生",不会"送死",如何可以叫她们来治天下!

"养生"得太多了,就有人满之患,于是你抢我夺,天下大乱。非得有人来实行送死政策,叫大家一批批去送死,只剩下他们自己不可。这只有男子汉干得出来。所以文官武将都由男子包办,是并非无功受禄的。自然不是男子全体,例如林语堂先生举出的罗曼·罗兰等等就不在内[4]。

懂得这层道理,才明白军缩会议[5],世界经济会议[6],废止内战同盟[7]等等,都只是一些男子汉骗骗娘儿们的玩意儿;他们自己心里是雪亮的:只有"送死"可以治国而平天下,——送死者,送别人去为着自己死之谓也。

就说大多数"别人"不愿意去死,因而请慈母性的娘儿们来治理罢,那也是不行的。林黛玉说:"不是东风压倒西风,就是西风压倒东风"[8],这就是女界的"内战"也是永远不息的意思。虽说娘儿们打起仗来不用机关枪,然而动不动就抓破脸皮也就不得了。何况"东风"和"西风"之间,还有另一种女人，她们专门在挑拨，教唆，搬弄是非。总之，争吵和打架也是女治主义国家的国粹，而且还要剧烈些。所以假定娘儿们来统治了，天下固然仍旧不得太平，而且我们的耳根更是一刻儿不得安静了。

人们以为天下的乱是由于男子爱打仗，其实不然的。这原因还在于打仗打得不彻底，和打仗没有认清真正的冤家。如果认清了冤家，又不像娘儿们似的空嚷嚷，而能够扎实的打硬仗，那也许真把爱打仗的男女们的种都给灭了。而娘儿们都大半是第三种：东风吹来往西倒，西风吹来往东倒，弄得循环报复，没有个结账的日子。同时，每一次打仗—因为她们倒得快，就总不会彻底，又因为她们大都特别认不清冤家，就永久只有纠缠，没有清账。统治着的男子汉，其实要感谢她们的。

所以现在世界的糟，不在于统治者是男子，而在这男子在女人的地统治。以妾妇之道治天下，天下那得不糟！

举半个例罢：明朝的魏忠贤[9]是太监——半个女人，他治天下的时候，弄得民不聊生，到处"养生"了许多干儿孙，把人的血肉廉耻当馒头似的吞噬，而他的狐群狗党还拥戴他配享孔庙，继承道统。半个女人的统治尚且如此可怕，何况还是整个的女人呢！

＊　　＊　　＊

〔1〕 本篇最初发表于1933年8月21日《申报·自由谈》，署名虞明。

〔2〕 让娘儿们来干一下　林语堂在1933年8月18日《申报·自由谈》发表《让娘儿们干一下吧!》一文,其中引述美国某夫人"让女子来试一试统治世界"的话以后说:"世事无论是中国是外国,是再不会比现在男子统治下的情形更坏了。所以姑娘们来向我们要求'让我们娘儿们试一试吧',我只好老实承认我们汉子的失败,把世界的政权交给娘儿们去。"

〔3〕 "养生者不足以当大事,唯送死可以当大事"　语出《孟子·离娄(下)》。汉代赵岐注:"孝子事亲致养,未足以为大事;送终如礼,则为能奉大事也。"按林语堂《让娘儿们来干一下吧!》一文中有"娘儿们专会生养儿女,而我们汉子偏要开战,把最好的儿女杀死"等语。

〔4〕 林语堂文中主张"把当今的贤者如罗素,爱斯坦,罗兰之流请出来""治天下"。

〔5〕 军缩会议　即国际裁军会议,由国际联盟召集,于1932年2月至1934年底在日内瓦召开,有苏、英、法、美、德、意、中、日等六十三国参加。由于帝国主义各国根本无意裁军,会议没有达成任何协议。

〔6〕 世界经济会议　国际联盟召集,首次会议于1927年5月在日内瓦举行,讨论取消出口禁令、降低关税等问题。第二次会议于1933年6月至7月在伦敦举行,主要讨论货币问题。两次会议均无结果。

〔7〕 废止内战同盟　即废止内战大同盟,由上海全国商联会、市商会、银行公会和钱业公会发起组织,1932年8月成立于上海。它以"调处"国民党各派系间的纷争,维护蒋介石政权为宗旨。主要人物有吴鼎昌、林康侯、王晓籁等。

〔8〕 "不是东风压倒西风,就是西风压倒东风"　语出《红楼梦》第八十二回,是林黛玉的话:"但凡家庭之事,不是东风压了西风,就是西风压了东风。"

〔9〕 魏忠贤(1568—1627)　河间肃宁(今属河北)人,明代天启

年间最跋扈的太监。任司礼监秉笔,利用特务机关东厂大杀较为正直有气节的人。据《明史·魏忠贤传》载:"群小求媚","相率归忠贤称义儿","监生陆万龄至请以忠贤配孔子"。

一九三四年

自　传[1]

鲁迅,以一八八一年生于浙江之绍兴城内姓周的一个大家族里。父亲是秀才;母亲姓鲁,乡下人,她以自修到能看文学作品的程度。家里原有祖遗的四五十亩田,但在父亲死掉之前,已经卖完了。这时我大约十三四岁,但还勉强读了三四年多的中国书。

因为没有钱,就得寻不用学费的学校,于是去到南京,住了大半年,考进了水师学堂。不久,分在管轮班,我想,那就上不了舱面了,便走出,又考进了矿路学堂,在那里毕业,被送往日本留学。但我又变计,改而学医,学了两年,又变计,要弄文学了。于是看些文学书,一面翻译,也作些论文,设法在刊物上发表。直到一九一〇年,我的母亲无法生活,这才回国,在杭州师范学校作助教,[2]次年在绍兴中学作监学[3]。一九一二年革命后,被任为绍兴师范学校校长[4]。

但绍兴革命军的首领[5]是强盗出身,我不满意他的行为,他说要杀死我了,我就到南京,在教育部办事,由此进北京,做到社会教育司的第二科科长。一九一八年"文学革命"

运动起,我始用"鲁迅"的笔名作小说,登在《新青年》[6]上,以后就时时作些短篇小说和短评;一面也做北京大学,师范大学,女子师范大学的讲师。因为做评论,敌人就多起来,北京大学教授陈源开始发表这"鲁迅"就是我,[7]由此弄到段祺瑞将我撤职,并且还要逮捕我。我只好离开北京,到厦门大学做教授;约有半年,和校长以及别的几个教授冲突了,便到广州,在中山大学做了教务长兼文科教授。

又约半年,国民党北伐分明很顺利,厦门的有些教授就也到广州来了,不久就清党[8],我一生从未见过有这么杀人的,我就辞了职,回到上海,想以译作谋生。但因为加入自由大同盟[9],听说国民党在通缉我了,我便躲起来。此后又加入了左翼作家联盟[10],民权同盟[11]。到今年,我的一九二六年以后出版的译作,几乎全被国民党所禁止。

我的工作,除翻译及编辑的不算外,创作的有短篇小说集二本,散文诗一本,回忆记一本,论文集一本,短评八本,《中国小说史略》一本。

* * *

〔1〕 本篇据手稿编入,原无标题,当写于1934年3、4月间。

当时鲁迅正和茅盾一起应美国人伊罗生之托选编一部题名《草鞋脚》的中国现代短篇小说集。该书计划收入各入选作者的小传。本篇即为此而写。

〔2〕 鲁迅于1909年7、8月间回国,同年9月在杭州浙江两级师范学堂任日籍教员的翻译,同时讲授生理学和化学。

〔3〕 绍兴中学 即绍兴府中学堂。1910年9月,鲁迅到该校任监学兼生物教员。监学,负责管理学生的职员,一般也兼任教学工作。

〔4〕 鲁迅于1911年11月绍兴光复后任山会师范学堂监督(校长)。1912年初该校改名为绍兴师范学校。

〔5〕 指王金发(1883—1915),名逸,字季高,浙江嵊县人。浙东洪门会平阳党首领,后由陶成章介绍加入光复会。1911年11月任绍兴军政分府都督。"二次革命"失败后,在1915年6月被督理浙江军务朱瑞杀害于杭州。1912年,因鲁迅支持的《越铎日报》对军政分府的弊端有所批评,曾出现过王金发要派人暗杀鲁迅的传言。参看《朝花夕拾·范爱农》。

〔6〕 《新青年》 综合性月刊,"五四"时期倡导新文化运动、传播马克思主义的重要刊物。1915年9月创刊于上海,陈独秀主编。第一卷名《青年杂志》,第二卷起改名《新青年》。1916年底迁至北京。从1918年1月起,李大钊、胡适、钱玄同等参加编辑工作。1920年夏迁回上海,仍由陈独秀编辑。1922年7月休刊,共出九卷,每卷六期。鲁迅在"五四"时期同该刊联系密切,是它的重要撰稿人,并曾参与该刊编辑工作。

〔7〕 陈源(1896—1970) 字通伯,笔名西滢,江苏无锡人,现代评论派重要成员。曾任北京大学教授。著有《西滢闲话》等。在"女师大风潮"中,他一再散布流言,攻击鲁迅等"挑剔风潮",又在1926年1月20日《晨报副刊》发表《致志摩》的信,其中有"鲁迅,即教育部佥事周树人"等语。

〔8〕 清党 1924年,国民党在孙中山主持下改组以后,承认共产党员以个人资格参加该党,实行国共合作政策。1927年国民党发动"四一二"反共政变,公布"清党"决议案,大肆捕杀共产党员和国民党左派分子,国民党当局称之为"清党运动"。

〔9〕 自由大同盟 中国自由运动大同盟的简称,中国共产党支持和领导下的进步团体,1930年2月成立于上海。其宗旨是争取集会、结社、言论、出版等自由,反对国民党的独裁统治。鲁迅是发起人之一,国民党浙江省党部即以此为罪名,呈请国民党中央通缉"堕落文人鲁迅",鲁迅于3月19日离寓避难,4月1日回寓。

〔10〕 左翼作家联盟 即中国左翼作家联盟,简称"左联",中国共产党领导的革命文学团体。领导成员有鲁迅、夏衍、冯雪峰、冯乃超、周扬等。1930年3月成立于上海。1935年底自行解散。

〔11〕 民权同盟 中国民权保障同盟的简称,宋庆龄、蔡元培、杨铨、鲁迅等发起组织的进步团体。1932年12月成立于上海。其宗旨是反对国民党的专制统治,援救政治犯,争取集会、结社、言论、出版等自由权利。1933年6月18日其总干事杨铨(杏佛)被暗杀,该同盟被迫停止活动。

关于《鹭华》[1]

鹭华(月刊) 厦门出版。一九三三年十二月十五日出创刊号。一九二八年已有《鹭华》,附刊于日报上,不久停止。[2]这是第三次的复活,内容也和旧的不同,左倾了。作品以小说,诗为多,也有评论及翻译。

* * *

〔1〕 本篇据手迹编入。写于1934年4月下旬。原无标题。

鲁迅在帮助美国人伊罗生编译《草鞋脚》(现代中国短篇小说选)的过程中,曾与茅盾共同署名、由茅盾执笔写成《中国左翼文艺定期刊编目》,提供给编译者。鲁迅在最后审定该《编目》时增写了《鹭华》月刊及其简介文字。

《鹭华》,月刊,厦门鹭华文艺社编辑。1934年6月出至第一卷第四期停刊。

〔2〕 《鹭华》月刊的前身,是厦门集美中学、厦门大学部分进步学生编刊的《鹭华》周刊,1928年由浮萍文艺社创办,附当地《民国日报》副刊发行,未几停刊。1929年秋,浮萍社易名鹭华文艺社,同年12月复刊,先附《思明日报》副刊、后附《民国日报》副刊发行,1930年2月停刊。同年8月23日仍借《民国日报》副刊的版面第二次复刊。翌年"九一八"事变后停刊。

《无名木刻集》序[1]

用几柄雕刀,一块木版,制成许多艺术品,传布于大众中者,是现代的木刻。

木刻是中国所固有的,而久被埋没在地下了。现在要复兴,但是充满着新的生命。

新的木刻是刚健,分明,是新的青年的艺术,是好的大众的艺术。

这些作品,当然只不过一点萌芽,然而要有茂林嘉卉,却非先有这萌芽不可。

这是极值得记念的。

一九三四年三月十四日,鲁迅。

* * *

[1] 本篇最初印入1934年4月上海出版的《无名木刻集》,由刘岘据手迹雕版拓印。原无标题。

《无名木刻集》,无名木刻社社员的作品选集,内收木刻七幅,用原版拓印。无名木刻社,1933年冬上海美术专门学校学生发起成立的木刻团体,后改名未名木刻社。主要成员有刘岘、黄新波、姚兆等。

《玄武湖怪人》按语[1]

中头[2]按:此篇通讯中之所谓"三种怪人",两个明明是畸形,即绍兴之所谓"胎里疾";"大头汉"则是病人,其病是脑水肿。而乃置之动物园,且说是"动物中之特别者",真是十分特别,令人惨然。

【备考】:

玄武湖怪人

南京通讯:首都玄武门外玄武湖。素负历史盛名。自市政府改建五洲公园。加以人工修理后。该处湖光山色。更觉幽雅宜人。风景出自天然。值此春夏阳和。千红万紫。游人如织。有游艺家秦庆森君。为增游人兴趣起见。不惜巨资。特举办五洲动物园。于去冬托友由南洋群岛及云桂等处各地购办奇异动物甚夥。益增该园风光不少。兹将动物中之特别者分志于次。计三种怪人。(一)小头。姓徐。绰号徐小头。海州产。身长三尺。头小如拳。问其年已卅六岁矣。(二)大头汉。姓唐。绰号大头。又名来发。浙之绍兴产。头大如巴斗。状似寿星。其实年方十二岁。(三)半截美人。年二十四岁。扬州产。面发如平常美妇无异。惟无腿。仅有肉足趾两个。此所以称为半截美人。(中头剪自五月十四日《大美晚报》)

* * *

〔1〕 本篇最初发表于1934年6月16日《论语》半月刊第四十三期"古香斋"栏,在《玄武湖怪人》一文之后。

这原是鲁迅1934年5月16日将《玄武湖怪人》剪寄《论语》时附致该刊编者陶亢德的信。陶征得鲁迅同意后,将此信中主要部分作为按语与剪报一同刊出。

〔2〕 中头 鲁迅在1934年5月18日致陶亢德信中说:"以敝'指谬'拖为'古香斋'尾巴,自无不可,但署名希改为'中头',倘嫌太俳,则'准'亦可。《论语》虽先生所编,但究属盛家赘婿商品,故殊不愿与之太有瓜葛也。"按盛家赘婿,指《论语》社成员、清末官僚买办盛宣怀的孙女婿邵洵美,当时《论语》半月刊也由他开办的时代图书印刷公司发行。

《〈母亲〉木刻十四幅》序[1]

高尔基的小说《母亲》一出版,革命者就说是一部"最合时的书"[2]。而且不但在那时,还在现在。我想,尤其是在中国的现在和未来,这有沈端先[3]君的译本为证,用不着多说。在那边,倒已经看不见这情形,成为陈迹了。

这十四幅木刻,是装饰着近年的新印本的。刻者亚历克舍夫[4],是一个刚才三十岁的青年,虽然技术还未能说是十分纯熟,然而生动,有力,活现了全书的神采。便是没有读过小说的人,不也在这里看见了暗黑的政治和奋斗的大众吗?

一九三四年七月廿七日,鲁迅记。

* * *

〔1〕 本篇最初印入1934年8月蓝图纸翻印本《〈母亲〉木刻十四幅》画册。原无标题。

《〈母亲〉木刻十四幅》,韩白罗用晒图法翻印,由鲁迅提供原插图并作序(参看1934年7月27日致韩白罗信)。按韩白罗,天津人,曾加入北方左联。当时在太原晋绥兵工筑路总指挥部工作。

〔2〕 "最合时的书" 列宁语,见高尔基所著回忆录《列宁》。

〔3〕 沈端先(1900—1995) 笔名夏衍,浙江杭州人,剧作家,中

国左翼作家联盟领导人之一。他翻译的《母亲》于1929年10月、1930年8月由大江书铺分上下册出版。

〔4〕 亚历克舍夫(Н. В. Алексеев,1894—1934) 苏联画家。主要作品有高尔基《母亲》、陀思妥耶夫斯基《赌徒》、斐定《城与年》插图。

题《淞隐漫录》[1]

《淞隐漫录》十二卷

原附上海《点石斋画报》[2]印行,后有汇印本,即改称《后聊斋志异》。此尚是好事者从画报析出者,颇不易觏。戌年盛夏,陆续得二残本,并合为一部存之。

九月三日南窗记。

* * *

〔1〕 本篇据手稿编入,原题于《淞隐漫录》重装本首册扉页,无标题、标点。末钤"旅隼"印。

《淞隐漫录》,笔记小说,清代王韬著,共十二卷。多记花精狐魅、奇女名娼故事。光绪十三年(1887)秋附《点石斋画报》印行时,配有吴友如、田子琳绘制的插图。鲁迅购藏的画报本,重装为六册。

〔2〕 《点石斋画报》 清末石印画报,旬刊,吴友如编绘。1884年5月8日创刊于上海,由上海申报馆附设的点石斋石印书局出版。随《申报》发行,也单独发售。1898年8月停刊。

题《淞隐续录》残本[1]

《淞隐续录》残本

自序云十二卷,然四卷以后即不著卷数,盖终亦未全也。光绪癸巳排印本《淞滨琐话》亦十二卷,亦丁亥中元[2]后三日序,与此序仅数语不同,内容大致如一;惟十七则为此本所无,实一书尔。

九月三日上海寓楼记。

＊　　＊　　＊

〔1〕 本篇据手稿编入,原题于《淞隐续录》重装本首册扉页,无标题、标点。末钤"旅隼"印。

《淞隐续录》,笔记小说,清代王韬著。原附《点石斋画报》印行,前四卷,每卷十则故事,另有十一则不分卷,张志瀛绘图。鲁迅购藏的画报本重装为二册。汇印本改题《淞滨琐话》,十二卷,共收故事六十八则,于光绪癸巳(1893)秋九月由淞隐庐出版。

〔2〕 丁亥 即1887年。中元,夏历7月15日,俗称"中元节"。

题《漫游随录图记》残本[1]

《漫游随录图记》残本

此亦《点石斋画报》附录。序云图八十幅,而此本止五十幅,是否后有续作,或中止于此,亦未详。图中异域风景,皆出画人臆造,与实际相去远甚,不可信也。

狗儿年[2]六月收得,九月重装并记。

* * * *

〔1〕 本篇据手稿编入,原题于《漫游随录图记》重装本扉页,无标题、标点。末钤"鲁迅"印。

《漫游随录图记》,清代王韬著,内容多记作者在西欧、日本及国内游历时所见名胜古迹、风土人情。原附《点石斋画报》印行,张志瀛绘图。鲁迅购藏的画报本重装一册,内收游记五十则,插图五十幅。

〔2〕 狗儿年 旧时对戌年的俗称,这里指 1934 年(夏历甲戌年)。

题《风筝误》[1]

李笠翁[2]《风筝误》

亦《点石斋画报》附录也;盖欲画《笠翁十种曲》而遂未全,余亦仅得此一种,今以附之天南遯叟[3]著作之末。画人金桂,字蟾香,与吴友如[4]同时,画法亦相类,当时石印绣像或全图小说[5]甚多,其作风大率如此。

戌年九月将付装订因记。

* * *

〔1〕 本篇据手稿编入,原题于《风筝误》重装本扉页,无标题、标点。末钤"鲁迅"印。

《风筝误》,传奇剧本,共三十出,清代李渔撰。写韩世勋和詹淑娟的婚姻故事。鲁迅购藏的画报本重装为一册,插图二十九幅。

〔2〕 李笠翁(1611—1680) 名渔,字笠鸿,号笠翁,浙江兰溪人,明末清初戏曲家。流寓南京、杭州等地,家设戏班。著有传奇剧本《比目鱼》、《风筝误》等十种,合称《笠翁十种曲》。

〔3〕 天南遯叟 即王韬,参看本书第241页注〔2〕。

〔4〕 吴友如(?—约1893) 名猷(又作嘉猷),字友如,江苏元和(今吴县)人,清末画家。自1884年(清光绪十年)起,在上海主绘《点石斋画报》,后又自刊《飞影阁画报》。作品有《吴友如画宝》。

〔5〕 绣像或全图小说 明清以来的通俗小说,有卷首画书中人物像的,称为绣像小说;有画每回故事的,称为全图小说。

《译文》创刊号前记[1]

读者诸君：你们也许想得到，有人偶然得一点空工夫，偶然读点外国作品，偶然翻译了起来，偶然碰在一处，谈得高兴，偶然想在这"杂志年"里来加添一点热闹，终于偶然又偶然的找得了几个同志，找得了承印的书店，于是就产生了这一本小小的《译文》。

原料没有限制：从最古以至最近。门类也没固定：小说，戏剧，诗，论文，随笔，都要来一点。直接从原文译，或者间接重译：本来觉得都行。只有一个条件：全是"译文"。

文字之外，多加图画。也有和文字有关系的，意在助趣；也有和文字没有关系的，那就算是我们贡献给读者的一点小意思，复制的图画总比复制的文字多保留得一点原味。

并不敢自夸译得精，只能自信尚不至于存心潦草；也不是想竖起"重振译事"的大旗来，——这种登高一呼的野心是没有的，不过得这么几个同好互相研究，印了出来给喜欢看译品的人们作为参考而已。倘使有些深文周纳的惯家以为这又是什么人想法挽救"没落"的法门，那我们只好一笑道："领教！领教！诸公的心事，我们倒是雪亮的！"

* * *

〔1〕 本篇最初发表于1934年9月16日上海《译文》月刊创刊号,原题《前记》,未署名。

《译文》,翻译介绍外国文学的月刊,1934年9月创刊于上海。前三期鲁迅编辑,后由黄源接编。上海生活书店出版。1935年9月停刊。后于1936年3月复刊,改由上海杂志公司出版。1937年6月出至新三卷第四期停刊,共出二十九期。

做"杂文"也不易[1]

"中国为什么没有伟大的文学产生"[2]这问题,还是半年前提出的,大家说了一通,没有结果。这问题自然还是存在,秋凉了,好像也真是到了"灯火倍可亲"[3]的时节,头脑一冷静,有几位作家便又记起这一个大问题来了。

八月三十日的《自由谈》上,浑人先生告诉我们道:"伟大的作品在废纸篓里!"[4]

为什么呢?浑人先生解释说:"各刊物的编辑先生们,他们都是抱着'门罗主义'[5]的,……他们发现稿上是署着一个与他们没有关系的人底姓名时,看也没有工夫一看便塞下废纸篓了。"

伟大的作品是产生的,然而不能发表,这罪孽全在编辑先生。不过废纸篓如果难以检查,也就成了"事出有因,查无实据"的疑案。较有意思,较有作用的还是《现代》九月号卷头"文艺独白"[6]里的林希隽先生[7]的大作《杂文和杂文家》。他并不归咎于编辑先生,只以为中国的没有大著作产生,是因为最近——虽然"早便生存着的"——流行着一种"容易下笔",容易成名的"杂文",所以倘不是"作家之甘自菲薄而放弃其任务,即便是作家毁掉了自己以投机取巧的手腕来替代

414

一个文艺作者的严肃的工作"了。

不错,比起高大的天文台来,"杂文"有时确很像一种小小的显微镜的工作,也照秽水,也看脓汁,有时研究淋菌,有时解剖苍蝇。从高超的学者看来,是渺小,污秽,甚而至于可恶的,但在劳作者自己,却也是一种"严肃的工作",和人生有关,并且也不十分容易做。现在就用林先生自己的文章来做例子罢,那开头是——

"最近以来,有些杂志报章副刊上很时行的争相刊载着一种散文非散文,小品非小品的随感式的短文,形式既绝对无定型,不受任何文学制作之体裁的束缚,内容则无所不谈,范围更少有限制。为其如此,故很难加以某种文学作品的称呼;在这里,就暂且名之为杂文吧。"

"沉默,金也。"[8]有一些人,是往往会"开口见喉咙"的,林先生也逃不出这例子。他的"散文"的定义,是并非中国旧日的所谓"骈散""整散"的"散",也不是现在文学上和"韵文"相对的不拘韵律的"散文"(Prose)的意思:胡里胡涂。但他的所谓"严肃的工作"是说得明明白白的:形式要有"定型",要受"文学制作之体裁的束缚";内容要有所不谈;范围要有限制。这"严肃的工作"是什么呢?就是"制艺"[9],普通叫"八股"。

做这样的文章,抱这样的"文学观"的林希隽先生反对着"杂文",已经可以不必多说,明白"杂文"的不容易做,而且那任务的重要了;杂志报章上的缺不了它,"杂文家"的放不掉它,也可见正非"投机取巧","客观上"是大有必要的。

况且《现代》九月号卷头的三篇大作[10],虽然自名为"文艺独白",但照林先生的看法来判断,"散文非散文,小品非小品",其实也正是"杂文"。但这并不是矛盾。用"杂文"攻击"杂文",就等于"以杀止杀"。先前新月社宣言里说,他们主张宽容,但对于不宽容者,却不宽容,[11]也正是这意思。那时曾有一个"杂文家"批评他们说,那就是刽子手,他是不杀人的,他的偶然杀人,是因为世上有杀人者。[12]但这未免"无所不谈",太不"严肃"了。

林先生临末还问中国的作家:"俄国为什么能够有《和平与战争》这类伟大的作品产生?……而我们的作家呢,岂就永远写写杂文而引为莫大的满足么?"我们为这暂时的"杂文家"发愁的也只在这一点:现在竟也累得来做"在材料的捃撷上尤是俯拾皆是,用不着挖空心思去搜集采取"的"杂文",不至于忘记研究"俄国为什么能够有《和平与战争》这类伟大的作品产生"么?

但愿这只是我们的"杞忧",他的"杂文"也许独不会"非特丝毫无需要之处,反且是一种恶劣的倾向"。

*　　*　　*

〔1〕 本篇最初发表于1934年10月1日《文学》月刊第三卷第四号"文学论坛"栏,署名直。

〔2〕 "中国为什么没有伟大的文学产生" 1934年3月郑伯奇在《春光》月刊创刊号发表《伟大的作品底要求》一文,其中说:"中国近数十年发生过很多的伟大事变,为什么还没有产生出来一部伟大的作

品?"接着,该刊第三期又在《中国目前为什么没有伟大的作品产生》的征文题下刊出十五篇应征的文章。在讨论中,有些人对战斗的杂文持否定态度,要求作家致力于创作"伟大的作品"。

〔3〕 "灯火倍可亲" 语出唐代韩愈《符读书城南》诗:"时秋积雨霁,新凉入郊墟。灯火稍可亲,简编可卷舒。"

〔4〕 浑人的这篇文章,题为《伟大的作品在哪里?》。

〔5〕 门罗主义 1823年12月美国总统门罗提出的外交政策原则。它以"美洲是美洲人的美洲"为口号,宣布任何欧洲强国都不得干涉美洲事务,其实质是为了让美国独霸整个美洲。

〔6〕《现代》 文学月刊,施蛰存、杜衡编辑,1932年5月创刊于上海。自第六卷第二期(1935年3月)起,改为综合文化杂志,汪馥泉编辑。1935年5月出至第六卷第四期停刊。"文艺独白",该刊第四、第五卷的一个专栏。

〔7〕 林希隽 广东潮安人,当时是上海大夏大学学生。

〔8〕 "沉默,金也" 流行于英国等欧洲国家的谚语:"口才是白银,沉默是黄金。"

〔9〕 "制艺" 科举考试制度所规定的文体。明、清两代一般指八股文,它以"四书""五经"中的文句命题,每篇分破题、承题、起讲、入手、起股、中股、后股、束股八部分,后四部分是主体,各有两股相比偶的文字,共合八股。

〔10〕 指施蛰存的《我与文言文》、黎君亮的《文学与政局有关?》和林希隽的《杂文和杂文家》。

〔11〕 新月社 以留学英美的知识分子为核心的文学和政治性团体。1923年成立于北京,主要成员有胡适、陈源、徐志摩、梁实秋、罗隆基等。1927年春在上海开设新月书店,次年3月创办《新月》月刊。他们宣扬"英国式民主",反对左翼文艺运动。这里说的"宣言",指《新

月》第二卷第六、七期合刊（1929年9月）刊载的《敬告读者》一文。其中说："我们都主张'言论出版自由'，我们都保持'容忍'的态度（除了'不容忍'的态度是我们所不能容忍以外），我们都喜欢稳健的合乎理性的学说。"

〔12〕 这是鲁迅1930年1月在《新月社批评家的任务》（后收入《三闲集》）一文中对新月社宣言的批评。

题《芥子园画谱三集》赠许广平[1]

此上海有正书局翻造本。其广告谓研究木刻十余年,始雕是书。[2]实则兼用木版,石版,波黎版[3]及人工著色,乃日本成法,非尽木刻也。广告夸耳!然原刻难得,翻本亦无胜于此者。因致一部,以赠

广平,有诗为证:

十年携手共艰危,以沫相濡亦可哀;[4]

聊借画图怡倦眼,此中甘苦两心知。

戌年冬十二月九日之夜,鲁迅记

*　　*　　*

〔1〕　本篇据手迹编入,原题在赠许广平的《芥子园画谱三集》首册扉页,无标题、标点。文末署名后钤有"鲁迅"、"旅隼"二印。

《芥子园画谱》,又称《芥子园画传》,中国画技法图谱。清代王概兄弟应沈心友(李渔之婿)之请编绘,因刻于李渔在南京的别墅"芥子园",故名。该书第三集为花卉草虫禽鸟谱,共四卷。

〔2〕　有正书局的《芥子园画谱三集》广告,见1934年1月17日《申报》,其中说:"本局费二十年心力经营木刻,不惜工本,将三集依式刊印,彩色鲜艳活泼,与宋元真迹无异,且多超过原本之处,诚为美术之

绝品。"

〔3〕 波黎版　即玻璃版,又称珂罗版,照像平印版的一种,用厚磨砂玻璃作版材制成。

〔4〕 以沫相濡　《庄子·大宗师》:"泉涸,鱼相与处于陆,相呴以湿,相濡以沫,不如相忘于江湖。"呴,吐气。

一九三五年

势所必至,理有固然[1]

有时发表一些顾影自怜的吞吞吐吐文章的废名先生,这回在《人间世》上宣传他的文学观了:文学不是宣传。[2]

这是我们已经听得耳膜起茧了的议论。谁用文字说"文学不是宣传"的,也就是宣传——这也是我们已经听得耳膜起茧了的议论。

写文章自以为对于社会毫无影响,正如称"废名"而自以为真的废了名字一样。"废名"就是名。要于社会毫无影响,必须连任何文字也不立,要真的废名,必须连"废名"这笔名也不署。

假如文字真的毫无什么力,那文人真是废物一枚,寄生虫一条了。他的文学观,就是废物或寄生虫的文学观。

但文人又不愿意做这样的文人,于是他只好说现在已经下掉了文人的招牌。然而,招牌一下,文学观也就没有了根据,失去了靠山。

但文人又不愿意没有靠山,于是他只好说要"弃文就武"[3]了。这可分明的显出了主张"为文学而文学"者后来一定要走的道路来——事实如此,前例也如此。正确的文学观是不骗人的,凡所指摘,自有他们自己来证明。

＊　　＊　　＊

〔1〕 本篇据手稿编入,署名直人。约写于1935年1月。

势所必至,理有固然,语出宋人托名苏洵所作《辩奸论》:"事有必至,理有固然。"

〔2〕 废名　即冯文炳(1901—1967),笔名废名,湖北黄梅人,小说家。当时在北京大学任教。著有短篇小说集《竹林的故事》、《桃园》等。他在《人间世》第十三期(1934年10月)发表的《知堂先生》一文中说:"古今一切的艺术,无论高能的低能的,总而言之都是道德的,因此也就是宣传的,……当下我很有点闷窒,大有呼吸新鲜空气之必要。这个新鲜空气,大约就是科学的。"《人间世》,小品文半月刊,林语堂主编。1934年4月5日创刊于上海,1935年12月出至第四十二期停刊。该刊主要提倡"以自我为中心,以闲适为格调"的小品文。

〔3〕 "弃文就武"　知堂(周作人)在1935年1月6日《独立评论》第一三四期上发表《弃文就武》一文,其中说:"我自己有过一个时候想弄文学,不但喜读而且还喜谈,差不多开了一间稻香村的文学小铺,一混几年,不惑之年倏焉已至,忽然觉得不懂文学,赶快下匾歇业,预备弃文就武。"

《中国新文学大系》小说二集
编选感想[1]

　　这是新的小说的开始时候。技术是不能和现在的好作家相比较的,但把时代记在心里,就知道那时倒很少有随随便便的作品。内容当然更和现在不同了,但奇怪的是二十年后的现在的有些作品,却仍然赶不上那时候的。

　　后来,小说的地位提高了,作品也大进步,只是同时也孪生了一个兄弟,叫作"滥造"。

　　※　　※　　※

　　〔1〕 本篇最初据手稿制版印入1935年2月上海良友图书印刷公司印行的《中国新文学大系》样本,原题《小说二集编选感想》,系样本编辑者所加。

　　《中国新文学大系》,从1917年新文学运动开始至1926年十年间的文学创作和理论的一种选集,分建设理论、文学论争、小说(一至三集)、散文(一至二集)、诗歌、戏剧、史料·索引,共十册。赵家璧主编,上海良友图书印刷公司发行,1935年至1936年间出齐。小说二集由鲁迅负责编选,共收三十三位作家的小说五十九篇,1935年7月出版。

"骗月亮"[1]

杜衡[2]先生在二月十四的《火炬》[3]上教给我们,中国人的遇"月蚀放鞭炮决非出于迷信",乃是"出于欺骗;一方面骗自己,但更主要的是骗月亮","借此敷衍敷衍面子,免得将来再碰到月亮的时候大家下不去"。

这也可见民众之不可信,正如莎士比亚的《凯撒传》[4]所揭破了,他们不但骗自己,还要骗月亮,——但不知道是否也骗别人?

况且还有未经杜衡先生指出的一点:是愚。他们只想到将来会碰到月亮,放鞭炮去声援,却没有想到也会碰到天狗。并且不知道即使现在并不声援,将来万一碰到月亮时,也可以随机说出一番道理来敷衍过去的。

我想:如果他们知道这两点,那态度就一定可以"超然",很难看见骗的痕迹了。

※　　※　　※

〔1〕 本篇最初发表于1935年3月5日上海《太白》半月刊第一卷第十二期"掂斤簸两"栏,署名何干。

〔2〕 杜衡(1907—1964)　原名戴克崇,笔名苏汶、杜衡,浙江杭

县人。三十年代以"第三种人"自居,指责左翼文艺运动,曾编辑《新文艺》《现代》等刊物。著有短篇小说集《怀乡集》、长篇小说《叛徒》等。

〔3〕《火炬》 上海《大晚报》的文艺副刊,崔万秋主编。杜衡在该刊发表的文章题为《月蚀引起的话》。

〔4〕 莎士比亚(W. Shakespeare,1564—1616) 欧洲文艺复兴时期英国戏剧家、诗人。《凯撒传》是他早期所写的历史剧,描写公元前一世纪古罗马军事统帅凯撒和元老贵族之间的斗争。1934年6月,杜衡在《文艺风景》创刊号上发表《莎剧凯撒传里所表现的群众》一文,以谈莎剧为名,诬说群众"没有理性","没有明确的利害观念","完全被几个煽动家所控制着,所操纵着"。

"某"字的第四义[1]

某刊物的某作家说《太白》不指出某刊物的名目来,有三义。他几乎要以为是第三义:意在顾全读者对于某刊物的信任而用"某"字的了。[2]但"写到这里,有一位熟悉商情的朋友来了"。他说不然,如果在文章中写明了名目,岂不就等于替你登广告?[3]

不过某作家自己又说不相信,因为"一个作者在写自己的文章的时候,居然肯替书店老板打算到商业竞争的利害上去,也未免太'那个'了"。

看这作者的厚道,就越显得他那位"熟悉商情的朋友"的思想之龌龊,但仍然不失为"朋友",也越显得这位作者之厚道了。只是在无意中,却替这位"朋友"发表了"商情"之外,又剥了他的脸皮。《太白》上的"某"字于是有第四义:暴露了一个人的思想之龌龊。

* * *

〔1〕 本篇最初发表于1935年4月20日《太白》半月刊第二卷第三期"掂斤簸两"栏,署名直人。

〔2〕 某刊物 指《文饭小品》月刊,1935年2月施蛰存等创办于

上海。该刊创刊号上载有署名雕菰的《疑问号》一文,对《太白》半月刊新年号所载不齐(周木斋)和何公超的文章进行嘲讽,《太白》第一卷第十一期(1935年2月)发表不齐的《隔壁》和闻问的《创作的典范》加以反驳,《文饭小品》第二期便发表了署名酉生的《某刊物》一文,说:"他们两位的文章一开头都是'某刊物创刊号'那么一句……查'某刊物'这个'某'字的意义,可有三解:其一是真的不知该刊物的名称,而姑以'某'字代之。其二是事关秘密,不便宣布真名字,故以'某'字代之。其三是报纸上所谓'姑隐其名'的办法,作文者存心厚道,不愿说出这刊物的真名字来,丢它的脸,故以'某'字代之。"接着又说,不齐、闻问所用的"某"字"不会是属于第一义"或"第二义","然则,岂第三义乎?"《太白》,小品文半月刊,陈望道主编,1934年9月创刊于上海,1935年9月停刊。

〔3〕 酉生在《某刊物》一文中说,"熟悉商情的朋友"告诉他:"《太白》半月刊每期行销八千本,你们《文饭小品》第一期只印了五千本,卖完了也只有五千本销路,他们如果在文章中写明了《文饭小品》字样,岂不就等于替你登了广告?"

"天生蛮性"[1]

——为"江浙人"所不懂的

辜鸿铭先生赞小脚;[2]
郑孝胥先生讲王道;[3]
林语堂先生谈性灵。[4]

*　　*　　*

〔1〕 本篇最初发表于1935年4月20日《太白》半月刊第二卷第三期"掂斤簸两"栏,署名越山。

"天生蛮性",林语堂的话。1934年夏,他因反对"大众语"而受到批评后,在给曹聚仁和陈子展的信中说:"我系闽人,天生蛮性;人愈骂,我愈蛮。"(见1935年3月《芒种》半月刊创刊号曹聚仁《我与林语堂先生往还的终始》所引)他还在《人间世》半月刊第一卷第十二期(1934年9月)发表的《有不为斋随笔·辜鸿铭》中,称赞辜鸿铭的"蛮子骨气",说"此种蛮子骨气,江浙人不大懂也"。

〔2〕 辜鸿铭(1857—1928) 名汤生,字鸿铭,福建同安人。曾留学英、法、德等国,回国后任清朝湖广总督张之洞的幕僚多年。辛亥革命后任北京大学教授,尊孔崇儒,反对革新。关于他喜好女人小脚及脚臭的逸闻,在其生前和死后传播甚广。1934年9月20日《人间世》半月刊第十二期"辜鸿铭特辑"及该刊第十八期(同年12月20日)所载有关

辜鸿铭的回忆文章多有记述。

〔3〕 郑孝胥(1860—1938) 字苏戡,福建闽侯人。清末曾任广东按察使、湖南布政使等职。辛亥革命后以遗老自居。1931年九一八事变后,协助日本唆使溥仪赴东北;次年三月伪满洲国成立,任国务总理,鼓吹"王道政治"。

〔4〕 林语堂先生谈性灵 三十年代,林语堂在他主编的《论语》、《人间世》等刊物上,张扬"性灵派文学",认为"性灵就是自我",说:"文章者,个人性灵之表现。性灵之为物,惟我知之,生我之父母不知,同床之吾妻亦不知。然文学之生命实寄托于此。"(见1933年4月16日《论语》半月刊第二卷第十五期《有不为斋随笔·论文(上)》)

死　　所[1]

日本有一则笑话,是一位公子和渔夫的问答——

"你的父亲死在那里的?"公子问。

"死在海里的。"

"你还不怕,仍旧到海里去吗?"

"你的父亲死在那里的?"渔夫问。

"死在家里的。"

"你还不怕,仍旧坐在家里吗?"

今年,北平的马廉[2]教授正在教书,骤然中风,在教室里逝去了,疑古玄同[3]教授便从此不上课,怕步马廉教授的后尘。

但死在教室里的教授,其实比死在家里的着实少。

"你还不怕,仍旧坐在家里吗?"

＊　　＊　　＊

〔1〕 本篇最初发表于1935年5月20日《太白》半月刊第二卷第五期"掂斤簸两"栏,署名敖者。

〔2〕 马廉(1893—1935)　字隅卿,浙江鄞县人。曾任北京孔德学校总务长,当时在北平师范大学、北京大学任教,1935年2月19日在

北京大学讲课时,突患脑溢血去世。

〔3〕 疑古玄同　即钱玄同,当时任北平师范大学国文系主任。

中国的科学资料[1]

——新闻记者先生所供给的

毒蛇化鳖——"特志之以备生物学家之研究焉。"[2]
乡妇产蛇——"因识之以供生理学家之参考焉。"
冤鬼索命——"姑记之以俟灵魂学家之见教焉。"

* * *

〔1〕 本篇最初发表于1935年5月20日《太白》半月刊第二卷第五期"掂斤簸两"栏,署名越山。

〔2〕 "毒蛇化鳖"一类奇闻,当时常被记者作为新闻来报道,这里的引文,是这类报道中常见的套话。

"有不为斋"[1]

孔子曰:"不得中行而与之,必也狂狷乎,狂者进取,狷者有所不为也。"[2]

于是很有一些人便争以"有不为"名斋[3],以孔子之徒自居,以"狷者"自命。

但敢问——

"有所不为"的,是卑鄙龌龊的事乎,抑非卑鄙龌龊的事乎?

"狂者"的界说没有"狷者"的含糊,所以以"进取"名斋者,至今还没有。

* * *

〔1〕 本篇最初发表于1935年5月20日《太白》半月刊第二卷第五期"掂斤簸两"栏,署名直入。

〔2〕 "不得中行而与之"等语,见《论语·子路》。

〔3〕 清代傅九渊、李翰华、光律元等,都曾用"有不为"作自己的书斋名。1932年至1934年间,林语堂在《论语》和《人间世》上以《有不为斋随笔》为总题发表过文章。

两种"黄帝子孙"[1]

　　林语堂先生以为"现代中国人尊其所不当尊,弃其所不当弃,……其实物质文明吃穿居住享用还是咱们黄帝子孙内行"。[2]

　　但"咱们黄帝子孙"好像有两种:一种是"天生蛮性"的;一种是天生没有蛮性,或者已经消灭。

　　而"物质文明"也至少有两种:一种是吃肥甘,穿轻暖,住洋房的;一种却是吃树皮,穿破布,住草棚,——吃其所不当吃,穿其所不当穿,而且住其所不当住。

　　"咱们黄帝子孙"正如"蛮性"的难以都有一样,"其实物质文明吃穿居住享用"也并不全"内行"。

　　哈哈,"玩笑玩笑"。[3]

* 　　* 　　*

　　〔1〕 本篇最初发表于1935年6月20日《太白》半月刊第二卷第七期"掂斤簸两"栏,署名直入。

　　〔2〕 见林语堂在《人间世》半月刊第二十六期(1935年4月)发表的《谈中西文化》一文。

　　〔3〕 "玩笑玩笑"　林语堂1934年12月27日在暨南大学的讲

演《做文与做人》中说:"做文是茶余饭后的事,不必认真,……玩笑玩笑,寻寻开心。"(见1935年3月5日《芒种》半月刊创刊号所载曹聚仁《我与林语堂先生往还的终始》一文所引)

聚 "珍"[1]

张静庐先生《我为什么刊行本丛书》[2]云:"本丛书之刊行,得周作人沈启无诸先生之推荐书目,介绍善本,盛情可感。……施蛰存先生之主持一切,奔走接洽;……"

施蛰存先生《编印中国文学珍本丛书缘起》[3]云:"余既不能为达官贵人,教授学者效牛马走[4],则何如为白屋寒儒,青灯下士修儿孙福乎?"

这里的"走"和"教授学者",与众不同,也都是"珍本"。

* * * *

〔1〕 本篇最初发表于1935年9月5日《太白》半月刊第二卷第十二期"掂斤簸两"栏,署名直入。

〔2〕 张静庐(1898—1969) 浙江慈溪人,出版家。曾在上海光华书局、现代书局任职,1934年5月创办上海杂志公司。他所写的《我为什么刊印本丛书》曾刊载于《读书生活》第二卷第八期(1935年8月)。本丛书,指《中国文学珍本丛书》,施蛰存主编,上海杂志公司出版。1935年9月开始印行,共出五十种。

〔3〕 施蛰存(1905—2003) 浙江杭州人,作家。曾任《现代》、《文艺风景》主编。他的《编印中国文学珍本丛书缘起》,也刊载于《读

书生活》第二卷第八期。

〔4〕 牛马走　汉代司马迁在《报任少卿书》(见《文选》卷四十一)中自称"太史公牛马走"。唐代李善注："走,犹仆也,言己为太史公掌牛马之仆。"

一九三六年

《远方》按语[1]

《远方》是小说集《我的朋友》三篇中之一篇。作者盖达尔(Arkadii Gaidar)[2]和插画者叶尔穆拉耶夫(A. Ermolaev)[3]都是新出现于苏联文艺坛上的人。

这一篇写乡村的改革中的纠葛,尤其是儿童的心情:好奇,向上,但间或不免有点怀旧。法捷耶夫[4]曾誉为少年读物的名篇。

这是从原文直接译出的;插画也照原画加入。自有"儿童年"[5]以来,这一篇恐怕是在《表》[6]以后我们对于少年读者的第二种好的贡献了。

编者 三月十一夜

※　　※　　※

〔1〕 本篇最初发表于1936年3月16日《译文》月刊新一卷第一期,在《远方》译文之前。

《远方》,苏联盖达尔所作中篇小说,曹靖华译,鲁迅校阅。后于1938年6月由上海文化生活出版社出版单行本。

〔2〕 盖达尔（А. П. Гайдар，1904—1941） 苏联儿童文学作家，主要作品有中篇小说《远方》、《铁木儿及其伙伴》等。

〔3〕 叶尔穆拉耶夫（А. Ермолаев） 苏联画家。

〔4〕 法捷耶夫（А. А. Фадеев，1901—1956） 苏联作家。著有长篇小说《毁灭》、《青年近卫军》等。

〔5〕 "儿童年" 1933年末，国民党上海市政府根据上海市儿童幸福委员会的呈请，定1934年为上海市"儿童年"。1935年3月，国民党政府根据中华慈幼协会的呈请，定1935年8月至1936年7月为全国"儿童年"。

〔6〕 《表》 苏联作家班台莱耶夫（Л. Пантелеев）的中篇小说，鲁迅译。描写十月革命后，苏联儿童教养院教育、改造流浪儿的故事。1935年7月由上海生活书店出版。

题曹白所刻像[1]

曹白刻。一九三五年夏天,全国木刻展览会[2]在上海开会,作品先由市党部审查,"老爷"就指着这张木刻说:"这不行!"剔去了。

* * *

〔1〕 本篇据手稿编入,原无标题,约写于1936年3月。

曹白,原名刘萍若,笔名曹白,江苏武进人。1933年春在杭州国立艺术专门学校学习时,参加该校学生组织的木铃木刻社。同年10月被国民党当局逮捕,1934年底出狱。不久,他刻了《鲁迅像》和《鲁迅遇见祥林嫂》两幅木刻,送交全国木刻联合展览会,但《鲁迅像》被国民党上海市党部检查官禁止展出。次年3月,他将这幅木刻像寄给鲁迅,鲁迅在左侧空白处题了这段文字。

〔2〕 全国木刻展览会 即全国木刻联合展览会,唐诃、金肇野等以平津木刻研究会名义主办。1935年元旦起在北平、济南、上海等地巡回展出。

"中国杰作小说"小引[1]

　支那に於ける新文學の始から今までの間の年月はまださう永くなかつた。始の時には矢張バルカン諸國に於けるが如く大抵創作者も飜譯者や文學革新運動戰鬪者の役を勤めて居たが今になつこ稍々分れこ來た。併しその爲め一部分の所謂作者の呑氣さを増長した點から云へぼ頗る不幸な事である。

　一般に云ふと現今の作者は書く事の不自由の點を別としても實に困難た境遇に置かれて居る。第一、新文學は外國の文學潮流に動かされて發生したのだから自國の古い文學から遺産として取るべきものは殆んど無かつた。第二、外國文學の飜譯物も少々あるけれども全集や傑作なく所謂"他山の石"となれるものは實に貧乏なものごあつた。

　併し就中短篇小説の成績は割合に良い方に屬して居る。無論傑作と云ふ程のものはないけれども此頃流行して居る外國人の書いた支那の事を取扱ふ處の創作よりは必ず劣つて居るとも言へない。その眞實の點に至つては寧ろすぐれて居るのである。外國の讀者から見れば本當でないらしい處が隨分あるかも知れないが、併しそれは大抵眞實である。

今度、自分の淺陋をも顧みないで最近の作者の短篇小説を選出して日本へ紹介するてとになつたが——若し無駄な仕事に終らなかつたならば誠に莫大な幸である。

一九三六年四月三十日 魯迅

〔译　　文〕

　　中国的新文学,自始至今,所经历的年月不算长。初时,也像巴尔干各国一样,大抵是由创作者和翻译者来扮演文学革新运动战斗者的角色,直到今天,才稍有区别。但由此而增长了一部分所谓作者的马虎从事。从这点看来,是颇为不幸的。

　　一般说,目前的作者,创作上的不自由且不说,连处境也着实困难。第一,新文学是在外国文学潮流的推动下发生的,从中国古代文学方面,几乎一点遗产也没摄取。第二,外国文学的翻译极其有限,连全集或杰作也没有,所谓可资"他山之石"[2]的东西实在太贫乏。

　　但创作中的短篇小说是较有成绩的,尽管这些作品还称不上什么杰作,要是比起最近流行的外国人写的,以中国事情为题材的东西来,却并不显得更低劣。从真实这点来看,应该说是很优秀的。在外国读者看来,也许会感到似有不真实之处,但实际大抵是真实的。现在我不揣浅陋,选出最近一些作者的短篇小说介绍给日本。——如果不是徒劳无益的话,那真是莫大的幸运了。

鲁　迅
一九三六年四月三十日

"中国杰作小说"小引

★　　★　　★

〔1〕 本篇最初发表于1936年6月1日日本《改造》月刊第十八卷第六号,原为日文,无标题。

1936年春,鲁迅应日本改造社社长山本实彦的要求,选出中国青年作家短篇小说十篇,从同年6月起,在《改造》月刊"中国杰作小说"总题下陆续发表(只发表了六篇)。

〔2〕 "他山之石" 语出《诗经·小雅·鹤鸣》:"它山之石,可以为错";"它山之石,可以攻玉"。

题《凯绥·珂勒惠支版画选集》赠季市[1]

印造此书,自去年至今年,自病前至病后,手自经营,才得成就,持赠

季市一册,以为记念耳。

一九三六年七月二十七日
旅隼
上海

* * *

〔1〕 本篇据手迹编入,原无标题。

《凯绥·珂勒惠支版画选集》,鲁迅编选,收德国凯绥·珂勒惠支所作版画二十一幅。前有美国女作家史沫特莱所写的序文及鲁迅所作序目。1936年5月以"三闲书屋"名义出版。

季市,即许寿裳(1883—1948),字季茀,又作季黻(市),浙江绍兴人,教育家。鲁迅留学日本弘文学院时期的同学。曾在教育部、北京女子师范大学、广东中山大学等处与鲁迅同事多年。抗战胜利后去台湾,任台湾省编译馆馆长、台湾大学文学系主任。1948年2月被刺杀于台北。著有《亡友鲁迅印象记》、《我所认识的鲁迅》等。1936年7月,他从嘉兴回北平,路经上海,于27日往访鲁迅,鲁迅题赠《凯绥·珂勒惠支版画选集》一册。

答世界社信[1]

世界社诸先生：

十三日信收到。前一函大约也收到的，因为久病，搁下了。

所问的事，只能写几句空话塞责，因为实在没法子。我的病其实是不会全愈的，这几天正在吐血，医生连话也不准讲，想一点事就头晕，但大约也未必死。

此复，即请

暑安。

鲁迅 十五日。

答　问

我自己确信，我是赞成世界语[2]的。赞成的时候也早得很，怕有二十来年了罢[3]，但理由却很简单，现在回想起来：一，是因为可以由此联合世界上的一切人——尤其是被压迫的人们；二，是为了自己的本行，以为它可以互相绍介文学；三，是因为见了几个世界语家，都超乎口是心非的利己主义者之上。

后来没有深想下去了,所以现在的意见也不过这一点。我是常常如此的:我说这好,但说不出一大篇它所以好的道理来。然而确然如此,它究竟会证明我的判断并不错。

八月十五日。

* * * *

〔1〕 本篇最初发表于 1936 年 10 月上海《世界》月刊第四卷第九、十期合刊。鲁迅复信以手迹制版刊出;《答问》载同期"中国作家对世界语的意见"专栏。均无标题。

世界社,上海世界语者协会所属《世界》月刊社的简称。该刊 1932 年 12 月创刊于上海,叶籁士、胡绳编辑。1936 年,国际革命世界语作家协会写信给上海世界语者协会,要求就世界语问题征询中国作家的意见。世界社为此写信给鲁迅和其他作家,本篇即鲁迅所作的答复。

〔2〕 世界语 指波兰柴门霍夫(L. Zamenhof,1859—1917)所创造的一种国际辅助语(Esperanto),1887 年公布。

〔3〕 鲁迅最早赞成世界语的文章,参看 1918 年 11 月《新青年》第五卷第五号发表的《渡河与引路》(后收入《集外集》)。

关于许绍棣叶溯中黄萍荪[1]

当我加入自由大同盟时,浙江台州人许绍棣,温州人叶溯中,首先献媚,呈请南京政府下令通缉。二人果渐腾达,许官至浙江教育厅长,叶为官办之正中书局大员。

有黄萍荪者,又伏许叶嗾使,办一小报,约每月必诋我两次,则得薪金三十。黄竟以此起家,为教育厅小官,遂编《越风》[2],函约"名人"撰稿,谈忠烈遗闻,名流轶事,自忘其本来面目矣。"会稽乃报仇雪耻之乡"[3],然一遇叭儿,亦复途穷道尽!

*　　*　　*

〔1〕 本篇据手稿编入,约写于1936年,原无标题。

许绍棣(1898—1980),浙江临海人,曾任国民党浙江省党部委员、杭州《民国日报》社社长、浙江省教育厅长。叶溯中,浙江永嘉人,曾任国民党中央监察委员会候补委员、国民党政府官办的正中书局副总经理。黄萍荪(1908—1993),浙江杭州人,曾任浙江省教育厅助理编审、《中央日报》特派驻杭州记者,主编过《越风》、《子曰》等刊物。

〔2〕《越风》 小品文半月刊,黄萍荪主编。1935年10月创刊于杭州。1937年4月出至第二卷第四期停刊。初期曾受国民党中宣部的

额外津贴。

〔3〕"会稽乃报仇雪耻之乡" 语出明末王思任致马士英的信。明弘光元年(1645)清兵破南京,宰相马士英逃往浙江,山阴王思任写信责骂他说:"叛兵至则束手无措,强敌来则缩颈先逃……且欲求奔吾越。夫越乃报仇雪耻之国,非藏垢纳污之地也。"

附录一

一九〇七年

《中国矿产志》征求资料广告[1]

中国不患无矿产,而患无研究矿产之人;不患无研究矿产之人,而患不确知矿产之地。近者我国于矿务一事,虽有争条约,废合同,集资本,立公司[2]等法,以求保存此命脉。然命脉岂幽玄杳渺,得诸臆说者乎?其关系于地层地质者,必有其实据确证之所在。得其实据确证,而后施以保存方法,乃得有所措手,以济于事。仆等有感于斯,爰搜辑东西秘本数十种,采取名师讲义若干帙,撮精删芜,以成是书。岂有他哉?亦欲使我国国民,知其省其地之矿产而已,知其省其地之命脉而已,知其省其地之命脉所在而已。然仆等求学他邦,羁留异国,足迹不能遍履内地,广为调查,其遗漏而不详赡者,盖所不免。惟望披阅是书者,念吾国宝藏之将亡,怜仆等才力之不逮,一为援手而欸助焉。凡有知某省某地之矿产所在者,或以报告,或以函牍,惠示仆等,赞成斯举,则不第仆等之私幸,亦吾国之大幸也。其已经开采者,务详记其现用资本若干,现容矿夫若干,每日平均产额若干,销路之旺否,出路之便否,一以供吾国民前鉴之资,一以为吾国民后日开拓之助;其未经开采者,现有外人垂涎与否,产状若何。各就乡土所知,详实记录。如蒙赐书,请寄至上海三马路昼锦里本书发行所普及书局,不胜企盼之至。

丙午年十二月[3]编纂者谨白

＊　　＊　　＊

〔1〕 本篇最初刊于1907年2月27日(清光绪三十三年正月十五日)《中国矿产志》增订三版封底。原题《本书征求资料广告》,有句读。

《中国矿产志》 我国早期地质矿产著作之一。初版于1906年7月(清光绪三十二年五月),由日本井木活版所印刷,上海普及书局发行,封面署"江宁顾琅会稽周树人合纂"。

〔2〕 争条约,废合同,集资本,立公司　指近代全国各地各界爱国人士及海外留学生掀起的护矿风潮和振兴民族矿业的斗争。1903年10月,浙江各界人士和浙籍留日学生声讨当地富商高尔伊出卖浙东四府矿权,责令其废约。同年12月,湖南绅商集股三百万两,率先成立湖南省矿务总公司,经理省内矿产。1905年11月,山西士绅、学生公请废止英商福公司的办矿合同。翌年3月,河南、山西、陕西留日学生电请撤销福公司办矿合同,等等。

〔3〕 丙午年十二月　光绪三十二年十二月,即公元1907年1月。

一九〇九年

《域外小说集》第一册[1]

是集所录,率皆近世名家短篇。结构缜密,情思幽眇。各国竞先选译,斐然为文学之新宗,我国独阙如焉。因慎为译述,抽意以期于信,绎辞以求其达。先成第一册,凡波兰一篇,美一篇,俄五篇[2]。新纪文潮,灌注中夏,此其滥觞矣!至若装订新异,纸张精致,亦近日小说所未睹也。每册小银円[3]三角,现银批售及十册者九折,五十册者八折。总寄售处:上海英租界后马路乾记弄广昌隆绸庄。　会稽周树人白

* * *

〔1〕　本篇最初刊于1909年4月17日上海《时报》第一版。原无标点。

《域外小说集》　鲁迅与周作人合译的外国短篇小说选集,共两册。1909年3月、7月在日本东京神田印刷所印刷,署"会稽周氏兄弟纂译",周树人发行,东京群益书店和上海广昌隆绸庄寄售。第一册收鲁迅所作"序言"、"略例"及"杂识"中的部分文字,另有翻译的俄国安特莱夫的短篇《谩》和《默》。

〔2〕 《域外小说集》第一册所收七篇作品,除鲁迅翻译的俄国两篇外,还有周作人翻译的五篇:波兰显克微支的《乐人扬珂》,俄国契诃夫的《戚施》和《塞外》、迦尔洵的《邂逅》,以及英国淮尔特(通译王尔德)的《安乐王子》。文中"美一篇",当为"英一篇"。

〔3〕 円 日本货币单位:圆。

《劲草》译本序(残稿)[1]

薻,比附原著,绎辞紬意,与《不测之威》[2]绝异。因念欧人慎重译事,往往一书有重译至数本者,即以我国论,《鲁滨孙漂流记》,《迦因小传》[3],亦两本并行,不相妨害。爰加厘订,使益近于信达。托氏[4]撰述之真,得以表著;而译者求诚之志,或亦稍遂矣。原书幖名为《公爵琐勒布略尼》,谊曰银氏[5];其称摩洛淑大者霜也[6]。坚洁之操,不挠于浊世,故译称《劲草》云。

著者托尔斯多,名亚历舍,与勒夫·托尔斯多 Lyof Tolstoi[7]有别。勒夫为其从弟,著述极富,晚年归依宗教,别立谊谛,称为十九世纪之先知。我国议论,往往并为一人,特附辩于此。己酉三月译者又识。

* * * *

〔1〕 本篇据手稿编入,是鲁迅1909年代周作人为其《劲草》译本所写的序言残稿,原无标题,有句读。

《劲草》,俄国阿·康·托尔斯泰1862年所写的一部历史小说,原名《Князъ Серебряный》,现译《谢历勃里亚尼公爵》。它以伊凡四世时代的部分历史事件为素材,反映十六世纪俄国人民反对沙皇统治的斗争。周作人的译本未印行。

〔2〕 《不测之威》 《谢历勃里亚尼公爵》的另一种译本,由英文转译,1908年上海商务印书馆翻译出版。

〔3〕 《鲁滨孙漂流记》 长篇小说,英国作家笛福(1660—1731)著。当时有沈祖芬(署钱塘跛少年)和林纾的两种中译本。沈译本于1902年由杭州惠兰学堂印刷,上海开明书店发行,题为《绝岛飘流记》。林译本于1906年由商务印书馆出版。《迦因小传》,长篇小说,英国作家哈葛德(1856—1925)著。该书的下半部曾由蟠溪子(杨紫麟)译成中文,于1903年由上海文明书局出版。后来林纾又经魏易口述,译出全文,于1905年2月由商务印书馆出版。

〔4〕 托氏 阿·康·托尔斯泰(А. К. Толстой,1817—1875),俄国诗人、剧作家。著有长篇历史小说《谢历勃里亚尼公爵》和历史剧三部曲《伊凡雷帝之死》、《沙皇费多尔》、《沙皇鲍里斯》等。

〔5〕 银氏 俄文姓氏 Серебряный 的意译。

〔6〕 摩洛淑夫 《劲草》主人公的姓,是俄语 Морозов 的音译,本意为霜。

〔7〕 勒夫·托尔斯多 即列夫·托尔斯泰,参看本书第37页注〔16〕。他是阿·康·托尔斯泰同曾祖父的堂弟。

一九一二年

周豫才告白[1]

仆已辞去山会师范学校[2]校长。校内诸事业于本月十三日由学务科派科员朱君幼溪[3]至校交代清楚。凡关于该校事务，以后均希向民事署学务科接洽，仆不更负责任。此白。

* * * *

〔1〕 本篇最初刊于1912年2月19日《越铎日报》广告栏，原无标点。

〔2〕 山会师范学校 原名山会初级师范学堂，1909年创办。鲁迅于1911年11、12月间被任命为学堂监督。1912年1月改称绍兴师范学校。山会，山阴、会稽二县的简称。

〔3〕 朱幼溪（1882—1946） 名涧南，字幼溪，浙江绍兴人，曾任绍兴府中学堂教员，辛亥革命后任绍兴军政分府学务科科员。

一九一九年

什 么 话？[1]

林传甲撰《中华民国都城宜正名京华议》[2]，其言曰："夫吾国建中华二字为国名。中也者，中道也；华也者，华族也；五色为华，以国旗为标帜，合汉满蒙回藏而大一统焉。中华民国首都，宜名之曰'京华'，取杜少陵'每依北斗望京华'之义。乔皇典雅，不似北京南京之偏于一方；比中京大都京师之名，尤为明切。盖都名与国名一致，虽海外之华侨，华工，华商，无不引领而顾瞻祖国也。"

林传甲撰《福建乡谈》[3]有一条曰："福建林姓为巨族。其远源，则比干之子坚奔长林而得氏。明季林氏避日本者，亦为日本之大姓：如林董林权助之勋业，林衡林鹤一之学术。亦足征吾族之盛于东亚者也。"

又曰："日本维新，实赖福泽谕吉之小说。吾国维新，归功林琴南畏庐小说，谁曰不宜？"

林纾译小说《孝友镜》[4]有《译余小识》曰："此书为西人辨诬也。中人之习西者恒曰，男子二十一外，必自立。父母之力不能管约而拘挛之；兄弟各立门户，不相恤也。是名社会主义。国因以强。然近年所见，家庭革命，逆子叛弟接踵而起，国胡不强?是果真奉西人之圭臬?亦凶顽之气中于腑焦,用以自便其所为,与西俗胡涉?此书……父以友传,女以孝传,足为人伦之鉴矣。命曰《孝友镜》,亦以醒吾中国人勿诬人而打妄语也。"

唐熊撰《国粹画源流》[5]有曰:"……孰知欧亚列强方广集名流,日搜致我国古来画事,以供众人之博览;俾上下民庶悉心参考制作,以致艺术益精。虽然,彼欧洲之人有能通中国文字语言,而未有能通中国之画法者,良以斯道进化,久臻神化,实予彼以不能学。此足以自豪者也。"

* * *

〔1〕 本篇最初发表于1919年2月15日《新青年》月刊第六卷第二号"什么话?"栏,末署鲁迅辑。

"什么话?",《新青年》从第五卷第四号(1918年10月)起开辟的一个辑载荒谬言论的专栏。

〔2〕 林传甲 福建闽侯人,曾任京师大学堂文科正教员、黑龙江省教育科长。《中华民国都城宜正名京华议》,发表于《地学杂志》第七年第八期(1916年9月)"论丛"栏。

〔3〕《福建乡谈》 发表于《地学杂志》第八年第二期(1917年2月)"说郛"栏,全文共二十一条。鲁迅所引为其中第五条、第八条。前者在"奔长林而得氏"和"明季林氏避日本者"之间,省略了四十六字。按这两条引文中提及的林董(1850—1912),曾任日本外务大臣;林权助(1850—1939),曾任日本驻华公使;林衡(?—1842),日本教育家;林鹤一(1873—1935),日本数学家;福泽谕吉(1835—1901),日本明治维新时期的启蒙思想家和教育家。

〔4〕 林纾　参看本书第106页注〔2〕。《孝友镜》,长篇小说,比利时作家恩海贡斯翁士(1812—1883)著。林纾译本于1918年由商务印书馆出版。

〔5〕 唐熊　字吉生,当时任上海图画美术学校技术师范科教员。《国粹画源流》,发表于上海《美术》杂志第一期(1918年11月)。

一九二一年

《坏孩子》附记[1]

这一篇所依据的,本来是 S. Koteliansky and I. M. Murray 的英译本,后来由我照 T. Kroczek 的德译本改定了几处,所以和原译又有点不同了。

十,十六。鲁迅附记。

* * *

〔1〕 本篇最初发表于1921年10月27日《晨报副刊》,在宫竹心译的《坏孩子》之后,原无标题。

《坏孩子》,俄国作家契诃夫(1860—1904)早期的短篇小说。译者宫竹心(1899—1966),笔名白羽,山东东阿人,当时是北京邮局职员。

一九二五年

《苦闷的象征》广告[1]

　　这其实是一部文艺论,共分四章。现经我以照例的拙涩的文章译出,并无删节,也不至于很有误译的地方。印成一本,插图五幅,实价五角,在初出版两星期中,特价三角五分。但在此期内,暂不批发。北大新潮社代售。

鲁迅告白。

* * * *

〔1〕 本篇最初刊于1925年3月10日《京报副刊》。

《苦闷的象征》,日本厨川白村(1880—1923)著。鲁迅译本于1924年12月出版,为《未名丛刊》之一,由北京新潮社代售。后又改由北新书局出版。

《未名丛刊》是什么，要怎样？(一)[1]

所谓《未名丛刊》者，并非无名丛书的意思，乃是还未想定名目，然而这就作为名字，不再去苦想他了。

这也并非学者们精选的宝书，凡国民都非看不可。只要有稿子，有印费，便即付印，想使萧索的读者，作者，译者，大家稍微感到一点热闹。内容自然是很庞杂的，因为希图在这庞杂中略见一致，所以又一括为相近的形式，而名之曰《未名丛刊》。

大志向是丝毫也没有。所愿的：无非（1）在自己，是希望那印成的从速卖完，可以收回钱来再印第二种；（2）对于读者，是希望看了之后，不至于以为太受欺骗了。

现在，除已经印成的一种[2]之外，就自己和别人的稿子中，还想陆续印行的是：

1.《苏俄的文艺论战》。俄国褚沙克等论文三篇。任国桢译。

2.《往星中》。俄国安特来夫作戏剧四幕。李霁野译。

3.《小约翰》。荷兰望·蔼覃作神秘的写实的童话诗。鲁迅译。

＊　　＊　　＊

〔1〕 本篇最初刊于1925年3月未名社出版的《苦闷的象征》一书的封底,题下署名鲁迅。

〔2〕 指《苦闷的象征》。

白　事[1]

本刊[2]虽说经我"校阅",但历来仅于听讲的同学和熟识的友人们的作品,时有商酌之处,余者但就笔误或别种原因,间或改换一二字而已。现又觉此种举动,亦属多事,所以不再通读,亦不更负"校阅"全部的责任。特此声明!

　　　　　　　　　　　　三月二十二日,鲁迅。

*　　*　　*

〔1〕　本篇最初刊于1925年3月24日北京《民众文艺周刊》第十四期。

〔2〕　指《民众文艺周刊》。1924年12月9日在北京创刊,《京报》的附刊之一,荆有麟、胡崇轩(也频)等编辑。第十六期(1925年4月7日)起改名《民众文艺》,第二十五期(1925年6月23日)改名《民众周刊》,第三十一期(1925年8月4日)改名《民众》,1925年11月出至第四十七期停刊。

鲁 迅 启 事[1]

《民众文艺》稿件,有一部份经我看过,已在第十四期声明。现因自己事繁,无暇细读,并将一部份的"校阅",亦已停止,自第十七期起,即不负任何责任。

四月十四日。

＊　＊　＊

〔1〕 本篇最初刊于1925年4月17日《京报副刊》。

《莽原》出版预告[1]

本报[2]原有之《图画周刊》[3](第五种),现在团体解散,不能继续出版,故另刊一种,是为《莽原》。闻其内容大概是思想及文艺之类,文字则或撰述,或翻译,或稗贩,或窃取,来日之事,无从预知。但总期率性而言,凭心立论,忠于现世,望彼将来云。由鲁迅先生编辑,于本星期五出版。以后每星期五随《京报》附送一张,即为《京报》第五种周刊。

* * * *

〔1〕 本篇最初刊于1925年4月21日《京报》广告栏。

1925年4月20日,《京报》刊登了一则关于《莽原》的广告:"思想界的一个重要消息:如何改造青年的思想?请自本星期五起快读鲁迅先生主撰的《□□》周刊,详情明日宣布。本社特白。"鲁迅认为这一广告写得"夸大可笑"(《两地书·一五》),所以重拟了这个出版预告。

〔2〕 指《京报》,邵飘萍(振青)创办的具有进步色彩的报纸,1918年10月创刊于北京,1926年4月被奉系军阀张作霖查封。

〔3〕《图画周刊》《京报》附刊之一,1924年12月创刊,每星期五发行,至1925年4月,共出十一期。该刊由《图画世界》社编辑,冯武越负责。

对于北京女子师范大学风潮宣言[1]

溯本校不安之状,盖已半载有余,时有隐显,以至现在,其间亦未见学校当局有所反省,竭诚处理,使之消弭,迨五月七日校内讲演时,学生劝校长杨荫榆先生退席后,杨先生乃于饭馆召集教员若干燕饮,继即以评议部[2]名义,将学生自治会职员六人(文预科四人理预科一人国文系一人)揭示开除,由是全校哗然,有坚拒杨先生长校之事变,而杨先生亦遂遍送感言[3],又驰书学生家属,其文甚繁,第观其已经公表者,则大概谆谆以品学二字立言,使不谙此事始末者见之,一若此次风潮,为校长整饬风纪之所致,然品性学业,皆有可征,六人学业,俱非不良,至于品性一端,平素尤绝无惩戒记过之迹,以此与开除并论,而又若离若合,殊有混淆黑白之嫌,况六人俱为自治会职员,倘非长才,众人何由公举,不满于校长者倘非公意,则开除之后,全校何至哗然?所罚果当其罪,则本系之两主任[4]何至事前并不与闻,继遂相率引退,可知公论尚在人心,曲直早经显见,偏私谬戾之举,究非空言曲说所能掩饰也,同人忝为教员,因知大概,义难默尔,敢布区区,惟关心教育者察焉。

马裕藻,沈尹默,周树人,李泰棻,钱玄同,沈兼士,[5]周作人。

＊　　＊　　＊

〔1〕 本篇最初发表于1925年5月27日《京报》。

许广平在她所保存的这一宣言的铅印件旁写有附注："鲁迅拟稿,针对杨荫榆的《感言》仗义执言,并邀请马裕藻先生转请其他先生连名的宣言。"

〔2〕 评议部　即评议会。根据《国立北京女子师范大学组织大纲》,学校的领导机构为评议会,由校长、教务主任、总务主任及公选出的十名教授共同组成,由校长主持。

〔3〕 指杨荫榆的《对于暴烈学生之感言》,1925年5月20日《晨报》以《"教育之前途棘矣!"杨荫榆之宣言》为题,曾予刊载。

〔4〕 指女师大国文系主任马裕藻和代主任黎锦熙。

〔5〕 马裕藻(1878—1945)　浙江鄞县人,当时是北京大学国文系教授兼北京女子师范大学讲师和国文系主任。沈尹默(1883—1971),浙江吴兴人,当时是北京大学国文系教授兼女师大国文系讲师。李泰棻(1890—1972),河北阳原人,当时是北京大学教授兼女师大史地系主任。沈兼士(1885—1947),沈尹默之弟,当时是北京大学研究所国学门主任兼女师大国文系讲师。

编者附白[1]

　　《莽原》所要讨论的,其实并不重在这一类问题。前回登那两篇文章[2]的缘故,倒在无处可登,所以偏要给他登出。但因此又不得不登了相关的陈先生的信[3],作一个结束。这回的两篇,是作者见了《现代评论》的答复[4],而未见《莽原》的短信的时候所做的,从上海寄到北京,却又在陈先生的信已经发表之后了,但其实还是未结束前的话。因此,我要请章周二先生[5]原谅:我便于词句间换了几字,并且将"附白"除去了。大概二位看到短信之后,便不至于以我为太专断的罢。

六月一日。

※　　※　　※

　　[1]　本篇最初发表于1925年6月5日北京《莽原》周刊第七期,是对于该刊登载章锡琛《与陈百年教授谈梦》、周建人《再答陈百年先生论一夫多妻》两文的说明。未署名。

　　1925年1月,章锡琛、周建人在《妇女杂志》第十一卷第一号发表关于性道德问题的文章,陈百年即在《现代评论》上加以非难。而章、周投寄《现代评论》的答辩却受到该刊的压制。因此鲁迅在《莽原》第四、六、七期上,为讨论这一问题提供篇幅。

〔2〕 指《莽原》周刊第四期(1925年5月15日)刊载的周建人《答〈一夫多妻的新护符〉》和章锡琛《驳陈百年教授〈一夫多妻的新护符〉》二文。按《现代评论》第十四期(1925年3月14日)刊登陈百年的《一夫多妻的新护符》对章、周提出非难以后,周建人和章锡琛曾分别写了《恋爱自由与一夫多妻》和《新性道德与多妻》两篇答辩文章寄《现代评论》,但该刊直到第二十期仍不予发表。于是他们又分别撰写此二文投寄《莽原》。

〔3〕 陈先生的信 指《莽原》周刊第六期(1925年5月29日)刊载的陈百年《给周章二先生的一封短信》,信中为《现代评论》迟迟不发表周、章文章辩解,并提出停止论战。陈百年(1887—1983),名大齐,字百年,浙江海盐人,心理学家。当时是北京大学教授。

〔4〕《现代评论》的答复 指《现代评论》第二十二期(1925年5月9日)刊载的陈百年《答章周二先生论一夫多妻》一文。在这期最末的"通讯"栏中,同时摘登了周、章二人写的《恋爱自由与一夫多妻》和《新性道德与多妻》。

〔5〕 章周二先生 指章锡琛、周建人。章锡琛(1889—1969),字雪村,浙江绍兴人。当时任商务印书馆《妇女杂志》主编。周建人(1888—1984),字乔峰,鲁迅的三弟,生物学家。当时是商务印书馆编辑。

《敏捷的译者》附记[1]

鲁迅附记:微吉罗就是 Virgilius,诃累错是 Horatius。[2]

"吾家"彦弟[3]从 Esperanto[4]译出,所以煞尾的音和原文两样,特为声明,以备查字典者的参考。

*　　*　　*

〔1〕 本篇最初发表于1925年6月12日《莽原》周刊第八期,附在鲁彦翻译的《敏捷的译者》之后。

〔2〕 微吉罗(前70—前19) 世界语 Virgilo 的音译,英文写作 Vergilius(音译维尔吉利乌斯);诃累错(前65—前8),世界语 Horatio 的音译,英文写作 Horatius(音译贺拉替乌斯)。二人皆为古罗马诗人。

〔3〕 "吾家"彦弟 指王鲁彦(1901—1944),原名王衡,笔名鲁彦,浙江镇海人,小说家。《莽原》周刊第七期(1925年6月5日)在发表鲁彦的译文《考试之前》时,文后附有译者写给鲁迅的一段话,前以"大哥鲁迅"开头,末以"老弟鲁彦"落款。所以鲁迅在这里有"'吾家'彦弟"的回应。

〔4〕 Esperanto 波兰柴门霍夫创造的一种世界语。

正　　误[1]

第十期《莽原》上错字颇多,实在对不起读者。现在择较为重要的作一点正误,将错的写在前面,改正的放在括弧内,以省纸面。不过稿子都已不在手头,所以所改正的也许与原稿偶有不合;这又是对不起作者的。至于可以意会的错字和标点符号只好省略了。第十一期上也有一点,就顺便附在后面。　七月三日,编辑者。

第十期

　　《弦上》:

诗了　　(诗人了)

为聪明人将要　　(为聪明人,聪明人将要)

基旁　　(道旁)

　　《铁栅之外》:

生观　　(人生观)

像是　　(就是)

剌刃　　(刺刀)

什么? 感化　　(什么感化?)

窥了了　　(窥见了)

完得　　(觉得)

即将　　（即时）

集！　　（集合）

《长夜》：

猪蓄　　（潴蓄）

《死女人的秘密》：

那过　　（那边）

奶干草　　（干草）

狂飚过是　　（狂飚过去）

那么爱道　　（那么爱过）

那些住　　（那些信）

正老家庭的书桌单,出的　　（正如老家庭的书桌里拿出的）

如带一封　　（如一封）

术儒　　（木偶）

《去年六月的闲话》：

六日,日记　　（六日的日记）

《补白》：

早怯　　（卑怯）

有战　　（有箭）

很牙　　（狼牙）

打人脑袋　　（打人脑袋的）

不觉事　　（不觉得）

《正误》：

刃剚　　（剚刃）

第十一期

《内幕之一部》：

中人的　　（中国人的）

枪死鬼　　（抢死鬼）

《短信》：

近于流　　（近于下流）

下为　　（为）

为崇　　（尊崇）

* * *

〔1〕 本篇最初刊于1925年7月10日《莽原》周刊第十二期。

《未名丛刊》是什么,要怎样?(二)[1]

所谓《未名丛刊》者,并非无名丛书之意,乃是还未想定名目,然而这就作为名字,不再去苦想它了。

这也并非学者们精选的宝书,凡国民都非看不可。只要是有稿子,有印费,便即付印,想使萧索的读者,作者,译者,大家稍微感到一点热闹。内容自然是很庞杂的,因为希图在这庞杂中略见一致,所以又一括为相近的形式,而名之曰《未名丛刊》。

大志向是丝毫也没有。所愿的:无非(1)在自己,是希望那印成的从速卖完,可以收回钱来再印第二种;(2)对于读者,是希望看了之后,不至于以为太受欺骗了。

以上是一九二四年十二月间的话。[2]

现在将这分为两部分了:这里专收译本;还有集印创作的,叫作《乌合丛书》。

创作,谁都知道可尊,但还有人只能翻译,或者偏爱翻译,而且深信有些翻译竟胜于有些创作,所以仍是悍然翻译,而印在这《未名丛刊》中。

亲自试过的,会知道翻译有时比创作还麻烦,即此小工作,也不敢自说一定下得去;然而译者总尽自己的力和心,如果终于下不去了,那大概是无能之故,并非敢于骗版税。

版税现在还不能养活一个著作者,而况是收在《未名丛刊》中。因为这书的纸墨装订是好的,印的本数是少的,而定价是不贵的。

但为难的是缺本钱;所希望的只在爱护本刊者以现钱直接来购买,那么,《未名丛刊》就续出不尽了,我们就感谢不尽了。

已印成和未印成的书目:

1.《苦闷的象征》。日本厨川白村作;鲁迅译。价五角。在再版。

2.《苏俄的文艺论战》。俄国褚沙克等作;任国桢译。价三角半。

————二种北新书局发行

3.《出了象牙之塔》。实价七角　不许翻印

————北京东城沙滩新开路第五号
　　　　未名社刊物经售处发行

4.《往星中》。俄国安特来夫作戏剧;李霁野译。

5.《穷人》。俄国陀思妥夫斯奇作小说;韦丛芜译。

6.《小约翰》。荷兰望蔼覃作象征的写实的童话诗。鲁迅译。

7.《十二个》。俄国勃洛克作长诗;胡斅译。

————以上四种现正在校印
　　　　本社刊物经售处发行

＊　　＊　　＊

　　〔1〕　本篇最初刊于1925年12月未名社初版的《出了象牙之塔》版权页后。未署名。

　　〔2〕　以上三段话参看本书461页同题广告（一）。

一九二六年

《未名丛刊》与《乌合丛书》印行书籍[1]

乌合丛书

呐喊(四版)　实价七角

　　鲁迅的短篇小说集,从一九一八至二二年的作品都在内,计十五篇,前有自序一篇。

故乡　实价八角

　　许钦文的短篇小说集。由长虹与鲁迅将从最初至一九二五年止的作品严加选择,留存二十二篇,作者的以热心冷面,来表现乡村,家庭,现代青年的内生活的特长,在这一册里显得格外挺秀。陶元庆画封面。

心的探险　实价六角

　　长虹的散文及诗集。将他的以虚无为实有,而又反抗这实有的精悍苦痛的战叫,尽量地吐露着。鲁迅选并画封面。

飘渺的梦及其他　五角

　　向培良的短篇小说集,鲁迅选定,从最初至现在的作品中仅留十四篇。革新与念旧,直前与回顾;他自引明波乐夫的话道：矛盾，矛盾，矛盾，这是我们的生活，也就是我们的真理。司徒乔画封面。

彷徨　校印中

鲁迅的短篇小说集第二本。从一九二四至二五年的作品都在内，计十一篇。陶元庆画封面。

以上五种，北京东城翠花胡同十二号
北新书局印行。

未　名　丛　刊

苦闷的象征　实价五角

日本厨川白村作文艺论四篇，鲁迅译。插图四幅，作者照像一幅。陶元庆画封面。再版。

苏俄的文艺论战　三角半

褚沙克等论文四篇，任国桢辑译，可以看见新俄国文坛的论辩的一斑。附录一篇，是用经济说于文艺上的。

以上二种，北新书局印行。

出了象牙之塔　七角

日本厨川白村作关于文艺的论文及演说十二篇，是一部极能启发青年的神智的书。鲁迅译。插图四幅，又作者照像一幅。陶元庆画封面。

往星中　实价四角半

俄国安特列夫作戏剧，李霁野译。是反映一个时代的名篇，表现一九零五年俄国革命失败后社会上矛盾和混乱的心绪的。韦素园序。卷头有作者像。陶元庆画封面。

穷人　实价六角半

俄国陀斯妥夫斯基作,韦丛芜译。这是作者的第一部,也是即刻使他成为大家的书简体小说,人生的困苦和悦乐,崇高和卑下,以及留恋和决绝,都从一个少女和老人的通信中写出。译者对比了数种译本,并由韦素园用原文校定,这才印行,其正确可想。鲁迅序。前有作者画像一幅,并用其手书及法人跋乐顿画像作封面。

外套　校印中

俄国果戈理作,韦素园译。这是一篇极有名的讽刺小说,然而诙谐中藏着隐痛,冷语里仍见同情,凡留心世界文学的都知道。别国译本每有删略,今从原文译出,最为完全。首有关于作者的论述及肖像。司徒乔画封面。

十二个　日内付印

俄国勃洛克作长诗,胡㸚译。作者原是有名的都会诗人,这一篇写革命时代的变化和动摇,尤称一生杰作。译自原文,又屡经校定,和重译的颇有不同。前为托罗兹基的《勃洛克论》[2]一篇;鲁迅作后记,加以解释。又有缩印的俄国插画名家玛修庚木刻图画四幅;卷头有作者的画像。

小约翰　日内付印

荷兰望蔼覃作,鲁迅译。是用象征来写实的童话体散文诗。叙约翰原是大自然的朋友,因为要求知,终于成为他所憎恶的人类了。前有近世荷兰文学大略,作者的评论及照像。

　　此外要续出的,还有:

白茶　曹靖华译

俄国现代独幕剧集。

罪与罚　韦丛芜译

俄国陀斯妥夫斯基小说。

格里佛游记　韦丛芜译

英国斯惠孚德小说(全译)。

北京东城沙滩新开路五号

未名社刊物经售处发行。

※　　※　　※

〔1〕 本篇最初刊于1926年7月未名社出版的台静农编《关于鲁迅及其著作》版权页后,原题《〈未名丛刊〉与〈乌合丛书〉》,下署"鲁迅编"。该广告开头原有一段概括说明两丛书编辑缘起的文字,已收入《集外集拾遗》附录,这里只收两丛书印行书籍的简介。

〔2〕 托罗兹基的《勃洛克论》 指托洛茨基著《文学与革命》一书第三章,鲁迅据茂森唯士的日译本译出,冠于长诗《十二个》书前。

一九二八年

本刊小信[1]

古兑[2]先生：来稿对于陈光尧先生《简字举例》的唯一的响应《关于简字举例所改大学经文中文字的讨论》，本来极想登载，但因为文中许多字体，为铅字所无，现刻又刻不好，所以只得割爱了。抱歉之至。

勉之先生：来稿《牛歌》[3]本来拟即登载，但因为所附《春牛图》是红纸底子，不能照相制版。想用日光褪色法，贴在记者玻璃窗上，连晒七天，毫无效果。现已决心用水一洗，看如何。万一连纸洗烂，那就不能登了。倘有白纸印的，请寄给一张。但怕未必有罢。

三月二十一日。旅沪一记者谨启。

*　　*　　*

〔1〕 本篇最初发表于1928年4月2日《语丝》周刊第四卷第十四期。

〔2〕 古兑　陈光尧的化名。陈光尧(1906—1972)，陕西城固人，语言文字研究者。他的《简字举例》以简化汉字书写《大学》经文，并附

说明,是所著书稿《请颁行简字议案及其研究》的一部分,发表于《语丝》周刊第一四〇期(1927年7月16日)。1928年初,他又化名古兑,撰文投寄《语丝》,宣传自己的主张。

〔3〕《牛歌》 招勉之搜集的流行于广州附近农村的歌谣。后发表于《语丝》第四卷第十八期(1928年4月30日)。它包括"牧童的自述"和"牛的诅咒和诉苦"两部分,并附有一幅《戒牛图牧童歌》(即《春牛图》)。歌谣正文前后有搜集者所写的说明。

关于《近代美术史潮论》插图[1]

《希阿的屠杀》系陀拉克罗亚[2]作，图上注错了。《骑士》是藉里珂[3]画的。

那四个人名的原文，是 Aristide Maillol, Charles Barry, Joseff Poelaert, Charles Garnier[4]。本文中讲到他们的时候，都还要注出来。

鲁迅。四月十一日。

【备考】：

来　信

编者先生：

下面关于贵志插图所问，请答复：

（一）第二卷第十期内《近代美术史潮论》的一幅画——《希阿的屠杀》，画上注着是藉里珂绘，但文中记是陀拉克罗亚的作品，大概画上是注错的。旁边一幅《骑士》也是藉里珂的，没有错吗？

（二）第五期的插图《女》的雕刻家迈约尔，和第六期的插图《伦敦议事堂》和第九期的《勃昌舍勒法院》和

> 《巴黎歌剧馆》的前后三个建筑家——伯黎,丕垒尔,喀尔涅——的西文名字叫怎么?
>
> 　　　　　　陈德明。十七,四,五。

* * * *

〔1〕 本篇最初发表于1928年5月1日《北新》半月刊第二卷第十二号"自由问答"栏,在陈德明来信之后,原无标题。

〔2〕 陀拉克罗亚(E. Delacroix,1798—1863) 通译德拉克洛瓦,法国浪漫主义画家。

〔3〕 藉里珂(Th. Géricàult,1791—1824) 法国浪漫主义画派的先驱者。

〔4〕 Aristide Maillol 阿里斯蒂德·迈约尔(1861—1944),法国画家、雕塑家。Charles Barry,通译查尔斯·巴里(1795—1860),即来信中所询问的伯黎,英国建筑师,英国国会建筑的设计者。Joseff Poelaert,约瑟夫·丕垒尔(1817—1879),比利时建筑学家。Charles Garnier,通译夏尔·迦尼埃(1825—1898),即来信中所询问的喀尔涅,法国建筑师,巴黎大歌剧院的设计者。

编 者 附 白[1]

附白：本刊前一本中的插图四种[2]，题字全都错误，对于和本篇有关的诸位，实为抱歉。现在改正重印，附在卷端，请读者仍照前一本图目上所指定的页数，自行抽换为幸。

编　者。

※　　※　　※

〔1〕 本篇最初刊于1928年10月30日《奔流》月刊第一卷第五期，附于该期目录之后，原无标题。

〔2〕 插图四种　指《奔流》第一卷第四期（1928年9月）所载金溟若翻译的日本作家有岛武郎《叛逆者（关于罗丹的考察）》一文所附的《思想者》、《塌鼻男子》、《圣约翰》、《亚当》四幅插图，都是法国雕塑家罗丹的作品。该刊将《亚当》误题为《思想者》，《思想者》误题为《塌鼻男子》，《塌鼻男子》误题为《圣约翰》，《圣约翰》误题为《亚当》。

一九二九年

谨　启[1]

诸位读者先生：

《北新》[2]第三卷第二号的插图,还是《美术史潮论》上的插图,那"罗兰珊[3]:《女》"及"莱什[4]:《朝餐》",画和题目互错了,请自行改正,或心照。

顺便还要附告几位先生们:著作"落伍",翻译错误,是我的责任。其余如书籍缺页,定刊物后改换地址,邮购刊物回件和原单不符,某某殊为可恶之类,我都管不着的,希径与书店直接交涉为感。

　　　　　　　　　　一月二十八日,鲁迅。

※　※　※

〔1〕 本篇最初发表于1929年2月16日《北新》半月刊第三卷第四号。

〔2〕 《北新》 综合性杂志,北新书局出版。1926年8月创刊于上海。初为周刊,孙福熙主编;1927年11月第二卷第一号起改为半月刊,潘梓年等主编。1930年12月出至第四卷第二十四期停刊。

〔3〕 罗兰珊(M. Laurencin, 1885—?) 十九世纪法国画家。

〔4〕 莱什(F. Léger, 1881—1955) 法国画家。

一九三〇年

开给许世瑛的书单[1]

计有功　宋人　《唐诗纪事》四部丛刊本　又有单行本
辛文房　元人　《唐才子传》今有木活字单行本
严可均　　　《全上古……隋文》[2]今有石印本,其中零碎不全之文甚多,可不看。
丁福保　　　《全上古……隋诗》[3]排印本
吴荣光　　　《历代名人年谱》可知名人一生中的社会大事,因其书为表格之式也。可惜的是作者所认为历史上的大事者,未必真是"大事"。最好是参考日本三省堂出版之《模范最新世界年表》。
胡应麟　明人　《少室山房笔丛》广雅书局本　亦有石印本
《四库全书简明目录》其实是现有的较好的书籍之批评,但须注意其批评是"钦定"的。
《世说新语》　刘义庆　晋人清谈之状
《唐摭言》　五代王定保　《雅雨堂丛书》中有　唐文人取科名之状态
《抱朴子外篇》　葛洪　有单行本　内论及晋末社会状态
《论衡》　王充　内可见汉末之风俗迷信等

《今世说》 王晫 明末清初之名士习气

＊　　＊　　＊

〔1〕 本篇据手稿编入,原无标题。许寿裳在《亡友鲁迅印象记》(1947年10月上海峨嵋出版社出版)中曾转录,文字略有出入。

许世瑛(1910—1972),字诗英,浙江绍兴人,许寿裳的长子。1930年秋考入清华大学化学系,旋改入中国文学系读书。鲁迅的书单当开于此时。

〔2〕 《全上古……隋文》 即《全上古三代秦汉三国六朝文》。

〔3〕 《全上古……隋诗》 当即《全汉三国晋南北朝诗》。

一九三一年

鲁 迅 启 事[1]

顷见十月十八日《申报》上,有现代书局印行鲁迅等译《果树园》[2]广告,末云:"鲁迅先生他从许多近代世界名作中,特地选出这样地六篇,印成第一辑,将来再印第二辑"云云。《果树园》系往年郁达夫先生编辑《大众文艺》[3]时,译出揭载之作,又另有《农夫》[4]一篇。此外我与现代书局毫无关系,更未曾为之选辑小说,而且也没有看过这"许多世界名作"。这一部书是别人选的。特此声明,以免掠美。

* * *

〔1〕 本篇最初刊于1931年10月26日上海《文艺新闻》第三十三号"广告"栏。

〔2〕 《果树园》 现代书局编印的苏联作家短篇小说选集。除收入鲁迅所译斐定的《果树园》外,又收别人所译短篇小说五篇。封面和扉页署"鲁迅等译",但各篇并未注明译者姓名。

〔3〕 《大众文艺》 文艺月刊,郁达夫等主编,1928年9月创刊于上海,现代书局出版。1930年6月出至第二卷第五、六期合刊被国民

党当局查禁。鲁迅译的《果树园》原载于该刊第一卷第四期(1928年12月)。

〔4〕《农夫》 苏联作家阿·雅各武莱夫(1886—1953)的短篇小说。鲁迅译文载于《大众文艺》第一卷第三期(1928年11月)。

《毁灭》和《铁流》的出版预告[1]

毁灭　为法捷耶夫所作之名著,鲁迅译,除本文外,并有作者自传,藏原惟人和弗理契序文,译者跋语,及插图六幅,三色版作者画像一幅。售价一元二角,准于十一月卅日出版。

铁流　为绥拉菲摩维支所作之名著,批评家称为"史诗",曹靖华译,除本文外,并有极详确之序文,注释,地图,及作者照相和三色版画像各一幅,笔迹一幅,书中主角照相两幅,三色版《铁流图》一幅。售价一元四角,准于十二月十日出版。

外埠读者　购买以上二书,每种均外加邮寄挂号费各一角,无法汇款者,得以邮票代价,并不打扣,但请寄一角以下的邮票来。

特价券　以上二书曾各特印"特价券"四百枚,系为没有钱的读者起见,并无营业的推销作用在内,因此希望此种券尽为没有钱的读者所得。《毁灭》特价六角,《铁流》八角,外埠每种外加邮寄挂号费各一角,同时购二种者共一角五分。

代售处　上海北四川路底内山书店

上海四马路五一二号文艺新闻社代理部

（此二代售处，特价券均发生效力。）

上海三闲书屋谨启

*　　*　　*　　*

〔1〕 本篇最初刊于1931年11月23日《文艺新闻》第三十七号。

《毁灭》和《铁流》原是鲁迅为上海神州国光社编辑的《现代文艺丛书》的两种，由于国民党当局的压迫，书店不再承印。后来《毁灭》由大江书铺出版，但避用"鲁迅"这个名字，改署"隋洛文"，并删去了原有的序跋；因而鲁迅决定另行出版，用大江书铺的纸版，恢复原来署名，补入序跋，和《铁流》同以"三闲书屋"名义自费印行。

三闲书屋校印书籍[1]

现在只有三种,但因为本书屋以一千现洋,三个有闲,虚心绍介诚实译作,重金礼聘校对老手,宁可折本关门,决不偷工减料,所以对于读者,虽无什么奖金,但也决不欺骗的。除《铁流》外,那二种是:

毁　灭　作者法捷耶夫,是早有定评的小说作家,本书曾经鲁迅从日文本译出,登载月刊[2],读者赞为佳作。可惜月刊中途停印,书亦不完。现又参照德英两种译本,译成全书,并将上半改正,添译藏原惟人,茀理契序文,附以原书插画六幅,三色版印作者画像一张,亦可由此略窥新的艺术。不但所写的农民矿工以及知识阶级,皆栩栩如生,且多格言,汲之不尽,实在是新文学中的一个大炬火。全书三百十余页,实价大洋一元二角。

士敏土之图　这《士敏土》是革拉特珂夫的大作,中国早有译本;德国有名的青年木刻家凯尔·梅斐尔德曾作图画十幅,气象雄伟,旧艺术家无人可以比方。现据输入中国之唯一的原版印本,复制玻璃版,用中国夹层宣纸,影印二百五十部,大至尺余,神彩不爽。出版以后,已仅存百部,而几乎尽是德日两国人所购,中国读者只二十余人。出版者极希望中国也从速购置,售完后决不再版,而定价低廉,较原版画便宜至一百倍也。图十幅,序目两页,中国式装,实价大洋一元五角。

    代售处:内山书店

     (上海,北四川路底,施高塔路口。)

* * *

  〔1〕 本篇最初印于1931年11月"三闲书屋"版《铁流》版权页后。

  三闲书屋,鲁迅自费印行书籍时所用的书店名称。

  〔2〕 指《萌芽》月刊,鲁迅译的《毁灭》连载于该刊第一至六期(1930年1月至6月),题作《溃灭》。

三闲书屋印行文艺书籍[1]

敝书屋因为对于现在出版界的堕落和滑头,有些不满足,所以仗了三个有闲,一千资本,来认真绍介诚实的译作,有益的画本,货真价实,童叟无欺。宁可折本关门,决不偷工减料。买主拿出钱来,拿了书去,没有意外的奖品,没有特别的花头,然而也不至于归根结蒂的上当。编辑并无名人挂名,校印却请老手动手。因为敝书屋是讲实在,不讲耍玩意儿的。现在已出的是:

毁灭 A. 法捷耶夫作。是一部罗曼小说,叙述一百五十个袭击队员,其中有农民,有牧人,有矿工,有智识阶级,在西伯利亚和科尔却克军及日本军战斗,终至于只剩了十九人。描写战争的壮烈,大森林的风景,得未曾有。鲁迅曾从日文本译出,登载月刊,只有一半,而读者已称赞为佳作。今更据德英两种译本校改,并译成全文,上加作者自传,序文,末附后记,且有插画六幅,三色版作者画像一幅。道林纸精印,页数约三百页。实价大洋一元二角。

铁流 A. 绥拉菲摩维支作。内叙一支像铁的奔流一般的民军,通过高山峻岭,和主力军相联合。路上所遇到的是强敌,是饥饿,是大风雨,是死。然而通过去了。意识分明,笔力坚锐，是一部纪念碑的作品，批评家多称之为"史诗"。现由曹靖华从原文译出，前后附有作者自传，论文，涅拉陀夫的长序和详注，作者特为中国译本而作的注解。卷首有三色版作者画像一幅，卷中有作者照相及笔迹各一幅，书中主角的照相两幅，地图一幅，三色版印法棱支画"铁流图"一幅。道林纸精印，页数三百四十页。实价大洋一元四角。

士敏土之图　　革拉特珂夫的小说《士敏土》，中国早有译本，可以无须多说了。德国的青年艺术家梅斐尔德，就取这故事做了材料，刻成木版画十大幅，黑白相映，栩栩如生，而且简朴雄劲，决非描头画角的美术家所能望其项背。现从全中国只有一组之原版印本，用玻璃版复制二百五十部，版心大至一英尺余，用夹层宣纸印刷，中国式装。出版以来，在日本及德国，皆得佳评，今已仅存叁十本。每本实价大洋式元。

代售处：内山书店

（上海北四川路底施高塔路口）

* 　*　 *

〔1〕　本篇是单张广告，写作时间未详。

《〈铁流〉图》特价告白[1]

当本书刚已装成的时候,才得译者来信并木刻《铁流》图像的原版印本,是终于找到这位版画大家 Piskarev[2] 了。并承作者好意,不收画价,仅欲得中国纸张,以作印刷木刻之用。惜得到迟了一点,不及印入书中,现拟用锌版复制单片,计四小幅(其一已见于书面,但仍另印)为一套,于明年正月底出版,对于购读本书者,只收制印及纸费大洋一角。倘欲并看插图的读者,可届时持特价券至代售处购取。无券者每份售价二角二分,又将专为研究美术者印玻璃版本二百五十部。价未定。

一九三一年十二月八日,三闲书屋谨启。

※　　※　　※

〔1〕 本篇最初印于木刻《〈铁流〉图》的"特价券"背面,原题《告白》。

《〈铁流〉图》在商务印书馆制版后未及印刷,即毁于1932年"一·二八"战火,后于1933年7月在《文学》月刊创刊号上刊出,次年印入《引玉集》。

〔2〕 Piskarev　毕斯凯莱夫,参看本书第362页注〔3〕。

一九三四年

更　正[1]

编辑先生：

　　二十一日《自由谈》的《批评家的批评家》第三段末行，"他没有一定的圈子"是"他须有一定的圈子"之误，乞予更正为幸。

　　　　　　　　　　　　　　　　　　倪朔尔启。

＊　＊　＊　＊

〔1〕 本篇最初刊于1934年1月24日《申报·自由谈》。

《萧伯纳在上海》[1]

萧伯纳[2]一到香港,就给了中国一个冲击,到上海后,可更甚了,定期出版物上几乎都有记载或批评,称赞的也有,嘲骂的也有。编者便用了剪刀和笔墨,将这些都择要汇集起来,又一一加以解剖和比较,说明了萧是一面平面的镜子,而一向在凹凸镜里见得平正的脸相的人物,这回却露出了他们的歪脸来。是一部未曾有过先例的书籍。编的是乐雯,鲁迅作序。

每本实价大洋五角。

* * * *

〔1〕 本篇最初刊于1934年上海联华书局发行的《解放了的董吉诃德》书末。

萧伯纳在上海 署"乐雯编译",为鲁迅与瞿秋白合编,1933年3月以野草书屋的名义出版。

〔2〕 萧伯纳 参看本书第379页注〔2〕。

《引玉集》广告[1]

最新木刻　　　　　限定版二百五十本
原拓精印　　　　　每本实价一元五角

敝书屋搜集现代版画，已历数年，西欧重价名作，所得有限，而新俄单幅及插画木刻，则有一百余幅之多，皆用中国白纸换来，所费无几。且全系作者从原版手拓，与印入书中及锌版翻印者，有霄壤之别。今为答作者之盛情，供中国青年艺术家之参考起见，特选出五十九幅，嘱制版名手，用玻璃版精印，神采奕奕，殆可乱真，并加序跋，装成一册，定价低廉，近乎赔本，盖近来中国出版界之创举也。但册数无多，且不再版，购宜从速，庶免空回。上海北四川路底施高塔路十一号内山书店代售，函购须加邮费一角四分。

三闲书屋谨白。

＊　　＊　　＊　　＊

〔1〕 本篇最初刊于1934年6月1日《文学》月刊第二卷第六号"广告"栏，原题《引玉集》。

《引玉集》，苏联木刻画集，鲁迅编选，1934年3月以"三闲书屋"名义自费印行。

《木刻纪程》告白[1]

一、本集为不定期刊,一年两本,或数年一本,或只有这一本。

二、本集全仗国内木刻家协助,以作品印本见寄,拟选印者即由本社通知,借用原版。画之大小,以纸幅能容者为限。彩色及已照原样在他处发表者不收。

三、本集入选之作,并无报酬,只每一幅各赠本集一册。

四、本集因限于资力,只印一百二十本,除赠送作者及选印关系人外,以八十本发售,每本实价大洋一元正。

五、代售及代收信件处,为:上海北四川路底内山书店。

铁木艺术社谨告。

* * *

〔1〕 本篇最初印于1934年鲁迅以铁木艺术社名义自费印行的《木刻纪程》附页,原题《告白》。

《木刻纪程》,木刻画集,鲁迅编选,共收八位青年木刻工作者的作品二十四幅。封面有"一九三四年六月"字样,据鲁迅日记,系同年8月14日编讫付印。

给《戏》周刊编者的订正信[1]

编辑先生：

《阿Q正传图》的木刻者,名铁耕[2],今天看见《戏》周刊上误印作"钱耕",下次希给他改正为感。专此布达,即请撰安

鲁迅上。

※　※　※

〔1〕 本篇最初刊于1934年12月23日上海《中华日报》的《戏》周刊第十九期,原无标题。

《戏》周刊,上海《中华日报》副刊之一,袁梅(袁牧之)主编。1934年8月19日创刊。自创刊号起,连载袁梅改编的《阿Q正传》剧本,并从第十六期起陆续刊登鲁迅寄去的十张陈铁耕木刻《阿Q正传图》。

〔2〕 铁耕　即陈铁耕(1906—1970),原名耀唐,广东兴宁人,木刻家。

《十竹斋笺谱》牌记[1]

中华民国二十三年十二月,版画丛刊会假通县王孝慈[2]先生藏本翻印。编者鲁迅,西谛;画者王荣麟;雕者左万川;印者崔毓生,岳海亭;经理其事者,北平荣宝斋也。纸墨良好,镌印精工,近时少见,明鉴者知之矣。

* * *

〔1〕 本篇最初印入1934年12月翻印的《十竹斋笺谱》第一卷扉页后,原无标题、标点。

《十竹斋笺谱》,木版彩色水印的诗笺图谱,明末胡正言(曰从)编,共四卷,收图二百八十余幅,明崇祯十七年(1644)印行。1934年12月,鲁迅和西谛(郑振铎)以"版画丛刊会"的名义翻印。鲁迅生前只印出一卷,其余各卷直至1941年7月才全部印成。牌记,又称书牌、牌子,我国古代线装书刊行时标明版权内容的文字。鲁迅在1934年10月8日致郑振铎信中说:"中国现行之版权页,仿自日本,……我想这回不如另出新样,于书之最前面加一页,大写书名,更用小字写明借书人及刻工等事,如所谓'牌子'之状,亦殊别致也。"

〔2〕 王孝慈(1883—1936) 名立承,字孝慈,河北通县(今属北京)人,古籍收藏家。

一九三五年

《俄罗斯的童话》[1]

高尔基所做的大抵是小说和戏剧,谁也决不说他是童话作家,然而他偏偏要做童话。他所做的童话里,再三再四的教人不要忘记这是童话,然而又偏偏不大像童话。说是做给成人看的童话罢,那自然倒也可以的,然而又可恨做的太出色,太恶辣了。

作者在地窖子里看了一批人,又伸出头来在地面上看了一批人,又伸进头去在沙龙里看了一批人,看得熟透了,都收在历来的创作里。这种童话里所写的却全不像真的人,所以也不像事实,然而这是呼吸,是痒子,是疮疽,都是人所必有的,或者是会有的。

短短的十六篇,用漫画的笔法,写出了老俄国人的生态和病情,但又不只写出了老俄国人,所以这作品是世界的;就是我们中国人看起来,也往往会觉得他好像讲着周围的人物,或者简直自己的顶门上给扎了一大针。

但是,要全愈的病人不辞热痛的针灸,要上进的读者也决不怕恶辣的书!

※　　※　　※

〔1〕 本篇最初印入1935年8月上海文化生活出版社出版的《俄罗斯的童话》一书版权页后，未署名。1935年8月16日鲁迅致黄源信说"《童话》广告附呈"，即指此篇。

《俄罗斯的童话》，高尔基著，内收童话十六篇，俄文原本出版于1918年。鲁迅据日本高桥晚成译本译成中文，由文化生活出版社列为《文化生活丛刊》第三种。

给《译文》编者订正的信[1]

编辑先生：

有一点关于误译和误排的，请给我订正一下：

一、《译文》第二卷第一期的《表》里，我把 Gannove 译作"怪物"，后来觉得不妥，在单行本里，便据日本译本改作"头儿"。现在才知道都不对的，有一个朋友给我查出，说这是源出犹太的话，意思就是"偷儿"，或者译为上海通用话：贼骨头。

二、第六期的《恋歌》里，"虽是我的宝贝"的"虽"字，是"谁"字之误。

三、同篇的一切"槲"字，都是"檞"字之误；也有人译作"橡"，我因为发音易与制胶皮的"橡皮树"相混，所以避而不用，却不料又因形近，和"槲"字相混了。

鲁迅。九月八日。

* * *

〔1〕 本篇最初发表于1935年9月16日《译文》月刊终刊号（总第十三号），原题《订正》。

一九三六年

"三十年集"编目二种[1]

一

人海杂言 {
1. 坟300　野草100　呐喊250
　　　　　　　　　二六万〇〇〇〇[2]
2. 彷徨250　故事新编130　朝华夕拾140　热风120
　　　　　　　　　二五,五〇〇〇
3. 华盖集190　华盖集续编263　而已集215
　　　　　　　　　二五,〇〇〇〇
}

荆天丛草 {
4. 三闲集210　二心集304　南腔北调集251
　　　　　　　　　二八,〇〇〇〇
5. 伪自由书218　准风月谈265　集外集160
　　　　　　　　　二四,〇〇〇〇
6. 花边文学　　且介居杂文　　二集
}

507

说林偶得 {
　　7. 中国小说史略372　古小说钩沉上
　　8. 古小说钩沉下
　　9. 唐宋传奇集400　小说旧闻钞160
　　　　　　　　　　　　二二,〇〇〇〇
　　10. 两地书

二

一　坟300　呐喊250

二　彷徨250　野草100　朝华夕拾140　故事新编130

三　热风120　华盖集190　华盖集续编260

四　而已集215　三闲集210　二心集304

五　南腔北调集250　伪自由书218　准风月谈265

六　花边文学　且介居杂文　且介居杂文二集

七　两地书　集外集　集外集拾遗

八　中国小说史略400　小说旧闻钞160

九　古小说钩沉

十　起信三书　唐宋传奇集

*　　*　　*

〔1〕　本篇据手稿编入,原无标题。

这是鲁迅为集印三十年来的著述先后草拟的两种编目。他在1936年2月10日致曹靖华的信中曾说:"回忆《坟》的第一篇,是一九〇七年作,到今年足足三十年了,除翻译不算外,写作共有二百万字,颇想集成一部(约十本),印它几百部,以作纪念,且于欲得原版的人,也有便当之处。"这一计划鲁迅生前未能实现。1941年,许广平在这两种编目的基础之上,作了调整补充,编成《鲁迅三十年集》三十册,以鲁迅全集出版社的名义印行。

〔2〕 本篇所列书名之后的阿拉伯数字为页数,中文数字为字数。

《死魂灵百图》[1]

平装 一元二角
精装 二元四角

果戈理的《死魂灵》一书，早已成为世界文学的典型作品，各国均有译本。汉译本出，读书界因之受一震动，顿时风行，其魅力之大可见。此书原有插图三种，[2]以阿庚所作的《死魂灵百图》为最有名，因其不尚夸张，一味写实，故为批评家所赞赏。惜久已绝版，虽由俄国收藏家视之，亦已为不易入手的珍籍。三闲书屋曾于去年获得一部，不欲自秘，商请文化生活出版社协助，全部用平面复写版精印，纸墨皆良。并收梭诃罗夫所作插画十二幅附于卷末，以集《死魂灵》画像之大成。读者于读译本时，并翻此册，则果戈理时代的俄国中流社会情状，历历如在目前，介绍名作兼及如此多数的插图，在中国实为空前之举。但只印一千本，且难再版，主意非在贸利，定价竭力从廉。精装本所用纸张极佳，故贵至一倍，且只有一百五十本发售，是特供图书馆和佳本爱好者藏庋的，订购似乎尤应从速也。

《死魂灵百图》

* * *

〔1〕 本篇最初刊于1936年3月《译文》月刊新一卷第一期，未署名。

《死魂灵百图》，俄国画家阿庚(А. А. Агин,1817—1875)作画，培尔那尔特斯基刻版。鲁迅于1936年4月以"三闲书屋"名义翻印发行，卷末附有梭诃罗夫(1821—1899)所作插画十二幅。

〔2〕 《死魂灵》插图三种，即俄国艺术家阿庚、皤克莱夫斯基和梭诃罗夫分别所作的插图。

《凯绥·珂勒惠支版画选集》牌记[1]

一九三五年九月,三闲书屋据原拓本及艺术护卫社[2]印本画帖,选中国宣纸,在北平用珂罗版印造版画各一百零三幅,一九三六年五月,在上海补印文字,装订成书。内四十本为赠送本,不发卖;三十本在外国,三十三本在中国出售,每本实价通用纸币三元二角正。

上海北四川路底施高塔路十一号内山书店代售。

第　　　本。

有人翻印　功德无量

*　　*　　*

〔1〕 本篇最初印于1936年5月"三闲书屋"版《凯绥·珂勒惠支版画选集》扉页后,原无标题。

〔2〕 艺术护卫社　德国的艺术团体,附设有出版社。1927年曾出版《凯绥·珂勒惠支画帖》。

《海上述林》上卷插图正误[1]

本书上卷插画正误——

58页后"普列哈诺夫"系"拉法格"之误；

96页后"我们的路"[2]系"普列哈诺夫"之误；

134页后"拉法格"系"我们的路"之误：

特此订正，并表歉忱。

* * *

〔1〕 本篇最初印于1936年10月出版的《海上述林》下卷卷末，原无标题。

《海上述林》，瞿秋白的译文集，鲁迅编印。分上下两卷，先后于1936年5月、10月以诸夏怀霜社名义出版。

〔2〕 "我们的路" 俄国彼得堡五金工人协会机关刊物的刊名，半月刊，创刊于1910年。

附录二

一八九八年

戛剑生杂记[1]

行人于斜日将堕之时,暝色逼人,四顾满目非故乡之人,细聆满耳皆异乡之语,一念及家乡万里,老亲弱弟必时时相语,谓可当至某处矣,此时真觉柔肠欲断,涕不可仰。故予有句云:日暮客愁集,烟深人语喧。皆所身历,非托诸空言也。

生鲈鱼与新粳米炊熟,鱼须斫小方块,去骨,加秋油[2],谓之鲈鱼饭。味甚鲜美,名极雅饬,可入林洪《山家清供》[3]。

夷人呼茶为梯[4],闽语也。闽人始贩茶至夷,故夷人效其语也。

试烧酒法,以缸一只,猛注酒于中,视其上面浮花,顷刻迸散净尽者为活酒,味佳,花浮水面不动者为死酒,味减。

* * *

〔1〕 本篇录自周作人日记所附《柑酒听鹂笔记》。原为句读。周作人在抄文后注明:"右戛剑生杂记四则,从戊戌日录中抄出。"该文当作于1898年。戛剑生,鲁迅早年的别号。

〔2〕 秋油 酱油。

〔3〕《山家清供》 宋代林洪著,二卷,是一部关于烹饪的书。

〔4〕 梯 英语 tea 的音译。

莳 花 杂 志[1]

晚香玉,本名土秘嬴斯[2],出塞外,叶阔似吉祥草[3],花生穗间,每穗四五球,每球四五朵,色白,至夜尤香,形如喇叭,长寸余,瓣五六七不等,都中最盛。昔 圣祖仁皇帝因其名俗,改赐今名。

里低母斯[4],苔类也,取其汁为水,可染蓝色纸,遇酸水则变为红,遇碱水又复为蓝。其色变换不定,西人每以之试验化学。

* * *

〔1〕 本篇录自周作人日记所附《柑酒听鹂笔记》,原为句读。约作于1898年。

〔2〕 土秘嬴斯 英语tuberose的音译,俗称夜来香,石蒜科多年生草本植物。原产墨西哥,我国各地多有栽培。清代顾禄《题画绝句》卷下:"晚香玉,种来西方,……本名土秘嬴斯,圣祖锡以今名。"圣祖,即清康熙帝。圣祖为庙号,仁皇帝为谥号。

〔3〕 吉祥草 又称松寿兰、观音草,石蒜科多年生常绿草本植物。

〔4〕 里低母斯 英语litmus的音译,即石蕊。地衣类植物。

一九〇〇年

别　诸　弟[1]

谋生无奈日奔驰，有弟偏教各别离。
最是令人凄绝处，孤檠长夜雨来时。

还家未久又离家，日暮新愁分外加。
夹道万株杨柳树，望中都化断肠花。

从来一别又经年，万里长风送客船。
我有一言应记取，文章得失不由天。

* * *

〔1〕 本篇录自周作人日记，题下署"豫才未是草"。据周作人日记庚子三月十五日（1900年4月14日）载："下午接金陵十八日函并洋四元，诗三首，系托同学带归也。"按庚子二月十八日为1900年3月18日。鲁迅这三首诗当作于此时或稍前。

莲 蓬 人[1]

芰裳荇带处仙乡,风定犹闻碧玉香。
鹭影不来秋瑟瑟,苇花伴宿露瀼瀼。
扫除腻粉呈风骨,褪却红衣学淡妆。
好向濂溪称净植,莫随残叶堕寒塘![2]

* * *

〔1〕 本篇录自周作人日记所附《柑酒听鹂笔记》,署名戛剑生。原为句读。周作人于抄录后注明:"庚子旧作。"按庚子为1900年。

〔2〕 濂溪 周敦颐(1017—1073),字茂叔,别号濂溪,道州营道(今湖南道县)人,北宋理学家。以荫出仕,曾官大理寺丞、广南东路转运判官等职。他在《爱莲说》中咏赞莲花:"出淤泥而不染,濯清涟而不妖,中通外直,不蔓不枝,香远益清,亭亭净植,可远观而不可亵玩。"

一九〇一年

庚子送灶即事[1]

只鸡胶牙糖,典衣供瓣香。
家中无长物,岂独少黄羊![2]

* * *

〔1〕 本篇录自周作人日记所附《柑酒听鹂笔记》,署名戛剑生。原为句读。据周作人日记庚子十二月二十三日(1901年2月11日)载:"夜送灶,大哥作一绝送之。"

旧俗,以夏历十二月二十四日为灶神升天的日子,在这一天或前一天祭送灶神,称为"送灶"。

〔2〕 黄羊 《后汉书·阴识传》:"宣帝时阴子方者,至孝有仁恩。腊日晨炊而灶神形见,子方再拜受庆。家有黄羊,因以祀之。自是已后,暴至巨富,……故后常以腊日祀灶而荐黄羊焉。"据南朝梁宗懔《荆楚岁时记》,阴子方用以祭灶神的是"黄犬"。又《康熙会稽志》:绍俗,"祭灶品用糖糕、时果或羊首,取黄羊祭灶之义。"

祭 书 神 文[1]

上章困敦之岁[2]，贾子祭诗之夕[3]，会稽戛剑生等谨以寒泉冷华，祀书神长恩[4]，而缀之以俚词曰：

今之夕兮除夕，香焰氤氲兮烛焰赤。钱神醉兮钱奴忙，君独何为兮守残籍？华筵开兮腊酒香，更点点兮夜长。人喧呼兮入醉乡，谁荐君兮一觞。绝交阿堵[5]兮尚剩残书，把酒大呼兮君临我居。緗旗兮芸舆，挈脉望兮驾蚕鱼[6]。寒泉兮菊菹，狂诵《离骚》兮为君娱，君之来兮毋除除。君友漆妃兮管城侯[7]，向笔海而啸傲兮，倚文冢以淹留[8]。不妨导脉望而登仙兮，引蚕鱼之来游。俗丁伧父兮为君仇，勿使履阈兮增君忧。若勿听兮止以吴钩[9]，示之《丘》《索》兮棘其喉[10]。令管城脱颖以出兮，使彼惄惄以心愁。宁召书癖兮来诗囚[11]，君为我守兮乐未休。他年芹茂而樨香兮[12]，购异籍以相酬。

* * *

〔1〕 本篇录自周作人日记所附《柑酒听鹂笔记》，署名戛剑生。原为句读。据周作人庚子除夕（1901年2月18日）日记载："（夜）饭后，同豫才兄祭书神长恩，作文侑之。"

〔2〕 上章困敦之岁 指庚子年。《尔雅·释天》："（太岁）在庚

曰上章","(太岁)在子曰困敦。"

〔3〕 贾子　指唐代诗人贾岛。元代辛文房《唐才子传》卷五:"(贾岛)每至除夕,必取一岁所作置几上,焚香再拜,醑酒祝曰:'此吾终年苦心也。'"

〔4〕 长恩　明代无名氏《致虚阁杂俎》:"司书鬼曰长恩,除夕呼其名而祭之,鼠不敢啮,蠹鱼不蛀。"

〔5〕 阿堵　原是晋代俗语,即"这个"。《晋书·王衍传》:"衍口未尝言钱,妇令婢以钱绕床下,衍晨起,不得出,呼婢曰:'举却阿堵物。'"后人遂沿用为钱的别称。

〔6〕 脉望　传说中的仙虫。唐代段成式《酉阳杂俎续集·支诺皋中》引《仙经》说:"蠹鱼三食神仙字,则化为此物,名曰脉望。"蚕鱼,蛀书虫。蚕,蠹的古字。

〔7〕 漆妃　墨的别称。管城侯,笔的别称。

〔8〕 笔海　砚的别称。文冢,唐代文学家刘蜕埋稿处,这里指书丛。

〔9〕 吴钩　春秋时吴地出产的弯形的刀,后泛指锋利的刀剑。唐代李贺《南园》诗:"男儿何不带吴钩,收取关山五十州。"

〔10〕 《丘》《索》　即《九丘》、《八索》。汉代孔安国《〈尚书〉序》:"八卦之说,谓之《八索》,求其义也。九州之志,谓之《九丘》。丘,聚也,言九州所有,土地所生,风气所宜,皆聚此书也。《春秋左氏传》曰,楚左史倚相能读《三坟》、《五典》、《八索》、《九丘》,即为上世帝王遗书也。"

〔11〕 诗囚　苦吟不已,诗思窘迫的诗人。元代元好问《放言》诗有"郊岛两诗囚"句,郊、岛,指唐代诗人孟郊、贾岛。

〔12〕 芹茂而樨香　《诗经·鲁颂·泮水》:"思乐泮水,薄采其芹"。泮水为学宫中的水池,后人常用入泮、採芹比喻童生进学。樨即桂花。桂花飘香正是秋闱开科之时,后人常用折桂比喻秋闱中式。

和仲弟送别元韵并跋[1]

梦魂常向故乡驰,始信人间苦别离。
夜半倚床忆诸弟,残灯如豆月明时。

日暮舟停老圃家,棘篱绕屋树交加。
怅然回忆家乡乐,抱瓮何时共养花?[2]

春风容易送韶年,一棹烟波夜驶船。
何事脊令偏傲我,时随帆顶过长天![3]

仲弟次予去春留别元韵三章,即以送别,并索和[4]。予每把笔,辄黯然而止。越十余日,客窗偶暇,潦草成句,即邮寄之。嗟乎!登楼陨涕[5],英雄未必忘家;执手消魂[6],兄弟竟居异地!深秋明月,照游子而更明;寒夜怨笳,遇羁人而增怨。此情此景,盖未有不悄然以悲者矣。
　　辛丑仲春戛剑生拟删草

*　　*　　*　　*

〔1〕 本篇录自周作人日记,写于1901年4月初。原无标题。

〔2〕 抱瓮 《庄子·天地》:"子贡过汉阴,见一丈人,方将为圃畦。凿隧而入井,抱瓮而出灌。"

〔3〕 脊令 鸟名。《诗经·小雅·棠棣》:"脊令在原,兄弟急难。"过去常用它比喻兄弟友爱,急难相助。

〔4〕 周作人的送别诗作于辛丑正月二十五日(1901年3月15日),题为《送夏剑生往白□步别诸弟三首原韵》:

一片征帆逐雁驰,江干烟树已离离。
苍茫独立增惆怅,却忆联床话雨时。

小桥杨柳埠人家,酒入愁肠恨转加。
芍药不知离别苦,当堦犹自发春花。

家食于今又一年,羡人破浪泛楼船。
自惭鱼麂终无就,欲拟灵均问昊天。

〔5〕 登楼陨涕 东汉王粲《登楼赋》:"悲旧乡之壅隔兮,涕横堕而弗禁。"

〔6〕 消魂 南朝宋江淹《别赋》:"黯然消魂者,唯别而已矣。"

惜花四律 步湘州藏春园主人元韵[1]

鸟啼铃语梦常萦,闲立花阴盼嫩晴。[2]
怵目飞红随蝶舞,关心茸碧绕阶生。
天于绝代偏多妒,时至将离倍有情。
最是令人愁不解,四檐疏雨送秋声。

剧怜常逐柳绵飘,金屋何时贮阿娇?[3]
微雨欲来勤插棘,熏风有意不鸣条。[4]
莫教夕照催长笛,且踏春阳过板桥。[5]
祇恐新秋归塞雁,兰艭载酒桨轻摇。

细雨轻寒二月时,不缘红豆始相思。[6]
堕裀印屐增惆怅,插竹编篱好护持。[7]
慰我素心香袭袖,撩人蓝尾酒盈卮。[8]
奈何无赖春风至,深院荼蘼已满枝。[9]

繁英绕甸竞呈妍,叶底闲看蛱蝶眠。
室外独留滋卉地,年来幸得养花天。[10]
文禽共惜春将去,秀野欣逢红欲然。

戏仿唐宫护佳种,金铃轻绾赤阑边。

* * *

〔1〕 本篇录自周作人日记所附《柑酒听鹂笔记》,署名汉真将军后裔。写于1901年初夏。周作人在其抄录稿的天头处注明:"都六先生(按即周作人)原本,戛剑生删改。圈点悉尊戛剑生改本。"第一首批注:"第一句原本;第二联原本,'葺碧'原作'新绿';第末联原本,'不解'原作'绝处',结句成语。"第三首批注:"首句原本;第二联原本。"

湘州藏春园主人,即林步青,湖南长沙人,寓居上海。他写的《惜花四律》刊于当时的《海上文社日录》。

〔2〕 铃语 五代王仁裕《开元天宝遗事》卷上:"(宁王)至春时,于后园中纫红丝为绳,密缀金铃,系于花梢之上。每有乌鹊翔集,则令园吏掣铃索以惊之。"

〔3〕 金屋贮阿娇 阿娇,汉武帝的陈皇后的名字。相传为汉代班固所作的《汉武故事》中说,武帝幼年时,长公主戏问他:"'阿娇好不?'于是乃笑对曰:'好!若得阿娇作妇,当作金屋贮之也。'"

〔4〕 插棘 宋代陆游《东湖新竹》诗:"插棘编篱谨护持,养成寒碧映沦漪。"不鸣条,汉代桓宽《盐铁论》:"太平之时,风不鸣条,雨不破块。"

〔5〕 长笛 古有笛曲名《梅花落》,唐代李白《与史郎中钦听黄鹤楼吹笛》诗:"黄鹤楼中吹玉笛,江城五月落梅花。"

〔6〕 红豆 又名相思子。唐代王维《相思》诗:"红豆生南国,春来发几枝。愿君多采撷,此物最相思。"

〔7〕 堕溷 《南史·范缜传》,范缜答竟陵王萧子良:"人生如树花同发,随风而堕。自有拂帘幌坠于茵席之上,自有关篱墙落于粪溷之中。"

525

〔8〕 素心 指素心兰。蓝尾,即蓝尾酒,亦作婪尾酒。隋代侯白《酒律》:"酒巡匝到末座者,连饮三杯,为婪尾酒。"

〔9〕 荼蘼 蔷薇科花名,初夏开黄白色花。宋代王淇《春暮游小园》诗:"开到荼蘼花事了"。

〔10〕 养花天 宋代僧仲殊《花品序》:"越中牡丹开时,……多有轻云微雨,谓之养花天。"

一九〇二年

挽 丁 耀 卿[1]

男儿死耳,恨壮志未酬,何日令威来华表[2]?
魂兮归去,知夜台[3]难瞑,深更幽魄绕萱帏[4]。

* * *

〔1〕 本篇录自周作人日记。写于1902年1月12日(清光绪二十七年辛丑十二月初三),署名"豫才周树人"。原无标题,有句读。

丁耀卿,浙江绍兴人,鲁迅在南京矿务铁路学堂的同班同学。1902年1月5日死于肺病。

〔2〕 令威来华表　令威即丁令威,西汉辽东(治今辽阳)人。相传为陶潜所撰《搜神后记》说:"丁令威本辽东人,学道于灵虚山。后化鹤归辽,集城门华表柱。时有少年,举弓欲射之,鹤乃飞,徘徊空中而言曰:'有鸟有鸟丁令威,去家千年今始归。城廓如故人民非,何不学仙冢垒垒?'遂高上冲天。"南宋诗人林景熙有"鹤归华表认辽阳"的诗句,即来源于此。

〔3〕 夜台　指坟墓。晋代陆机《挽歌》:"送子长夜台"。唐代李周翰注:"坟墓一闭,无复见明,故云长夜台。"

〔4〕 萱帏 又作"萱闱",母亲或母亲居室的代称。明代刘三吾《野庄赋》:"上奉萱闱兮,下以友于。"

题照赠仲弟[1]

会稽山下之平民,日出国中之游子,弘文学院之制服,铃木真一之摄影[2],二十余龄之青年,四月中旬之吉日,走五千余里之邮筒,达星杓[3]仲弟之英盼。兄树人顿首。

* * *

〔1〕 本篇录自周作人日记,题在鲁迅1902年6月从日本寄回的照片上。原无标题,有句读。

〔2〕 撮影　日文,意为摄影。

〔3〕 星杓　即周作人,原名櫆寿,字星杓。